A CASA MARIONNE

A CASA MARIONNE

J. ELLE

TRADUÇÃO
Carla Bettelli

LIVROS DA ALICE

Título original: *House of Marionne*

Copyright © 2023 by J. Elle
Copyright do mapa © 2023 by Virginia Allyn
Copyright da capa @ 2023 Elena Masci

Direitos de edição da obra em língua portuguesa no Brasil adquiridos pela LIVROS DA ALICE, selo da EDITORA NOVA FRONTEIRA PARTICIPAÇÕES S.A. Todos os direitos reservados. Nenhuma parte desta obra pode ser apropriada e estocada em sistema de banco de dados ou processo similar, em qualquer forma ou meio, seja eletrônico, de fotocópia, gravação etc., sem a permissão do detentor do copirraite.

EDITORA NOVA FRONTEIRA PARTICIPAÇÕES S.A.
Av. Rio Branco, 115 — Salas 1201 a 1205 — Centro — 20040-004
Rio de Janeiro — RJ — Brasil
Tel.: (21) 3882-8200

Dados Internacionais de Catalogação na Publicação (CIP)

E45c   Elle, J.
      A Casa Marionne/ J. Elle; traduzido por Carla Bettelli. – 1.ª ed. – Rio de Janeiro: Livros da Alice, 2024.

      Título original: *House of Marionne*

      ISBN: 978-65-85659-05-5

      1. Literatura Fantasia / Romance. I. Bettelli, Carla. II. Título.

                              CDD: 869
                              CDU: 82-31

André Felipe de Moraes Queiroz – Bibliotecário – CRB-4/2242

CONHEÇA OUTROS LIVROS DA EDITORA:

Para os primeiros de seu nome, herdeiros de nada:
os diferentes e os peregrinos.

Nota da autora

Os cenários e acontecimentos ficcionais de *A Casa Marionne* foram inspirados em diversas partes do mundo e não têm a intenção de representar de modo fiel qualquer evento, cultura ou povo de nenhum momento da história.

A CASA MARIONNE
Especialidades disponíveis

Anatômero
Transfiguração de anatomia

Áuditro
Transfiguração de som

Transmorfo
Transfiguração de matéria

Retentor
Remoção de magia

Cultivador
Transferência de conhecimento

Dragun
Somente convidados

Sanguis electorum dives est.

*A medida mais certeira de nossa intendência
é a da nossa elasticidade como um só corpo que,
em face do peso da responsabilidade exigida pela magia,
dividir-se-ia ao meio, com os ombros cansados.
Doravante, assino este Comissionado Pacto da Esfera,
no 14.º dia de junho no importante ano de 1781,
e me sujeito ao fardo da manutenção da unidade
e do dever fiel de uns para com os outros.
Este esforço deve ser
a maior conquista do mundo vivo
ou a ruína perpétua de todos nós.*

*Westin Alkomae,
Superior, Sétimo de Doze, Primeiro de sua Linhagem,
A Prestigiosa Ordem dos Mais Elevados Mistérios
1740–1781*

Château

Bosque Secreto

Ala das Damas

Choupana da Guarda

Portão de Entrada

Soleil

Jardim de Inverno

Ala dos Cavalheiros

Jardim das Rosas

O DRAGUN
——✳——

Yagrin passou um dedo pela lâmina e inspirou bem fundo. Ele detestava essa parte. O cheiro de lixo pairava sob suas narinas, e ele puxou o casaco, envolvendo-o mais forte ao redor do corpo. Botou a cabeça para fora de onde se escondia, entre a loja de bugigangas e a padaria.

— *Memento sumptus* — murmurou para si mesmo, como se isso fosse eliminar a sensação de enguias em seu estômago. Seu olhar avaliou o trânsito.

Ali estava ela.

Um gorro listrado cor-de-rosa na cabeça, mechas de cabelo encaracolado aparecendo por baixo. Ela usava calça jeans justa e um suéter com mangas estilo quimono num tom intenso de verde. O nervosismo formava um bolo na garganta de Yagrin. E ele não parava de bater o pé no chão.

Seus dedos, porém, apertaram o cabo da adaga que tinha no bolso.

Era uma arma ágil, com seu opulento punho de metal esculpido para caber na curva da palma da mão. As pontas dos dedos ficaram úmidas. Limpou o sangue na calça enquanto esperava Gorro Rosa passar e ele pudesse se misturar à multidão atrás dela. Ele seria paciente. Tomaria cuidado. Adiara o trabalho durante semanas para isto. *Para ser invisível.* Era o nome de sua Casa, afinal. Ele tinha que estar à altura do nome da Casa.

Primeiro de tudo, ele tinha que pegá-la quando estivesse sozinha. Isolada.

Você não é um assassino, Yagrin, alegou uma voz em sua cabeça, mas ele a domou com recitações escritas no coração. *Secretum.* Gorro Rosa era uma ameaça direta ao modo de vida deles, soubesse ela ou não. E por isso deveria morrer.

Ela passou por ele com passos firmes. Ele se olhou no vidro do outro lado e arrumou-se antes de saltar do beco escuro para o movimentado distrito comercial a fim de não perdê-la de vista. O gorro aparecia e desaparecia em meio à multidão; ela estava com o rosto grudado em um celular. Ele não conseguia ver direito a expressão da jovem, que seguia devagar e tranquila, cumprimentando cada pessoa com quem fazia contato visual.

Os dedos dele se contraíram enquanto ele repassava o plano mentalmente. A adaga enfeitiçada faria um serviço mais limpo. Mais silencioso. Ele tirou uma moeda do bolso e a lançou para cima. *Cara. Cai cara, droga.* Ele não deveria ser supersticioso; superstição era magia de mentirinha, e ele não precisava fingir. Ele tinha a magia de verdade. A moeda cintilou na luz do sol e, ao cair na palma de sua mão, deu coroa.

— Droga — murmurou. Quaisquer esforços dele naquele dia seriam bem-vindos.

Se não fosse ele, seria algum de seus irmãos Draguns, refletiu. Suas entranhas reviraram. Ele fechou a mão, apertando a moeda. Suor brotou em sua testa, e ele abriu caminho para um passeador de cães com uma coleção de guias enroladas. Gorro Rosa parou para tomar um café, e ele deixou que ela fizesse isso, tomando o cuidado de se manter fora de vista.

Enquanto ela se recostava em uma cadeira, bebendo um cappuccino, ele mexeu no celular, sentindo-se superior, como se aquele instante de misericórdia de algum modo melhorasse a situação. Como se o tornasse uma pessoa melhor. Como se o redimisse da vida que o havia escolhido. Ela gostava do cappuccino com canela e chantili. E também de esperar o café esfriar.

O dedo de Yagrin pairou sobre a palavra "Mãe" no telefone, não aquela que o entediava, mas aquela para quem tinha feito um juramento. Ele engoliu em seco, tocando no contato, e ouviu chamar. Tocou no botão de desligar, sabendo o que ela diria. *O dever é a honra dos que têm boa vontade.*

Ele olhou ao redor em busca de testemunhas, vasculhando as multidões dentro e fora das lojas. Um casal apaixonado, com braços enroscados um no outro, dividia um muffin. Uma garota de cabelos cacheados e sardas no rosto esperava sentada em um ponto de ônibus, mexendo num chaveiro.

Ele sentiu um arrepio o atravessar. Hoje não parecia um bom dia para matar.

Uma menininha saltitante tinha diante de si uma casquinha tripla de sorvete tão alta quanto ela. O sorvete bambeava em suas mãos, e ele a ajudou a segurar firme. Ela sorriu para ele em agradecimento, e os lábios dele abriram um sorriso. Mas ele o afastou do próprio rosto. Não merecia a alegria que isso lhe trazia.

Ele engoliu em seco, cerrando o punho. *Quanto mais praticasse, mais fácil seria.* Mas nunca achou nada daquilo fácil. Nem quando aceitou a missão. Nem quando foi iniciado na Ordem. O fingimento foi o que o fez seguir em frente. Ele fez os gestos, vestiu o smoking forrado de seda, pôs a máscara, segurou a adaga, pressionou-a contra o próprio coração. Ele talvez não fosse corajoso. Mas era esperto. Sempre fora esperto.

O estalar da adaga contra ossos era algo que ele havia aperfeiçoado. Enganar os ouvidos, transfigurando a forma e as notas conforme o som se movia pelo ar, era algo fácil para ele. Fazer a mãe e os demais pensarem que ele tinha se perfurado com a adaga foi simples. Se produzisse o som e fizesse parecer que tinha acontecido, achariam que ele tinha completado o Terceiro Ritual. Ninguém precisava saber que ele era, na verdade, um covarde.

Porém, fingir não funcionaria agora. Ele tinha que matar a garota.

E depois outra, e mais outra. Já era hora de se acostumar com a função. Ele procurou o gorro cor-de-rosa, mas encontrou a mesa vazia, exceto pela caneca. O coração dele pulou no peito enquanto os olhos analisaram a multidão, que borbulhava com conversas animadas. Maletas balançavam em meio a pernas.

— Ela estava aqui agora mesmo — ele disse para si mesmo.

Vagando perto de uma cerca viva no pátio do café, ele sentiu o cheiro da garota antes de vê-la. Baunilha e canela, um jardim de jasmim. Uma pequena colina de chantili em seu lábio.

— Desculpe, eu estava só... — Ela se moveu, tentando passar. Os olhos dela eram de um profundo tom de ébano e, ainda assim, tão brilhantes quanto o sol.

— Não, eu que peço desculpas.

— A gente já se co...? — Ela sorriu, prendendo o cabelo atrás da orelha. — Você me é familiar — disse ela, enfim conseguindo passar por ele.

Ele caminhou ao lado dela com a mão enfiada no bolso, segurando com firmeza o metal.

— É mesmo? — Ele sorriu. — Quer dizer... Gostaria de dizer que já nos conhecemos... ou que foi o destino.

Ela enrubesceu, o que o fisgou de um jeito que não deveria. Mas aquilo era trabalho, então se manteve firme no plano: *Conquiste a confiança dela*. Eles andaram juntos, e ele prestava atenção no que ela falava, pontuando respostas com sorrisos e acenos de cabeça. Ela falava mil palavras por segundo, pegando velocidade rápido. Ele fazia comentários sobre detalhes que sabia serem do interesse dela... como cachorrinhos, suéteres de tricô e qualquer coisa com sabor de maçã. Cada menção a esses assuntos a fazia sorrir, formando ruguinhas no canto de seus olhos.

— Parece mesmo destino — disse ela.

— Deve ser. — Ele se sentiu enjoado. — Você está com tempo?

— Pra quê?

Ele reprimiu as entranhas trêmulas e deixou-se dominar pelo monstro que fora criado para ser.

— Tem um café bem diferente perto da estradinha, por ali, que tem o melhor profiterole do mundo. — Ele apontou para uma passagem próxima, além das multidões e do barulho. — Acho que você vai gostar. Quer ir comigo?

Ela hesitou, conferindo o telefone. *Tranquilize-a, Yagrin*. Ele forçou os lábios a abrirem um sorriso gentil, se certificando de deixar os dentes à mostra, erguendo as bochechas de modo que covinhas abraçassem seus olhos.

— São muito bons, sério.

Os lábios dela franziram enquanto ela pensava. O brilho em seu olhar mudou de curiosidade para uma empolgação ansiosa.

— Tudo bem. Só por uns minutos. Vamos.

Ele a conduziu para longe da multidão do horário do almoço, na direção de uma viela, tão focado quanto um laser.

— É logo ali.

Ela assentiu. Quanto mais adentravam pelo caminho, mais as sombras se aprofundavam.

— Falta muito? — perguntou ela, com os braços em torno de si.

Ele podia ouvir o coração dela bater mais rápido.

— Só mais um pouquinho. Por aqui.

Ela esticou o pescoço para ver melhor. Yagrin sentiu o conhecido calor granuloso percorrer seu corpo: era sua magia aquecendo. Ele passara a odiar aquela sensação. Agora, porém, a magia queimava no lugar da coragem que lhe faltava, lembrando-o de quem ele era. Ele era o 12.º de sua linhagem, sua magia era forte, assim como a de seu pai e a de seu avô. Doze gerações da família, todos Draguns. Ele respirou fundo e deixou a memória muscular assumir o controle, como havia aprendido no treinamento. Então, abriu a mão, sentindo um frio intenso no ar. Ficou parado, o frio abrindo caminho pela palma da sua mão, subindo pelos braços. Ele sentiu um formigamento no corpo todo por causa da magia, transformou-se em si mesmo e desapareceu em uma nuvem escura.

Ela ofegou.

O símbolo de sua Casa surgiu em sua mente e ele engoliu o desgosto do arrependimento. Então pressionou seu corpo contra o dela. Gorro Rosa gritou. Ele uniu seus corpos ainda mais, agarrando-se ao Pó Solar que corria em suas veias, e arrancou fios invisíveis do ar. Os gritos de terror dela se transformaram em risadas, a magia quente dele enfeitiçando os sons, nota por nota. Parecia, de alguma forma, mais doce desse jeito. Ele fechou os olhos, imaginando o sorriso e o perfume dela.

— Sinto muito — murmurou para a garota, lânguida em seus braços. E ele sentia mesmo.

Mas o dever era a morte da liberdade.

PARTE UM

UM

Eu acreditava que a magia era um brilhante e fantasioso fingimento.
Então descobri que ela *é* real.
Mas também é sombria e venenosa.
E o único jeito de se esconder dela
É não existindo.

— Quell, está me ouvindo? — Mamãe aperta minha mão quando o nosso carro para diante do French Market, em North Peters.

— Sim, vou pegar meu pagamento da semana, é só entrar e sair.

— Essa é minha garota. Seja rápida, vou fazer a volta com o carro. — Com um sorriso cauteloso, ela afasta da bochecha meus cachos soltos antes de eu sair do nosso Civic 1999, um achado de ferro-velho, com a pintura azul já ressecada e gasta. Antes desse carro, tínhamos uma velha caminhonete amarela. E, antes da caminhonete, íamos pra todo lugar de ônibus. Mas mamãe não gosta de não ter um jeito de se levantar e sair (*fugir*) de uma hora pra outra. Por isso fez questão de aprender a consertar muito bem esses achados velhos.

E a me esconder muito bem.

Catorze escolas. Doze anos. Nove cidades.

Todo lugar era a mesma coisa: um pano de fundo no qual eu me misturava. Sempre que mamãe suspeita que alguém possa saber do veneno que corre em minhas veias, ela enfia todas as nossas coisas em uma mala amarela pequena e rígida. É incrível como minha vida inteira pode ser compactada em algo tão pequeno e jogada no porta-malas de um carro. No início eu guardava tudo o que dava na minha bolsa. Agora, só pego meus tênis, o carregador do celular e meu chaveiro da sorte. Os incontáveis lugares para os quais nos mudamos e o borrão de rostos dos quais me despedi são lacunas na minha memória, elipses pairando em frases incompletas. Há muito tempo parei de perguntar para onde vamos.

Porque fugir se tornou o destino das nossas viagens.

O ar úmido, graças ao borbulhante rio Mississippi aqui perto, me agride, grudando na minha pele, tornando-a pegajosa. As luzes traseiras de nosso carro *hatch* enferrujado ficam vermelhas antes de desaparecer em uma esquina. Faltam apenas duas semanas para eu terminar o ensino médio, e estou tentando trabalhar o máximo possível para juntar dinheiro para os grandes planos que mamãe e eu temos.

De finalmente nos mudarmos para um lugar e *ficar* nele.

Se um pássaro preso em uma gaiola canta sobre liberdade, e uma canção pode ser um conjunto de sons sem palavras, um pedido, um desejo intenso, então eu canto sobre ar salgado e areia entre meus dedos dos pés. Sobre um lar que não seja um alvo em movimento. Nosso plano para depois que eu me formar é achar uma casinha na praia — uma praia de verdade, não a água lamacenta perto da qual estamos vivendo nos últimos seis meses em Nova Orleans — e nos perdermos na areia.

Faltam apenas duas semanas.

Eu me enfio na agitação da tarde do mercado lotado, e é como calçar um par de sapatos antigos. Desapareço na multidão de compradores no pavilhão ao ar livre com o queixo grudado no peito, as mãos enfiadas nos bolsos.

Seja esquecível.

A sra. Broussard está com o pagamento pelos meus turnos de trabalho da semana passada. Ela é uma confeiteira local cuja família vende bombons desde que os bombons existem. O mercado vibra com uma energia que desacelera meus passos. Há pessoas demais ali. O local habitual onde a sra. Broussard posiciona sua mesa de produtos está ocupado por um vendedor ambulante de molhos picantes de variadas intensidades. Minha pulsação acelera ao me deparar com esse imprevisto.

Entro e saio da multidão, evitando olhares curiosos e buscando uma bandana cobrindo uma cabeça com cabelo grisalho preso. Meus dedos formigam com uma dor gélida, um conhecido sinal de que a maldição que corre em minhas veias — minha *toushana* — está ativa. Engulo em seco, tentando reprimir, implorando para que ela se acalme. É mais seguro ser invisível; é mais seguro não ser ninguém.

— Quell?

Hesito ao ouvir alguém chamar meu nome.

— É você, garota? — A sra. Broussard acena para que eu vá ao seu encontro, e a fila que serpenteava na mesa dela se abre para que eu possa passar. Minha pele queima, sentindo o olhar dos clientes. *Não faça contato visual.*

— Tonta'lise chegou antes, sabe. Tive que montar minhas coisa tudo aqui. E ela sabe que todo dia eu tô lá naquele lugar. E mesmo assim ficou lá, e tá tentando robá meus cliente. — Ela põe a mão na cintura. — Você veio pegá seu dinheiro?

Faço que sim com a cabeça e a sra. Broussard tira um envelope do bolso do avental. Esse é o primeiro emprego que minha mãe me deixou ter, porque precisamos do dinheiro e porque a sra. Broussard não faz muitas perguntas. Ela me paga em espécie e só perguntou meu nome uma vez.

— Vai fazê hora extra semana que vem?

— Só depois que as aulas acabarem.

— Tá bom. Não fica dando mole por aqui, viu? Vai embora antes de ficar tudo escuro, ouviu bem?

O envelope grosso na minha mão acalma meus nervos. Conto o dinheiro. Duas vezes. Dou um sorrisinho ao agradecer à sra. Broussard e me viro para ir embora. A multidão se adensou tal qual maisena no caldo. *Seja imprevisível.* Um grupo de turistas tinha se alojado na entrada do mercado, então vou atrás de outra saída. Longe dos vendedores, perto de uma tenda abandonada cheia de castiçais de flor-de-lis, há uma placa indicando a localização dos banheiros. Um sinal de saída vermelho se destaca ao lado deles e eu sigo para lá. Minha mãe vai ficar preocupada se eu demorar muito.

O corredor sinuoso em direção aos banheiros faz uma curva e as lâmpadas do teto piscam. Pequenas setas de saída brilham em vermelho, me indicando que devo avançar pelo corredor. Já era para eu ter visto os banheiros, mas ainda não os encontrei. O pavilhão do mercado é aberto, então deveria haver luz do sol à frente. As lâmpadas fluorescentes piscam de novo e eu caminho mais devagar. Isso não parece certo. A preocupação me fisga e dou meia-volta para retornar por onde vim.

Mas descubro que há uma parede ali.

Alguma coisa, como uma sombra ou um truque de luz, cria uma forma parecida com uma flor na superfície de estuque. Eu pisco e ela some. Meu coração vacila; minha *toushana* desenrola-se em meus ossos, dançando com meu pânico, me ameaçando, como um aviso de que logo mais vai ressurgir em mim.

Eu me viro, mas em todas as direções as paredes mudaram de lugar ou se fecharam. Não há mais placas mostrando a direção dos banheiros nem luzes vermelhas brilhantes indicando a saída.

— *Memento sumptus* — ouço alguém dizer. A voz vem de uma porta estreita que se esconde, quase invisível, na parede. A cautela me puxa como se fosse uma corrente. Encosto a orelha na porta com cuidado e escuto, com as mãos juntas às minhas costas, só por segurança. Vozes tensas se entrelaçam em uma discussão aos sussurros. Há dois homens, me parece. Escuto melhor e percebo que há muitos outros. Eu me inclino levemente para a frente, na ponta dos pés, pressionando meu peso contra a porta para abrir uma fresta.

Lá dentro, homens com mantos escuros formam um círculo ao redor de outro homem preso em uma cadeira. Em volta, empilham-se fileiras de barris marcados com a imagem de um galho espinhoso enrolado em um sol preto e com palavras em um idioma que não reconheço.

— Vá em frente, Sand — diz um dos homens depois de encher um barril com um líquido claro. — A gente limpa.

Um cara loiro chicoteia o ar com o braço e os barris estremecem. Uma névoa surge no ar, ondulante como chuva na janela. Conforme ela se dissipa, ele repete o gesto, e, desta vez, os barris desaparecem. Eu estreito os olhos, com o coração na boca.

Encaro minhas mãos, confusa, e consigo ainda imaginar as partículas de escuridão que sangram pelas pontas dos dedos quando minha *toushana* se manifesta, destruindo tudo que toco. Quando eu era pequena, a chamava de "o escuro". Depois que cresci e descobri sua natureza odiosa, e passei a chamá-la de "maldição". Há alguns anos, mamãe, enfim, me corrigiu, depois de alguém ter me ouvido reclamar daquilo. *Toushana* é seu nome. Um tipo de malformação congênita, mamãe dissera. Era mentira. Mamãe tem esse costume. Eu a tinha ouvido murmurar consigo mesma sobre esse veneno que carrego.

Chamou de magia.

Mas, seja lá o que esses homens estejam fazendo, parece algo bem diferente. Minhas unhas se cravam no batente da porta enquanto encaro com mais atenção aquele cômodo pouco iluminado. Nunca vi outra magia que não fosse a minha.

— Qual era a ordem, Charlie? — pergunta Sand. Os outros no cômodo observam das sombras.

— Nada de prisioneiros. Hoje, não. — Charlie pousa as mãos sobre os joelhos e encara o cativo nos olhos. — Que Sola Sfenti o julgue com justiça.

— Dane-se você e seu Deus Sol — o homem amarrado cospe enquanto Charlie dá uma longa tragada em um charuto grosso. Sopra fumaça no rosto do prisioneiro. Então faz algo com os dedos, rápido e longe demais para que eu possa identificar o gesto. O homem preso joga a cabeça para trás, engasgando e se contorcendo de dor, com punhos e tornozelos vermelhos por estarem amarrados. A fumaça dos lábios de Charlie paira feito uma nuvem em torno do rosto do homem, consumindo e sufocando. Ele arfa buscando o ar e, momentos depois, para de se contorcer. A cabeça dele fica caída, e eu me inclino para a frente, cruzando os dedos, tentando desacelerar minha pulsação latejante. *Ele tá... morto. Aquele homem, eles...*

— *Fratis fortuna.* — Uma voz surge atrás de mim. Eu me viro e lá está um homem de terno escuro, igual ao que os outros homens estavam usando. Mas, diferente deles, sobre as sobrancelhas e o nariz deste homem há uma máscara escura e reluzente, com um relevo intrincado que se alonga acima de suas maçãs do rosto angulosas. A expressão dele se endurece diante do meu silêncio.

Dou um passo para trás e encosto na parede. Não há onde se esconder. Suas sobrancelhas se juntam, intrigadas, e meu coração bate mais rápido. A dor da minha *toushana* aumenta e minhas mãos regelam. Tenho alguns minutos, talvez, antes que ela rasgue as pontas dos meus dedos, como um cano quebrado. A pressão incha no peito. *Fuja*. Dou um passo para o lado. A mão do homem agarra meu pulso, mas sinto na minha garganta.

— O que está fazendo aqui?

O envelope com o pagamento escorrega pelos meus dedos, e tento pegar antes que caia no chão.

— Ah, ah. Não se mexa.

O sobretudo está todo abotoado, e um pingente de prata reluz em seu pescoço. Traz uma imagem gravada nele, uma coluna românica com uma rachadura, como se tivesse sido quebrada ao meio. Aperto os olhos, tentando lembrar onde vi aquele símbolo antes. Sobrancelhas grossas turvam sua expressão tensa.

— Responda.

— Estava procurando a saída e me perdi. Achei que era perto do banheiro. — Puxo, mas ele não solta. O homem olha por cima, para onde havia uma porta, mas agora tem uma parede de pedra. Meu coração palpita. — Eu... eu não entrei ali, se é o que está pensando.

— Ali... *onde?*

— Tinha uma porta, mas percebi que não era o banheiro, então dei meia-volta. *Juro!* — Mentir é arriscado demais. As pessoas acreditam com muito mais facilidade em meias verdades.

— Qual é seu nome?

— Eu...

A resposta fica presa na garganta, a magia esvoaça dentro de mim como uma mariposa em busca de um lugar para pousar. Mamãe troca o meu nome a cada mudança, revezando entre os mesmos três ou quatro. Quell *Jewel*. Não Quell *Marionne*. Que mora no número 711 da rua Liberty. Nascida numa cidadezinha próxima. Recém-chegada. Cujo pai viaja muito a trabalho. Ter pai e mãe significam menos perguntas. Meu roteiro, que mamãe gravou na minha mente ao longo dos anos, está na ponta da língua. Mentira temperada com verdade o suficiente, a entonação apropriada, o calor de um sorriso genuíno, tudo que faça parecer verdade. Tornar o verniz da vida que levamos, da vida que levei, desde que me entendo por gente, real.

— Me chamo Quell.

O homem faz uma expressão de desconfiança.

Meus dedos doem quando a *toushana* boceja feito um gato se espreguiçando depois da soneca. Passa as garras sob minha pele, tentáculos afiados de gelo raspando meus ossos. Minha respiração acelera. A máscara do homem desaparece, entrando em seus poros como terra seca sugando a chuva. Pisco e abafo minha surpresa. Mas ele não se abala.

— Seu coração está acelerado. Suas pupilas estão dilatadas. E, se você se mexer, a bile no seu estômago vai subir pela garganta. Algum problema? — Ele me encara com mais dureza, como se me interrogasse, mas, após um instante, o vinco entre suas sobrancelhas desaparece.

— Não, problema nenhum. Posso ir embora?

Ele me solta.

— Melhor trazer um Retentor para dar uma olhada em você — murmura para si mesmo antes de sorrir para mim. — Me desculpe. Achei que te conhecesse de algum lugar. A saída é por ali, atrás de você.

Eu me viro e, é claro, onde antes era uma parede de pedra agora é uma saída para a avenida. Que *não* estava lá há apenas um instante.

— Tá bom. Valeu.

Ele sorri, se vira, e eu sigo em direção à rua, grata por estar me distanciando daquilo tudo. Mas de repente congelo.

Meu envelope.

Eu me viro, mas a pedra ressurgiu e fechou a passagem. Uma mistura capenga de irritação com pesar queima dentro de mim. Aquele dinheiro ia nos alimentar por uma semana!

— Ei, por favor, deixa eu voltar? — Bati na parede, e o arrepio gelado da minha *toushana*, já atiçado com essa história toda, entra em meus ossos com fúria, correndo até meu punho antes que eu possa evitar. Gemo por conta do calor que mais parece adagas rasgando minha pele. A pedra escurece sob meu toque, sua fachada vai se deteriorando, tijolo a tijolo, centímetro a centímetro, até eu ficar diante de uma parte destroçada da construção. *O que foi que eu fiz? O que foi que eu fiz?*

A memória muscular me põe em ação. Fujo. Subo a Ursulines, caio na North Peters. *Azul, Honda*. Ouço uma buzina e mamãe acena atrás do volante. Vê-la é um bálsamo para a *toushana*. O calafrio nos ossos cessa enquanto disparo em meio ao trânsito, abro a porta do passageiro e entro.

— Vai!

— Pegou o dinheiro?

— Vai, mamãe, só vai!

Mamãe pisa fundo no acelerador e o French Market vai diminuindo e ficando para trás.

Ainda estou sem fôlego quando ela me joga um desses aquecedores de mão descartáveis e meu pacote de arroz. Deixamos um no carro e dois no apartamento. Minha *toushana* se dissipou, mas a dor pulsante permanece. *Aquelas pessoas. Usaram magia. Mataram um homem!*

— O que aconteceu? — Ela olha a mochila no banco de trás e aperta o volante até a mão ficar branca. O olho com pequenas rugas ao redor. O cabelo penteado para trás tem alguns fios brancos, como fios prateados em um alqueire de trigo preto. Lembranças ficam enterradas nas dobras de sua pele, mistérios que eu daria tudo para entender. Por que tenho magia e ela não? De quem estamos fugindo? Mas a expressão dela ao entrarmos na rodovia me conta exatamente aquilo que a preocupa: é hora de ir embora outra vez.

Fico quieta e encontro algo fora do carro para olhar. Assim, mamãe não pode ver a frustração no meu rosto. Estou tão perto de me formar, o que significa ter algo próximo à liberdade. Chega de evasão escolar. Chega de professores na minha cola. Mamãe e eu poderemos simplesmente *ser*, nos esconder a olhos vistos, com muito mais facilidade, daqui a apenas duas breves semanas.

— E então?

— Não foi nada. — Aqueles homens no mercado não me viram. E o que me pegou me deixou ir embora. Não viu minha *toushana* destruir a parede. Não vou deixá-la mais agitada.

— Não mente pra mim. — O olhar dela queima.

Um arrepio sobe pelo meu braço. Só estou *tão* cansada de fugir. Mamãe respira fundo e pega o maço de cigarros da bolsa. Acende um enquanto passamos por uma fileira embaçada de museus que só conheço do lado de fora.

— Você sabe que tudo que faço é pra proteger você? — A expressão dela se suaviza. — Não temos muito, mas temos uma à outra.

Desvio o olhar. Uma casa engolida pelas chamas surge na minha memória. Ainda sinto o gosto da fumaça. Da última vez, a casa de um cara foi queimada porque saímos juntos depois da escola. Em seguida tivemos que nos mudar. Mesmo depois disso tudo acontecer, mamãe não deu nenhuma explicação. Eu sei que ela me ama. Mas isso não significa que eu compreenda. Eu poderia ter morrido. Se eu soubesse mais, agiria com mais esperteza. Se soubesse mais, nós ficaríamos mais seguras. Talvez ela pense que sou nova demais para entender. Ela se inclina para tocar meu ombro e desejo me afastar dela. Só que não me afasto. Fico quieta e sorrio; assim, mamãe pensa que seu melhor é bom o suficiente.

Continuamos o resto do trajeto em silêncio, e tento mergulhar na história de um dos livros da biblioteca que trouxe na mochila. Mas de repente o carro para no estacionamento de um hotel barato, o lugar que mamãe conseguiu arranjar, e desço correndo.

No quarto, não consigo mais me segurar.

— Mamãe, quero entender minha magia. Entender por que fazemos isso.

Ela tira os sapatos e coloca a sacola ao lado, parece nem ter me ouvido.

— Quell. — Ela respira fundo e o cansaço aprofunda as rugas em seu rosto. — Nem sei por onde começar, como...

— Só me fala a verdade. Eu aguento.

— Você acha que aguenta.

— Eu *aguento*. Tenho 17 anos, não sou mais criança. — Meu tom é de irritação. — Por favor — falo com mais suavidade. Ela para e suspira outra vez. Um longo momento se passa. E eu espero com paciência, porque dessa vez há mais do que silêncio.

— Sua avó era uma mulher muito poderosa e influente, Quell, em um mundo totalmente diferente do nosso.

Meu peito se aperta, ansioso, ao ouvir sobre a vovó. Não pensei mais nela, nem a vi, desde que era pequena. Eu me encho de esperança, enfim vou ter respostas.

— Ela tem magia como eu? — A minha veio de algum lugar. Talvez pule gerações.

— Quando eu era pequena, nossa casa era o centro de treinamento para uma sociedade mágica secreta. — Mamãe se cobre e em seguida afasta o cobertor. — A Ordem. — Um sorriso entre nós duas. — E a vida no Château Soleil, mesmo fora de época, era...

— Château Soleil?

— A propriedade da vovó.

— *Propriedade?* Qual é o tamanho de uma casa que tem nome próprio?

— Moramos com a minha avó até eu completar cinco anos. Não me lembro dessa época, na verdade. Tenho somente uma lembrança meio turva. Eu era pequena. Ela me pegou no colo. Tinha cheiro de bétula e zimbro. O sol entrava no cômodo e tudo parecia brilhar. Ela me deu um brinquedo. Eu me lembro de me sentir segura. Mas mamãe entrou desesperada, arrancou o brinquedo da minha mão e me levou do colo da vovó. E o resto fica enevoado.

— A magia deles é diferente da sua, Quell. Eles andam pelo mundo de um jeito que você nunca poderá por causa da *toushana*.

Meus ombros caem.

— Nem tudo que reluz, querida...

— É ouro. Eu sei. — Outra dúvida surge em meus pensamentos. — A vovó sabe da minha *toushana*?

— Não.

— Então, por que...

Um trovão soa à distância e as luzes do quarto piscam. Subitamente se faz um silêncio entre nós. Mamãe franze a testa, como se estivesse concentrada em algo. Conheço esse olhar. Esse brilho que nunca cede.

— Faça as malas.

— Mamãe?

— Preciso que me conte tudo que aconteceu no mercado, Quell, agora mesmo. *Por favor.*

Ela pega a mochila, e algo dentro de mim se quebra.

Conto tudo sobre como me perdi na saída e que vi aqueles homens cometendo um assassinato, em seguida topei com o cara da máscara que se mistura à pele. Como deixei cair o envelope, e como minha *toushana* cavou um buraco na pedra quando tentei voltar. Quanto mais eu falo, mais ela aperta a alça da mochila.

Ouvimos o som distante do trovão outra vez, e sua expressão se torna sombria. Mamãe enfia algumas roupas na sacola e minha determinação vacila.

— Mamãe, por favor. — Lágrimas quentes pinicam meus olhos.

Não posso. De novo não. Estamos tão perto. Só faltam duas semanas.

Ela me entrega o vidro azul com as economias que começamos a juntar há seis anos, quando fizemos o plano da praia. Posso ver a casa que construí em sonhos. Dois andares, formato quadrado, aconchegante com persianas. O vento salgado soprando pela janela aberta.

— Só mais uma vez, me desculpa. — Ela fecha o casaco.

É sempre só mais uma vez.

— Não acredito! — Odeio isso. Odeio tanto. Como convencê-la de que fui cuidadosa no mercado? *Eu fugi!* Vamos ficar bem, como sempre ficamos, por mais umas semanas. Travo os joelhos e tento encontrar uma voz de gente grande. — Não.

— O que foi que você disse? — O tom de mamãe é afiado, mas o modo como agarra a grade da cama denuncia medo influenciando suas palavras, não raiva.

— Eu disse *não*, mamãe. — Meu tom é mais decidido dessa vez, minha canção aumentando em mim. A magia pinica as pontas dos meus dedos e eu os escondo, tentando aquecê-los, sem saber o que seriam capazes de fazer. Nunca se acenderam com tanta raiva. O ódio oscila nela, depois se transforma em outra coisa, os olhos vermelhos pelas lágrimas. Ela apaga o cigarro e se aproxima, tão perto que sinto o gosto dele em seu hálito.

— Quer saber a verdade? Isso não é trovão. É magia.

Meu coração para.

— Não estou entendendo.

Uma lágrima escapa e escorre pela bochecha de mamãe. Ela limpa tão rápido que quase não vejo.

— Aqueles Draguns que você viu...

— Draguns?

— Assassinos da Ordem. São encarregados de executar quem tem *toushana*. — As unhas dela se afundam no meu braço. — Se alguém descobrir seu segredo, vão te *matar*, Quell!

Suas palavras roubam meu fôlego. Tento me equilibrar na parede enquanto o mundo gira ao meu redor.

Alguém me *mataria* por uma magia que não quero, nem uso.

— E se alguém te viu no mercado? — Ela nega com a cabeça. — Não podemos arriscar. Mais uma vez, Quell, *por favor*? — Ela pega minha mão, como se o gesto fosse manter o mundo em órbita. Eu sei o que preciso fazer, mas saber não facilita. Se ela tiver razão, se dessa vez essa tal Ordem nos achou, não tenho escolha. Abro nosso pote de economias, coloco seu conteúdo sobre a cama e o que restou de mim desmorona.

— Ok. — Respiro, tomo o peso de sua dor e abandono a minha. Mais uma vez. — Vou até a lojinha pegar o básico. Volto em cinco minutos.

— Essa é a minha garota. E... — Ela levanta a saia. Amarrada à sua coxa está uma adaga de cabo dourado, coberta de arabescos e salpicada de pedras. Ela a coloca em minha mão. — Só para garantir.

Pisco, incrédula. O metal da lâmina tem o dobro do tamanho do cabo, mas, de algum modo, é leve como o ar na minha mão. O cabo ornamentado reluz feito ouro e brilha com as pedras. Não fazia ideia de que mamãe andava armada, muito menos com algo tão... exótico.

— Se eu estiver certa e um Dragun tiver nos encontrado, pode haver mais deles.

Observo a arma na minha mão. Fria, como as palavras da mamãe. Simplesmente a coisa mais linda e perigosa que já vi. Olho mamãe nos olhos e, enfim, de algum modo, compreendo o peso que ela carrega.

— Cinco minutos — diz ela. — Nem um a mais.

Guardo a adaga e corro para a porta.

DOIS

Lá fora, o céu está escuro, porém sem nuvens. Trovões, ou algo que soa como trovões, ribombam à distância, e eu me abraço com força ao me apressar na direção da lojinha de conveniência 24 horas.

— Tá tudo bem — murmuro. Meus dedos buscam a adaga na cintura. Só para garantir. Desvio de bicicletas paradas na frente da loja. Lá dentro, o dono lê jornal. Ele me olha, depois desaparece por detrás das páginas outra vez.

Não dá pra saber quanto tempo mamãe vai levar pra achar outro lugar. Pego uma pilha de latas de atum, um pacote de pão, duas embalagens de pasta de amendoim, feijão enlatado, balinhas e seis pacotes de batatinha sabor cebola, que a mamãe vai achar exagero. "Não alimenta", ela vai dizer. Mas batatinha engordurada me deixa feliz. E com tudo o que está rolando, eu mereço um pouco de felicidade.

O sininho da porta toca quando alguém entra, e eu confiro as horas. Coloco um rolo de fita no braço como se fosse uma pulseira e pego uma embalagem de álcool em gel e outra de vinagre. Há uma fila no caixa. O relógio de parede faz tique-taque e o sinto dentro do meu peito. Preciso cair fora. *Rápido*. Noto uma cabeça familiar com cabelo loiro cheio de mousse, pele bronzeada e olhos alegres atrás de mim. Um menino da escola onde estudei a segunda metade do último ano. Ele me pega encarando e acena. Eu resmungo.

— Ei, Quell, né? Sou eu, Nigel. Nigel Hammond, da aula de literatura. — O Nigel que tenta copiar todas as minhas respostas, porque nunca lê nenhum livro. Ele fica tão perto que sinto o cheiro do seu perfume de marca. — Precisa de ajuda?

— Tô de boa.

— Certeza? — Ele pega o pão, que eu estava equilibrando perfeitamente bem sobre a pilha de latas de atum.

— Certeza. — Dou um passo para longe e a fila anda, graças a Deus.

— Tranquilo. — Ele volta para a fila, embora esteja de mãos vazias. Talvez ele queira alguma coisa do balcão. Dou mais alguns passos adiante quando tenho a nítida e incômoda sensação de alguém me encarando pelo reflexo do espelho. Mas quando olho, Nigel está jogando cara ou coroa e amaldiçoando o resultado.

A fila anda e enfim chego ao caixa. Meu pé está batendo no chão. Passaram-se sete minutos. Está demorando demais. O caixa passa as minhas compras e enfia tudo em sacolas.

— Obrigada. — Vou pegar o dinheiro e meu cotovelo bate no peito de Nigel.

— Sério, me deixa ajudar. — Ele pega uma das sacolas.

Puxo de volta.

— Não precisa.

— Eu insisto.

O medo percorre minha espinha. Já observei Nigel na escola. Ele vive rodeado por admiradoras. Certa vez, uma menina do primeiro ano derrubou os livros na frente dele e ele só revirou os olhos e os chutou. Isso é... estranho. Pago as compras e pego minhas sacolas.

— Obrigada. — Me apresso em direção à porta. Mas sinto Nigel me seguindo. Ele segura a porta. Eu ando mais rápido.

— Só quero conversar. — Seus passos ecoam os meus, e eu começo a correr. Olho para trás para ver se ele ainda está lá, e sob as luzes fortes do estacionamento, o rosto de Nigel se transforma. O cabelo loiro arrumado vira um cabelo curto e escuro, o rosto se contorce e passa de uma versão comum de Nigel Hammond para alguém totalmente desconhecido.

Ele cresce alguns centímetros, alguns buracos surgem nas bochechas encovadas e cabelos longos protegem a máscara em seu rosto. Algo estranho queima em seus olhos escuros e me desequilibra. Ele se aproxima, de punhos cerrados, e as roupas vão se alterando também, a ilusão se acabando. Ele joga a moeda outra vez e ela gruda no colarinho, como um ímã. Nela, uma imagem conhecida. A coluna rachada. Meu coração se aperta. O homem com quem topei no mercado também usava esse símbolo.

O medo me paralisa. *Magia*. Procuro minha arma.

— Quell, não é? Há *meses* recebi ordens para te encontrar. É difícil te achar, sabia? — Ele sorri e estremeço por dentro. Seus lábios sorriem, mas os olhos não. — É seu nome, não é?

Empunho a adaga na direção dele.

— Calma.

Meu pé roça a fileira de bicicletas dos clientes que estão dentro da loja.

— Não vou te machucar. Só quero conversar.

Largo as compras no chão, pego uma bicicleta e fujo. Arrisco olhar para trás. Ele sopra vento entre os dedos e mais trovões soam acima. Viro no cruzamento, que está cheio por conta da promessa de chuva. Minhas panturrilhas queimam, pedalando o mais rápido que posso entre as fileiras de carros apertados como sardinhas em frente a um semáforo. Quando chego ao estacionamento do hotel, subo correndo a escada.

— Mamãe! — Estico a mão para a maçaneta da porta.

— Quell?

A porta se abre e corro para dentro, fecho e tranco.

— Alguém estava na lojinha. E o *rosto* dele! Não era o mesmo cara do mercado. Era outro. Outro, como era o nome mesmo? — Não consigo respirar. — Dragun.

— Devagar. Começa de novo. — Mamãe espia pela cortina.

— Na loja, apareceu um menino que eu pensei que conhecia. Mas aí o rosto dele *mudou*. — Procuro choque no rosto de mamãe, mas não há. — Ele tinha uma moeda no pescoço, igual à do cara do mercado.

— O que tinha nessa moeda?

Fecho os olhos e o rosto dele se alterando surge em minha mente. Lá fora, o trovão faz as janelas do nosso quartinho tremerem. O Dragun está aqui. Só pode. Estremeço, tentando me concentrar na pergunta de mamãe.

— Uma coluna. Quebrada.

— Não tinha uma garra?

— Não.

— Beaulah.

Ela balança a cabeça, estalando a língua.

— Mamãe...

— Fica quieta! Preciso pensar. — Ela espia pela janela outra vez. — O trânsito surgiu do nada. Não anda, até o fim da rua. Não dá pra sair de carro. — Ela anda de um lado para o outro, o rosto cada vez mais preocupado.

Toque. Toque.

— Temos que ir embora. — Eu a puxo.

— Não, *você* tem que ir embora. — Ela tira a mochila do ombro. — Vai. Vou despistá-los.

— Mamãe, não! Somos sempre nós duas. — O resto da frase morre na minha língua. Ela tem razão... Em geral, ela foge, eu sigo, é assim. Mas ela não tem motivo para fugir.

Ela não tem veneno correndo pelas veias.

Eu sou o motivo para termos feito tudo isso.

— Tome conta dessas coisas como se fossem sua própria vida — diz ela, abrindo a sacola. Ela tira um diário e arranca a última página, onde há um endereço escrito às pressas. — Vá pra lá. Com sorte, os abrigos secretos ainda estarão intactos. — Ela pega o que eu pensava ser pó compacto e iluminador e espalha o iluminador em círculo no pote prateado de pó, até acabar o conteúdo. — Acho que é o suficiente. — Ela entrega para mim. — Sussurre o local para onde quer ir e assopre. Vai chegar lá.

— E você? Não posso...

— Está com seu chaveiro?

Pego do bolso.

Ela pega um igual e aperta. O meu brilha.

— Me avise que está tudo bem com você apertando o seu. Farei o mesmo. Ele me mandará sua localização. Para eu te encontrar, onde quer que esteja.

Aperto o meu, e o de mamãe acende.

A embalagem de pó compacto está fria em meus dedos doloridos, a *toushana* se remexendo como se o reconhecesse. *Vem comigo*, quero dizer, mas as palavras não se formam.

— Resolvo as coisas por aqui, me livro do Dragun e vou atrás de você hoje mesmo. — Ela fecha minha mochila e me dá um empurrãozinho.

— Mas...? — As lágrimas lambem minhas bochechas. Fugir sem mamãe não parece certo.

— *Quell*. — Ela me sacode. — Se recomponha!

Toque. Toque.

— Abra, senhora. — É o gerente do hotel. — Tem alguém aqui querendo falar com você. Diz que é urgente.

— Só um minuto! — Mamãe fala em sua falsa voz alegre. Para mim, ela sussurra: — Se segure. Você sabe se manter nas sombras.

Faço que sim. Meus lábios estão salgados quando ela pressiona a testa na minha.

— Mamãezinha, *por favor*. Estou com medo!

— Você é uma *Marionne* — diz ela, erguendo levemente o queixo. — Você consegue. — Ela aperta a minha mão. A maçaneta balança, alguém enfiou a chave.

— Agora, Quell!

Meu coração martela. O medo me consome por dentro. Olho para o endereço do abrigo outra vez.

— Alameda Aston, n.º 12 — sussurro para o pó e assopro. O mundo vira de lado. Me sinto pressionada, como se algo pesasse sobre meu peito. Fico sem fôlego e me dobro à frente como alguém que levou um soco, o vento frio me agarrando em suas presas. Pisco, e o mundo vira nada.

⚜

Grama se afunda sob meus pés. O ar está denso com o aroma de pinheiro e musgo molhado. Árvores me rodeiam como mil sentinelas. Entre o farfalhar da folhagem, um silêncio ensurdecedor. Me movo pela floresta na direção de uma clareira. Embora não enxergue telhado nem alpendre.

Meu pé se prende a alguma coisa, e um barulho soa por entre as árvores. Engulo em seco, imóvel à espera de alguém que possa ter ouvido o barulho. Nada se move além da lanterna quebrada sob meus pés. *Estou perto*. Eu me aproximo de outra clareira e encontro uma casa.

Ou o que sobrou dela.

Minha esperança de encontrar um lugar seguro desmorona como as ruínas que vejo: fundação desfeita, móveis aos pedaços, paredes colapsadas e janelas quebradas. Mamãe dedicou a vida a me manter em segurança. Agora é minha vez. Preciso resolver essa situação. Por nós duas.

— Cuidado com meu pé, sua estabanada — um sussurro surge da floresta. Eu me escondo entre duas árvores.

— Se seus pés não fossem tão grandes, seria mais fácil desviar — outra pessoa fala. — Sério, como você acha sapatos para essas coisas?

Duas garotas com capas pretas compridas, forradas com pele vermelha, passam encapuzadas.

— Dançar com você deve ser como cortejar um urso.

— Cala a boca, Brooke! — Ela empurra a outra de brincadeira. — Se continuar falando, vou transformar seus ossos em metal. Vai ver só o que é bom.

Brooke ri.

— Tá se achando só porque sabe mais de um truque?

— A mãe diz que tenho potencial.

— Ah, tá, vai sonhando.

— Chega, tá bom? Vem. A mãe falou pra gente ter certeza. — Ela aponta os destroços. — Vai lá, e não deixa rastros. De manhã, isso aqui vai ficar infestado de Draguns. — A mão da menina paira sobre um amontoado. O ar se agita debaixo dos seus dedos e o monte se altera, esticando e se contorcendo até virar um arbusto. Fico estupefata enquanto ela segue para o próximo.

No meio daqueles escombros, uma névoa preta surge como um fantasma invocado. O Dragun que me persegue surge dela. Fico sem ar. *Como ele me encontrou aqui? E mamãe... será que ela está bem?* A dupla de meninas ergue os braços para se defender.

— Identifiquem-se — ordena ele.

— Você primeiro. — Brooke exibe algo brilhante. O punho dele atinge o próprio peito.

— *Memento sumptus.*

As meninas abaixam as mãos.

— *Non reddere bis.*

— Estou procurando alguém — diz ele. — Uma menina. São ordens da mãe em pessoa. Tinha uma pista de que ela poderia estar acompanhada de uma pessoa mais velha. Mas não deu em nada.

Mordo o punho. *Mamãe escapou.*

— Viram alguém por aqui? — pergunta ele, e a menina com pés grandes respira fundo.

— Os níveis de Pó no ar sugerem *mesmo* que outra pessoa além da gente andou por aqui — afirma ela, esfregando o dedão no indicador.

Engulo em seco, entrando mais para dentro da sombra. Preciso de algum lugar em que me sinta segura. *Mas não tenho para onde...*

Château Soleil...

Vovó.

Pego o pó compacto em minhas mãos, agora mais aquecidas, ainda bem.

— Shh. — O Dragun levanta a mão e as três cabeças se voltam para mim. *Ela é minha avó. Família.* Uma boa mulher, pelo que me lembro. E mamãe disse que ela não sabe sobre a minha *toushana*.

— Ela está aqui. — O Dragun se apressa na minha direção.

Abro o pó compacto. *Mamãe vai me procurar em breve. Hoje à noite, ela disse. Posso esconder minha* toushana *por algumas horas.*

— Château Soleil — sussurro e, em seguida, assopro, e o restinho do pó brilhante dissolve na noite.

Mãos tentam me pegar enquanto desapareço.

TRÊS

O pó me transporta até o meio de uma fileira de árvores mortas. Entrelaço minhas mãos para que parem de tremer. Uma rajada de vento frio roça minha pele, e o cheiro de terra é estranho para mim. Nenhuma cidade à vista. Nenhum bairro com casas. Apenas uma floresta densa com árvores escuras e apodrecidas.

A emoção de escapar por pouco me desequilibra enquanto busco a casa de minha avó. A luz do crepúsculo já escureceu um pouco quando enfim encontro uma estrada que dá para portões de ferro. Ao lado do portão, uma guarita de pedra e uma fila de carros à espera para entrar. A barreira lembra mãos levantadas ao céu do ocaso, em adoração. Ela traz as palavras CHÂTEAU SOLEIL. Engulo em seco. Portões assim existem para manter pessoas como eu do lado de fora.

Obrigo meus dedos inquietos a se acalmarem e chamo um carro pelo celular quase sem bateria. O aplicativo está cadastrado a uma conta que ainda deve ter algum dinheiro. A espera acelera minha pulsação. Será que vai funcionar?

O motorista aparece depois de um tempinho e me encara com as sobrancelhas franzidas.

— Quer *atravessar* o portão? — Ele torce os lábios.

— Pago um valor a mais. — Exibo o dinheiro que sobrou da lojinha de conveniência.

— Entra.

Sento no banco de trás. O carro se põe em movimento enquanto o guarda gesticula para nos aproximarmos. Não tenho para onde ir. Preciso passar por este portão. Agarro a bolsa e aperto meu chaveiro.

Um segundo depois, ele responde se acendendo. *Rápido, mamãe, por favor.* A culpa está entranhada no meu estômago.

Nos aproximamos devagar de onde está o guarda, cuja aparência é tão acessível quanto sua linguagem corporal. Seus lábios estão formando uma carranca que parece permanente. O colarinho alto da camisa está preso por um círculo de metal gravado com uma única garra, tipo a de um dragão. Ele a tira do pescoço e gira na mão feito uma moeda. *Uma moeda.*

— É um Dragun também? — murmuro alto demais. Estudo a imagem da moeda outra vez. Não é uma coluna rachada...

Pelo retrovisor, a cara do motorista parece confusa enquanto ele desacelera até parar. Baixo o vidro da minha janela e me recosto no assento. Sinto o olhar do guarda como uma faca entre as costelas. Mas ele não parece me reconhecer. *A garra.* Não está associado ao Dragun atrás de mim. Não conhece meu segredo.

— Nome? — Os lábios do Dragun se contraem de irritação.

— Quell.

— Um momento. — As palavras deslizam pelos lábios. Além dos portões, salgueiros se arqueiam sobre a rua, cobrindo o entardecer cinzento com tons mais escuros e sombrios. Busco por um telhado ou construção. Mas o caminho dá voltas até perder de vista. — Não estou encontrando seu nome. Quem você vai visitar?

— Estou aqui para a ver a sra... sra. Marionne.

— *Sra.* Marionne? — Os olhos dele se estreitam e juro que apertam meu pescoço.

— Si-sim, senhor.

— Só mais um instante, por favor.

Tento endireitar as costas. Não sei o primeiro nome da vovó. Sempre foi vovó Marionne. O guarda volta e indica o portão. Solto o fôlego enquanto ele se abre.

— Sabe o número da casa? — pergunto. — Tipo, que casa que é?

— É a única casa.

— Certo, valeu. — O carro se movimenta. A rua serpenteia por um túnel de árvores. Aperto o cabo da adaga, firme, desesperada por algo concreto. Uma sensação de controle.

— Onde você quer ficar? — o motorista pergunta.

Nem sinal de telhado. Nada além de folhagem taciturna e céu agourento.

— Depois dessas árvores?

Os pelos da minha nuca se arrepiam. Eu não devia estar aqui. As memórias se repetem na minha mente, das vezes que mamãe e eu estivemos em situações ainda piores. Minha *toushana* está quieta e eu tento me ajeitar no banco. *Não temos muito, mas temos uma à outra*, mamãe fala toda hora. E é sempre verdade. Até agora. Olho pela janela e vejo as árvores farfalhando, acenando.

Estariam dizendo "bem-vinda"?

Ou "fuja"?

Ao sairmos do túnel de árvores, a escuridão se vai como se alguém tivesse aberto uma cortina. As nuvens cinzentas se avizinham, e o céu crepuscular é de um tom de rosa suntuoso. Pressiono o botão na porta e o vento bate dentro do carro. Respiro fundo e o nó no meu peito se afrouxa.

A rua se curva em volta de um amplo pátio de paralelepípedos cercado de arbustos esculpidos e estátuas, como o jardim de um castelo chique. Grama rala brota entre calçadas largas e uma fonte de pedra jorra água pela altura de um andar inteiro, as gotas brilhando ao sol da tarde. Eu encaro, absorvendo a suntuosidade de tudo isso, e seguro a adaga com menos força. Um telhado inclinado é apenas um borrão a distância, enterrado em um verde exuberante e rodeado de árvores altas.

— Deve ser por aqui — digo, esticando o pescoço para ver melhor. A rua serpenteia até formar um beco sem saída, e então vejo outro portão de ferro com um *M* na frente. — Ali. — Aponto. É tudo tão grandioso, parece um cartão-postal, uma imagem de livro de história. Não um lugar real onde eu possa entrar. Sinto uma pontada no peito. Algo caloroso, inebriante, um pouco desconhecido. Algo semelhante à esperança.

O carro para perto do portão, e, por alguns instantes, nada acontece. Não há guarda nem interfone. A ponta do telhado escuro não passa de um detalhe entre as árvores.

— Moça, preciso ir. Não estou recebendo o suficiente para ficar aqui parado o dia todo.

É isso. Tem que ser.

— Tá bom, valeu. — Dou uma gorjeta e ele vai embora.

O portão parece um altar à espera da oferenda. O vento uiva, e meus braços ficam arrepiados. O frio infiltra-se pelos meus dedos, subindo pelas mãos. Cerro os punhos e pego meu saco de arroz. Os dedos agarram o zíper, abrindo-o. A dor se transforma num frio rígido, é a *toushana* se revolvendo. Queria saber o que a provocou. O que a acorda em certos momentos e silencia em outros.

— Oi? — Coloco a bolsa no chão. Deve haver câmeras. — Alguém em casa?

Nada.

Algo passa acima da minha cabeça e o mundo escurece. Mas só avisto uma sombra, como nuvens que passaram e deixaram seu rastro. Pisco por um segundo. Sumiu. A escuridão da noite avança. O vento lambe minha pele, remexe as árvores, e as sombras avançam, esticando-se por cima da calçada, me alcançando.

— Quem está aí? — Engulo em seco e procuro abrir minha bolsa, de olho no cabo da adaga de mamãe, ainda com as imagens do Dragun me perseguindo sob meus olhos.

De repente, a escuridão acima mergulha sobre mim, e o pânico enche meu peito. Os dedos roçam o cabo da adaga logo antes de uma força me pressionar pelas costas, me empurrando para a frente e tirando meu fôlego. Meus joelhos batem no chão, ardendo de dor. A bolsa outra vez. O zíper emperra, mas dou um jeito. Uma névoa densa e escura como a noite me rodeia. Me preparo para receber outro golpe, tentando prever de onde virá, mas não há nada, nem ninguém, apenas sombras.

A névoa se dissipa, e minha cintura lateja com um ferimento. Seguro o local onde dói e o mundo tomba para o lado. As árvores balançam, observando, julgadoras, assim como os portões, que não me deixam entrar. Busco algum indício de onde está a sombra, de onde surgirá em seguida, mas só vejo miragens. Manchas pretas no chão, que embaçam e mudam de lugar.

— Por favor, pare! — Minhas costelas tremem de dor, como se estivessem sendo retiradas do lugar. Eu tento ver com mais atenção, fico com mais frio, sinto como se houvesse alfinetes atrás dos meus olhos tentando abrir caminho para enxergar na escuridão.

Pisco, e o mundo fica branco. É quando eu o vejo.

A silhueta de um pé, formada apenas pelo ar. Ele se atira em mim, mas estou pronta. Agarro seu calcanhar, o mais forte que posso, e puxo. Ele tropeça, mas de algum modo se reequilibra antes de cair. A sombra que ele era sopra feito areia.

O que resta é um cara da minha idade, vestido como o guarda do portão e com um olhar penetrante feito uma adaga.

Engulo em seco. *Outro*. Uma máscara brilhante cobre a parte de cima do rosto deste Dragun. Mas é muito mais adornada do que as outras, com uma gravura intricada nas pontas que se misturam à pele. Seu casaco escuro e sua blusa larga trazem bordados vermelhos, muito mais chiques do que a roupa dos outros Draguns que vi até agora. Mas no colarinho, onde eu esperava ver uma moeda de prata, há apenas tecido.

— O guarda do portão já liberou... — Mas antes que eu possa terminar, ele fica de pé, inspirando forte pelas narinas, antes de desaparecer numa nuvem negra.

— Eu... — começo, mas sou engolida por uma névoa escura e fria como a morte. Uma névoa... *dele*. Sinto uma dor aguda percorrer meu corpo todo, como cortes feitos por uma lâmina fina. Pisco, mas está tudo preto. E vermelho. Urro de dor. Minha *toushana* ruge dentro de mim, um lençol de gelo embrulhando meus ossos de forma tão insistente que chega a doer. Cerro os dentes, tentando me concentrar, e forço meus olhos a se abrirem, em busca de alguma silhueta. Algum sinal do local de onde o Dragun está atacando. A névoa se mexe, ondulando em torno do formato dele. Dou um golpe, meu braço parece um tronco congelado, e o acerto atrás do joelho. Ele cambaleia, mas se recupera rapidamente quando as sombras cedem e ele reaparece.

Seus olhos verdes estão apertados.

Fico de pé e pego a adaga, colocando a ponta bem na cara dele. Os avisos de mamãe sobre a vovó e este mundo me assombram.

— Me toque outra vez e te rasgo no meio. — As fronteiras do mundo estão se esfiapando, rios vermelhos correndo entre meus dedos, escorrendo pelos braços.

Minha ameaça não recebe resposta, mas seu olhar se fixa na lâmina. Sinto algo quente molhando minha cintura e, seja lá o que ele tenha feito, parece que está rasgando meus órgãos. Mas mantenho a adaga firme e alta. Ele não vai me tocar de novo. Pequenos cortes riscam meus braços e mãos. Sangue, tanto sangue. A máscara dele desaparece.

— De onde roubou isso?

— É *minha*.

Ele balança a cabeça, sem acreditar.

— *Quem* é você?

Solto a respiração, trêmula. Palavras que fui proibida de pronunciar por toda a vida sobem como bile pela garganta.

— Marionne. Quell Janae Marionne.

QUATRO

Ele estende a mão e eu encaro minha lâmina, mas a guardo. Minhas pernas, arranhadas e cansadas, parecem de chumbo. Me desequilibro e ele me apruma com uma sacudida bruta antes de me abraçar com força pelas costas, puxando-me mais para perto. Fico tensa em seu peito duro enquanto ele me leva pelo portão, encolhida pela dor que seu corpo provoca em meus ferimentos. Uma casa enorme, parecida com um castelo, surge à nossa frente, toda acesa, como uma estrela distante, e um tapete de grama nos separa dela. Como um feudo em um mundo só seu.

— Segura em mim — diz ele, me puxando mais rápido. Mas a dor que irradia pelo meu corpo piora e não consigo acompanhar. Ele prende minha mão a seu braço e meu coração bate em meus ouvidos. Ele me segura com força, mas com gentileza. Perto assim, vejo seu colarinho. O que pensei ser apenas um tecido comum traz o bordado de uma garra, réplica daquela na moeda do guarda. No entanto, a dele é um bordado com linha preta. *Uma garra...* Não uma coluna rachada. Tento respirar aliviada, mas não consigo, pois nada em seu toque me traz segurança.

— Não fiz nada de errado. *Aonde* exatamente está me levando?!

Seu aperto fica mais cerrado, bem como seu maxilar.

— Não se solte de mim. — Não é um pedido.

O mundo gira ao nosso redor e, em questão de segundos, estamos na entrada da propriedade, com colunas arcadas que se enfileiram. No frontão de pedra está gravado o nome MARIONNE. Minhas entranhas se agitam. O *meu* nome. Abaixo, um tipo de símbolo, uma flor-de-lis e uma garra embrulhadas em palavras em um idioma que não reconheço. Tenho um vislumbre de mim mesma na janela e, apesar de minhas roupas ensanguentadas, prendo meu cabelo e limpo minhas bochechas sardentas, mas minhas mãos doem, esfoladas pela queda na calçada.

Ele abre a porta, me arrastando ao seu lado. O pé-direito é alto, e o teto tem uma obra de arte de rosetas douradas e sanca como nos castelos chiques sobre os quais apenas li nos livros de história. Arcos parecem surgir diretamente dali, lembrando uma velha igreja assombrada. Ele me conduz pela entrada, passando por um labirinto de paredes com painéis forrados de retratos, até um grande hall onde uma esfera gigante paira no ar como uma lua negra. Minúsculas manchas brilham como constelações inscritas em toda a sua superfície vítrea. Abaixo, a escuridão gira violentamente.

— O que é is... — Tento passar a mão na parte de baixo, mas meus dedos penetram na esfera, como se fosse uma miragem. Esfrego os olhos, estou assombrada.

Ele me puxa, e tento me soltar.

— Sei andar sozinha.

Ele me segura com ainda mais força. Música sai de trás de portas decoradas. Estico o pescoço para tentar ver lá dentro. Luzes fortes iluminam uma plateia em frente a um palco, na qual algumas pessoas usam máscaras, outras trazem tiaras de ouro ou prata na cabeça. No palco, uma menina com roupa chique levanta uma adaga sobre a cabeça. Fico sem fôlego.

— Olha pra frente! — Meu captor me puxa antes que eu possa ver o resto.

Subimos uma escadaria, depois outra. Em seguida, um corredor comprido. Janelas enormes dão para um céu pontilhado sobre um mar de grama e arbustos esculpidos. Meus sapatos molhados fazem barulho no chão encerado. Ele me puxa para ir mais rápido. Estou boquiaberta e minha mente está a mil por hora. Como um lugar tão perigoso pode ser tão lindo?

— Espere aqui — ele diz ao nos aproximarmos de uma porta dupla, protegida por guardas. Ele conversa rapidamente com um deles, que também traz a moeda de garra no pescoço. O guarda olha meus ferimentos, desinteressado, antes de nos deixar entrar.

Do outro lado das portas, uma sala de estar com lareira acesa ao lado de mais janelas compridas cobertas por cortinas chiques. Aperto minhas mãos e solto o ar, agradecida pelo calor nos dedos, por minha *toushana* estar quieta.

Um lustre pende do centro de uma decoração de gesso no teto, oferecendo um brilho caloroso. O pé-direito é tão alto que preciso inclinar o pescoço bem para trás a fim de conseguir vê-lo por inteiro. Minha mãe cresceu aqui. O buraco de culpa no meu coração se alarga. Eu tirei tudo isso dela.

— A diretora Marionne virá em breve — o Dragun da porta me avisa.

Aperto meu chaveiro ao notar o bater do pêndulo no relógio da parede. Meu captor se afasta para o outro lado da sala sem falar nada, demonstrando irritação enquanto sua máscara se dissolve na pele. Ali dentro, com a iluminação, vejo-o por inteiro. Ele se empoleira no canto da sala, como uma estátua romana, de ombros largos, alto como um deus, perfeito e equilibrado. Bonito, até. Bochechas esculpidas e cílios compridos emolduram olhos verdes profundos. O nariz faz uma leve curva para cima, e, abaixo, lábios carnudos que parecem estar eternamente franzidos. Até diria que estava fazendo beicinho, não fosse pelo olhar cortante e mal-humorado. Ele é lindo de dar raiva. Aliso minha camiseta puída e enfio os dedos nos buracos do jeans — que não são intencionais, o que só piora a situação.

Ele percebe que o estou encarando e fica mais atento. Alguma coisa o incomoda. E suspeito que seja eu. Uma batida na porta faz com que eu me aprume. Uma garota pequenina entra carregando uma caixa de latão. Sua expressão calorosa é emoldurada por cabelos escuros. Seu vestido é simples, de um tecido leve, e no topo da cabeça traz uma tiara prateada fina, com moedas de metal e penduricalhos de prata dispostos sobre uma faixa, que brilha de forma radiante quando ela move a cabeça, os penduricalhos prateados refletindo a luz das velas. Fina e elegante, como ela.

Ela aponta para meu braço avermelhado.

— Posso?

Faço que sim e deixo a sacola no chão. Ela passa um bom tempo trabalhando, focada, nos meus ferimentos, passando a mão sobre os cortes até que a pele se renova. Encaro minhas mãos. Estou péssima.

Sinto cólicas na altura da cintura quando ela termina o braço. Curvo o meu corpo, apoiando-me no outro cotovelo, enfiado em uma almofada, mais chique do que qualquer coisa que eu já vi, muito menos que já tive. A menina faz um coque no cabelo. Quando ela se inclina sobre minha ferida, percebo que a tiara não está colocada em sua cabeça — está *saindo* da cabeça. Disfarço o susto.

— Dói? — pergunto.

— Eu? — Ela franze o cenho.

— Sim, quer dizer... — Aponto a tiara.

Covinhas surgem em suas bochechas.

— Ah, você tá falando sério? Não, claro que não. — Ela faz a magia no meu machucado como se trabalhasse com fios invisíveis, até a pele do meu braço se curar totalmente. — Deve ser tudo novidade pra você. Só quem tem magia no sangue enxerga os diademas. — Ela aponta a coisa que eu estava chamando de tiara. — E as máscaras. — Ela sorri. — De todo modo, posso esconder quando quero. — O diadema desaparece.

— Uau.

— É necessário um pouquinho de autocontrole pra aprender a fazer isso.

Olho para o show de magia arqueado acima da cabeça dela.

— Uau!

Ela cora.

— Mais algum lugar ferido?

Levanto um pouco a camiseta.

— Tá, esse deve arder um pouco. — Ela olha feio para o Dragun, que está limpando as unhas com uma expressão rígida de irritação. Ele poderia muito bem fazer parte da mobília dessa sala com suas paredes forradas de seda e painéis de madeira. A máscara, que ele tinha escondido, agora voltou, reluzindo a meia-luz.

Minha pele se repuxa e eu me preparo para a dor.

— Ei — diz a menina, pressionando meu ombro para baixo. — Tenta relaxar. Isso. — Ela estica a mão. — Sou Abby, Primus, segunda de minha linhagem, candidata à Transmorfa, do tipo curadora. — Ela baixa o queixo.

— Quell, hum... É Marionne, né? — pergunta ela, olhando para as portas. — Ouvi falar.

Faço que sim, rigidamente.

Meu captor faz uma careta de descrença.

— Desde que essa Casa foi criada, tivemos cinco diretoras — conta ela, parecendo não notar o rapaz. — O que significa que a magia pode ser identificada tão longe assim na sua linhagem. Então, você diria *sexta* de sua linhagem.

— Certo.

Ela sorri, e, por algum motivo, eu correspondo.

— Prazer em conhecê-la. Já, já eu termino. — Minha camiseta baixa e ela a sobe de novo. — Tente respirar normalmente, tá? A magia funciona melhor quando se está relaxada.

— Valeu. — Me obrigo a respirar fundo e fixo os olhos em qualquer coisa que não seja minha pele sendo refeita. Livros cobrem a parede mais distante em estantes com portas de vidro, fechadas com um cadeado em formato de flor. Busco entender o que diz suas lombadas. Mas, além de uma garra e uma flor aqui e ali, não reconheço nenhum outro símbolo.

— Quase terminando — avisa Abby, e eu volto a olhar para o que ela está fazendo.

A carne avermelhada está sendo curada, e eu tento respirar pelo nariz na tentativa de espantar a náusea.

Ruguinhas aparecem nos cantos de seus olhos enquanto ela limpa as manchas de sangue das minhas roupas e corpo.

— Pronto. Novinha em folha. Poderia elogiar meu trabalho para a diretora Marionne?

— Claro.

Ela me agradece três vezes antes de recolher suas coisas e desaparecer pelas portas duplas por onde entrou. Somos só eu e meu captor novamente. Me sentindo mais forte, me viro para encará-lo. Ele mantém o olhar cravado na lareira a pleno vapor. Enfio a mão na bolsa e sinto a adaga, sem tirar os olhos do rapaz e da porta.

— Como você conseguiu? — Ele enfia a mão no bolso, ainda de costas para mim.

— O quê? — Aperto o cabo da adaga.

— Me ver camuflado. Como? — Ele se vira na minha direção. Seu maxilar está cerrado como se as palavras fossem podridão em sua língua. Olho feio para o homem que me atacou e depois me arrastou até ali como uma criminosa. Ele muda de posição e a luz da janela ilumina seu rosto. Ele não tem conexão com o Dragun que me persegue e, no entanto, me arrasta até aqui como se...

— Achou que eu estava *invadindo*?

Ele meneia a cabeça querendo dizer que sim. Surgem manchas azuis em seus olhos verdes, e eles me lembram um lago com suas ondinhas batendo contra a grama da margem. Um calor sobe pelo meu pescoço.

— Pois não estava.

— Vamos ver. — Ele dá as costas novamente para mim. — A propriedade não recebe pessoas não convidadas quando estamos na Temporada, por questões de segurança. — Ele fica em silêncio por um instante. — E você não respondeu à minha pergunta.

Viro na cadeira e, para meu grande alívio, a porta da suíte da diretora se abre. Surge uma mulher cuja pele não indica ter mais do que 25 anos.

— Vovó? — Fico de pé.

O cabelo dela brilha como prata polida, penteado para trás e preso com um pente de pérolas. O diadema em sua cabeça é bem mais alto do que o de Abby, quase uma coroa. É incrustado com pérolas e pedras cor-de-rosa de tamanhos variados, reluzentes. Usa brincos de pedras grandes que combinam com as pedras de seus anéis. Seu vestido justo no peito brilha como seda e traz bordados de flor-de-lis. Ela é majestosa.

— Quell. — Sua voz é suave e calorosa. Um sorriso surge em sua pele aveludada.

De pé, junto minhas mãos, sem saber ao certo o que é apropriado fazer para cumprimentá-la.

— Feche a boca, querida. Está parecendo uma truta.

Fecho a boca na mesma hora. Ela se aproxima, e eu juro que desliza no ar.

— Jordan — vovó se dirige ao meu captor —, não é assim que recebemos visitas aqui.

— Até onde sei, ela não foi convidada.

As narinas de vovó se abrem, mas seu tom é comedido:

— Sim, mas esta é minha *neta*. — Ela encara Jordan, cuja boca se abre, descrente, antes de se fechar novamente e sua expressão endurecer. — E... — vovó continua — ... eu gostaria que ela fosse recebida do jeito apropriado. Você pode ter debutado da sua Casa, mas *ainda* é meu tutelado até o fim do verão.

Ele encara o chão.

Puxo a camiseta. Um tutelado, ou seja, esta não é a Casa dele. Portanto, ele *pode* conhecer Draguns de fora. O Dragun que está atrás de mim...

— ... Vai seguir nossas regras ou perder seus privilégios na supervisão de segurança.

Sua postura cavalheiresca enrijece, a arrogância sai dele como vapor.

— Faria isso? A senhora...

— Tenho cara de mentirosa, sr. Wexton?

— Eu... Não, diretora.

— O senhor pode não estar sob minha autoridade direta, mas esta é *minha* Casa. — A postura séria se transforma em sorriso quando ela se vira para mim. — Afinal, não queremos passar uma primeira impressão ruim, não é mesmo?

— Obrigada, vovó. Ele foi...

— Não é sua vez de falar, querida.

Fico nauseada. Não foi assim que imaginei nosso encontro. Estou fazendo papel de boba. Ela não parece gostar do Jordan, mas não acho que goste muito mais de mim.

— Graças a Abby, parece bem.

Tenho o impulso de falar, mas só meneio a cabeça e sorrio.

— Pode se retirar — ela fala com Jordan, e se senta, de algum modo sem curvar as costas nem um pouco.

Jordan começa a falar, mas desiste e se vira para a porta. Passa tão perto de mim que acho que vamos nos tocar. Prendo a respiração, mas ele mantém uma boa distância e abre a porta antes de se virar outra vez. Ele me encara, penetrante, olhos como adagas que poderiam me ferir. Minha *toushana* se acende. *Ele sabe?* Mudo de posição e tento evitar o olhar. Mas não consigo.

— Perdão, madame — ele diz. — Bem-vinda à Casa Marionne. — Ele se curva, mas ainda mantendo o olhar de suspeita sobre mim, e em seguida vai embora.

— Agora. — Vovó dá uma batidinha em uma almofada ao seu lado e eu me sento. — Vamos dar uma boa olhada em você.

Seu olhar me banha de curiosidade. Ela puxa minha roupa, passa a mão pelo meu cabelo. Cada lugar que toca, pinica. Ela olha minhas mãos e eu as recolho. Estão doendo. Podem virar gelo em segundos, queimar todas aquelas coisas bonitas. Revelar meu segredo. Enfio-as nos bolsos e tento me acalmar. Depois de um momento, ela se recosta na cadeira.

— O que a traz aqui? — pergunta. — Nunca pensei que esse dia chegaria.

Rapidamente, conto-lhe quase tudo. Como sempre nos mudamos por causa dos empregos de mamãe, *não* por estarmos fugindo. Pulo a parte do que aconteceu na floresta e do Dragun na minha cola. E explico que minha mãe me contou que ia resolver umas coisas há uns dias e não voltou. A mentira dói. Pontuo a explicação com sorrisos, a entonação correta, verdade o suficiente, como sempre fiz. Mas sua face fica inabalável como pedra enquanto escuta. Aliso as palmas úmidas para aquecê-las. Ela só precisa acreditar por algumas horas.

— E onde está Rhea... sua mãe?

Sinto um aperto no peito.

— Não sei.

— Ela sabe como ser vista quando quer. Bom... — Ela dá um tapinha na minha perna antes de ficar de pé. — A Temporada já começou — diz mais para si mesma do que para mim. — Mas você é minha neta, pode pegar o bonde andando e se sentar à janela. Temos *muito* trabalho a fazer.

— Quê?

— Você não acha que vai ficar à toa na minha propriedade, não é? Vai entrar na iniciação à Ordem. — Ela franze o cenho sem entender o que mais eu poderia estar esperando.

— Eu não preciso...

— Você não veio aqui por não ter mais para onde ir?

— Sim, mas...

— E eu estou dizendo, querida, que é bem-vinda. Mas você vai provar que é uma Marionne para além do nome e fazer por merecer, como todos os outros.

— Não, não. Eu não queria... — Respiro fundo. — Desculpa. Isso é muita generosidade. Eu não sabia para onde ir, então vim para cá.

Ela ergue uma xícara de chá da bandeja de prata e a leva até os lábios, sorvendo o líquido lentamente, e eu me pego agarrando a almofada. Ela fica de pé e anda até a janela, a xícara batendo de leve contra o pires.

— Quais você acha que foram as últimas palavras da sua mãe para mim, Quell?

Eu me remexo no lugar e noto o tecido de qualidade sob mim. A imensa fortuna, uma vida totalmente diferente e que mamãe teria ao alcance dos dedos.

Se não fosse por mim.

— Não sei.

— Dê um palpite.

— "Eu te amo, mas preciso ir." — Algo assim parece legal, talvez.

— Ela não disse nada — conta vovó com um sorriso triste. — Como um ladrão no meio da noite. Coloquei você para dormir naquela noite. Você gostava que eu lesse uma história sobre um urso que vivia escondido no porão de uma casa velha. — Ela ri. — Então, eu li duas vezes. Você insistiu.

Não me lembro de *nada* disso. Sinto um nó na garganta. Uma imagem de mim, pequenina, no colo dela, invade minha mente. Troco por uma de magia morta sangrando das minhas mãos.

— Depois, sua mãe e eu tomamos uma bebidinha, como sempre. E, na manhã seguinte, ela tinha ido embora. — Ela pausa e o silêncio paira como uma guilhotina. — Ela fingiu.

Eu engulo em seco.

— Ela mentiu.

Eu me encolho.

— Apesar de tudo que lhe dei, que lhe mostrei. — Vovó aperta os lábios. — Que ainda lhe daria. Ela tirou *tudo* de mim.

Olho em volta, para o mobiliário antigo, para o gramado lá fora. Como ela pode estar se sentindo roubada? Vovó deve ter lido minha mente, pois seu sorriso se abre um pouco mais.

— Não se engane com bens materiais, Quell. Ela tirou de mim o que ninguém pode comprar. Meu legado. Uma filha para amar. Minha neta.

Um arrepio percorre meu corpo.

— Família.

— Exatamente. — Os lábios de vovó tremem por meio segundo, uma rachadura em sua pose.

Nunca pensei por esse lado, como foi para vovó. Não consigo imaginar simplesmente nunca mais ver a mamãe. Sem um adeus. Mamãe perdeu tudo por minha causa. Aperto o chaveiro.

Vovó senta-se novamente ao meu lado, fechando as mãos sobre as minhas. Hesito ao seu toque.

— Você de volta é um sonho. — Ela dá um tapinha no meu braço. — E pretendo tratá-la como tratava sua mãe. Eu não mimo. Sou firme. Mas sempre há amor por trás de minhas palavras.

Ela retira um livro de uma prateleira, tão grosso que precisa pegá-lo com as duas mãos. A lombada diz em letras douradas: *Livro dos Nomes*. Ela abre e passa por inúmeras páginas em branco até chegar a uma com um punhado de nomes.

— É a nossa segunda chance. — Ela sorri, e dessa vez os olhos sorriem junto. — Assine aqui. — Ela me entrega uma caneta e indica o espaço em branco ao lado de outros quatro nomes abaixo do título: LISTA DE INICIADOS.

— Eu...

— A Casa Marionne foi a segunda criada na Prestigiosa Ordem dos Mais Elevados Mistérios para supervisionar a instrução mágica aos candidatos no quadrante meridional. — Ela faz uma pausa, interpretando meu silêncio como necessidade de convencimento. — Há quatro territórios e, portanto, mais três outras Casas com suas próprias diretoras, que governam por meio de um Conselho. — Ela junta as duas mãos. Acho que seu nariz não poderia ficar mais empinado. — As Casas são dirigidas como um internato de magia, por assim dizer. Não há semestres escolares. Temos uma Temporada, de maio a agosto, na qual os debutantes podem se juntar oficialmente às nossas sociedades. Desde sua criação, a Casa Marionne apresenta estudo e performance mágicos em um nível superior aos das demais. — Ela gira o punho, deixando a palma da mão para cima. — *Supra alios*. — Então estala os dedos antes de esticá-los, e percebo que se trata de algum gesto oficial. — Não se preocupe, você vai aprender. — Ela sorri, e esse sorriso se conecta a uma empolgação dentro de mim.

Deslizo para a beirada da cadeira, ansiosa por ouvir mais.

— Desde que Sola Sfenti descobriu as Pedras Solares nos tempos de outrora, a Ordem fez o necessário para proteger e preservar sua magia. Por séculos, não havia local seguro para cultivá-la ou estudá-la. Esconder a magia era a única opção. *Até que...* — Seus lábios se curvam num sorriso inteligente. — O mundo mudou, o capitalismo aflorou, e a Grã-Bretanha se posicionou como um poder mundial. Entre essas exibições luxuosas de riqueza adquirida de forma repugnante, nasceram os debutantes.

— Então, a Ordem... a magia sempre existiu?

— Se não sabe a história *de verdade*, querida, *vai* aprendê-la aqui.

— Na verdade, história é a única matéria que nunca falto. — A honestidade jorra de mim antes que possa me segurar, sinto a pele pinicando de emoção. Mordo o lábio.

— Não faltamos a *nenhuma* aula aqui, desde as intrigantes até as mais mundanas. — Ela ergue uma sobrancelha, e eu me jogo para trás no assento. Quando ela volta para o meu lado, a gentileza suaviza sua expressão, e eu volto a me endireitar na cadeira.

— Adotamos o conceito de debutante, e, é lógico, fazemos do nosso jeitinho. Mas, Quell, esses foram os anos nos quais tudo mudou para nós. — Ela segura minha mão. — *Finalmente* encontramos uma fachada para existir no mundo, para disfarçar nossa riqueza, dar uma desculpa para nossa exclusividade, e nos permitir estudar e aumentar nossos dons em segurança, com *privacidade*. — Ela expira. — Quer dizer... para aqueles sortudos o suficiente para receber o convite... — Ela indica o *Livro dos Nomes*.

Exclusividade. Magia. Riqueza.

Eu engulo em seco.

— Eu... eu não posso assinar.

Mamãe não falou para vovó sobre minha *toushana*. Em vez disso, fugiu, escolhendo uma vida em fuga. Deve haver um motivo para isso. Eu me afasto.

— Sinto muito, é só... muita coisa, muito rápido.

A insistência queima em seus olhos, e eu puxo a alça da sacola mais para perto.

— Você sabe que tem magia dentro de si, querida?

— Sim, senhora.

— E ela *não* cresce sem a orientação cuidadosa de um Cultivador. Isso não a anima?

— Acho que só estou cansada.

O brilho no olhar dela se apaga, minha garganta fica seca.

— Lógico. Me perdoe. — Ela fecha o livro com tudo, seus lábios estão contraídos. — Deve estar exausta.

— Sim.

— Muito bem, descanse. — Ela estica a mão. — Mas exijo seu telefone celular. Não é permitido nas instalações. Este é um local de elevada privacidade e discrição.

— Eu...

— Seu telefone, ou não terá permissão para ficar, querida. — Ela se empertiga e eu pego o celular da bolsa, agradecida por ao menos poder ficar com o chaveiro. Entrego para ela e meu coração palpita. É como entregar um pedaço de mim.

— Vou mandar entregar um lanche e roupas limpas no seu quarto. Voltaremos a esta conversa amanhã, o que acha?

Meus dedos roçam o local curado pela magia de Abby. Diante do que a magia *real* pode fazer, sinto desfazer um nó no peito. Deixo os pensamentos fúteis de lado e olho vovó nos olhos.

— Boa ideia. Obrigada.

Amanhã já não estarei mais aqui.

CINCO

Do lado de fora da suíte da vovó, aperto meu chaveiro. Ele brilha em resposta. Respiro fundo e desdobro o mapa que a vovó me deu. O quarto 12 na Ala das Damas, no segundo andar, está circulado.

Desço correndo a escadaria e entro em um corredor iluminado por arandelas, ladeado por armários de vidro. No primeiro, um diadema de ouro salpicado de pedras preciosas radiantes, muito mais majestoso do que o de Abby ou o da vovó, brilha sob os holofotes. DIRETORA CLAUDETTE MARIONNE, DIRETORA INAUGURAL, CASA MARIONNE, 1874, diz a placa. Ao lado, em outra vitrine, uma faixa de cetim com bordas desfiadas, enrolada como uma cobra, bordada com o mesmo símbolo de flor e garra que vi na frente do prédio. Sua placa ostenta outra pessoa com meu sobrenome, a qual não reconheço. Ao lado da faixa, outro. E mais outro. O longo corredor está cheio com uma dúzia ou mais de diademas de prata ou ouro, alguns com estruturas pontiagudas altas, outros com formas totalmente diferentes, todos incrustados com pedras brilhantes. Cada um tão excepcionalmente extraordinário quanto o outro.

Começo a roer as unhas e prossigo pelo corredor, salivando diante de um mundo, uma vida, uma história, que eu deveria conhecer. A vitrine seguinte me faz parar. Diferente dos outros diademas, dourados e prateados, este está escurecido. Cerro os punhos, me lembrando do segredo destrutivo que corre em minhas veias. Enquanto os outros são polidos, majestosos, o metal deste está retorcido, arranhado. Sinto o vidro frio contra minha pele ao ler a placa, na qual está gravado um sol. O centro do sol é colorido.

ESTA RELÍQUIA, CORAJOSAMENTE RECUPERADA PELO LENDÁRIO ENSOLARADO ELOPHEUS O AMANHECER, FOI CONQUISTADA NA ÚLTIMA vitória conhecida sobre os Sombrios durante a Segunda Era dos Abutres. Cerca de 1287 EC

— *Conquistada?*

— Sim — diz uma voz grave, tão perto que levo um susto.

— Jordan. — Meu coração palpita, e o cheiro dele me envolve quando me viro.

Ele trocou de roupa. Os dois botões de cima do paletó estão desabotoados, e uma gravata-borboleta está pendurada sobre o peito. Ele enfia algo pequeno e colorido no bolso do paletó.

— Este diadema foi arrancado do crânio de uma Sombria. Dizem que os fantasmas das vítimas de Elopheus ainda assombram os territórios que ele devastou.

— Sombria?

— Libertadores da Noite, Andarilhos da Morte, Filhos da Escuridão, Dysiians. Os nomes mudam ao longo da história. Mas são apenas os usuários de *toushana*, que pilhavam vilarejos, torturavam os Sem Marca. Certa vez, Elopheus destruiu um esconderijo cheio deles numa noite. *Sozinho.* — Ele ri. — Dá pra imaginar?

— Não... Não dá.

— Isso foi séculos atrás. — Ele está maravilhado. — Eles não existem mais, é claro.

— E os Ensolarados? Os que... caçavam esses... usuários de *toushana*? — Finco as unhas na palma da mão.

— Dragun era um apelido, no começo. Por causa das queimadas. As histórias dizem que o fedor dos Ensolarados se livrando dos Sombrios, pra garantir que a *toushana* estava morta, dava pra ser sentido nos vilarejos vizinhos. Aí o nome pegou. Mas não... — Ele passa o dedo pela garra em sua garganta. — Ainda estamos bem vivos. — Ele semicerra os olhos. — Está nervosa.

— Eu... — Olho para os lados. Depois para o mapa. — Hum, só meio perdida.

— A Ala das Damas fica por ali. — Ele aponta.

— Você tá me seguindo?

— Talvez. — Uma expressão soturna reafirma sua curiosidade. — Algum problema?

— Se esconder nas sombras e atacar pessoas são suas especialidades, pelo jeito. — A insolência brota de mim enquanto me afasto.

— Queria te ajudar a encontrar o quarto.

Não, estava me espionando porque não confia em mim. A luz bruxuleante respinga nos olhos dele, que ficam ainda mais brilhantes. Sigo na direção da Ala das Damas.

— Você vai ser iniciada, não é? — Jordan pergunta atrás de mim.

— Não quero ser mal-educada, mas isso não é da sua conta. — Ando mais rápido.

— Tudo aqui é da minha conta.

Eu paro, suas palavras serpenteando sobre mim.

— Você é um *tutelado*. Um visitante.

— Sou Jordan Wexton, Secundus, 13.º da minha linhagem, candidato a Dragun, pertencente à Casa Perl.

Tiro do meu rosto qualquer expressão que possa transparecer. A máscara dele é absorvida na pele e seu cabelo bagunçado contrasta com o paletó arrumadinho.

— Não preciso de ajuda para achar meu quarto nem das suas aulas de história...

— Será que não? — Ele dá um passo adiante, mas seu olhar não demonstra nada semelhante a preocupação genuína. Apenas suspeita.

— Volte pra sua festa ou sei lá o quê. — Me afasto dele, mas ele reaparece numa nuvem de fumaça diante de mim, com o braço apoiado na parede formando uma barreira. Seu corpo musculoso é maior que o meu. Respiro fundo, mas não sinto o cheiro da madeira nas paredes, de mogno encerado. Apenas o cheiro dele. Vetiver e oliveira. Baunilha e sândalo. Meu coração acelera. *Se livra logo dele.*

— O que você quer de mim?

Ele se aproxima, com a postura rígida, de alguém que não aceita *não* como resposta. Eu fico imóvel. *Ele não pode perceber que estou em pânico.*

— Uma resposta sincera pra minha pergunta. Como me viu através do disfarce?

As palavras não saem.

— Talvez o sono solte sua língua. — Ele aponta um corredor adjacente. — O quarto 12 é por ali. Durma bem, Quell Janae Marionne.

Me apresso pelo corredor até encontrar um número 12 dourado preso a uma porta, feliz pela distância entre nós dois. Giro a maçaneta, e Abby me encara com um olho aberto e bobes no cabelo.

Ela abre a porta por inteiro.

— A diretora me avisou que você dormiria comigo hoje. — Ela balança um envelope escrito *Abilene Grace Feldsher* e um selo de flor.

— Nossa, que rápida.

— É o correio. Você coloca a correspondência numa caixa de saída com nome completo e selado e ela chega ao destinatário na mesma hora, não importa onde ele esteja. O auge da magia de rastreamento.

O quarto é retangular com duas camas em paredes opostas. Ao lado de cada cama tem uma porta, uma que leva ao banheiro, a outra, a um closet.

— Aquela é a sua. — Ela aponta para uma cama arrumada, com travesseiro macio, tão bonita que parece de revista. Não algo de verdade em que se dorme.

— Minha colega de quarto debutou hoje. — Abby se joga na cama. — Por isso ela foi embora.

Levanto a sobrancelha.

— Ela terminou os três rituais. Baile? Ser apresentada à Ordem como membro? — Ela gira, fingindo dançar. Balanço a cabeça, cheia de perguntas. — Você vai aprender. — Ela sorri com um toque de surpresa.

Embaixo de uma janela na outra ponta do quarto, duas mesas com um suporte de ferro saindo do centro. Uma adaga de cabo preto está sobre o suporte naquela que deve ser a mesa de Abby. Por instinto, minha mão se dirige para o delineado da minha adaga na bolsa. Ela me pega encarando.

— Afiar.

— Hum?

— Emergir. Afiar. Amarrar. Os três rituais. — Ela joga a adaga para cima, pegando com a outra mão. — Pra ser iniciada na Ordem, precisa completar os três. Mas o Segundo Ritual é afiar sua adaga, e é um saco! Estou nele há duas Estações.

Mamãe me deu sua adaga. Engoli em seco, sem entender o que tudo isso significa.

— Boa sorte.

Ela franze o cenho. Coloco a bolsa na cama, na qual noto uma pilha de roupas com um recado e uma tiara fina de madeira. Pego. Abby a toma de minhas mãos.

— O Primeiro Ritual é o mais fácil. Ainda mais pra você. — Ela me dá um empurrãozinho com os ombros, sorrindo. — Sua magia deve ser muito mais refinada do que a dos outros. Por ser Marionne e tal.

Fico gelada, não por conta da *toushana*, apenas uma angústia de gelar os ossos.

— Vai emergir rapidinho. Mas, por enquanto... — Ela coloca a tiara de madeira na minha cabeça, e eu tiro, com medo daquilo se prender a mim. Falei para a minha avó que *não iria* assinar a lista.

Pego o recado.

Quell,
Perdoe minha pressa. Para falar a verdade, os candidatos estão se matando para ser admitidos. Há muito tempo não preciso convencer ninguém a ser iniciado. Encorajo fortemente que explore a propriedade, assista a algumas aulas, ou sessões, como chamamos aqui. Permita-me que mostre a você quem é, do que é capaz. Boa parte dos mistérios do mundo está na ponta dos seus dedos. Durma bem.
Afetuosamente,
Diretora

Lágrimas brotam nos meus olhos. Abaixo do título, o desenho de uma flor. Ela está errada a meu respeito. Qualquer potencial que pense que eu tenha, como Abby e os outros, não é o meu caso. Parte de mim deseja essa vida mágica que eu poderia ter se fosse como os outros.

— Há algo errado comigo — murmuro, as palavras ásperas na garganta.

Abby continua a falar, mas estou distraída com o livrinho debaixo do recado. Abro e tiro um post-it colado nele que diz: *Só para garantir. Regras e Responsabilidades dos Iniciados.*

— O que o recado dizia?

— Nada. — Jogo os dois no lixo.

— Tá bom. — Ela volta para a cama, desanimada, creio, por minha falta de entusiasmo. Me sinto mal. Ela está tentando conversar comigo. Pisco e enxergo uma casa engolida pelas chamas. Por que não fiquei num quarto só meu, sozinha? Sozinha eu sei me virar. Sozinha eu consigo.

— O café da manhã começa às seis, as sessões, às oito — ela diz, dolorosamente simpática, apesar de minha incapacidade de retribuir. — Tá no começo do verão, então às vezes as sessões são lá fora. No último mês da estação, fica quente demais pra isso. Se sairmos cedo, posso te mostrar tudo. Que horas é sua primeira sessão?

Me remexo no lugar, desconfortável. A verdade — que vou dar o fora daqui assim que mamãe aparecer — está na ponta da minha língua.

— Não tenho meus horários ainda — minto. — Mas talvez eu vá dar uma olhada nas sessões da manhã.

Abby se cobre com os cobertores, dando as costas para mim.

— Durma bem, colega de quarto.

Ela desliga o abajur e eu me deito ainda com a mesma roupa. Ainda bem que rapidinho ela começa a roncar e não me questiona. Me enfio embaixo dos cobertores. Minha sacola com as poucas coisas que trouxe está no pé da cama, e meu chaveiro fica ao meu lado para eu não perder nenhum brilho que ele possa emitir. Meus dedos estão quentes, e o nó nas minhas costas se desfaz um pouco. Minha *toushana* está calma, ainda bem.

Me remexo debaixo dos cobertores, inquieta, antes de decidir arrancar a página que mamãe me deu com o endereço. Tem um cartão-postal com paisagem de praia preso com um clipe atrás. A água é tão azul que não pode ser de verdade. Me ajeito na cama, mas sem me deitar. Não quero pegar no sono. Mamãe já vai chegar. A culpa me corrói por dentro por conta do trabalhão que dei para ela. A *toushana* arruinou a minha vida e também a dela.

De algum modo, de algum jeito, para onde quer que eu vá, tenho que proteger a mamãe.

SEIS

Um homem estica a mão no meu peito.
E arranca meu coração.
Caio de joelhos, fria.
Em sua mão, firme, ele vira um copo.
Sangue escorre pelo chão, vazando pelas bordas.
Eu tremo, implorando.
Ele lambe os lábios com um sorriso vil, uma moeda reluz em seu pescoço.
O copo, desvirado, é preenchido outra vez com uma substância preta.
Cheio até a borda, ele o aperta insistentemente até o vidro se quebrar.

Sento-me na cama, sem ar. Suor frio grudado em minha pele. A cama de Abby está vazia e o sol se mostra para mim da janela. *Mamãe*. Procuro o chaveiro em meio às cobertas. Caiu no chão. Pego e aperto. *Aperta de volta, mamãe. Preciso saber que você está bem. Que está vindo.* Solto o ar, sem fôlego, as mãos ainda trêmulas e frias por conta do sonho.

Lá fora, a paisagem é verde até perder de vista, com uma névoa matinal no horizonte. Logo abaixo da janela de Abby fica um jardim com arbustos. Vários alunos com seus diademas ou máscaras de tamanhos e formatos variados conversam e fofocam enquanto tomam o café da manhã. Parece uma cantina de ensino médio, todos atentos ao drama daquele dia. Exceto que aqui ninguém se senta sozinho.

Pensa.

Uma dor aguda vai e volta pelos meus ossos, um aviso, como ventos antes de uma tempestade de inverno, a *toushana* ameaça aparecer. Mamãe não chegou. Não posso ficar aqui. Coloco o vestido simples de gola redonda que vovó me deu, para pelo menos me misturar com os outros. O corte é reto, bordado com flores-de-lis nas mangas curtas. Meu corpo pinica, pois o vestido parece se ajustar em certos pontos. Sinto mais pontadas de frio. Sinto minha *toushana* com mais clareza ou algo parecido. Quando pego minha bolsa e passo por um espelho, tenho um vislumbre da minha imagem e paro. O linho macio e fino é de um rosa empoado, a cor do céu antes do anoitecer. Parece feito sob medida. Paro de me olhar, abro a porta e me lanço no corredor.

Descendo a escada, paro diante de um grupo de pessoas num lugar que parece sem saída. A dor da *toushana* parece aumentar, como se fosse uma faca me cortando de dentro para fora. Torço as mãos tentando esquentá-las antes que seja tarde demais. O corredor está tumultuado por conversas, e por um momento o mundo parece parar de girar. Estou rodeada por máscaras brilhantes e diademas radiantes, conversas jogadas fora por mãos enluvadas. As cabeças nadam ao meu redor, e estou presa no centro de tudo isso, como um espinho no meio de rosas. Meus pés não se mexem. Meu coração não desacelera.

— Licença — diz uma garota de queixo pontudo e cabelo comprido e cacheado. O diadema na cabeça dela é anguloso e emoldurado por pedrinhas roxas.

— Desculpa. — Dou licença, boquiaberta com a exibição de magia sobre sua cabeça.

Ela e a amiga se apressam, ambas em vestidos lindos, muito mais estilosos do que o meu e o da maioria dos outros. Estico o pescoço para tentar ver aonde elas vão tão chiques.

— É ela? — sussurra alguém atrás de mim, então percebo que meu comportamento chamou atenção.

— A neta da diretora que voltou dos mortos — outro zomba. Meu coração para e busco desesperadamente uma saída.

— Ouvi dizer que ela voltou porque a diretora está doente e ela quer ficar com todo o dinheiro. — Resisto à tentação de tapar os ouvidos, então parto na direção que parece mais familiar. Estava tão escuro quando cheguei que agora tudo parece diferente. A vovó é como uma anfitriã no corredor cheio de gente, guiando cada um para sua sessão. Ela é a última pessoa que quero ver. Eu me apresso, tentando me misturar no fluxo para as sessões matutinas enquanto busco o hall pelo qual passamos ontem à noite, com aquela esfera flutuante, *algo* para me orientar nesse labirinto.

A multidão segue por um corredor largo que parece dar em salas de aula: portas altas sob portais arqueados gravados com uma escrita em alguma língua desconhecida.

O frio se assenta em meus ossos como uma fina camada de gelo. A *toushana* está acordada.

— Quell? — uma voz conhecida me chama. *Jordan.*

Ah, não, agora não.

— Não dificulte as coisas — diz ele, vindo atrás de mim.

Acelero até meu passo se tornar uma corridinha, o coração disputando com meus pés, ciente do que o pessoal da Ordem faz com gente como eu. Ele não pode me ver, não assim... não com a *toushana* inflamada. Viro um corredor e chego num beco sem saída, onde um painel de pedras esculpidas toma conta da maior parte da parede. Parece uma cena de livro de história. Ouço alguém arfando na minha cola, mas não vejo Jordan. Ainda.

Me enfio no espacinho entre a estátua e a parede. Os passos ficam mais lentos quando ele vira o corredor. Fico na ponta dos pés, à espera, torcendo para que ele não perceba que estou aqui. A parede é firme contra minhas costas.

Até que deixa de ser.

Caio para trás, rolando pela parede, e bato a cabeça com força no chão.

— Ai!

A escuridão me envolve. Um único raio de luz brilha por um olho mágico na parede. Minhas mãos passam pelo chão duro enquanto encaro a parede firme na minha frente. A parede? Eu *atravessei* uma parede? Usando o olho mágico, observo Jordan encarando a estátua com frustração. Mas depois de um instante ele se vira e vai embora por onde chegou.

Eu me aprumo e busco alguma indicação de para onde vai o corredor. Pelo chão gasto, ele é bem usado. Depois de alguns minutos, minha pulsação desacelera, a *toushana* se retrai e, enfim, surte efeito esfregar as mãos. Empurro a parede pela qual caí com o cotovelo, e não com os dedos, só para garantir, e ela cede, como um alçapão. Posso voltar. Mas se tiver uma saída que não envolva me deparar com alguém como a vovó, por exemplo, eu prefiro.

Clique.

— Oi? — Agarro a bolsa com força, passando a mão pela parede, tentando sentir alguma saída alternativa. Respiro devagar para acalmar a ansiedade. As paredes estão lisas. Sem portais, maçanetas ou portas. Sigo em frente até o olho mágico ficar tão distante que eu mal consigo enxergar minha mão na minha frente.

Gargalhadas voam pelo ar, pontuadas por passos. Muitos passos.

Sigo os sons, os pés muito mais corajosos do que minha consciência, quando uma melodia suave toca. Notas agudas e tensas. A música soa mais alto, e pressiono o ouvido na parte da parede onde é possível escutar melhor. Não há uma porta, mas tem alguma coisa ali atrás. Meus dedos traçam cada relevo da parede, empurrando, me apoiando. Ela se mexe e uma porta aparece. Fico chocada.

A luz quebra a escuridão e o volume da música aumenta. Espio lá dentro. Percebo a luz piscar e a gargalhada se torna mais alta. Lá dentro, uma mesa comprida cheia de cadeiras ocupa quase o cômodo inteiro. Pilhas de livros antigos encadernados em couro ocupam um dos cantos. Procuro um toca-discos ou outra fonte para a música, mas não acho nada. E não tem ninguém ali. Fico toda arrepiada. Eu ouvi pessoas, tenho certeza.

Recuo e meu pé fica preso a algo empilhado no chão, que cai, fazendo um estardalhaço. As varas compridas no chão são finas com pontas mais grossas, feito ossos muito grandes. A música para. Olho em volta, mas apenas sombras se mexem. Fico toda arrepiada e, em seguida, me viro para ir embora.

— Chegou cedo. — A voz vem da entrada, ou passagem secreta, ao mesmo tempo que uma mulher de seios fartos, pele marrom e cabelo preto bem penteado aparece. Tule preto em volta do pescoço e dos pulsos, e um broche brilhante de flor. O diadema está baixo na cabeça, coberto por um punhado de pedras azuis. — Cultivadora Dexler. — Ela estica a mão, e eu cumprimento, apesar da minha confusão. — Sua avó avisou que você poderia aparecer hoje. Fico honrada por ter escolhido a minha sessão. Achou fácil a sala?

— Eu estava...

— Sim?

— Sim, foi muito fácil.

— Que bom. — Ela coloca a mão nas minhas costas. Mais pessoas entram na sala, muitas seguram adagas e Dexler indica uma cadeira em volta da mesa para eu me sentar. Interpreto meu papel, fingindo. Mas, quando ela liberar a classe, vou seguir no corredor e ver se ele dá lá fora. De lá, vou tentar me comunicar com mamãe de novo. Olho o chaveiro, que ainda não brilha. Mordo o lábio.

Ao meu lado, alguém com uma expressão curiosa lança os olhos azuis na minha direção enquanto masca chiclete. Ela mexe no brinco, me olhando de cima a baixo, e me oferece um sorriso forçado antes de voltar a atenção para um livrinho preto. Mas estou distraída demais com seu diadema de ouro, alto e ornamentado, cheio de pedras, sobre seu cabelo loiro curto.

Dexler bate palmas.

— Bem, onde estávamos? — A palavra *Transfiguração* está escrita no quadro atrás dela. — Vamos começar com recitações. Electus?

— Senhora? — um pequeno grupo fala em uníssono enquanto o resto permanece em silêncio.

— Qual o seu comando?

— Emergir a magia — entoam. — O sangue dos escolhidos é rico.

— Muito bem — continua ela. — Primus, qual o seu comando?

— Afiar a adaga — outro grupo fala dessa vez. — O trabalho é árduo.

— E Secundus, qual o seu comando?

Apenas alguns poucos falam dessa vez, incluindo a menina de olhos azuis.

— Conectar-se totalmente à magia. Muitos são confiados, poucos fazem por merecer. O dever é a honra dos que têm boa vontade.

— Excelente, e mais dois. Transfiguração?

— Transfigurar é mudar — o grupo fala em uníssono. — A raiz da magia é a mudança. Transfigurar uma coisa em outra, seguindo as Regras da Lei Natural.

Ela segue o ritmo das recitações:

— E qual é a Primeira Regra da Lei Natural?

A sessão responde, as vozes são uma confusão de palavras e significados.

— Excelente! — O olhar de Dexler cai sobre mim. Fico desconfortável. *Por favor, não me chame. Eu não sei* nada.

— Antes de começarmos, entreguem seus estudos sobre augrática. — Ela anda pela sala, recolhendo papéis. Eu me endireito.

— Hoje, vou revisar necrântica, um tipo de Transmorfação que lida com a transfiguração de anatomia morta (para aqueles que precisam de um lembrete). — Sussurros zumbem. — Lembrem-se: essas revisões durante as sessões são apenas uma fração dos estudos de vocês. Magia é uma habilidade adquirida de forma cinética. Apenas me ver falar não vai fazer sua magia evoluir. — Ela tira os óculos e encara um a um. — Todos os dias, precisam passar *horas* estudando e praticando sozinhos. Vocês, Secundus, principalmente. O tempo livre não é para socialização.

Dexler manda todos ficarem quietos e pega um osso da pilha no chão. É mais comprido que meu braço. Presto atenção em cada frase, abismada.

— Hoje, a aula é mais prática. Primeiro, precisam do seu *kor*. Sua fonte de energia. Um dia, serão capazes de invocar sua própria energia, mas, por enquanto, em geral fogo é o suficiente.

Fogo. Engulo em seco.

Ela gira um anel com uma pedra roxa grande no dedo antes de pegar, em uma caixa, algumas velas altas sem os pavios aparados. Em seguida, separa uma delas e corta o pavio rente à cera. Depois de colocar a vela num candelabro, ela esfrega as mãos acima e a pedra roxa brilha, então, a chama se acende.

Recuo, pressionando as costas contra a cadeira por um momento, antes de me inclinar para a frente, boquiaberta de assombro. Noto que estou segurando a mesa com tanta força que as pessoas estão me encarando.

Dexler sorri para mim.

— Primeiro, transmorfei a composição do ar para torná-lo mais inflamável. — Ela mostra a palma da mão, que está cinza. — Transmorfei minha pele para dar a ela uma camada de algo complementar ao *kor*. Para o fogo, escolhi magnésio.

Lápis fazem anotações, mas não consigo tirar os olhos dela.

— Agora, o osso. — Ela segura o osso, virando-o sobre a chama, trabalhando os dedos para cima e para baixo, a pedra do anel brilhando. Depois de vários giros, ela embrulha o osso em um pedaço de pano. Novamente, ela o gira sobre a chama. Tento sentir cheiro de queimado, mas não há. O tecido borbulha sobre o osso enquanto a Cultivadora Dexler trabalha com seus dedos, alisando as bolhas quando o brilho do seu anel pisca.

A chama incha.

— Ai — ela grita quando o fogo se apaga, e tira o anel do dedo, apertando os olhos de dor. — Bem, é um começo. Magia é espinhosa. — Ela devolve o anel para a caixinha de onde foi tirado e então coloca o osso no meio da mesa, e todos se inclinam sobre ele. O tecido que embrulhava o osso mudou para fibras cilíndricas, como um músculo. — Esta é a perna de uma criatura antiga. E com tempo e foco suficientes, além de habilidade, poderíamos recriar a carcaça inteira. Essa é a habilidade de um Transmorfo, mestre na transfiguração de um material para outro. Um Transmorfo comum manipula sólidos. Um Transmorfo mais raro e complexo pode manipular líquidos e gases. Ele pode alterar o ar que respira para gás tóxico com a manipulação correta de sua magia.

Todas as expressões ficam boquiabertas.

— Então, não menosprezem a especialização mais comum. A maioria de vocês será Transmorfo, e eles são impressionantes. — Ela pega a perna morta. — Agora, se esta criatura estivesse viva, para transfigurá-la, um Transmorfo não seria o suficiente. Precisaríamos de um Anatômero.

Eu encaro, descrente. Ela recriou a perna de um animal morto.

— Magia transmorfa é usada para curar ferimentos. E, até certo ponto, transfigurar o corpo. Então, vocês que almejam a especialização em Cura, prestem atenção. Agora é a vez de vocês. — Ela bate palmas e o pessoal se coloca em ação, sem confusão alguma. Eu, por outro lado, fico paralisada. *Posso fazer isso?* Olho para a porta, depois para a bolsa, mas a curiosidade me prende ali.

Dexler trabalha em uma mesinha no fundo, distribuindo materiais, e eu entro na fila para tentar. Ela entrega a cada estudante um *kor* já aceso, um pedaço de tecido e um osso. Com os meus em mãos, vou para um canto trabalhar sozinha. Me esforço para superar o irritante medo de fogo e giro o osso sobre a chama, como ela, lenta e cuidadosamente. Em seguida, o embrulho com o tecido. De repente, tudo em mim gela. A ponta branca do osso escurece, apodrecendo. Largo o osso. Minha pulsação troveja dentro de mim. Olho em volta para checar se alguém percebeu. Não posso fazer isso, nunca. Minha *toushana* parece ser o único tipo de magia que posso alcançar. E ela só estraga tudo. Se eu tentar curar alguém, provavelmente vou acabar matando a pessoa.

— Precisa de ajuda? — Dexler se aproxima.

Fico toda atrapalhada.

— Não, tudo bem.

— Deixa eu ver o que você fez.

— Não, sério, tá tudo certo.

Mas ela pega o osso, girando. Estou paralisada de medo.

— Nossa, que estranho. Pensei que tinha te dado um novinho. Este aqui parece podre.

Meu coração martela meus ouvidos, estou estressada demais para sentir alívio com essa confusão.

— Aqui, um novinho — diz ela, colocando outro osso à minha frente. Minha *toushana* me atravessa com uma onda de calafrio.

— Agora, de novo. Pronta?

Vai embora, falo para minha *toushana*, *por favor*. Esfrego as mãos. Enquanto esquentam, repasso as etapas na cabeça. Meus dedos se aquecem por um instante, mas o calafrio afasta a sensação.

— Na primeira vez que usamos magia, ela queima um pouco — explica, com uma expressão ansiosa. — Mas, se insistir, a magia vai te ouvir.

Queima? Minha experiência com magia dá um frio de gelar os ossos.

— Valeu — digo, dando mais um tempinho para meus dedos afastarem o frio antes de pegar o osso. *Calor. Se apoie no calor.* Fecho os olhos e imagino minha *toushana* enterrada bem lá no fundo. Mas um geladinho dá um jeito de se espalhar pela mão. Prendo o fôlego e o ar preso no peito se infla contra as costelas e parece que vou explodir.

— Quando estiver pronta, querida. — Dexler fica atrás de mim, sussurrando, e sinto algo quente entrando em mim, granuloso e terroso.

A sensação floresce e se expande para um calor escaldante que se remexe em meu interior, como uma pilha de folhas sopradas com força. Minha *toushana* se move contra esse inferno no meu peito. Me concentro mais, retesando cada músculo, imaginando a sensação crescendo, *vencendo*. A magia invernal escondida em minhas veias se retrai e minhas mãos começam a se esquentar.

Mais forte.

Cerro os punhos. Dentro de mim, fogo. Novamente, seguro o osso sobre a chama, lentamente, girando-o. O tecido rasga. *Está funcionando!* Giro com mais vigor.

— É isso aí. — Dexler segura meus ombros com força.

Meus dedos chegam perto da chama, mas quase nem sinto o fogo lamber minha pele.

— Isso, garota — fala Dexler. — Com cuidado, assim mesmo.

O lugar onde Dexler me toca arde. O tecido em volta do osso borbulha, se alterando.

— Ai, meu Deus! — Os fios se alongam, tornando-se borrachudos e fibrosos.

— Isso! — Dexler grita. — A transfiguração está ocorrendo direitinho. — Ela larga meus ombros e eu me recosto. — Você conseguiu.

— Você... ajudou?

— Do mesmo jeito que ajudo a todos. Cultivadores podem compartilhar um pouquinho da sua magia — ela indica o anel —, mas só consigo instigar o que já está aí dentro. *Você* conseguiu. Com muita facilidade, devo acrescentar.

Pisco, sem acreditar.

Ai, meu Deus!

Eu fiz magia de verdade!

SETE

Ainda estou espantada. Dexler aperta meus ombros.
— Não fique tão surpresa. Você é uma Marionne. A magia é forte em você.

Eu consigo acessar magia de verdade.
Eu consigo acessar magia de verdade!

Aquilo soprou dentro de mim como uma tempestade de areia terrível, expulsou minha *toushana*, eu senti. Fico com os olhos marejados. Talvez eu não seja totalmente defeituosa.

— Muito bem. — Dexler cruza os braços. — Ouso dizer que a diretora vai ficar extasiada.

Só então noto que ninguém mais na sessão foi capaz de transfigurar o tecido e o osso em músculos. A Cultivadora Dexler exibe um sorrisinho. Está impressionada. Uma sensação estranha surge dentro de mim e um sorriso repuxa minha boca.

— Tudo bem, pausa. — Ela entrega apostilas, chamando a atenção da turma para a frente. Mas eu ainda estou com a cabeça girando por conta disso tudo.

— Quem se lembra da Segunda Regra da Lei Natural? — A sessão segue em frente, e várias mãos disparam para cima.

— A magia se fortalece com o uso — a menina de olhos azuis fala, com o livro aberto à frente dela.

Fico de orelha em pé.

— Exatamente, srta. Duncan — fala a Cultivadora Dexler.

Me endireito na cadeira, abrindo o livro na página correta.

Dexler continua enquanto encontro o texto.

2.ª REGRA DA LEI NATURAL
A magia se fortalece com o uso.
Quando alguém se conecta a um tipo de magia, ela enfraquece sua capacidade de alcançar aquelas pertencentes a outros tipos.

Espera. Eu levanto a mão.
— Sim, srta. Marionne?
Confiro a página outra vez.
— Isso significa que quando uso um tipo de magia, ela se torna mais fácil de acessar?
— Exato. Quando...
Levanto a mão outra vez, e a sessão parece aliviada por poder voltar às suas conversas paralelas.
— Sim, srta. Marionne, outra pergunta?
— Digamos que eu tenha uma afinidade para... — Confiro o livro. — Necrântica. Se eu praticar essa magia e um dia tentar transfigurar som, não serei capaz?
— Depois de ter se conectado, provavelmente não. Depois de se conectar a determinado tipo de magia, as outras ficam extremamente difíceis de alcançar. Ficam atrofiadas, por assim dizer. Pense na sua magia como uma porção de argila pronta para ser modelada — continua ela. — Depois de tomar forma e secar, não pode ser remodelada. Então, praticar sua magia modela sua argila. Amarra, endurece-a.
— Amarrar? — continuo. — O Terceiro Ritual, certo?
— Sim, o Terceiro Ritual é Amarrar, quando você é apresentada no Baile em seu vestido, para a Ordem, recebida oficialmente na irmandade. — Dexler sorri. — Sua assinatura é então transferida do *Livro dos Nomes* para o vidro da Esfera, onde ficará para o resto de sua vida.
Roo a unha, com a mente afundando num poço de possibilidades. Então, se eu continuar praticando esse tipo adequado e quente de magia, como a de hoje, fortalecendo minha capacidade de alcançá-la, posso me amarrar a ela e enterrar minha *toushana* para sempre? *Não... até parece... devo ter entendido errado.*
Ela volta a atenção para o resto do grupo.
— Secundus, escolham sua especialidade mágica com cuidado, pois vão ficar presos a ela para sempre.

Cabeças assentem, mas eu ainda estou fixada no que ela disse antes.

— Abram na página 29 — prossegue ela. Um gemido coletivo ressoa pela sala, e Dexler fala mais alto: — E copiem *todos* os 12 usos das folhas de acácia. Secundus, vocês também vão fazer uma análise de uma página sobre as duas especialidades mágicas nas quais estão mais interessados.

Capas de livros batem ao se abrir. Não me mexo, segurando firme na cadeira, como se eu pudesse segurar suas palavras. O peso delas está sobre mim como tijolos no meu peito. Posso me amarrar ao tipo de magia que fiz hoje, me livrando do veneno que corre em minhas veias! Me aprumo na mesa, lembrando de respirar.

A mamãe sabia disso? *Não devia saber.* Olho para o osso, ainda embrulhado em pedaços de músculo. Sinto essa outra magia com *tanta* força. Era diferente da ansiedade gelada que me persegue. Todos escrevem nos cadernos. A esperança infla dentro de mim. As fugas, os esconderijos, as sombras. Meu queixo bate no peito. Não precisávamos ter vivido assim. Não *precisamos*. Não *vamos*. Não mais.

⚜

A sessão termina e estou diante da porta de vovó em questão de minutos, graças ao mapa que peguei no meu quarto. Sua criada me deixa entrar. Vovó está mexendo uma xícara de chá, debaixo de um cobertor, diante da lareira.

— Que bom te ver, querida.

Estou toda tensa. Preciso fazer agora, antes que comece a duvidar da decisão. *Sim*, se a Ordem descobrir a minha *toushana*, vão me matar. Mas não vão descobrir. Esconder a minha verdade é algo que fiz a vida toda. Posso fazer aqui pelo tempo suficiente de passar pelos rituais. É a única maneira de deixar essa existência amaldiçoada para trás. E deixar mamãe a salvo — *longe de mim* — até que eu não ofereça mais riscos. As outras opções não são como areia movediça?

Vovó aponta para a cadeira ao lado dela.

— O que te traz...

— Quero ser iniciada, completar os três rituais e me tornar membro da Ordem. Se ainda me aceitar.

Ela baixa a xícara.

— Mudou de ideia?

Faço que sim e ela sorri.

— Você é minha neta. A aristocracia está no seu sangue. É claro que aceito. — Ela abre o *Livro dos Nomes* e pega uma caneta numa caixa de madeira, a qual coloca em minha mão. Seguro firme, o coração martelando no peito.

— Bem ali, abaixo dos outros.

Assino, e a tinta se expande no papel.

— Assim que passar pelos rituais, o *Livro* vai absorver seu nome e vai gravá-lo na Esfera, ao lado de milhares de outros, cimentando sua filiação.

Sinto dificuldade em me mover, ao mesmo tempo estou segura e apavorada diante do que acabei de fazer.

— Não está animada, querida?

Parece que meu coração quer sair pela boca.

— Muito.

Ela me pega pelo pulso, com força demais, e me puxa até a escrivaninha.

— Mais um detalhe.

Ela pega minha mão e, antes que eu possa puxar, aperta a ponta do meu dedo. Esfrega o dedão e o indicador e arrasta, como se puxando um fio invisível, e da minha pele brota uma gota de sangue.

— Ai!

Ela sopra na gota e observa com olhos arregalados. Depois de um momento, solta o ar e pinga a gota num frasquinho.

— *Agora*, tudo certo. — Ela escreve o nome completo de alguém num envelope e põe a amostra de sangue dentro dele antes de colocar na caixa de saída sobre sua mesa. Ele desaparece. — A sra. Cuthers vai arquivar. Bem-vinda ao lar, querida.

— Obriga... — Meu bolso brilha. Pego o chaveiro.

Vovó o tira de mim.

— Não vejo um desses há anos.

— É a mamãe; acho que ela está tentando me encontrar.

— Sim, sei como funciona. Eu o adquiri de um Comerciante conceituado.

Ela adquiriu? Tanta coisa que mamãe nunca me contou. Tanto que ainda não sei. Vovó coloca o chaveiro sobre a mesa.

— Posso reverter o rastro e localizar sua mãe, se puder deixá-lo comigo. — Ela olha pela janela, depois para mim. — Você gostaria?

— Você faria isso?

— É claro. Afinal, temos muitas novidades para contar a ela, não?

— Acho que sim. — Sinto uma pontada de culpa e quase posso ver a expressão cansada da mamãe. Ela sacrificou tanto por mim. Uma verdade feia e inegável que enterrei inúmeras vezes vem à tona como bile na garganta.

O lugar mais seguro para mamãe estar é *longe* de mim.

Olho para minhas mãos. *Preciso* me livrar desse veneno. Ela diria que meu plano é muito perigoso, mas eu me conheço, eu consigo. Fui *tão* bem na aula da Dexler. Não posso mais colocá-la em perigo, não quando essa opção está diante de mim. Respiro bem fundo. *Longe de mim, ela está segura.* Quando nos reunirmos, ela terá uma vida outra vez. Eu não tive escolha quando fugimos antes, mas agora tenho.

Preciso fazer isso.

Para libertar nós duas.

OITO
YAGRIN

Yagrin apareceu na rua de paralelepípedos, encharcada pela chuva, que atravessava o Parque da Emancipação. A calçada dava ao local um ar de Velho Mundo. E não somente pelo estilo arquitetônico. O parque pitoresco próximo à margem oeste do rio Mississippi era um acesso para quem soubesse procurar. A menina sardenta conseguira escapar. Mas não havia muitos lugares para os quais uma pessoa com a condição dela pudesse ir. E ele sabia exatamente como descobrir onde alguém do tipo dela poderia se esconder, um lugar cheio de fofocas da Ordem: a Taverna.

Yagrin queria uma vida honesta. Mas, só de pensar, ele ria. Medo era a força vital da Ordem, as algemas do dever. No fim, era tudo questão de ter medo ou ser temido, era o que seu pai lhe ensinara. E embora não tivesse muita certeza disso, ali estava ele caçando outro alvo, sendo a monstruosidade que esperavam dele. Chutou a bota naquele chão desnivelado, passando por uma poça enlameada, torcendo para aquilo realmente ser só lama.

Apertou os lábios, pensando na Sardenta, o jeito estranho que a mãe tinha usado para falar deste novo alvo. O modo como hesitou ao dar o nome inteiro dela: Quell Jewel. Seu calcanhar achou o ponto conhecido, um paralelepípedo solto. Olhou em volta. Namoradinhos absortos sentados no banco do parque nem davam bola para ele. O Parque da Emancipação estava vazio. As paredes de pedra que coroavam seu pátio memorial e os jardins internos pareciam um sentinela sob o reflexo da noite. Ele chutou a pedra e respirou fundo, permitindo que a magia subisse por seus dedos e braços. O calor girou dentro dele, e ele apertou a barriga, segurando o fôlego a fim de subi-lo até a cabeça.

Direcionou a magia para a pedra e o chão se abriu como a garganta de um cadáver, com escadas que desciam pela escuridão. Pisou em um degrau por vez, a animação da Taverna se inflando conforme ele se aproximava. Era *o* local para membros da Ordem do quadrante meridional. Geralmente, lotada de estudantes ávidos que ainda não haviam debutado, tagarelando as fofocas como filhotes ansiosos para sair do ninho. Vários debs fresquinhos, ou seja, debutantes, também curtiam a cena. E até mesmo alguns membros antigos, a escória, apareciam de vez em quando. Mas só os desesperados, nunca os elegantes. Seus pais não iriam nem mortos até a Taverna. Coisa de "gentinha". O pensamento animou seus passos ao entrar.

O barulho enchia o ambiente feito o ar de um balão, e Yagrin passou os olhos pela área procurando alguém do seu tipo, da sua Casa. Mas viu apenas um Dragun de outra Casa que não conhecia muito bem. O caraoquê tocava alto em uma salinha ao lado de uma fileira de mesas de apostas. Alguns se debruçavam sobre bebidas. Ele procurou um lugar longe das pessoas, de onde pudesse avaliar todos que fossem entrando. Sentia-se um verme ali, fedendo a morte. Fez uma careta, mas seu coração batia forte quando, suspirando, se jogou em uma cadeira.

Desfez o nó do cinto do sobretudo e analisou a multidão em busca de alguém que valesse a pena interrogar. O lugar estava mais vazio do que o normal, considerando que a Taverna era o notório ponto de encontro de Comerciantes duvidosos e seus clientes sórdidos. Mais mercadorias mágicas eram trocadas com apertos de mão disfarçados, sobre mesas de carteado e acompanhadas de bebidas, do que dinheiro entrava e saía de um banco.

A moeda de Dragun de Yagrin ainda era estranha em seu pescoço, mas ele tinha sido criado numa poderosa família da Ordem, e seu pai havia lhe preparado, instruindo-o sobre como as coisas eram feitas, como conseguir o que queria das pessoas. Até que Yagrin chegou à idade certa e foi entregue à diretora, que se encarregou de que ele estivesse aprendendo direitinho. Esta noite, ele deixaria a memória muscular assumir o comando. Pretendia obter informação altamente valorizada: onde, hoje em dia, uma pessoa com *toushana* se esconderia em busca de segurança.

Recostado à parede em um canto escuro, estava um rapaz barbudo e desengonçado, com as pontas dos dedos enfiadas nos bolsos do colete. Yagrin sorriu diante dessa oportunidade perfeita. Ele sabia que, se tirasse as mãos do desconhecido daqueles bolsinhos minúsculos, estariam manchadas de azul-escuro, com unhas sanguinolentas, algumas faltando até. Um Comerciante.

Os olhos castanhos do rapaz combinavam com a franja sobre o rosto. Yagrin o encarou e desestabilizou a postura cavalheiresca do moço. Yagrin sorriu. Havia encontrado um violão digno de se dedilhar. Aproximou-se, mas o rapaz se afastou, desinteressado na conversa de um Dragun. Yagrin precisava desarmar suas suspeitas. Draguns garantiam o decoro da Ordem, mas ele não estava lá para esculachá-lo por conta de seus negócios duvidosos.

— Topa um joguinho? — Yagrin gesticulou para a mesa próxima onde um crupiê aguardava mais dois jogadores. Os olhos do Comerciante brilharam de ambição e, após um instante, inclinou a cabeça. Desafio aceito. Confiança era algo volúvel, e dava para descobrir muito sobre alguém em um jogo de cartas, foi o que o pai lhe ensinara. Sua forma de julgar, o quanto deixa transparecer em sua expressão e, especialmente, o que significa ganhar para ele.

Espadas era o jogo favorito de Yagrin. Red lhe ensinara a jogar. Seus lábios formaram um sorriso. Precisava arranjar um tempinho para visitá-la.

"É tudo questão de proteger as apostas e os truques", ela explicara certa noite quando acampavam, o corpo aninhado ao seu sob as estrelas. Ela tinha razão em vários aspectos. A verdade estava sempre nos olhos. Era isso que amava em Red. Ela não era da Ordem, não sabia nada de magia, filha de um fazendeiro, que morava no meio do nada. Seu projeto de vida era desvendar os mistérios da aquaponia e como cavalgar sem cair do cavalo. Ela era *esperta*, mas não gostava de nada complexo. Desapego era seu estilo de vida. Porque queria que fosse assim.

Ele puxou uma cadeira para a mesa de jogos, e o Comerciante sentou-se à sua frente.

— Aposta? — o crupiê perguntou.

— Um favor — Yagrin respondeu.

O crupiê sorriu. Não era todo dia que um Dragun oferecia seus serviços como recompensa de uma aposta.

— E você? — o crupiê perguntou ao Comerciante. Ele estava impassível. Mas Yagrin podia sentir sua pulsação elevada pela ansiedade. Comerciantes, pela natureza de seu negócio com bens roubados, tinham muitos inimigos. Um favor de um Dragun não era uma oferta que se recusasse.

— Intensificador de Fonte. Qualidade ancestral, das cavernas de Aronya.
— Ergueu uma pedra vermelha. — Encontrada por mim.

A última parte era mentira. Comerciantes roubam tudo de valor que veem pela frente. Mas era autêntica; tom e brilho inconfundíveis. Muitos pagariam generosamente. Se adornasse a adaga de um deb, ele poderia sentir a presença de qualquer magia, depois da amarração. Se liquefeita por um Transmorfo complexo, se tornaria um ingrediente poderoso para manipular qualquer elixir. Até mesmo um Anatômero poderia usá-la para disfarçar seus rastros.

Yagrin recostou-se, impressionado. Era uma oferta perspicaz. Mas, naquela noite, Yagrin estava em busca do intangível: segredos. A ambição crispou os lábios do Comerciante. Ele *queria* permutar.

— Nada feito — disse Yagrin, testando a sorte. Balançou a mão, dispensando a oferta, a confiança do rapaz se quebrou.

— *Isto...*

— Não é o que eu quero.

Ele bufou, horrorizado.

— Favor por favor. É isso. Ou nada de jogo.

O Comerciante batia o pé no chão, e bebidas chegaram à mesa. Yagrin mantinha a expressão impassível, indecifrável, como a mãe — sua diretora — o obrigara a treinar na floresta inúmeras vezes sob a luz da lua. Ele seria imperceptível. O Comerciante buscava um traço de ansiedade nele, mas não encontrava nada. O que apenas desvelava mais de seu próprio desespero.

O Comerciante deu um gole.

— Tá bom. Favor por favor.

O crupiê abriu as cartas, e Yagrin apertou os lábios para esconder o sorriso. Ele tinha fisgado o homem. Agora só precisava ganhar. A mão de Yagrin não saiu ótima, mas nada que não se desse um jeito. Ele chamou o calor para a ponta dos dedos. Sorrateiramente, passou a magia para as cartas, e o naipe de ouros se transformou em espadas.

— Tenho sete — o Comerciante avisou.

— Tenho nove.

O Comerciante desabotoou as mangas, puxou o colarinho. Se o crupiê havia sacado os truques de Yagrin, não falou nada. Ele que não queria irritar um Dragun. Poder não era o sabor favorito de veneno de Yagrin, mas não podia negar seus benefícios. As cartas foram dispostas na mesa em ordem.

Sua vez, depois a do Comerciante. E Yagrin foi montando mais e mais mãos vitoriosas, até chegar a 12 diante de meras três do Comerciante.

— Ganhei.

O Comerciante bateu as cartas sobre a mesa. A vitória borbulhava em Yagrin, mas ele escondeu a alegria. O Comerciante o seguiu até um canto escuro do bar no mesmo momento em que um rosto conhecido entrava ali. Felix, um colega com quem Yagrin debutara na Temporada passada. Felix chegou ao balcão do bar e levantou um copo para ele. A segurança de Yagrin balançou. Ele não esperava ver aquele canalha.

Puxou o Comerciante pelo colarinho para um canto longe das vistas, lutando contra a vontade de se desculpar por ser tão agressivo. Precisava demonstrar força. Essencial para conseguir o que queria.

— Vou ser rápido. E essa conversa é confidencial, certo?

— Estou te devendo. Não posso exatamente negar, né? — As mãos do Comerciante tremiam, embora sua mandíbula ainda mantivesse a expressão maldosa.

Yagrin o largou.

— Só preciso de umas informações. Relaxa. — *Não quero te machucar*, pensou ele, mas não falou. — Meu nome é Yagrin.

— Des. — Ele se endireitou. — Vamos acabar logo com isso. O que quer saber?

— De alguém fugindo com *toushana*. Hoje em dia, aonde vão pra se esconder?

Depois do Terceiro Ritual, as tarefas passaram a vir diretamente da Sede, do diretor Dragun em pessoa, o atual chefe de Yagrin. Mas a mãe mantinha seus graduandos por perto e não hesitava em pedir favores. Este era o segundo alvo do mês que ela pedira. Gorro Rosa tinha sido a primeira. A mãe não dera mais detalhes além do nome de Quell. E nem precisava. Além disso, ele nem queria. Quanto mais soubesse, mais lhe embrulharia o estômago fazer o serviço.

— Abrigos — disse o Comerciante.

Mentira. Yagrin acabava de chegar de um abrigo que tinha sido destruído.

— Se for pra fazer isso, precisa ser honesto. Estou numa missão, mas meu amigo... — Apontou Felix, no bar, debruçado sobre uma bebida — ... não está. Ele adoraria interrogá-lo sobre os tesouros que você comercializa. —

Yagrin fez uma careta; o sabor da ameaça era amargo. Mas ele precisava manter a vantagem.

Des engoliu em seco.

— Tá bom. Os abrigos estão sendo demolidos.

— E?

— E... então não tem mais um lugar para se esconder. A não ser que a pessoa conheça alguém que mantenha segredo.

— E quem faria isso?

A expressão do Comerciante mudou, mas Yagrin não entendeu o que significava.

— Não sei, de verdade. Olha, as coisas estão mudando. Meus pontos de comércio foram usurpados. Estou precisando arranjar outras rotas. E ninguém está falando mais nada. Meus informantes de sempre estão quietos.

Outra mentira. Yagrin bufou e empurrou Des contra a parede.

— Minta outra vez e eu vou arrancar seus ossos e depois enterrar seu corpo. — *Tema ou seja temido.* Fácil como respirar. Ele não tinha escolhido essa vida, mas nascera para ela.

— Tô falando a verdade! Tudo mudou. Até meus clientes estão nervosos. Se eu não estivesse na pindaíba, nem teria jogado com você — disse ele, ríspido, olhando para o nada. — Boatos de que a Esfera está mudando deixaram todo mundo nervoso.

Yagrin se aquietou e se afastou um pouco do homem.

— Mudando como?

— Ouvi dizer que está toda escurecida, como se estivesse apodrecendo de dentro pra fora ou algo assim.

Yagrin semicerrou os olhos.

— Você viu?

— Não sei se é verdade, mas se todo mundo acredita, o que importa a verdade?

Yagrin franziu ainda mais o cenho. Deu vontade de sair correndo para a Casa e ver a situação da Esfera. Uma cópia dela ficava no hall de entrada de cada Casa, um lembrete do Pacto de Incumbência que a forjara havia séculos. Sua localização *real* era um mistério.

Em uma visita à Casa com o pai, muito antes de ter a idade mínima para a iniciação, ele a vira pela primeira vez. Tão maravilhosa. Era tão vívida, com seu interior pulsando com grãos brilhantes de Pó Solar, que giravam feito um globo de neve. Sua pele pinicou naquele dia, e agora outra vez. Orgulho de fazer parte de algo tão grande e especial — a Prestigiosa Ordem dos Mais Elevados Mistérios. *Magia*. Algo que sua linhagem era especialista em moldar.

Isso foi antes de tudo azedar. Antes de sua dificuldade com qualquer magia, conseguindo mostrá-la com dois anos de atraso. Depois de ver quão furioso seu pai ficava com isso. Depois de ser considerado uma vergonha.

— Dívida paga.

— *Quê? Eu...*

— Estou me sentindo generoso hoje. — Yagrin apertou o ombro do Comerciante antes de ir embora. Sentiu a pulsação de Des desacelerar. Yagrin não conseguira a informação de que precisava, mas aquele homem não a tinha. Estava certo disso.

Mas essa notícia da Esfera mexeu com ele. Pensava nas palavras de Des enquanto o Comerciante se misturava à multidão e depois escapava pela porta. A Esfera apodrecia de dentro para fora. *Se o conteúdo da Esfera escapasse...* Ele se apoiou no balcão, o coração acelerado... *seria o fim de toda a magia*. Pelo menos, nesta vida. Ela sumiria das pessoas que a controlam.

Yagrin caiu sentado em uma banqueta. Como algo assim poderia acontecer? Alguma coisa, ou *alguém*, era responsável por isso? Apenas alguém poderoso seria capaz. *Ele* poderia fazer algo desse tipo. Mas não havia muitos como ele, com sua proeza genética para a magia. Procurou Felix, mas ele já tinha ido embora. Ajeitou-se no banco e pensou na Gorro Rosa e na *toushana* que corria pelas veias dela. O cheiro pungente, queimando. A missão da irmandade Dragun era preservar e proteger a magia, a qualquer custo. Mas suas missões não vinham com explicações. Eram ordens apenas. Ele se endireitou. Talvez fosse melhor assim mesmo. Sua diretora diria que seu trabalho não era para ser divertido, apenas executado. Pelo bem de tudo e de todos. A mera sugestão deveria afundar seus ombros, acalmar sua culpa.

Mas não.

O que quer que estivesse acontecendo com a Esfera, tendo a ver com Gorro Rosa ou não, não lhe trazia um bom pressentimento.

Ele acenou pedindo uma bebida, remoendo sua situação: tentando acalmar a mãe para que ela não descobrisse sua traição, evitando completamente o diretor Dragun. E agora isso. Ele nem deveria se importar. O bartender não olhou em sua direção. Ele não se arrependia de ter trapaceado no Terceiro Ritual. Mas tinha medo de ser pego. Porém, fez sua escolha quando conheceu Red. Ele não faria a Iniciação até o fim. Ele tinha visto o que ela fizera com sua família. Faria o suficiente para sobreviver, passar despercebido. Sinalizou para o bartender novamente.

— Kiziloxer? — o bartender perguntou, esfregando as mãos numa toalha pendurada em sua cintura.

— Só água mesmo.

— Beleza. Desculpa, eu te vi antes. Hoje está vazio, mas o pessoal está animado.

— Sem problema.

— Me chamo Rikken — disse ele. Era um sujeito de peito largo, barba curta e cabelo meio ruivo. — Turma programada para o ano 15. Casa Ambrose.

Ele não terminou.

— Yagrin. Recém-formado.

Rikken segurou uma mão na outra e fez surgir um copo, que foi se alongando e aumentando de tamanho. Em seguida, juntou os dedos e os esfregou, para frente e para trás, absorvendo a umidade do ar, e a água foi enchendo o copo, saindo direto das pontas dos dedos do rapaz.

— Como um Transmorfo complexo acabou vindo trabalhar num bar? — Yagrin perguntou ao pegar o copo. Magia transmorfa, mesmo a mais básica, nunca esteve ao alcance de Yagrin. Ele levou um tempão para dominar as magias anatômera e áuditra, mas estas eram mais do seu feitio.

— Meu tataravô abriu um pub para ajudar a Ordem e eles lhe ensinavam algumas coisas. Mas a magia dele nunca ficou boa o suficiente pra ser usada. Então, ficou nesse negócio, virou uma franquia. Quando ele morreu, a família cansou de cuidar do negócio. A maioria fechou. Só sobrou esse. Eu não tinha mais nada pra fazer, então fiquei com ele.

— Ah, entendi. — Ele apontou para a água. — Queria ver você fazer isso numa noite seca — provocou Yagrin.

Rikken riu e apontou para um filtro de água comum atrás dele.

— Tenho garantia.

Era tão mais fácil conversar com quem não precisava ameaçar.

— E esses boatos sobre a Esfera? Você acredita?

— Quem está perguntando?

— Eu?

— Você ou sua diretora?

— Então você *sabe* de algo.

Rikken limpou o balcão e serviu mais gente. Iniciados, pelo jeito. De olhos animados, ávidos, com diademas e máscaras tão brilhantes que pareciam polidas diariamente. Yagrin analisou os recém-chegados, com o colarinho para cima, disfarçando seu rosto. Difícil a menina ter conseguido se matricular com aquele veneno no sangue. Mesmo assim, buscou por sardas e olhos castanhos gentis, só para garantir.

Os estudantes tomaram suas bebidas gasosas, e ele observou das sombras da ponta do balcão. Mas não viu a garota. Olhou o relógio e bateu o pé. A mãe iria querer uma atualização em breve.

— Olha, eu sou só o filho anônimo de um cara que largou a Ordem — Rikken falou ao voltar com as mãos ocupadas. — Não preciso de problemas. Fujo deles. Eu não sou um de vocês.

— Mas ouviu...

— Ouvi faz um tempo, antes de você ter pelo no peito, que uma das diretoras tinha feito uma aposta pesada para achar a localização da Esfera. E agora está toda escurecida. Você me diz o que isso significa.

Yagrin afundou no assento, a insinuação o puxava para baixo como uma âncora. Rikken pensava que uma diretora estaria por trás da podridão da Esfera? Não fazia sentido algum. A vida deles estava amarrada à Esfera. Como dizia o velho ditado? "Se a Esfera se quebrar, a diretora vai se danar."

Yagrin bebeu a água, agradeceu a Rikken e se afastou do balcão. Não estava interessado em teorias da conspiração. Queria algo palpável. Seu estômago revirava, enjoado, como ele imaginava a Esfera, num torvelinho de bile negra.

Outra vez, olhou o relógio, vestindo o sobretudo. Se não encontrasse a sardenta logo ou ao menos algum burburinho sobre ela, teria que encarar a diretora de mãos abanando. Engoliu em seco. Não podia deixá-la descobrir que ele era um impostor. Imaginou o rosto do pai contorcido pelo desgosto quando soubesse do segredo pérfido de Yagrin. Será que o defenderia ou o expulsaria, como um traidor? Não era uma pergunta. Ele sabia a resposta.

PARTE DOIS

NOVE

Coloco os joelhos sobre o apoio aveludado e mantenho a cabeça baixa, mas, pelo canto do olho, não perco vovó de vista. Estou sendo iniciada oficialmente. *Por favor, espero não estar cometendo um erro.*

O auditório está lotado com meus futuros colegas, mas não se escuta um pio além do meu coração martelando no peito enquanto a diretora Marionne cobre meus ombros com o tecido dourado da Casa. Abby acena para mim da primeira fileira da rotunda de adoração. Esta pequena sala de oração fica na ala leste da propriedade. Ela é feita de pedra com toques de madeira. Detalhes inspirados no sol cobrem as paredes, e, acima do altar, a luz da manhã brilha sobre nós a partir das janelas coloridas com imagens que parecem contar uma história.

— Sente-se sobre os calcanhares. — Vovó pressiona minhas costas. — O manto deve cobrir tudo, menos a cabeça. — Seus lábios estão comprimidos de frustração. Ela suspira, e Jordan salta da cadeira para ficar ao lado dela.

— Posso ajudar, diretora?

— Não, eu...

— Ah, minha nossa, sim, por favor. — Vovó ajeita as pontas do cabelo, analisando a plateia. Jordan fica ao meu lado e perco o fôlego. Vovó se afasta, virando-se para a multidão que só cresce.

— Coloque as mãos nos bolsos — ele ordena.

— Não preciso de ajuda, sério. — Encaro Jordan, desesperada por me afastar dele antes que minha *toushana* confirme suas suspeitas e ele envolva meu pescoço com sua magia mortal. — É sério, tô bem.

— Aqui não há espaço para orgulho. Humilhe-se diante do altar de Sola Sfenti e receba sua unção com alguma dignidade.

— *Orgulho?!* Você acha que...

— Por favor, silêncio — vovó fala ao microfone. — A cerimônia vai começar. — Um sino ressoa três vezes e uma música baixa toca à distância.

— Bolsos, *agora* — ele ordena num sussurro e eu aceito, enfiando as mãos nos bolsos aveludados do manto da Casa. — Na 12.ª badalada do sino — ele sussurra tão perto que sinto na minha pele —, tire as mãos dos bolsos, palmas e olhos para cima em sinal de submissão ao Deus Sol. — Ele demonstra. — Quando a diretora sinalizar, fique de pé. — Ele se afasta para me dar espaço.

Na 12.ª badalada, faço o que ele falou. A luz pulsa pelo teto abobadado de vidro, através de seus ângulos facetados, salpicando o altar de mármore abaixo de mim. Vovó se aproxima com uma escova de madeira.

— Agora, precisa escolher, máscara ou diadema — sussurra Jordan.

— Onde será ungida? — vovó pergunta.

— Hum, ah, o diadema, por favor.

Os olhos de Jordan se arregalam e ele faz com a boca: *senhora*.

— Senhora.

Ela mergulha a escova em uma tigela com a borda dourada, lentamente, para a frente e para trás. O movimento sutil desprende uma nuvem de poeira brilhante, e um barulho de assombro disfarçado ondula pela sala. A mão de vovó fica parada até a poeira se assentar.

— O Pó Solar é moído a partir das pedras solares que Sola Sfenti descobriu em outros tempos, a fonte de toda a magia — explica Jordan. — Cada mínimo toque é sagrado e cada grão, poderoso. Este pó aumenta, aguça e desperta sua habilidade de alcançar a magia.

Encho o pulmão de ar enquanto a escova toca meu cabelo.

— As palavras — diz vovó, com o manto rosado se movendo aos seus pés quando ela anda ao nosso redor. — Está pronta?

Faço que sim com a cabeça.

— Que eu me prove digna — Jordan me incentiva a copiá-lo. — Que eu me prove uma criada adequada.

— Que eu me prove digna. Que eu me prove uma criada adequada — falo enquanto as fibras macias deslizam sobre o topo da minha cabeça.

— Novamente, repita a oração, repita até sentir algo.

Murmuro várias vezes enquanto vovó continua espalhando o pó sobre mim, me observando com ansiedade. Minha pele formiga, primeiro só um pouco, depois por toda a parte, chega a doer.

— Estou sentindo.

O sorriso hesitante de vovó se ilumina ao colocar a escova de volta na tigela.

— Levante-se e encare Sola Sfenti, filha do Sol. Sua hora é agora.

Eu fico de pé, sob o peso do manto, as joias da Casa penduradas sob meu peito, e encaro o sol. A plateia aplaude. Vovó me abraça e beija minhas bochechas.

— Vai emergir logo. — Ela aperta meu ombro, estou enjoada. Consegui. Entrei neste mundo do qual fugimos a vida toda.

Não tem mais volta.

⚜

Pouco depois da cerimônia de iniciação, vovó me entregou um calendário e mais um monte de vestidos como aquele que tinha deixado no meu quarto, e me incentivou a fazer minha primeira sessão sem demora.

— A magia circula melhor no sangue quando se usa um desses — disse ela. — É seu uniforme daqui para a frente. — O tecido suntuoso ainda era estranho sobre minha pele. Desde a cerimônia, o vestido parecia parte de mim, amplificando o canto caloroso da magia debaixo da minha pele. Viro o espelho sobre a penteadeira, mas não há sinal do Pó no meu cabelo.

— Emergir — murmuro, acariciando minha cabeça com dedos hesitantes, e recuo ao que parece ser o diadema surgindo. Coloco a coroa de madeira na cabeça antes de sair para a sessão. As pessoas me encaram. Muitas com suas máscaras brilhantes ou metal cravejado sobre a cabeça. Misturar-me nas sombras de uma nova escola não é novidade. Mas isso... aqui... com meu nome invisivelmente estampado na testa, faz minha cabeça girar. Decido tentar sorrir; às vezes, isso é mais simpático. Para meu alívio, aqueles que me observam sorriem de volta. *Eu vou me misturar.*

O corredor se abre para a grande entrada, os raios solares pulsando pelas infindáveis janelas. Preciso focar ao máximo para não ficar boquiaberta diante da esfera rotativa pendurada no salão, como um sol escuro, com matéria ondulando sob seu vidro, raivosa, parecendo ondas agitadas em um mar tempestuoso. Os pontos em sua superfície brilham como uma noite estrelada. Tento pegar um, mas meus dedos atravessam a ilusão. Então, ela se move, expandindo para uma teia do que devem ser centenas de nomes escritos em letras miúdas. Mal dá para ler. Fico maravilhada com a quantidade de nomes dos membros gravada na Esfera. Em seguida, volto a atenção para o mapa.

O mapa mostra um caminho para a sessão de Dexler que não envolve um corredor secreto. Dexler, como minha Cultivadora, será como uma professora principal ou conselheira, explicara vovó. Todos podem trabalhar no próprio ritmo por duas Estações, sob a orientação de um Cultivador, e podem se inscrever para o Terceiro Ritual na hora certa. Para alguns, são meses. Outros, como Abby, levam anos. Muitos não conseguem nunca.

A sala de Dexler fica depois do hall de entrada, passando pelo Corredor Aurora, bem distante na Ala Norte. Pelo menos vai ter uma pessoa que eu conheço mais ou menos.

A porta se abre, e o resíduo poeirento nela gruda na minha mão. Entro.

E, de algum modo, estou lá fora.

O ar fresco canta notas de gardênia, a brisa acalma meus nervos. A propriedade paira atrás de mim, como uma mãe vigilante, e a neblina repousa sobre o manto verde ao longe. As equipes de paisagismo cuidam dos jardins ao sol do meio-dia, aparam a grama, modelam as sebes com nada mais do que o deslizar das mãos. Corro em direção à sala de aula improvisada no meio do que parece ser um pequeno jardim cercado por muros verdes, com pilares de pedra usados como mesas, e árvores caídas servindo de assentos. Dexler tece sua magia em torno de um pedaço de casca de árvore, que encolhe cada vez mais, enquanto todos observam com os olhos arregalados.

— Ah, que bom. — Ela acena para eu me apressar. — Pensei que o portal fosse te confundir. Vem, sente-se. Acabamos de começar.

Sento-me ao lado da loira de cabelos curtos e respiro fundo. A sessão comporta iniciados em mantos como o meu, e outros de calças e blusas largas. Uma avaliação rápida diminui a tensão nos meus ombros. Há outras três sem diademas e ao menos um sem máscara. Vai saber quanto tempo eles estão aqui, mas pelo menos não sou a única que precisa emergir.

— Onde estávamos? Ah, sim. — Dexler pega a casca de árvore com as duas mãos. Está tão pequena agora que preciso apertar os olhos para enxergar. Ela a levanta na direção do sol. O anel, que hoje é azul, cintila. — De um ser vivo para o outro. — Ela abre a mão e um passarinho voa.

A turma fica atônita.

— Hoje a revisão é sobre Caminho Natural para Mudança, um braço da magia Anatômera. E um lembrete de que toda magia tem seu preço. — O passarinho bate as asas no ar e aumenta de tamanho conforme amadurece, passando de um filhotinho para um pássaro adulto bem diante dos meus olhos. — Parte da sua tarefa é pesar esse custo.

As pontinhas das asas são as primeiras a se acinzentarem. Em seguida, as penas ficam ralas, como se gastas pela idade. Ele começa a descer, fazendo força para se manter no alto, até começar a ir em direção ao chão.

— Ele vai... — Mordo as juntas dos dedos.

Ele mergulha no chão. Alguém solta um gritinho. Dexler nos reúne em torno daquela pobre figura. Ela gira o pássaro morto de lado, o horror nítido nas expressões dos meus colegas.

— Conheça o custo dos mistérios com os quais você mexe, ou talvez tenha que pagar um preço pelo qual não barganhou.

Sinto um calafrio ao retornarmos aos lugares.

— Para começar, Electus, qual o seu comando?

Sou eu.

— Emergir a magia — digo, pronta, em uníssono com os outros que ainda não emergiram. — Rico é o sangue dos escolhidos. — As palavras ecoam, geladas, dentro de mim. Minha *toushana* palpita. *Quieta*, imploro. *Por favor*.

Primus e Secundus completam suas recitações e eu olho para os outros que ainda não emergiram, tentando espiar o que estão fazendo. Uma delas me pega no flagra, e eu me obrigo a olhá-la nos olhos. Ela me olha de cima a baixo enquanto Dexler fala monotonamente sobre o que faremos hoje. Seus ombros caem. Seu queixo se levanta. Eu conheço esse olhar. Ela não quer saber de mim.

Luto contra a vontade de me encolher no assento e foco em Dexler.

— Vamos trabalhar com um *kor* diferente hoje. — Ela aponta para o sol. — Por isso, estamos ao ar livre. A magia Anatômera exige o conhecimento de como os organismos funcionam, como crescem e mudam naturalmente.

Organismos semelhantes terão estruturas anatômicas similares, facilitando a transformação. Mudar de uma pessoa para outra é muito fácil. Mas nós vamos além, não paramos por aí, certo?

— Toma. — A loira ao meu lado me joga um caderno e um lápis.

— Valeu.

— Shelby... Duncan. — Ela oferece a mão, mas uma dúvida faísca em seus olhos azuis.

— Oi.

Nos cumprimentamos.

— Secundus, quinta de minha linhagem, candidata a Anatômera.

Nigel Hammond se transformando no Dragun que está atrás de mim surge em minha mente.

— Você consegue mudar o rosto.

— Se eu fosse básica, lógico. Com treino e um pouquinho do sangue da pessoa, consigo imitar a voz e a personalidade também. Posso me transformar em qualquer um. Eu estou quase dominando a arte em uma pessoa, até agora. Mas isso de animal, ainda não.

— Você é Secundus, deve conhecer a Abby, minha colega de quarto.

— Sim, fizemos a Temporada passada juntas. Vamos terminar esta juntas. — A moça loira faz uma bola com o chiclete e a estoura. — Se ela der conta, claro.

— Sou a Quell Ma...

— Marionne, eu sei. Todo mundo sabe.

Minhas bochechas ficam quentes diante dessa resposta, o sentimento exato é desconhecido pra mim. Falarem de mim não é novidade. Mas, o jeito que ela sorri para mim, não tão artificial dessa vez, torna difícil olhá-la nos olhos. Um diadema robusto com pedras azul-claras se ergue acima de sua cabeça, realçando seus olhos. O da Abby é bem menor do que o da Shelby. Mas algo me diz que tudo nela é grandioso.

Fala mais alguma coisa. Não seja esquisita.

— Prazer em conhecê-la.

Ela faz outra bola de chiclete e vai assoprando até estourar.

— Prazer.

— Você se importa de me contar? — Aponto para minha cabeça. — Como funciona isso de emergir?

Ela vira os ombros para trás, altiva, como se já não fosse dolorosamente óbvio o fato de que sou novata. Marionne só no nome. Vovó tinha razão. Mas ela vai ver só.

— Eu ainda não estou por dentro — digo, tentando fazer com que minhas palavras soem mais confiantes do que me sinto. — Minha mãe não fez nada disso, então é novidade pra mim.

— Claro. — Ela começa a sussurrar enquanto Dexler anda pela turma falando de algo em que provavelmente eu devia prestar atenção. Mas não consigo me desprender das palavras de Shelby. — Então, emergir é o ritual mais fácil se você tem uma linhagem forte, o que, no seu caso, tipo, *dã*.

Não consigo evitar um sorriso. É tentador pensar que eu posso me tornar membro dessa Ordem, portadora do que a vovó chamou de "os maiores mistérios do mundo".

— Que mais?

— A gente emerge quando usa muita magia em pouco tempo. Porque a magia...

— Fica mais forte com o uso — eu me recordo.

— Sim, e você vai usar o dia inteiro por vários dias. Completar o Primeiro Ritual mostra que sua magia é forte o suficiente para ser usada pela Ordem. Não se preocupe. Vai demorar no máximo uns dias.

— Entendi, certo, valeu. — Se usar magia vai me fazer emergir, então preciso usar magia.

— Prontos? — A voz de Dexler se sobressai, com algo verde desabrochando em sua mão. Ela distribui grama e jarros com terra. — Transfigurem esses itens em um botão de *Nerium oleander*. Quero em cima da minha mesa até o final da aula.

Todo mundo ao meu redor parece saber o que está acontecendo, até Shelby, então tento imitá-la. Coloco a terra na minha pedra e ajeito a grama ao redor.

— Perdi o que ela disse. Preciso fazer surgir uma flor de oleandro?

— Olha só. — Shelby me mostra uma semente. — Semente para flor é o caminho natural da mudança. Mas a magia é fazer o *não natural*. — Ela se volta para os dois ingredientes. Como isso vai virar uma flor? Observo, atenta, para não perder nada. Shelby traça círculos na grama, a expressão subitamente muito focada. O ar em torno dos seus dedos ondula e a grama dissolve na terra. Então, ela junta a pilha de terra e a levanta. De lá, surge uma flor branca.

— Uau! Então, você fez a grama agir como uma semente?

— Exatamente. Relaxa. Demora um pouco pra pegar. — Seus olhos sorriem, e eu me ajeito no assento, mais confortável. Agradeço e a deixo em paz antes de começar a mexer minha terra.

Meus dedos sentem frio de repente, e eu espanto a sensação, enterrando minha *toushana*. *Calor*. Busco algo dentro de mim que esteja quente. Um nó na barriga se acende feito chama, e o imagino crescendo. O calor viaja pelo corpo como um sopro, e sinto como se grãos de areia esvoaçassem dentro de mim. Foco minha mente em alterar a grama para que aja como semente, sua superfície orvalhada fria em meus dedos. O ar em volta da minha mão ondula, e as folhas de grama se dissolvem.

Meu coração bate acelerado. Pego uma pitada de terra, e um botão de flor roça meus dedos. Puxo, e algo fica gelado em mim, afastando a magia adequada. Enfio as mãos entre as coxas. Sobre minha mesa, uma flor insignificante. Respiro, inspirando pelo nariz, expirando pela boca, até o frio cessar.

— Nada mal, srta. Marionne. — Dexler passa ao lado.

— Obrigada, a Shelby me ajudou.

— Comigo de novo. — Dexler pousa a mão sobre meu ombro, e repetimos a tarefa algumas vezes, com sua magia amplificando a minha, até que consigo uma flor bem maior.

Quando ela se solta de mim, cambaleia.

— Cultivadora Dexler, tá tudo bem? — Ajudo-a a se reequilibrar.

— Tudo bem, não se preocupe. Toda magia tem um preço. O que os Cultivadores pagam é bem alto. — Ela pega um anel de pedra transparente da caixa e coloca no dedo, respirando aliviada. — Agora você, madame, precisa continuar assim. Vai emergir rapidinho — ela fala antes de ir verificar o trabalho de Shelby. — Impecável, srta. Duncan, como sempre. Um senso aguçado de toque e um discurso assertivo. — Ela gira o anel no dedo. — Isso e sua aptidão para ensinar. Sabe... já pensou em ser uma Cultivadora?

— Na verdade, a diretora e eu... — Shelby cora, e as palavras entre elas soam distantes enquanto volto a treinar. Quando a sessão acaba, consegui três flores, mas nenhuma com folhas e cabo comprido.

— Nada mal para o seu primeiro dia oficial — Shelby fala, jogando as coisas na bolsa.

— Valeu. — Arrumo uma mecha de cabelo atrás da orelha, achando mais fácil olhar meus colegas nos olhos.

Talvez eu consiga fazer isso.

DEZ

Depois de um almoço rápido sozinha no meu quarto, estudo um pouco e em seguida corro para a sessão seguinte. É Etiqueta, no Grande Salão de Baile. Entro de mãos nos bolsos. Há menos alunos do que na aula anterior, e parece que nesta não vamos usar muita magia. A rotunda possui um teto abobadado. Janelas compridas e finas são cobertas por cortinas que roçam o chão brilhante. Mesas longas arrumadas com toalhas que se arrastam no chão estão dispostas no meio do salão, com cadeiras de encostos altos de cada lado. Dou um passo, determinada a ir tão bem quanto na aula de Dexler. Devo dar conta de comer "apropriadamente", mesmo que isso envolva muitos talheres.

As cabeças se viram na minha direção, mas mantenho a minha abaixada e encontro meu nome em um cartãozinho sobre uma pilha de pratos com bordas douradas. Ninguém está sentado, então me junto ao pequeno grupo.

Não há sequer um rosto conhecido entre as cerca de 12 pessoas. Nada de Shelby, nem Abby.

— Ah, com licença — alguém fala, tentando se enfiar entre outra pessoa e a parede, distanciando-se dos grupinhos já formados. É uma das garotas da aula de Dexler, que também não emergiu ainda.

— Você é a Marionne, certo?

A Marionne.

Minha *toushana* vibra dentro de mim, cutucando minha insegurança. Parece que ela sabe que minha presença aqui, neste mundo, é absurda. Mais cabeças se viram na nossa direção diante da menção do meu sobrenome, e luto contra a vontade de olhar para meus sapatos, de me encolher. Forço minha cabeça a se manter erguida. *Você não é mais invisível.*

— Sim, sou eu. — As palavras parecem estranhas na minha boca, mas eu as mastigo e engulo à força. Sou uma Marionne. Vovó e eu somos do mesmo sangue. Cruzo as mãos atrás de mim, torcendo para que meus gestos pareçam normais e não suspeitos.

— Meu nome é Rose — ela diz, algo nublando sua expressão. — É tanta coisa, né?

— Sim. Há quanto tempo está aqui?

— Desde o fim da Temporada passada, mas cheguei tarde demais.

Do jeito que Shelby e Abby falaram, parecia que acontecia rápido para todo mundo. Ela deve ter lido minha mente, pois sua expressão ficou irritada.

— Deu certo seu oleandro? — pergunto, tentando mudar de assunto. Ela parecia bem mais segura do que eu naquela aula.

— Consegui puxar uma folha. Nenhuma flor.

— Me falaram que precisa praticar.

— Espero que sim. — Ela sorri antes de suspirar profundamente.

— Você...

— Você ouviu falar — sua interrupção me assusta — do Baile Luz da Lua? — Ela puxa um fio do bordado de sua roupa. — Foi no Wexton Regency. Em Nova York, sabia?

— Eu, uh... não.

— O baile de abertura da Temporada é sempre inesquecível, mas ouvi dizer que o desse ano foi ainda mais luxuoso. Todos que se juntaram à Ordem na Temporada passada foram convidados, fazer um social com a elite da sociedade. — Ela sorri, mas fica trêmula, e o sorriso desaparece. — Meus pais foram. Minha irmã. Mas eu não podia, ainda não. Eles sempre insistem que eu preciso achar um homem respeitável dentro da Ordem. Magia deve casar com magia, sabe? — ela fala em tom de zombaria.

— Ah, é? — Não consigo bolar uma resposta melhor.

— Mas como devo fazer isso se não consigo fazer esse negócio nascer na minha cabeça? — Ela fica vermelha de frustração.

— Você vai emergir logo e ser convidada também. — Ofereço o melhor sorriso que consigo diante dessa situação esquisita.

Ela suspira, mal-humorada.

— Bom, prazer em conhecê-la. — Ela se afasta e eu solto o ar. Quando as portas do salão se abrem, um cavalheiro em um terno elegante, comprido atrás, entra. Ele também usa uma gravata preta engomada.

— Cultivador Plume — as pessoas falam e fazem uma reverência. Eu copio e me aproximo para ouvir melhor.

— Boa tarde. — Plume gesticula amplamente antes de dobrar seu corpo magricelo num cumprimento. Ele se move como o ar, deslizando para perto de nós, cada passo perfeitamente empertigado. O andar elegante de mamãe não é nada perto do dele. Ele é o auge da elegância. — Bem, estão faltando alguns, não? — Ele observa o grupo, com as mãos na cintura, depois se volta para a porta bem na hora que ela se abre. — Ah, ali estão. Por favor, encontrem seu nome e se sentem.

Corro para a cadeira com o nome "Marionne". Mas, quando vejo um rosto conhecido pelo canto dos olhos, fico paralisada, pois é Jordan entre os atrasados. Pressiono as costas contra o espaldar da cadeira. *Por que ele está aqui?* Não veste calça e camiseta como os outros. Está de smoking, como Plume. Uma das vantagens de ser graduando, suponho.

Ele cruza a sala junto a outras duas, ambas com diademas esculturais. Os ombros dele estão retos, barriga para dentro, e a mesa se enche de sussurros e sorrisos encantados. Não dá para dizer se ele nota ou não. Seus olhos me encontram, como se ele pudesse escutar meus pensamentos, sentir meu pânico à distância. Tento disfarçar o choque em meu rosto e fixo o olhar no prato à minha frente, contando o número absurdo de talheres e copos. Quantos pratos!

— Boa tarde, srta. Marionne. — A cadeira ao meu lado é afastada e sinto a presença de Jordan. Cometo o erro de olhar para ele. Seu queixo endurece, destacando as maçãs do rosto. As covinhas suavizam a expressão séria. Ele é lindo, de morrer.

— Já tem minha resposta? Hoje de manhã não pareceu adequado perguntar.

— E agora é? Estou tentando me concentrar. Mas não consigo com suas...

— Minhas... — Ele ergue as sobrancelhas, e a insistência de seu olhar puxa meu queixo para firmar meu olhar sobre ele.

— Suas *perguntas*. — Ainda não tenho explicação de por que pude ver sob o disfarce dele. Minha *toushana* fica de sobreaviso, quanto mais ele me encara. Esquento as mãos entre as coxas, o que atrai alguns olhares curiosos. — Tá frio. — Pareço ridícula, ainda mais aqui. Como lã grossa ao lado de seda fina. A expressão de Jordan fica mais pensativa, e eu agarro os lados da cadeira.

Plume bate palmas para incentivar os que ainda não acharam seus lugares. Então, ele levanta uma taça, e tudo se silencia.

— Não aceito porcos na minha mesa, a não ser que estejam servidos na bandeja.

Solto um pouco da cadeira conforme a sessão começa, grata por ter outro lugar para onde olhar que não seja Jordan.

— Estou vendo alguns Electus conosco hoje. Então, uma breve revisão. Vocês vão precisar trabalhar duro para acompanhar. — Ele olha para mim e Rose, que está do outro lado da mesa. Ela ergue as sobrancelhas diante da menção direta a nós. Ela também está uma pilha de nervos, e, embora seja por um motivo totalmente diferente, é reconfortante saber que não sou a única com os nervos à flor da pele.

— Olhem para a pessoa à sua direita — Plume ordena a nós, novatas. Rose encara alguém que veio com Jordan. — Se tiverem perguntas, ela vai te ajudar.

Ao ver Jordan pela segunda vez, permito-me olhar pra ele de verdade. Seus olhos estão mais escuros que o normal, mais azuis do que verdes. É como eu imagino olhar para o mar num dia nublado. Ele me observa de volta, primeiro baixando os olhos, depois erguendo-os para o local onde fui ungida. Então, me olha nos olhos. A vontade de desviar o olhar é insistente, mas fico parada conforme a instrução do Cultivador Plume. Não posso estragar tudo.

Jordan me observa como se pudesse ver através de mim, nossos olhares dançando juntos, e começo a ter sensações estranhas dentro de mim. *Por favor, acaba com isso logo.* Mas Plume continua falando de como sobreviver à debutação não é uma atividade individual. De como vamos precisar de ajuda e precisamos pedir ajuda.

— Seu nariz faz uma coisinha quando você fica afobada — Jordan fala, aparentemente se divertindo com meu desconforto. — Fica franzidinho.

Plume passeia pela sala, parando de tempos em tempos para ajustar um garfo ou alinhar levemente um prato.

— Tá me zoando.

— Sou... observador.

— Meu desconforto te intriga — zombo.

— Mais a sua desonestidade. — Ele se senta de frente, e a bile sobe pela minha garganta. Tento ficar o mais distante possível.

Plume para ao nosso lado.

— Seu lugar na minha mesa — ele fala para a sessão —, bem como sua posição nesta Casa, é *merecido*.

Plume circula a mesa e segura o espaldar da cadeira de Rose. Ela arregala os olhos. Eu tentaria fazer alguma mímica consoladora, mas estou lidando com minha própria crise aqui.

— Como minha mãe costumava dizer — continua Plume —, se não aguenta o calor, sai da minha cozinha. Os padrões não se abaixam, ou você os alcança ou vai embora. Alguns não darão bola para a etiqueta, como se a magia fosse a única coisa que precisa de prática. E estes serão mandados para casa. Aqueles que recitarem a posição dos talheres e a ordem de uma refeição até que estas os assombrem durante o sono, que ficarem tanto tempo na postura correta que deitar para dormir fará doer as costas, que dançarem até os pés ficarem cheios de bolhas... estes terão o privilégio de ficar. — Ele inclina a cabeça e ergue o queixo. — Não é meu trabalho mantê-los aqui.

Quando a ficha cai, conversas surgem e cadeiras são arrastadas.

— Ele está arrancando as ervas daninhas — murmuro, me abraçando nessa cadeira pomposa. Jordan fica quieto, para variar.

— A diretora confia em mim para deixá-los prontos para jantares com *reis*. Para se portarem como realeza. Vocês não vão envergonhar esta Casa. E não vão *me* envergonhar! — Plume olha para mim, depois para Rose. A mesa é uma colcha de retalhos de expressões, de tédio a terror. — Com isso, vamos ao trabalho. — Plume bate palmas. — Criados. Facas.

Já temos ao menos duas por pessoa na mesa. Sem contar uma minúscula sem fio que não serve para cortar nada. Precisa de mais?

Portas para criados se abrem do outro lado do salão, e um exército de funcionários marcha em nossa direção. A maioria equilibra bandejas com aperitivos, mas alguns trazem um buquê de lâminas finas e curtas, como bisturis. Olho para Jordan, meu ajudante do dia, e abro a boca para falar. Depois mudo de ideia.

— Você tem uma pergunta. — Ele se reposiciona, mas sem encurvar as costas.

— Nada, quero dizer, não.

Depois que Plume pega o guardanapo, Jordan move o dele para seu colo em um movimento suave, como cisne no gelo, controlado e elegante. Ele ergue uma sobrancelha, me desafiando.

— Você acha que não dou conta. — Mordo a língua tarde demais. A última coisa de que preciso é me encrencar mais com ele. *Cabeça baixa. Boca fechada. Este era o plano.*

Ele se inclina sobre o espaço entre nós.

— Se estiver aqui pelo motivo que diz — ele fala baixo o suficiente para que apenas eu possa ouvir —, então o que penso não importa. — Suas palavras pairam no ar, como uma guilhotina. Fecho os olhos para acalmar minha angústia. Mas tudo que posso imaginar é seu olhar afiado. Como ele tenta enxergar através de mim.

— Outros usam poções, mas o manto é imperceptível. Tem alguma explicação para como me viu? — pergunta ele, quebrando o silêncio enquanto cutuca seu aperitivo com o garfo.

Não posso simplesmente ignorar e deixá-lo *mais desconfiado*.

— Não, não tenho.

Ele aperta o maxilar. Mas antes que possa abrir a boca, outro criado com uma faca me manda inclinar o corpo para a frente.

— O que você está... — Observo, em choque, enquanto ele fixa a lâmina na minha cadeira, apontada para minhas costas. Jordan observa, pensativo.

— Pronto, senhorita. — O criado vai para a cadeira seguinte, pulando a de Jordan.

Relaxo um pouco, e uma ponta afiada espeta minha coluna. Bufo, frustrada, o peito arfando, contando meu segredo: morro de medo de fazer algo errado. E Jordan sabe disso.

Eu me endireito e me inclino para a frente. A lâmina fica lá e, contanto que eu não fique encurvada, não vai me furar. Agora entendo sua função. Foco à frente, ignorando o mau humor de Jordan. Penso em mamãe, atrasada por algum motivo para me encontrar aqui. Quando vovó se encontrar com ela, terá boas notícias sobre meu desempenho. *Não vou* fracassar. Tem muita coisa em jogo.

O resto da aula são mais seis pratos com instruções a respeito de tudo: de como levar a comida à boca até como girar a salada *em volta* do garfo, tomar a sopa com a colher de lado e até mesmo por quanto tempo mastigar. Jordan, cujos movimentos são sempre graciosos e perfeitos, fica de olho em mim sem falar nada. Minhas mãos estão doloridas, mas não frias. Ao menos minha *toushana* está se comportando.

Por fim, um criado leva a sobremesa embora, e minha lombar lateja, mas me mantenho firme.

— E peras ao vinho para nosso último prato. — Plume acena para a equipe voltar.

Colocam um prato diante de mim, mas não consigo comer mais nada. Não por estar cheia, mas porque estou com dor de estômago de tanta ansiedade, com Jordan me olhando sem parar. Ele não olha para mais ninguém.

Solto a mão que estava segurando firme na cadeira e sinto um beliscão do frio nos dedos. Retorno para a posição anterior. *Por favor! Aqui, não.* Por algum milagre, o frio se dispersa.

Rose franze o cenho para mim. Ofereço um sorriso, e ela parece se conformar. Quase curvo as costas de alívio. Quase.

— Não vai comer com a *mão*, né? — Jordan pergunta.

— Claro que não. — *Hum, sim... eu ia, sim.* Sem o calafrio, pego o garfo ao lado do prato e percebo que ele ainda está me encarando. *Ele não vai sentar do seu lado para sempre. Só come a porcaria da pera e cai fora daqui.*

— Porções pequenas. — Plume se move pela sala, ajeitando pulsos, impulsionando magicamente a capacidade de alguns de permanecer empertigados.

Pego a faca.

— O pulso não deve se curvar. Segure com cuidado o dedo indicador sobre o cabo.

Pairo o pulso sobre o prato, remexendo-o até ajustar certinho.

— Secundus, ajude sua companheira *antes* que ela precise pedir — ele diz para uma das garotas que chegou atrasada junto com Jordan. Ela estava conversando com outra enquanto Rose segurava a faca com ambas as mãos, como uma espada. Ajeito a postura e olho para a porta, depois para o relógio, e o suor escorre pelo pescoço quando a dor retorna, passando do braço para a mão.

Pego a faca com determinação inabalável, mas meus ossos doem com mais intensidade. A faca cai. *Clang.* E cabeças se viram na minha direção. Sorrio timidamente, e eles voltam para suas conversas. *Estou passando vergonha.* Esfrego as mãos com vigor, para gerar calor, e a dor foge.

De novo. Pego a faca e Jordan observa compenetrado. Sua faca está delicadamente posicionada na mão, um dedo pousado sobre o cabo como um pássaro empoleirado.

— Mais baixo — ele fala, indicando o ângulo da faca. Não sei dizer se ele quer ajudar ou só está obedecendo a Plume. — Seu pulso está muito curvado.

Relaxo o braço e pressiono a ponta da faca sobre a pera, dividindo-a ao meio. De repente, meus dedos ficam moles e frouxos.

Minha *toushana* me enganou; ela está bem ali, uma dor repentina e forte. Largo a faca antes que ela reaja com o metal. Cai no prato e juro que soa mais alto do que pratos de bateria.

O salão fica em silêncio. Meu coração bate forte nos meus ouvidos.

Minha *toushana* queima, fria.

Aperto as mãos.

Até as janelas parecem me julgar. Plume segura o peito, horrorizado.

— Srta. Marionne — diz ele, ríspido. — Absolutamente *não*.

Em algum lugar, alguém dá uma risadinha.

— Eu... eu sinto muito. Com licença. — Empurro a mesa e tento ficar de pé, mas a toalha fica presa e vai junto comigo. — Ai, minha nossa. — Copos caem, e de repente a mesa está inundada de água e chá.

Meu copo rola para a ponta da mesa. Tento pegar, mas percebo que não posso tocar em nada, não com o sangue tão gelado. Puxo a mão de volta e o copo mergulha no chão, quebrando-se. Jordan salta da cadeira, mas não consegue escapar a tempo. O colo dele fica ensopado, e todos, até Rose, me encaram, boquiabertos.

— Meu *Deus* — Jordan bufa, irritado, tirando um envelope ensopado do bolso. Ele o sacode, mas o nome borrado na frente mostra que é tarde demais.

— Você é um desastre! E pensar que... — Ele balança a cabeça, a expressão ainda horrorizada.

O salão gira, todos estão de pé inspecionando suas roupas. Alguns olhares voam em minha direção, mas eu não poderia me sentir ainda menor. Vozes e passos ricocheteiam nas paredes enquanto as pessoas se movimentam entre os destroços. Eu recuo, à procura de alguma sombra para entrar. Algum lugar onde não seja vista. Como farei isso com esse veneno dentro de mim? E Jordan na minha cola? É impossível. Eu olho para minhas mãos geladas. Eu tenho que dar um jeito. *Pensa*. Esta não é exatamente a primeira coisa impossível com a qual lidei.

Jordan ainda está de cara feia, ainda pingando quando sai em disparada de lá.

— Você está bem? — O Cultivador Plume está ao meu lado agora, falando num tom de voz um pouco menos frustrado. — Seus dentes estão batendo de frio.

— Tá tudo bem. — Aperto ainda mais minhas mãos frias.

— Tudo bem. Então, pode ir embora — continua ele. — Vá se limpar. Depois seu mentor vai te passar o que você perdeu. Ele tem experiência.

— Meu mentor? — Congelo.

— Sim. Seu par não foi apenas para hoje. Jordan será seu guia até você debutar. Vão precisar trabalhar juntos para...

— Tenho que ir. — Corro para a porta. Juro que as paredes estão cada vez mais próximas, me encurralando. Trabalhar com Jordan só vai dar em um resultado: minha morte.

ONZE

As palavras do Cultivador Plume me perseguem enquanto subo a escadaria até o terceiro andar em direção aos aposentos da vovó. Ela precisa fazer Plume me transferir para outro mentor. Nós duas concordamos em jantar juntas toda noite nesta primeira semana, quando tudo ainda é novidade para mim. Eu tinha certeza de que teria notícias melhores para compartilhar no meu primeiro dia. E estou adiantada. Tipo, ainda é muito cedo.

Meus passos apressados são o único som no último andar da propriedade. Esse andar faz os inferiores parecerem aposentos de empregados. As portas aqui em cima são muito mais ornamentadas, com entalhes complexos em madeira e puxadores de bronze. Já passei por aqui antes, mas agora, em plena luz do dia, não posso deixar de reparar em tudo. Lustres de cristal pendurados no mural pintado no teto. Traços coloridos e precisos que retratam um homem idoso e seu aprendiz vagando por um campo dourado de trigo brilhante. Algo me é familiar. Já olhei para este teto antes.

Pisco e sou uma criança novamente, meus dedos vagam pelas molduras esculpidas nas paredes. Este é o andar privativo da família. Foi aqui que morei até os cinco anos. Este era o meu lar. Fecho os olhos com força, tentando extrair mais das teias da memória. No entanto, a única imagem que consigo evocar é a de alguém com pés minúsculos correndo por um chão ensolarado enquanto dava risadinhas. Então, ela se transforma em fogo. Chamas sufocantes, envolventes e abrasadoras cercam a minha pequena eu, enrolada em uma cama esfarrapada, abraçando os joelhos em um lugar estranho e escuro, que não lembra em nada este aqui.

Afasto para bem longe a memória desconhecida e ando mais rápido pelo longo corredor. Suas janelas oferecem uma vista pitoresca do terreno ondulado, dourado sob o brilho do sol. Passo por mais algumas portas, mas não reconheço nenhuma que tenha sido minha especificamente. O corredor termina na porta da vovó, sem guardas. Um frio teimoso se esconde sob minha pele quando bato. Fecho as mãos e as coloco para trás, só para garantir.

A empregada me deixa entrar. A lareira da vovó ruge e me dirijo rapidamente até ela para aquecer as mãos, tentando não parecer muito ansiosa.

— Sente-se — diz uma mulher com um diadema fino de ouro e uniforme de empregada. — Vou chamar a diretora.

Eu me aproximo o máximo possível do fogo, esforçando-me para manter as costas eretas, me lembrando do aviso de Plume sobre ser digna. O calor acalma minha angústia, e então a porta do quarto da vovó se abre.

— Você chegou cedo — observa ela quando eu me levanto para cumprimentá-la. Ela analisa minhas roupas. — Está tudo bem?

— Sim. Só sou meio atrapalhada. — Mudo de posição de um jeito despreocupado. — Derrubei um copo.

Ela gesticula para a criada.

— Abra mais as cortinas, por favor. E mude para uma cor mais suave. Cansei desse roxo.

A empregada faz uma reverência e se apressa para fazer a mágica, alterando o tom de roxo profundo da cortina para azul suave. Vovó hesita antes de apertar minha mão, agora bem quente.

— Acabei de sair da aula de etiqueta.

O franzido ao redor de seus olhos desfaz o nó no meu peito. Ela está contente. É uma pequena vitória, mas decido saboreá-la.

— Plume é o melhor. Roubei-o de Isla, aquela velha não lhe dava o devido valor.

— Isla?

Nós nos sentamos ao lado de uma galeria cheia de mapas emoldurados, e noto meu chaveiro sobre a mesinha.

— Isla Ambrose? Três folhas enroscadas?

Nego com a cabeça, totalmente fixada no chaveiro. Mamãe.

— Ah, você tem *tanto* a aprender. Isla é a diretora da Casa Ambrose. E, bem, Plume estava sofrendo lá, digamos assim. — Ela toca uma campainha e a empregada retorna. — Margot, peça que nos sirvam o jantar em meia hora.

— Sim, madame. — A empregada faz uma reverência e se vai.

— Perdão. Não queria apressar as coisas.

— Problema nenhum, eu...

— Conseguiu falar com a minha mãe? — Deixo o desespero à mostra.

Seu olhar recai sobre o chaveiro, e eu me sento na beira do sofá.

— Não. — Ela bebe do chá. — Agora, me conte sobre suas sessões.

— Mais alguma coisa... sobre a minha mãe? Ela está bem, né? Já deveria ter chegado. Por algum motivo, se atrasou.

Ela faz um carinho na minha mão.

— Nenhuma notícia por enquanto. Mas contarei assim que souber de algo. Rhea é especialista em se esconder quando não quer ser achada, você sabe.

Ela tem razão. Abaixo a cabeça.

— Eu só queria vê-la pra explicar tudo.

— Logo, logo, tenho certeza. — Ela levanta meu queixo. — Hoje não é dia de cara feia, minha querida neta. Alguma coceira?

— Não.

— Até amanhã, com certeza. Já pensou se vai emergir em prateado ou dourado? Tem também cobre e ouro rosado, de vez em quando, mas estes estão cada vez mais raros.

— Se eu emergir, já fico feliz. — Talvez essa resposta tenha sido muito sincera.

— Não se preocupe. Todos amam o que recebem. *A magia* escolhe, essa é a beleza de emergir. Cada diadema é único. — Ela alisa o seu, com pérolas reluzentes. Vovó pega o bule da bandeja e enche duas xícaras, adicionando um toque de leite antes de me entregar uma.

— Quell?

— Madame.

— Diga "obrigada", querida, quando alguém lhe entregar uma xícara.

— Desculpe, obrigada.

Nunca tomei chá antes e certamente não numa xícara sofisticada como essa. E estou grata. O calor da xícara é um afago bem-vindo; nem consigo mais sentir minha *toushana*. Seguro a xícara com as mãos como se fosse uma tigela, e vovó faz uma careta. Tento mudar o jeito de segurar e o chá escorre pelas laterais. Ela respira, exasperada, passando os dedos pelos cabelos, como se observar minha péssima tentativa fosse doloroso demais.

— Assim. — Ela me envolve com os braços e separa meus dedos, passando dois pela asa da xícara. Um calor, que não é magia, me envolve. — O dedão. Use-o para equilibrar.

Tento seguir a instrução e a xícara balança, mas aperto os dedos e firmo. Ela curva meus outros dedos sob a asa.

— Muito bom. — Ela me entrega uma colherzinha e se senta. Queria que mamãe estivesse aqui, nós três, uma família.

Noto que vovó mexe o chá para a frente e para trás, não em círculos, e copio o movimento. Minha colher bate na porcelana e me encolho diante do erro. Tento de novo, e o sorriso dela mostra sua satisfação.

Algo muda dentro de mim. É uma sensação esquisita. A tensão se solta. Meus lábios se abrem num sorriso largo. Minhas bochechas se aquecem. Algo tão simples quanto um chá com a vovó. Ela me mostrando como beber corretamente. Algo tão insignificante, mas parece que movi uma montanha. Sempre quis isso, desesperadamente.

Mamãe deveria estar aqui também. Mas não está. Por causa da minha *toushana*.

— Antes de entornar tudo goela abaixo, lembre-se de saborear. — Vovó demonstra e meu pensamento triste desaparece. Dou um gole, tentando fazer do jeito certo. E ela aprova. — Mas não foi para beber chá e falar de etiqueta que chegou aqui mais cedo, certo? Seus olhos estão cheios de dúvida, menina. Fale. Se for para chamar atenção, faça por um bom motivo. Senão, morda a língua e guarde para você.

— Eu gostaria de trabalhar com outro mentor.

— Ah, então Plume já lhe apresentou seu par?

— Isso. Ele já contou pra gente quais vão ser os pares.

— P*a*ra. Tem mais um *a*. E você não gostou? Outros vão trabalhar com Secundus. Mas Jordan já debutou. Ele foi treinado sob minha orientação direta como tutelado desta Casa nos últimos três anos, durante a Temporada e *fora*. Ele entende do assunto.

— Ele me atacou quando nos conhecemos.

— Ele teria atacado qualquer um que estivesse invadindo a propriedade. Ele se desculpou pelo desentendimento?

— Sim.

Ela se recosta.

— A Shelby me ajudou muito na aula.

— Shelby Duncan? — Ela coloca a xícara sobre a bandeja e reflete. Seu olhar se move para a janela e há muita coisa escrita nas rugas que se formam no seu rosto. — Não, acho que não será possível. Quero que seja feliz aqui. Mas não posso mudar seu mentor.

Quanto mais ela fala, mais sinto mãos invisíveis apertando meu pescoço.

— O sr. Wexton pediu que fosse seu mentor, e, na minha posição, não posso recusar esse pedido.

— Não entendo. Você...

— Relaxe, querida. — Ela pousa a mão sobre meu ombro, mas não me sinto reconfortada. — Fico feliz que tenha me contado. Se fosse outra coisa, eu talvez pudesse ajudar. Mas isso precisamos deixar passar. O relacionamento entre as Casas é complicado, para dizer o mínimo. E receber tutelados é um esforço para apaziguar as tensões. Uma medida de responsabilidade, digamos assim, de forma que cada Casa tenha olhos nas outras.

— Mas...

Ela ergue a mão.

— O sr. Wexton deu um bom motivo para o pedido, e eu conheço o garoto muito bem. — Ela cruza as pernas, afundando no assento. — Mentorar alguém é uma grande responsabilidade. Depois que emergir, ele deve garantir que você está pronta para os rituais seguintes, antes que participe deles. E o nível de exigência dele é *altíssimo*. Alguém assim é difícil de agradar, mas bom para aprender. — Ela se move como se o assunto estivesse encerrado. — Ele estará na aula de etiqueta com você até o Baile, como seu parceiro, mas, se quiser que ele frequente a sessão de Dexler ou outra, é só pedir.

— Não pode simplesmente dizer que mudou de ideia?

Sua postura enrijece, e a gentileza que suavizava sua expressão desaparece.

— Voltar atrás pode dar a impressão de que há questões de confiança envolvidas. E a tia dele, a diretora Perl, é a última pessoa que precisa de qualquer indício de desconfiança da minha parte.

Fico boquiaberta.

— A *tia* dele é diretora?

— Você tem muito a aprender, querida, sobre os meandros de uma organização como a nossa. — Vovó fica de pé, distante, com uma linguagem corporal ainda mais rígida que o normal. Fico de pé também, pois parece o certo a fazer.

— Assunto encerrado. Esqueça isso. — Ela chama a criada. — A sra. Cuthers ainda está aqui?

— Sim, madame. — A criada retorna com uma mulher de cabelo grisalho penteado para trás e preso debaixo de um diadema prata com pedrinhas brancas. Ela carrega uma pilha de envelopes.

— Sim, Darragh?

— Sra. Cuthers, por favor, acompanhe minha neta. — Ela se vira para mim. — Ela é meu braço direito na Casa. Se precisar de algo e eu estiver indisponível, é só chamá-la.

— Srta. Marionne — a sra. Cuthers fala comigo. — Posso acompanhá-la até a sala de jantar. Estou indo para lá.

Não é uma pergunta. Estou sendo convidada a me retirar. Permaneço ali, sem saber o que fazer com as mãos. Algo mudou outra vez. A montanha ou o mundo sobre o qual estou de pé. Vovó se vira sem nem um abraço de despedida, indo na direção do seu quarto.

— E, Quell, se precisar chegar cedo outra vez, envie uma mensagem. Você é uma Marionne e precisa começar a agir como tal. — Seu acolhimento foi embora, tão evasivo quanto aparecera.

— Te vejo no jantar? — digo, exibindo minha insegurança.

— Claro. — Seus lábios sugerem um sorriso antes de ela desaparecer pela porta.

— Está tudo bem, srta. Marionne? — a sra. Cuthers pergunta.

— Estou bem. Posso ficar um minuto a sós, por favor? Certamente encontro a sala de jantar sozinha.

— A sala de jantar é a segunda porta à sua esquerda depois do saguão principal.

Saio dali, tentando me proteger da dor provocada pelas palavras da vovó, mas, no meio do seu corredor privativo, meus passos ficam pesados. Pesados demais para aguentar. A parede me segura e abraço meus joelhos, secando as lágrimas que escorrem pelo meu rosto. *Eu não devia me importar.*

— Não é por isso que estou aqui — murmuro, mas o nó na garganta não se desfaz. Demoro um pouco, mas, assim que meus olhos secam, me recomponho e sigo para a sala de jantar. Preciso estar focada em dominar minha *toushana* até me livrar dela completamente. Nada mais.

Enterro a dor da rejeição de vovó.

Bem fundo.

Em um lugar escuro.

⚜

Depois de quatro pratos em um silêncio angustiante com a vovó, corro para o meu quarto para evitar encontrar alguém. Entro e imediatamente tampo o nariz. Algo fede, suado e pungente.

— Nossa! Oi! Como foi? — Abby sorri de sua cama, debruçada sobre um pedaço de pizza coberto com algo que não reconheço.

— Péssimo — respondo um pouco sincera demais. Paraliso, com medo de ter exagerado. Mostrado demais de mim. Mas os olhos castanhos de Abby estão brilhantes e arregalados, e a expressão dela me faz baixar a guarda. Eu me sento na beirada de sua cama. — Achava que emergir seria mais fácil. — Desabafar parece ligar uma britadeira no meu peito. — E fiz papel de boba na aula de etiqueta. Acho que não vou conseguir. — A expressão de Abby se suaviza com a preocupação. Falar tudo isso em voz alta é libertador. Alguém se dar ao trabalho de escutar, ainda mais. — Aí descobri que meu mentor é o Jordan.

— Ah, não, para! — Ela coloca o prato de lado, e percebo que o cheiro horrível vem da comida.

— *O que* você tá comendo?

— Pizza... com sardinha. Mas fica bom com atum também. Nunca comi um pepperoni na vida e não pretendo começar agora.

Sinto nojo.

— Na pizza?

— Ei, você quer minha ajuda? — ela provoca. — Então não zoa minha comida.

— Tá bom. Fechado. — Me ajeito na cama. O sorriso dela é contagiante, e ela levanta três dedos.

— Certo, três coisas! Primeira, você não vai se rejeitar. Repita comigo.

Reviro os olhos.

— Nós não vamos nos rejeitar — balbuciamos quase em uníssono.

— Ok. E dois, é preciso fazer uma magia ao menos 13 vezes antes de ela reagir de forma consistente. E às vezes nunca dá certo. Você tá sendo muito dura com você. O treino é o que te ajuda a aprender. Repetição é o segredo. Repita.

— Não aguento você.

— Estou esperando. — Ela levanta o prato para mais perto de mim, me ameaçando com aquela pizza de peixe.

— Tá bom, tá bom! Tira isso de perto de mim. — Dou risada. — Repetição é o segredo.

— Ótimo.

— Sério, cara, experimenta o pepperoni. É muito melhor.

— Mmmmmm. — Ela dá uma mordida revoltada, saboreando de um jeito teatral.

— Certo, então, sem muita autocobrança, mas muito treino. E a terceira coisa? — Tudo o que ela está dizendo é óbvio, mas ouvir isso de alguém ajuda. Talvez eu não seja um tremendo fracasso.

— Ah, três é o *Jordan*, cara! Ele é *muito* gostoso. — Ela dá um gritinho e um empurrãozinho em mim.

— Você tá delirando.

— Ele é tão...

— Para. — Saio da cama e pego o livro que a Shelby me deu. — Essa pizza e a obsessão com Jordan me deixaram enjoada. Vou estudar e praticar um pouco.

— Você não pode negar que ele é gostoso.

— Ele é... *perigoso*.

— Foi o que eu disse. — Ela zomba e joga um travesseiro na minha cabeça. — Não conheço ninguém que não vai te invejar quando souber que *o* Jordan Wexton é seu mentor.

Sinto calor nas bochechas, e a sensação estranha me deixa tonta. Jogo o travesseiro de volta e estico a mão para um cumprimento.

— Oi, sou a Quell, já nos conhecemos?

Ela ri, e eu não resisto também.

— Ele é bonito, admito. — Não consigo olhá-la nos olhos.

— *E?*

— E... é assustador também.

Ela cruza os braços.

— E qual é o problema?

Reviro os olhos.

— Se tiver alguma anotação sobre o Caminho Natural da Mudança, gostaria de ver.

Ela pega a mochila.

— Você vai se estressar emergindo. Há um motivo para Secundus e Primus *ainda* estarem praticando esse assunto. Porque demora. A magia pode ser teimosa.

— Nem me fale.

Ela entrega as anotações.

A bondade de Abby me comove. O desastre com a vovó ressurge em minha mente. Me sinto uma forasteira em todos os lugares, menos neste quarto.

— Vai ficar por aqui? Preciso estudar, podemos estudar juntas e tal — sugiro.

— Lógico. Ei, tá tudo bem?

— Desculpa, fui esquisita?

— Não. Você só... Por um momento, pareceu triste ou algo do tipo.

— Estou bem, é sério. — Viro as costas para ela e dou uma lida na primeira página. Imediatamente noto um problema na maneira como ando fazendo as coisas. Quando sinto o calor do Pó em mim, em vez de tentar amplificá-lo de imediato, deveria apenas segurá-lo ali. Deixá-lo esquentar como um motor para se fortalecer. Eu me sento na cama, pensativa. Eu sempre tento espalhar o calor de imediato. Para ele espantar minha *toushana*. Talvez essa técnica possa ajudar.

— Quanto tempo você demorou para emergir?

— Sessenta e três horas.

Um pouco mais de dois dias.

— Hum.

— Ai, meu Deus, garota.

— O quê?

Abby deixa o prato de lado e se ajeita no espelho.

— Vamos sair?

— Sair? Não, eu...

— Você tá tensa demais. Não vai emergir assim. Precisa relaxar. — Ela dá um gritinho. — Sei o lugar perfeito.

Sair não é minha praia. Já estou sendo observada como num aquário aqui.

— Não, sério. Preciso estudar.

— Ah, qual é. Vai ter um monte de gatinhos — ela fala como se isso fosse uma isca pra me fisgar. É tão ridículo que dou risada.

— E fofocas. — Ela empurra a agenda sobre minha mesa.

Exato. Por isso mesmo não deveria ir. Rio de novo, mas ela confunde com uma risada de animação e me abraça pelos ombros.

— *Por favor*. — Ela segura minha agenda. — Você nem tem sessões amanhã cedo, pode dormir até mais tarde.

— Queria usar esse tempo livre pra praticar e ir à biblioteca. — Também preciso lidar melhor com a minha *toushana*. Se ela ficar se revirando em mim, vai acabar me matando.

— Vamos juntas à biblioteca às oito. Juro! — Ela levanta o dedo mindinho enquanto ainda segura um pedaço de pizza comido pela metade. — Não vai se arrepender, eu juro. Todo mundo importante vai estar lá. É melhor do que os bailes de fim de Temporada, que são tão loucos que saem no "Diário Debs".

— Tá bom — cedo. — Se relaxar ajuda, eu vou. Mas só por umas horinhas. Preciso mesmo estudar.

— *Marionne*, você deve emergir amanhã cedo.

Procuro algo casual e discreto entre as roupas que vovó me deu. Algo preto. Ou cinza. Abby ajeita a maquiagem e coloca um vestido que realça seu diadema. Vovó não me deu camisetas nem calças confortáveis. Decido pôr uma blusa verde-oliva, de amarrar na cintura, e meu jeans velho.

— Como se chama o lugar? — pergunto ao pegar minha bolsa.

— A Taverna. Por quê?

— Vou avisar a vovó.

— Não seja boba. — Ela tira a caneta da minha mão. — É proibido ir à Taverna, obviamente. E é por isso mesmo que nós vamos.

Dou um gemido.

— É melhor valer a pena, se não vou embora — digo ao seguir Abby pela porta.

DOZE

O armário de mantimentos do saguão tem uma parede falsa. Abby a empurra em diversos pontos enquanto eu me defendo de um esfregão que cai com um estrondo e quase me mata de susto. Ela encontra o ponto certo e passamos.

— Tem certeza de que é por aqui?
— Não, estou levando você para a morte... Lógico que é por aqui.
— Ué, as duas coisas podem acontecer.

Ela ri. A escuridão vai cessando. Um cheiro amargo permeia o ar enevoado por conta de uma luminária. Parece o corredor que me levou até a Dexler na primeira vez: comprido e escuro. Se Abby não estivesse me conduzindo, eu não saberia nem onde pisar.

— Um pouco mais.
— Onde estamos?
— Há poucos lugares para curtir. Por sorte, um deles fica perto do Château.
— Estamos saindo da propriedade?

A ideia de estar do lado de fora novamente faz meus braços arrepiarem. A cada passo, duvido mais de que fugir para um lugar proibido, provavelmente proibido por um bom motivo, seja uma boa ideia. Ainda mais para mim. O Dragun que me caça continua por aí. Ainda posso me lembrar nitidamente da moeda em seu pescoço com a imagem da coluna romana rachada. Eu deveria voltar, mas se ela estiver certa e eu estiver me estressando para emergir, tenho que pelo menos tentar relaxar.

Ela abre uma porta lentamente, pressionando o ouvido sobre ela. Então abre mais, e o céu noturno quebra a escuridão, o ar fresco do lado de fora varre corredor adentro. Eu saio, meus pés buscando apoio no solo flexível.

Galhos rebeldes espalhados se emaranham em meus braços e rasgam minha pele. Consigo me livrar deles com apenas alguns arranhões. Uma floresta?

O ar fresco da noite de verão cheira a madeira e fumaça. Olho ao redor, esperando encontrar algo queimando ou alguma outra fonte para o cheiro. Mas a floresta não passa de aglomerados de árvores retorcidas espalhadas como membros quebrados. *Quanto caminhamos?* Eu me viro. Entre o ninho de árvores, ao longe, está o Château Soleil, uma sentinela na escuridão.

— Onde estamos?

— Saímos um pouco do território da diretora. — Abby aponta para luzes e pilares de pedra. — É uma caminhadinha, logo depois da floresta, do outro lado desses memoriais. — Ela segue, mas eu empaco.

— Me promete que vamos embora quando eu pedir? — falo.

— Prometo.

O caminho de paralelepípedos circunda um antigo memorial de guerra e termina em um trecho de grama perfeitamente cuidada. Abby olha para o caminho, onde as pedras ficam menores antes de desaparecerem no gramado, como se estivesse procurando alguma coisa.

— Por... — ela esfrega o salto no chão desnivelado até encontrar o que está procurando — ... aqui. — Ela olha em volta antes de martelar a pedra com o salto. O chão se abre, dando lugar a uma escada.

Descemos a escada estreita, passando por várias pessoas que subiam e saíam. Uma dessas, com um casaco longo, fica nos encarando. O intrometido faz uma pausa longa demais e um arrepio percorre meu corpo. Engulo em seco, e ele não se move, o olhar cintilando com algo que não consigo identificar. Meu coração dispara quando vejo seu rosto, temendo o pior, mas a gola do sobretudo e a escada mal iluminada tornam difícil distingui-lo. Puxo Abby para perto.

— Ai! — Ela esfrega os dedos sobre as marcas que sem querer deixei no seu braço.

— Desculpa, eu só... — Olho para trás, mas o homem está fechando o sobretudo e indo embora. — Deixa pra lá. Pensei ter visto uma coisa.

— Não esquece: *relaxa*.

Eu concordo com a cabeça. Lá dentro, a Taverna está lotada, cheia de pessoas debruçadas sobre as mesas, com dinheiro amassado nas mãos. Alguns são mais sutis em suas negociações, com pastas ao lado de suas mesas de jogo, óculos escuros cobrindo os olhos. Mas as coisas, o dinheiro, estão definitivamente mudando de mãos. Diademas e máscaras balançam no ar nebuloso. A maioria está vestida à paisana, mas há alguns que parecem saídos de um baile. O bar é dividido em salas, uma para relaxar, outra para jogos de azar e mais outra, nos fundos, onde uma garota grita no palco ao microfone. Uma garçonete passa no meio da multidão com folhas roxas enroladas em bandejas prateadas.

— Quer um *peckle*? — pergunta ela.

— Não. — Me mexo com mais rapidez. Olhares queimam minha pele, vindos de todas as direções. Meu estômago está revirado, e não tem nada a ver com a minha *toushana*. Isso aqui não é minha praia. Se eu pudesse me encolher e me esconder, faria isso.

Abby acena para alguém enquanto passamos pela multidão. Alguns sorriem, outros olham. Mas coloco meu foco na parte de trás da cabeça de Abby como se fosse um alvo e deixo o resto passar como um borrão. *Que ódio.* Engulo meu nervosismo e me forço a encontrar algumas expressões amigáveis em meio à multidão.

— Todo mundo aqui é membro da Ordem? — pergunto, forçando-me a relaxar minhas mãos, que estavam em punho.

— É, nossa própria Misa.

Franzo as sobrancelhas. Mas antes que Abby possa dizer mais alguma coisa, ela envolve alguém com os braços *e* os lábios. Jeans rasgado e uma camisa larga pendem desse corpo esguio. O cabelo dele é comprido e ele tem a barba por fazer, mas acho que é de propósito. Por baixo da franja escura, uma máscara simples de um tom de cinza elegante penetra em sua pele enquanto ele a beija. Agora entendi por que ela estava ansiosa para vir.

— Ah, desculpa, esse é... — Abby começa.

Mas ele estende a mão antes que ela termine de falar, e eu não posso deixar de encarar as tatuagens em sua pele.

— É uma coisa dos Roser — ele fala ao notar meu olhar. — Mostra em quantas coisas somos mestres. — Ele vira o punho. Dois sóis tatuados em sua pele pálida. — Fiz estas na semana passada.

— Ah, entendi.

— Mynick Luc Jarryn, Primus, candidato a Retentor, Casa Ambrose.

Esfrego as mãos na calça para aquecê-las bem antes de cumprimentá-lo.

— Quell.

— Sexto em sua linhagem — ela diz para mim. — E ela é Marionne — diz para ele, como se fosse uma informação importante para nossa apresentação.

As sobrancelhas dele se erguem.

— Não precisa se impressionar. Sou novata. Nem emergi ainda. — Gesticulo para a tiara de madeira na minha cabeça e noto que meu tom está mais desesperado do que eu gostaria.

— Mesmo assim. É uma honra te conhecer, Quell. A diretora vai ficar animada.

— Isla? — Olho ao redor, mas não noto movimentos estranhos ou pessoas me encarando. Quando olho de volta para Mynick, ele está chocado por eu ter chamado sua diretora pelo primeiro nome. — Desculpa, quis dizer diretora Ambrose. Ah, sim. — Fico atrapalhada ao entender o que ele vê em mim: nossa Casa e a vovó. — Ouvi falar muito bem da sua Casa.

Abby olha de um para o outro.

— Ah, é?

Abby esfrega meu pulso disfarçadamente.

— Desculpa — dou um suspiro. — A ansiedade social é real. O Cultivador Plume é da sua Casa, certo?

— Da turma de 1984. Fez a Primus duas vezes por vontade própria, para terminar com notas perfeitas. Ótimo professor. Mas legal te conhecer. Não consigo imaginar a Nore, herdeira da minha diretora, num lugar desses. — Ele continua falando alguma coisa sobre a Casa Ambrose, e Abby fica hipnotizada por suas palavras, os lábios fazendo um biquinho como se fosse explodir de paixão. Eu não aguento.

O baixo muda de tom e notas de guitarra pontuam o ar.

— Nossa música! — Mynick puxa Abby para a sala onde há um palco. Ela gesticula me chamando para segui-los. — Nós duas depois? — Ela faz um beicinho.

— Divirta-se. — Eu aceno para ela ir embora. Ela e Mynick avançam no meio da multidão e, de certa forma, o barulho da música e o zumbido da conversa casual despertam minha inveja. Aqui estou eu, uma Marionne de sangue, mas ainda assim uma luminária quebrada nas paredes da vovó. Uma sombra mesmo num lugar como este.

Procuro um lugar para ficar e uma fuga em massa do bar chama minha atenção.

A música toca enquanto meus olhos percorrem a multidão, procurando por alguém ou alguma coisa suspeita. Algum motivo para enfiar o rabo entre as pernas e sair correndo daqui. Mas os diademas brilhantes e as máscaras roubam toda a minha atenção. Eles são todos tão diferentes. Pedras verdes incrustadas em prata formam um arco sobre uma trança de cabelo castanho. O de outra garota é dourado, salpicado de pedras iridescentes, cada mudança em sua tonalidade cria uma mancha de cor diferente em seus olhos cinzentos. E as máscaras. Algumas têm bordas de pedrinhas, outras são esculpidas com detalhes. Até vi um deb com máscara de ouro. Eu me sento em uma banqueta por ser o único lugar ali onde não preciso ficar ao lado de ninguém. E me pergunto como será meu diadema. Qual tamanho. Será que brilhará com pedras preciosas ou será de metal, como o de Abby?

O bartender olha minha tiara.

— Ah, novata. O que quer? Suco, refri, kizi?

— Nada. — Não posso gastar com algo tão supérfluo, embora soe delicioso.

— É de graça para Electus. Tem certeza?

— Ah, tá bom. Refri?

Ele sai e um homem se senta ao meu lado, com um casaco bem surrado. Ele o sacode e lama seca cai sobre o bar.

— Ah, desculpa — ele fala sem emoção. O cabelo longo e castanho cai sobre suas costas. — O tempo tá péssimo lá fora.

Eu me levanto, sem muita vontade de jogar conversa fora.

— Você quer emergir? — murmura ele, sem olhar na minha direção.

— Como é que é?

— Senta. — Ele toca minha cadeira com dedos manchados de azul e preto, mas retira a mão rápido quando percebe que estou encarando.

— Tô de boa, valeu.

— Eu tenho um negócio — ele fala, olhando por cima do ombro — que pode ajudar. — Ele não está de máscara e não parece um Cultivador. As mangas do casaco estão dobradas para disfarçar o tamanho errado. Marcas tatuadas, como as de Mynick, cobrem seu braço. Encaro seus olhos úmidos. Um oceano de segredos. Mas o desespero, ou algo igualmente potente, me puxa de volta para o assento. — Beba isto. — Ele tira do bolso um frasco com um líquido translúcido e espesso. — E vai emergir em *horas*. — Suas unhas podres seguram a garrafinha, e o pensamento racional na minha mente grita: *Levanta e vaza daí.*

— E quem é você?

— *Quem* não importa, né? Por que, talvez. Mas não quem.

— Tá bom. Por que tá me oferecendo isso? E não diga dinheiro. Tem gente bem mais endinheirada aqui. Mas você tá falando comigo.

Ele sorri.

— Tem certeza de que é Marionne e não Ambrose? — Ele gira para me encarar. — Não quero te assustar. Só ouvi sua conversa.

— Confessar que estava me ouvindo escondido não me ajuda a acreditar que só quer ajudar.

Ele puxa o cabelo para trás, revelando a pele seca do rosto.

— Meu nome é Octos. Comerciante. Meus ancestrais gerenciavam o estaleiro da Misa. — Ele endireita as costas, e supostamente eu deveria ficar impressionada. — Durante a guerra — esclarece ao notar minha expressão.

Não sei do que ele está falando. Mas fico de bico calado, pois não quero me passar por burra. Já passei o suficiente por hoje.

Ele sorri diante da minha óbvia confusão.

— Misa era nossa região. Um lugar onde a magia era livre, antes das Casas — continua ele, percebendo minha curiosidade. — Mas a Ordem estava preocupada, pois como o mundo estava obcecado por expansão, nosso pedacinho de terra seria descoberto. Era mais seguro se misturar. Bem, nem todos gostaram da ideia, e a guerra começou. Em uma semana, foi-se a Misa. — Ele estala os dedos. — Sumiu do mapa, assim. E o negócio da minha família afundou junto.

Tentei imaginar uma cidade inteira como o Château Soleil, com magia por toda parte, livremente, mas o quebra-cabeça não se encaixa.

— Então, o que sua família foi fazer?

— Bem, as Casas eram o *novo*. — Ele fala rápido, daquele jeito de pessoas que gostam de falar, mas têm poucas oportunidades para fazer isso. — Antes, meu bisavô fez um teste e *bum*! — Ele bate a mão no balcão e dou um pulo de susto. — Você era oficial: Transmorfo complexo, Cultivador, Retentor, sei lá, desde que passasse. Mas a guerra mudou tudo. Então, quando chegou minha vez, me matriculei numa Casa. — Ele brinca com o guardanapo, puxando um fiapo de magia nas pontas.

— Ambrose, suponho. — Olho seus braços tatuados.

Ele gira a magia e o guardanapo vira uma rosa branca.

— Isso aí. Mas não gostavam das minhas habilidades, acho. Eu não era crente o suficiente. Ou só escolhi a Casa errada. — Ele exala mau humor, puxando a barra do casaco surrado. — Me expulsaram de lá quando ainda era Primus. Não consegui o negócio de afiar. Truquezinho maldito. — Ele delineia o próprio rosto com o dedo. — Terminei o Primeiro Ritual, então não perdi todo o Pó. Embora tenha perdido o dom de invocar minha máscara há alguns anos. — Algo faísca em seu olhar. Reconheço o sentimento; sei bem do que se trata. Senti isso a vida toda. Desejo que se torna desespero. Olho em volta. Talvez ainda sinta isso. Está escrito nas linhas do rosto dele. Como ele se gaba do que a família foi, tentando me impressionar. Ele finge se sentir bem como excluído, mas é mentira.

Não é questão de dinheiro. O que ele quer de mim, seja o que for, tem a ver com meu sobrenome.

— Mas a bebida funciona. Quem me deu foi um antigo companheiro da Ambrose.

— E você vai simplesmente me dar? A troco de nada? — Aperto os olhos.

— Tudo que peço é um troquinho pra eu comprar uma bebida. O Rikken tá cansado de me vender fiado. — A fome em sua postura, a forma como suas unhas cravam na beira do balcão, tudo indica que ele está se segurando.

— E? — pressiono.

— E... um dia, se for necessário, que você se lembre do meu nome: Octos. Que eu lhe fiz um favor.

Porque sou Marionne. Ele me lê tanto quanto eu o leio. Não sei se gosto disso. Ele segura o frasco diante de mim enquanto o bartender me entrega o refrigerante.

— Octos, perturbando os novatos?

— Só me apresentando. Explicando pra senhorita que, se algum dia ela precisar de um favor, eu sou o cara.

— Um refri pra ele também, por favor. — Pago Rikken e logo em seguida ele desliza uma bebida na direção de Octos, com muito a dizer na ponta da língua. Octos vira a bebida e sinto certa simpatia por ele. Acho que a maioria aqui não lhe daria um segundo de atenção. Bebo meu refri, observando o frasco.

— Negócio fechado? — Ele o empurra para mim, confundindo meu silêncio com concordância.

Vejo Abby do outro lado. Seu dueto com Mynick acabou, e ela está no colo dele, papeando com outros Secundus. Ela me vê e acena.

— Dá uma cheirada, veja. — Ele abre o vidro e o coloca sob meu nariz.

Se eu tomar e funcionar, passarei no Primeiro Ritual. Mas é trapaça. Meus dedos se contraem. Porém, eu fecho as mãos com força. A oferta é tentadora. Mas não posso. Não é certo. O meu lugar é aqui, e emergir da maneira certa prova isso. Não serei mais forte nem terei mais controle sobre minha magia se trapacear logo na primeira oportunidade. Pego o frasco para fechá-lo e recuso, e então várias coisas acontecem ao mesmo tempo.

Uma explosão de névoa negra me cega.

O frasco é arrancado da minha mão.

Alguém grunhe.

Eu tropeço no banco, assustada, piscando em meio à névoa que se dissipa. Jordan se joga sobre Octos. A agitação na Taverna cessa com todo mundo assistindo.

— Jordan? O que você...

Ele vai até um vaso de planta próximo e me lança um olhar penetrante antes de despejar o líquido coagulado na terra. Suas gotículas queimam as folhas da planta como ácido e depois perfuram o vaso. Tento engolir, me mover, dizer alguma coisa, mas tudo que sai é um murmúrio. Jordan encontra meus olhos, seu maxilar endurece.

— Isso poderia ter... — *Me machucado*. Dou um passo adiante e tento tocar a planta, incrédula. Mas o braço de Jordan me impede, retesado contra meu peito.

— Só o gás pode ser tóxico. — Suas palavras são rígidas como as linhas cravadas em seu rosto. Mas seu braço diante de mim sugere que ele pode ser mais do que o aço em seu exterior.

Encaro Octos, que por sua vez encara a planta, balançando a cabeça, incrédulo, pálido como se tivesse visto um fantasma.

— Rikken, ajuda com essa bagunça. — A máscara de Jordan endurece em seu rosto enquanto ele gira o pulso, invocando sua magia. Ele roça delicadamente o caule da planta com a ponta dos dedos. Seus braços tremem como se estivesse lutando contra alguma força invisível. Ele cerra os dentes, forçando, e empurra mais uma vez. A escuridão se desenrola de suas mãos, e o vaso de barro estremece, depois desmorona em uma pilha de poeira carbonizada. Ele exala, sem fôlego.

Tropeço para trás, olhando boquiaberta para a bagunça no chão, depois para minhas mãos e de volta para a pilha que lembra meu próprio segredo obscuro. O bartender atravessa a multidão com uma vassoura e um esfregão para limpar aquela bagunça. Jordan levanta Octos pela gola e a sala se divide para deixá-los passar. As portas se abrem e eu os perco de vista.

— Você tá bem? — Abby me pergunta.

Minha pulsação martela em meus ouvidos, e ainda não consigo me mover.

— Quell?

Abby fala mais alguma coisa, mas já estou saindo da Taverna, atrás de Jordan.

TREZE

Lá fora, a noite esfriou e o cheiro da chuva permanece no ar. Octos não está à vista e Jordan caminha pelo parque de volta à propriedade. A floresta surge à frente e eu o sigo.

— Como você fez aquilo? — questiono, ainda trêmula.

— O que você quer dizer com "como"?

Cuidado, Quell.

— Quer dizer, como... como você sabia que aquele cara queria me machucar?

Ele ignora a pergunta e praticamente tenho que correr para acompanhá-lo. Meus sapatos grudam na lama e a chuva fria escorre pela minha pele.

— Me responde!

Ele não dá nenhum sinal de dor. Ou de frio mortal.

— Você não devia estar aqui.

— E você devia? Ainda é um tutelado.

— Pode acreditar que só venho aqui quando é absolutamente necessário.

Sigo em passo acelerado, instigada pela necessidade de entender o que acabei de ver. O que significava. O que poderia significar para mim. Ele destruiu aquele vaso, como minha *toushana* poderia ter feito. E ninguém o desprezou. Ele não estremeceu nem parecia que ia desmaiar. Ele dominava o que quer que fosse — por mais sombrio que fosse — com *controle*. Um controle que me falta. Corro na frente dele, bloqueando o caminho.

— Eu te fiz uma pergunta!

Ele pensa por um instante, seu maxilar treme.

— Sabe quantos se matariam para estar em seu lugar? Para estar no meu?

— Quê? — Dou um passo atrás, confusa, a palavra *matar* presa em minha garganta.

— Para cada membro da Ordem que debuta, recusamos mil que não são bons o suficiente. Não podem nem entrar na propriedade. Quanto mais cultivar magia. Já pensou como é para eles? Como eles *ficam*?

Penso em Rose, a menina na aula de etiqueta que ainda não emergiu.

— Não pensei nisso, não.

— Você acha que tudo são sedas finas e bailes? Há multidões de famílias excluídas desta vida. Que não exatamente aprovam a maneira como fazemos as coisas. — Ele chega tão perto de mim, que não existe mais o ar. Eu tento respirar, mas só existe ele. — Você acha que todos simplesmente engolem suas frustrações e reclamam disso durante o jantar? Se acha isso, é ingênua.

— Octos. Está falando do Octos.

— É óbvio que sim. Ele *sabia* que, ferindo você, ia ferir a Ordem. Ele queria vingança. — Jordan cospe as palavras e eu me assusto com sua ferocidade.

Sede de vingança? Eu interpretaria como algo totalmente diferente, que Octos e eu compartilhamos algo em comum. Mas a planta destruída sugere que talvez eu estivesse errada. Fui enxertada neste mundo. Meu olhar cai, dolorosamente consciente de que eu deveria ser um dos milhares de rejeitados, e não dos poucos aceitos.

— Não pensei...

— Dá pra notar. Você não pensou em muita coisa. O que acha que aconteceria se a herdeira de uma diretora fosse morta ou gravemente ferida? Tem alguma ideia? — Ele suspira, exasperado, e vai embora. Faz sentido que meu sobrenome coloque um alvo nas minhas costas. Que ironia, considerando a mudança drástica que minha vida sofreu poucos dias atrás.

— Desculpa, eu só queria...

— Trapacear. — A palavra sai áspera.

— *Não*. — Bloqueio o caminho dele outra vez, obrigando que me olhe. — Eu não, eu não ia...

— Bom, para mim parecia que...

— Bom, se você *ouvisse* tanto quanto *supõe*, saberia! — fico surtada e meu tom de voz o cala. — Considerei por meio segundo. Mas não... essa não é quem eu sou.

Jordan me observa por um momento, depois olha para longe, com as mãos enfiadas nos bolsos.

Não sei dizer se acredita em mim. Mas o nó de pavor que geralmente me amarra na presença dele se afrouxa um pouco. O dever o alimenta, isso é evidente.

— Você é tão poderosa por natureza, mas não tem *ideia* de a quem é leal. — Uma risada estrangulada escapa dele. — Pensar que eu estava preocupado que você pudesse ter sido uma ameaça calculada. — Ele tira o cabelo do meu ombro, e seu toque suave como uma pena repentinamente roçando minha pele provoca um arrepio nos meus braços. — Um ataque com mísseis e um furacão mortal não poderiam ser mais diferentes. Ou mais perigosos.

— Jordan...

— Estou dizendo que te julguei mal, srta. Marionne.

Fico sem resposta, mas o tambor no meu peito desacelera. Rajadas de vento sopram entre nós, e o calor do momento vai embora junto. Ficamos ali por vários instantes sob o luar, em silêncio. O parque ressoa com uma série de gargalhadas. Em algum lugar, poças respingam. Ele suspira e isso curva sua postura. Sua máscara se dissolve na pele e quase posso sentir o peso de sua expressão desgastada. Ele é uma tempestade se formando, a qual não entendo muito bem. Mas tal como a noite que nos rodeia, mesmo quando observo atentamente, não consigo distinguir suas partes sombreadas.

— Tudo o que estou tentando fazer com que você entenda é que *você* é a Casa. Eu sou Perl. Você, Marionne. Você é o que representa. Um ideal. Um padrão. Acima de qualquer suspeita. Você deve ser a melhor em todas as suas sessões.

Engulo em seco, a pressão quebrando os pedaços de mim mesma que mal consigo manter unidos. Como se cada parte de mim já não estivesse cheia até a borda, pronta para explodir. É demais, e sou eu quem vai embora agora, andando de um lado para o outro.

— Você deveria ser intocável, Quell — continua ele, o tom mais gentil.

Como ele. A maneira como sua energia comanda qualquer ambiente em que está. A maneira como as pessoas saem do seu caminho sem que ele peça. A forma como tudo nele é calculado com perfeita precisão. Ele se move com domínio, uma confiança totalmente estranha para mim. Sempre no controle. Eu olho minhas mãos, a fúria crescendo em mim. *Esta não sou eu.* Mas não posso dizer isso... Não posso deixá-lo perceber que não pertenço a esse lugar em que me colocaram.

— Se *você* estiver acessível, então *a Ordem* estará acessível.

Então é disso que se trata. A frustração cresce em mim. Toda essa pressão, carregar o nome Marionne. Eu me viro e ele está bem na minha frente, não me cercando daquele seu jeito mal-humorado de sempre. E pela segunda vez esta noite, encaro olhos tão pesados quanto uma chuva de verão.

— Eu sou seu mentor, então seu desempenho é reflexo de mim. Nosso sucesso é conjunto.

— Estou tentando. Juro.

— Tente *mais*. Seja mais esperta.

De repente, noto como ele está próximo. O calor corre por mim. Dou um passo atrás.

— Conhece Octos? — pergunto para preencher o silêncio. — Aquelas marcas no braço dele.

Ele abre a boca, e aguardo por boas intenções que o suavizem. Mas as palavras saem tão geladas quanto antes:

— Na verdade, não.

— Então como sabia que o produto que ele queria me vender era falso?

— Ele é um Comerciante, e todos eles são iguais. — Jordan olha para minha testa franzida e seu maxilar se contrai com impaciência. — Existem 23 elixires conhecidos: aqueles que podem sedar, parar seu coração, ecoar seus pensamentos para que outros possam ouvi-los e uma série de outras coisas ilícitas. Mas os Ambrosers afirmam que descobriram mais. — Ele zomba. — Eles carregam essas marcas nos braços como troféus.

O namorado de Abby, Mynick, tinha cerca de dez marcas tatuadas no braço. Mas algo na forma como Octos puxou as mangas na minha presença sugeria que ele deveria ter muitas mais.

— Por que você diz isso assim?

— A Casa Ambrose está sempre tentando ultrapassar os limites, explorar a magia para dar mais credibilidade à noção de que são superiores ao resto de nós. Não entendem o conceito de dever. Servimos à magia, ela não serve a nós. Não se pode confiar em pessoas assim.

— Como você sabe tudo isso?

Ele me encara e sinto um aperto no peito.

— Por que você se importa com *isso*? — Ele irradia impaciência.

— Ora, você se intrometeu e...

— Eu não devia precisar me intrometer, pra começo de conversa. Usar magia assim, fora da propriedade, não é certo.

Perco a paciência.

— Então, por que usou?

— Volte pra propriedade antes que se meta em mais encrenca. *Boa noite.* — ele dispara.

Nossa! Se ele me considera tão péssima, tão ruim nisso tudo...

— Por que pediu pra ser meu mentor?!

Jordan está longe o suficiente para eu gritar, e minha voz ecoa nos monumentos de pedra no parque. Ele nem olha para trás. A irritação queima através de mim enquanto ele desaparece na floresta em uma nuvem negra.

Percorro todo o caminho de volta até a Taverna para pegar Abby e ir para casa, fumegando cada vez menos a cada passo. Porque, por mais horrível que esta noite tenha sido, há uma fresta de esperança, que poderia me ajudar a controlar minha *toushana* rebelde. Não consigo me livrar da imagem da magia de Jordan transformando aquela planta em cinzas.

Vou descobrir como ele fez isso.

CATORZE

Abby é uma ótima amiga, a melhor colega de quarto, superinteligente, mas *nem um pouco* uma pessoa matinal. Ela não acordou às oito para me levar à biblioteca e ainda estava na cama roncando quando saí do nosso quarto meia hora depois. Felizmente, o café da manhã já estava pronto para levar e, apesar de alguma possível indigestão por ter comido tão rapidamente, estou na entrada da biblioteca às nove.

Fica no segundo andar, entre o refeitório e o estúdio de ioga. Suas portas esculpidas com puxadores em formato de meio-sol contam uma história. No interior, as prateleiras estão empilhadas até o teto, com conjuntos de mesas de estudo espalhadas entre elas. Entrar lá é como calçar minhas meias aconchegantes favoritas. A biblioteca do bairro sempre foi o primeiro lugar que mamãe e eu visitamos após cada mudança. Consulto um catálogo digital ávida por descobrir o que exatamente Jordan fez com aquela planta na Taverna, e *como*. Os livros sobre a tradição Dragun devem ser guardados na seção Secundus. Placas me levam a uma pequena sala com seu próprio conjunto de portas de vidro, onde uma mulher com cabelo castanho-claro está consertando, com um gesto das mãos, lombadas de livros gastos.

— Com licença. — Ela cantarola, tirando os óculos tipo gatinho. — Preciso da sua autorização para pegar os livros daqui.

— Não tenho.

— Tá tudo bem, sra. Loudle, ela está comigo.

Eu me viro e justamente a pessoa que eu não queria ver, com todo o seu um metro e oitenta, está bem atrás de mim. Agarro a alça da minha bolsa com mais força quando ele passa ao meu lado. A pele dele roça na minha. Dou um pulinho para o lado, mais exagerado do que eu gostaria, e derrubo uma das pilhas de livros da sra. Loudle. Arrumo-os rapidamente.

— Quell. — Ele ergue o queixo em um cumprimento.

A maneira como ele saiu furioso na noite passada me dá vontade de revirar os olhos, mas penso melhor e também ergo o queixo.

— Jordan.

— Sr. Wexton — começa a bibliotecária. — Meu ratinho de biblioteca. Achou algo interessante hoje? — Ela se vira para mim. — Esse menino lê mais do que qualquer um que eu tenha visto nos trinta anos em que trabalho aqui.

Ele gosta de livros?

— Na verdade, encontrei alguns desta vez — diz ele, mostrando sua pilha para a sra. Loudle.

Dou uma olhada nas lombadas. Ele me pega observando e eu desvio o olhar no mesmo instante.

A sra. Loudle passa o polegar sobre um distintivo e meu nome aparece em negrito em tinta preta.

— Olha você aqui. — Ela entrega para Jordan.

Estendo a mão para pegá-lo, mas meus dedos batem nos dele. Ele pega minha mão, gentilmente afasta meus dedos da palma e coloca o distintivo sobre ela.

Pigarreio.

— Obrigada.

— Está surpresa por eu gostar de ler? — pergunta.

Retiro a mão e amarro o cordão em volta do pescoço.

— Seu rosto transparece todos os seus pensamentos, Quell.

— Nem todos. — Cerro os dentes. — Obrigada, sra. Loudle. Não vou demorar. A sessão começa em breve. — Saio correndo, na esperança de evitar qualquer pergunta de Jordan sobre o que eu gostaria de achar na seção Secundus.

— Então você tem estado ocupado com... você sabe? — Loudle pergunta.

— Andei ouvindo conversas desagradáveis sobre a Esfera. Você sabe se *toushana* tem algo a ver com isso? Os dias dos Sombrios acabaram, dizem. Mas "dizem" muitas coisas por aí.

Passo por eles e entro. Espero que ela o mantenha envolvido na conversa por mais alguns instantes, para que eu possa ler sem ninguém me perseguindo.

A seção Secundus é muito mais pitoresca, com espreguiçadeiras para leitura. Está completamente vazia, o que é um alívio. As prateleiras cobrem cada centímetro da parede. Há até uma escada decorativa com cobertores num canto. Escolho uma seção e examino as lombadas, verificando de vez em quando se Jordan ainda está conversando lá fora. Nada sobre Draguns.

Eu busco em outra fileira qualquer coisa que se aproxime de *toushana*, tradição de Dragun ou história da Ordem. Um conjunto de lombadas de couro rachado com letras douradas em relevo chama minha atenção em uma prateleira baixa. *A raça rara*. Tenho que ficar de joelhos para retirá-los. Permanecem inflexíveis quando puxo, como se não tivessem sido tocados há muito tempo. Puxo com mais força e um deles cede.

As outras letras na lombada estão desgastadas, mas a página de título está intacta. *Draguns: a raça rara*, vol. 1 de 3. Agarro este e os outros dois, criando uma pequena pilha em meus braços. Olho para trás novamente e vejo Jordan se afastar da sra. Loudle. Meu coração bate mais rápido quando vou até a mesa dela. Coloco os livros sob o scanner e os enfio na bolsa. Até que uma voz baixa me força a virar.

— Então, você gosta de ler também, pelo visto. Apenas pessoas que amam livros se impressionam com isso.

— Quem disse que estou impressionada?

— Sua surpresa...

— Estou *surpresa* por você ter um hobby ou coisa do tipo.

Ele abre a boca, mas não fala nada por um instante.

— Bom te ver estudando logo cedo.

Na verdade, não parece que ele gosta de me encontrar, mas é persistente nisso.

— Preciso ir — ele avisa.

— Ah, que pena. — Caí na armadilha dele, droga.

Ele puxa o cordão no meu pescoço, ignorando minha resposta atrevida.

— De nada.

Dou apenas um sorriso seco.

— Lembre-se: dê o seu *melhor*, minha protegida.

Ele se vira e vai embora, enquanto eu fico e leio tudo que posso.

Quando chego a um capítulo sobre "Legado Dragun", pulo algumas partes sobre "Guerras antigas", mas paro em "Draguns: multifacetados e letais". Puxo o livro para mais perto, e meus olhos voam pelas palavras enquanto meu cérebro tenta peneirá-las, em busca de sentido. *Draguns são uma irman-*

dade que abrange todas as Casas e substitui as lealdades às Casas. Seu símbolo universal é uma garra de dragão em forma de gancho. Draguns têm a habilidade única de dominar múltiplas áreas da magia. Torço a bainha da camisa entre os dedos, lembrando-me da coluna rachada na garganta do Dragun atrás de mim. Quem era ele se não fazia parte da irmandade? Mordo o lábio e tento lembrar o que Dexler disse no primeiro dia. Conectar-se a uma forma de magia geralmente entorpece as outras. *Draguns são a exceção.*

Endireito as costas e viro a página, procurando exemplos. Uma lista abrangente dos tipos de magia que os Draguns exercem. O tipo sombrio, especialmente. Mas não encontro nada além de um mosquito amassado, com as tripas esmagadas na página. Fecho o livro abruptamente e percebo que horas são. Jogo meus livros na bolsa e corro para a sessão.

Ao chegar à sala de Dexler, me jogo na cadeira. Estou alguns minutos atrasada, mas a sessão ainda não começou. Hoje é minha segunda chance de provar que consigo. Não posso cometer nenhum erro.

— Calma! Não apostamos corrida aqui. — Shelby me joga um chiclete.

— Engraçadinha. — Eu guardo o chiclete. — Não vi você na Taverna.

— Ah, sim, eu saí com um cara.

Rose se joga na outra cadeira ao meu lado, desculpando-se pelo atraso — ainda sem diadema na cabeça.

— Na verdade, eu ia te perguntar sobre emergir — digo a Shelby.

— Nada ainda, hein? — Ela olha para minha cabeça.

Rose estremece, escutando nossa conversa, e a culpa aperta meu estômago.

— Deixa quieto — digo. — A gente conversa mais tarde.

Shelby me lança um olhar de "você é muito legal".

— Você não perdeu nada — conto para Rose, tentando mudar de assunto, quando noto um inchaço sob seus olhos. — Você está bem?

Ela não diz nada, e isso diz tudo. Olho para seu cabelo desgrenhado e para todo o resto: roupas amassadas, as mesmas que usou ontem, manchadas de maquiagem nas mangas.

— Rose, sinto muito. Alguma coceirinha?

Ela nega com a cabeça, os olhos se enchendo d'água.

— Quanto tempo tem? — sussurro quando Dexler chama a atenção de todos.

Ela aponta para a mesa.

— *Hoje?!*

Shelby me dá uma cotovelada quando Dexler olha na nossa direção. Mas é tarde demais.

— Srta. Marionne, o que acabei de explicar?

Não tenho como me safar dessa.

— Não ouvi, desculpa.

— É porque não acha importante o que tenho a dizer ou...?

Sinto o frio me atravessar.

— Não, é totalmente importante. Eu...

— Então, aja de acordo.

A bronca me deixa curvada sobre minhas anotações, fixada em cada sílaba que sai da boca de Dexler. Rose está rígida ao meu lado, em silêncio. Penso em Octos, torcendo para que não aconteça o pior com ela.

Ainda não superei a forma como as coisas se desenrolaram com Octos. Algo nele era tão genuíno, tão sincero. A maneira como erguia os ombros ao falar da família, cheio de orgulho. A surpresa no rosto dele quando viu o que o elixir fez. Sou muito boa em ler as pessoas e não tenho certeza se Jordan tinha razão.

Quando nossos materiais são distribuídos, somos organizados em grupos. Shelby, Rose e eu nos juntamos e colocamos nossas cadeiras em um canto isolado na sala.

— Decomposição — digo, espalhando os materiais. Dois tipos diferentes de ossos e um besouro. — Precisamos fossilizar esses ingredientes e colocar suas cinzas num pote.

Rose está mal-humorada, com as mãos no colo.

— Quer preparar o *kor*? — pergunto a ela. — Hoje é fogo de novo.

— Do que adianta? Nada está me ajudando. Já tentei de tudo.

Shelby olha para nós duas, suspirando antes de pegar o *kor*. Não sinto falta de seu leve revirar de olhos. Ela passa os dedos sobre o pavio para acender o *kor*. Agarro o osso, girando-o em minhas mãos. É leve e frágil. Um pouco flexível. Estremeço ao pensar de onde poderia ter vindo.

— O caminho natural mais próximo, lembre-se — diz Shelby.

Minha *toushana* poderia transformar isso em pó em 1,3 segundo, mas isso não daria certo. Procuro um brilho de calor, virando o osso sobre o fogo.

Imagino-o se decompondo sob o solo, o processo acelerado do tempo. O zumbido do calor em meus dedos aumenta enquanto eu o prendo.

As extremidades do osso se deterioram, pedaços caem. Eu aperto com mais força, determinada a manter minha magia adequada. Mas algo faz isso dar errado e o calor se dissolver. *"Não!"* A centelha do progresso se perde e o osso é um tronco inalterado em minhas mãos.

— O que foi? — Shelby pergunta.

Eu me afasto da mesa, frustrada.

— Me dá. — Shelby faz sua magia sobre o osso, girando-o no brilho do *kor* enquanto se concentra intensamente nos ingredientes. As extremidades do osso desmoronam um segundo antes de tudo virar pó. — Tá vendo? — Ela tira as cinzas da mesa e as coloca em um funil preso a uma jarra.

— Da maneira como você faz, parece ser tão...

— Agnes — Vovó chama da porta, e eu aliso as pontas do meu cabelo.

— Diretora — Dexler fala de um jeito que sugere que está tão surpresa em vê-la quanto o resto de nós. — Senhoras e senhores, temos uma visita.

Cadeiras se arrastam no chão enquanto todos nós ficamos de pé.

— Boa tarde, diretora Marionne.

Ouvir meu nome em um coro me provoca uma sensação desconhecida. Eles não estão falando comigo. Mas, ainda assim, é estranho.

— A que devo este presente?

Vovó entra e não há um único olho na sala que ouse desviar o olhar. A admiração gira todos os pescoços, gruda todas as costas contra a cadeira. O olhar da vovó encontra o meu e rapidamente muda para Rose. Ela sussurra algo para Dexler, que olha para Rose também. Sua postura desaba pela decepção.

— Ro... — eu começo, mas ela coloca sua bolsa nos ombros.

— Boa sorte pra você, Quell. Quer dizer, não que precise disso.

Vovó a guia pela porta com uma das mãos pousada delicadamente em seu ombro. Enquanto a porta se fecha, Rose olha para mim, o rosto contraído de tristeza, lembrando um Comerciante solitário em um bar. Desvio o olhar, mas o desespero dele permanece como um perfume ruim. Volto aos meus materiais, mas o tempo e o movimento parecem desequilibrados. A saída de Rose se repete em minha mente sem parar, só que, na minha imaginação, é minha cabeça em seu corpo.

— Bem. — A voz de Dexler me arranca da tristeza. — Os ingredientes não vão se decompor se você só ficar os encarando. — Ela bate palmas. — De volta ao trabalho! Depois de entregá-lo, vocês serão dispensados. Lembrem-se, pratiquem de forma independente, procurem seus mentores. Vocês têm muito o que dominar.

A sessão vibra com rumores sobre a expulsão de Rose.

— O que vai acontecer com ela? — sussurro para Shelby.

— Ela não conseguiu na Casa para a qual está zoneada, então, a menos que sua família se mude para um território diferente, é o fim da linha — diz Shelby com desinteresse e surpresa em iguais medidas. — Afastada, impedida de desenvolver sua magia.

— O que vai acontecer com a magia dela?

— Vai atrofiar e, por fim, ficar inacessível.

Sinto meu coração apertar por ela.

— Você quer experimentar o besouro? Deve ser um pouco mais fácil, pois ainda está vivo. Eu posso fazer os outros.

— Lógico. — Não quero parecer deprimida, mas não consigo disfarçar.

— Ei — diz Shelby, sentindo minha mudança de humor. — Acontece. Fica mais fácil com o tempo.

Não sei se isso é verdade. Mas preciso me concentrar nesta lição, fazê-la bem.

— Tô falando sério. Sou uma *Duncan*, Quell. Ninguém na minha família foi iniciado há décadas. Mas eu queria, e a diretora conhecia pessoalmente a minha avó. Então ela me deu uma chance. Quatro outras meninas começaram na mesma semana que eu. Nos tornamos próximas rápido, fizemos um pacto para ficarmos juntas, determinadas a sobreviver. Meu Baile é daqui a pouco mais de um mês. Estou quase saindo daqui e adivinha... — Ela pega os seus ingredientes. — Eu sou a única que restou.

— Isso deve ser uma droga.

— Tipo isso. Você começa a entender, você é diferente. E você pode assumir isso e entrar em ação ou ser torturada pelo fracasso de todos os outros pelo resto da vida. Rose se foi porque ela não merecia estar aqui. *Você* merece.

— Ela vai embora e minha determinação se quebra.

Mas eu não mereço.

De cabeça baixa, crio um espaço de trabalho para mim, longe de Shelby e de todos. Minhas mãos tremem quando o olhar de Rose ao partir e as palavras de Shelby se misturam em um pesadelo.

Foco.

Rose esteve aqui um dia e foi embora no outro.

Solto um suspiro e minha determinação se renova. Uma textura de calor ganha vida sob minha pele. Contraio todos os meus músculos com força, como li nas anotações de Abby. O besouro se contorce de costas, movendo-se mais devagar. Fico mais quente, minha magia adequada acelera enquanto o que parecem pedaços de areia se espalham da minha cabeça aos pés. Cada lugar onde eles se instalam formiga com o calor. Um tremor de frio me puxa, mas a magia que queima através de mim o envia de volta às profundezas insondáveis de onde veio. Eu me agarro à sensação, e a magia queima através de mim como uma fornalha, furiosa e controlada, mais quente do que jamais senti.

O besouro sucumbe. *Está funcionando!*

Eu forço mais, focando na sensação da minha magia em mim. *Agora, decomponha.*

Mas o calor muda como uma rajada fresca num dia de verão. Minhas entranhas tremem com o fogo e depois tiritam de frio. Indo e voltando, a temperatura oscilante da minha magia ameaça me desequilibrar. Eu me esforço, incitando minha *toushana* lá no meu interior, mas ela revida com uma frieza que nunca senti antes. O mundo pisca em branco e, por um momento, um frio mórbido toma conta do meu peito. Penso na mamãe e em seus abraços fortes quando ela sussurrava em meu ouvido: *Há algo bom em você, Quell.*

Algo muda e eu me concentro nisso.

Eu aqueço um pouco.

Há algo bom em você, Quell.

Agora está quente.

Muito perto.

Com mais força, insisto, puxando do meu núcleo, imaginando aqueles grânulos de Pó empilhados um em cima do outro até que eu esteja aquecida até a borda. Quando de repente tudo se torna frio.

O besouro se transforma em um montinho de cinzas, minha *toushana* decompôs seu pequeno corpo em alta velocidade. Então, ela retrocede tão rapidamente quanto apareceu. Eu me levanto da cadeira, piscando, incrédula. Olho para todos os lados, mas o ciclone de pânico apenas gira ao meu redor.

Eu não consegui lutar contra ela. Eu tentei e ela revidou. Minha garganta está um deserto e engolir não está ajudando. Meu surto atrai olhares preocupados e eu seguro as pontas do meu cabelo para não arranhar minha pele. *Lembre-se de onde você está.* Pigarreio e tento respirar de forma mais lenta.

A bagunça na mesa parece... correta.

Poeira decomposta de um besouro.

Fiz isso com minha *toushana*.

— Quell. — Shelby me pega pelo braço. — Tá tudo bem? Você tá parecendo um fantasma de tão pálida.

Eu puxo meu braço da mão dela.

— Eu... Sim, tá tudo bem.

Ela coloca a poeira em uma jarra.

— Isso está ótimo. Tem certeza de que está bem?

Eu limpo a garganta, ainda com frio.

— Sim, tá tudo bem.

— Ok, vou entregar.

— Obrigada.

— Te vejo mais tarde no refeitório, se você estiver por aqui?

— Com certeza.

Shelby reúne nossos materiais e os leva para Dexler. Ela sorri, inspecionando tudo, mas isso não alivia a náusea que sinto revirar minhas entranhas. Não pude deter minha *toushana*. Não importava o que eu tentasse.

Coloco minha bolsa no ombro e vou para a porta. Mantenho distância das pessoas se reunindo no saguão, e, quando dou a volta pela Ala das Damas, onde está o meu quarto, o caminho está livre. Tiro da bolsa o livro que peguei emprestado na biblioteca, folheando-o em busca de qualquer menção a *toushana*. É um tiro no escuro, mas estou desesperada.

— Ah, aí está você. — É a Abby.

Guardo o livro de novo.

— Quer ir comer alguma coisa? Sinto muito por hoje de manhã. Eu estava apagada. Quero ouvir mais sobre o que aconteceu ontem à noite. Você não falou muito na volta pra casa. Vi você seguir Jordan pra fora da Taverna e...

— Ela se aproxima de mim de brincadeira, mas eu me afasto. — Por que você tá estranha?

— Desculpa, estou com dor de cabeça. Vou voltar pro quarto pra me deitar. Posso ficar um pouco sozinha?

— Lógico. Mas o Jordan tava te procurando.

— Se você o vir, pode dar uma desculpa pra mim? Ele leva essa coisa de mentor muito a sério.

— Aff, a minha não. Raramente tenho notícias dela. — Abby cruza os braços. — Tudo bem, mas preciso de um resumo completo do que está acontecendo com você mais tarde.

Até então eu deveria ser capaz de inventar algo convincente.

— Combinado.

— Fica bem. — Ela se vira. — E bebe água!

Corro para o quarto e me tranco lá.

Vou para a cama, me enfio debaixo das cobertas e enterro a cabeça em outro livro, tentando encontrar algo útil. Algo sobre *toushana*, algo sobre controlar a magia das trevas, ou até emergir. Mas eu viro páginas e páginas, e só vejo mais sobre como os Draguns foram criados e por quê.

Matar pessoas com *toushana* para "proteger a integridade da magia".

Adormeço com a imagem de ser expulsa da sessão com uma adaga no pescoço.

No corredor,
pelos saguões escuros, algo me persegue.
Subindo as escadas até o parapeito da varanda,
o vento açoita abaixo de mim.
Olho para o chão lá embaixo, sem fôlego.
Meu pé escorrega na beirada,
mas me seguro, com as unhas cravadas na pedra implacável.

Suspiro, meu teto se solidificando em foco. O leve ressonar de Abby me conduz ao presente. *Um sonho. Foi só um sonho.* Tento me sentar, mas minha cabeça lateja. Levo os dedos às minhas têmporas e massageio meu couro cabeludo.

Meus dedos tocam algo frio e duro.

Tiro as cobertas e corro até o espelho acima da minha cômoda. Acendo uma luminária e vejo espirais de metal saindo do meu couro cabeludo, altas e robustas. Meu diadema brilha, salpicado de pedras preciosas. Mas não é ouro, nem prata, ouro rosado ou mesmo cobre como outros diademas.

É escuro como a morte.

Como podridão.

Tem essa cor por causa da minha *toushana*.

— Ai, minha nossa. — *Estou fortalecendo a magia errada.*

QUINZE

Arranco o fio da luminária. Meu coração bate forte e é tudo que ouço na escuridão. As vitrines com diademas no salão. O preto foi arrancado de alguém que teve *toushana*. Abby se enrola nas cobertas e, por um segundo, não respiro. Seus roncos voltam e recupero os sentidos, agarrando meus sapatos. Ninguém pode me ver assim. Um número dois reluz para mim no relógio de parede enquanto tento formular algum tipo de plano. *Pense.* Jordan cruza minha mente. *Pense em outra coisa.*

As paredes parecem se aproximar de mim e atravesso o quarto enluarado da forma mais silenciosa possível para encontrar algo que cubra minha cabeça. Passo pelo meu espelho e paro. Apesar da penumbra, meu diadema brilha como mil estrelas. É tão grande quanto o de Shelby. Maior talvez. As espirais de metal preto se enrolam umas nas outras como um ninho de cachos. Pontinhas estreitas erguem-se ao redor deles como picos, e tudo brilha com pedras de um tom de rosa escuro. Porém, por causa do preto, as pedras quase parecem vermelhas.

Emergi. Apoio a mão na cômoda, olhando boquiaberta no espelho.

Minha curiosidade tenta se transformar em admiração, mas desvio o olhar. Dou um puxão no metal que sai do meu couro cabeludo. Meu cérebro pulsa de dor, como se estivesse sendo despedaçado em extremidades opostas, e pressiono meus lábios para abafar um grito.

Abby rola debaixo das cobertas, e uma ideia desponta em minha mente. Eu poderia tentar confiar nela. Mas não sei quanto a lealdade da amizade é profunda. Shelby? De jeito nenhum. Eu me abraço enquanto o rosto exausto de Octos passa pela minha memória. Estou inquieta, dividida entre opções impossíveis. A gravidade do que estou realmente pensando me puxa para baixo e me sento na cama. Ele disse que se eu precisasse de um favor...

Mordo o nó do dedo e olho novamente para Abby. Não acredito que Octos tenha tentado me matar. Conheço o fedor do desespero, e ele cheirava a isso. Pego minha jaqueta, a adaga de mamãe e um cachecol de Abby antes de me convencer a não fazer o que sei que preciso fazer.

As alas do Château Soleil estão tão silenciosas que temo que o rangido da porta do armário de vassouras desperte os três andares. A parede falsa responde ao meu empurrão com bastante facilidade, e eu me espremo pela brecha até chegar ao corredor, então disparo segurando meu cachecol para mantê-lo no lugar. A porta da floresta está trancada e uso minha magia calorosa ao redor dela, exatamente como vi Abby fazer. Deixo de lado todos os motivos pelos quais isso pode dar terrivelmente errado e avanço. Estou sem opções.

Não tenho o privilégio da razão.

Do lado de fora, consigo escapar, apenas com alguns arranhões, pelos galhos emaranhados que escondem a porta, e assim que coloco os pés no chão e olho para trás, para a propriedade, meu pulso desacelera um pouco. O caminho de paralelepípedos que atravessa a floresta está repleto de folhas, e eu as sigo até o parque. Os memoriais de pedra me sinalizam onde parar. *Como ela fez isso?* Chuto a rocha com minha bota. Nada acontece. Tento de novo, olhando mais atentamente para as pedras em busca de alguma indicação de qual é a falsa. Passo os dedos por elas até doerem com um calafrio, e então roço em uma parte levantada.

— Será essa?

O frio em meus ossos aumenta e posso sentir minha *toushana* aninhada dentro de mim como uma dor da qual não consigo me livrar, uma cãibra na lateral do corpo. Esfrego a pedra novamente e minha magia destrutiva vibra. A vontade de me contorcer com a sensação repentina da minha magia pesada e presente em meu corpo, como uma bola de chumbo presa em minhas entranhas, me pega. Em vez disso, porém, dou um chute na pedra, inclino minha magia em direção a ela e o chão se abre. *Funcionou.* Começo a descer, segurando com força a adaga da mamãe.

A Taverna é uma zona morta com apenas o resto da multidão se arrastando ao som de uma música baixa na pista de dança. As mesas de jogo estão vazias e as luzes, apagadas.

— A última rodada foi há dez minutos — diz o bartender, sem erguer os olhos. Octos não está por aqui.

— Como é?

— Falei que a última rodada... — Ele olha para cima. — Novata, você chegou muito tarde.

Aperto meu cachecol sob o queixo com mais força. Ele desliza um pano molhado pelo bar e começa a limpar as mesas.

— Estou procurando o cara com quem eu estava conversando outra noite. Casaco gasto, cabelo comprido, precisando fazer a barba.

— Você vem aqui a esta hora da noite procurando o Octos? — Ele cruza os braços sobre o peito largo. — Em que tipo de problema você está tentando se meter, garota? — O homem olha para a porta.

— Ele está aqui?

— Ele dormiu naquele sofá nas últimas noites. Mas ainda não o vi esta noite. — Ele joga o pano no ombro. — Eu tenho que fechar. Você deveria ir pra casa. Estar aqui sozinha assim não é uma ideia inteligente. — Ele se vira e a decepção afunda em meu estômago como uma pedra em um rio.

Quando saio da Taverna, a pista de dança já está vazia. O bartender acende as luzes e, quando subo as escadas, ouço o clique da fechadura atrás de mim. O chão se fecha com um leve estrondo. A noite treme com a vibração crepitante dos insetos, e eu olho em todas as direções, me abraçando. Talvez esta não tenha sido minha ideia mais brilhante. A sensação de que alguém ou alguma coisa está me observando acelera meus pés.

— Tá me procurando? — diz uma voz quando volto para baixo do dossel da floresta.

A sombra dos galhos cobre o rosto de Octos. Ele se aproxima e eu pego a adaga da mamãe. Ele recua.

— Se você veio aqui em busca de vingança, juro que não sabia.

Fico um pouco mais aprumada, tomando cuidado para manter a arma entre nós.

— Eu vim com um pedido.

Ele se move para um raio de luar e posso vê-lo completamente. Está tão abatido quanto antes. As rugas que sulcam seu rosto estão mais profundas nesta noite, e ele exibe olheiras escuras e ombros caídos de forma taciturna.

Abaixo a adaga.

— Tenho uma oferta — digo.

— Eu não entendo.

— Tenho um palpite de que você sabe das coisas. Coisas... que provavelmente não deveria.

Ele enfia as mãos nos bolsos.

— E daí?

— E preciso saber se existe algum tipo de mágica pra transfigurar um diadema.

— Não vou chegar perto de você e emergir. — Ele levanta as mãos em sinal de rendição. — Tentei vender aquele elixir pra você e deu errado. Ainda tenho uma dívida com o comerciante de merda que me vendeu aquele frasco podre — rosna ele.

Eu sabia.

— Você disse que se eu precisasse de um favor era pra te procurar.

Ele inclina a cabeça para o lado.

— Prossiga.

Chego mais perto, saio das sombras com a esperança de que ele escute.

— Eu emergi.

Ele olha para o lenço enrolado em minha cabeça, obviamente escondendo alguma coisa.

— Do que exatamente você precisa? E o que está oferecendo?

Aí está o Octos que eu esperava encontrar. Coloquei a adaga da minha mãe nas mãos, tratando de fazer as joias dela refletirem a luz da lua.

— Isso pertence à família Marionne e provavelmente deixaria você rico de um jeito que jamais poderia imaginar.

Ele estende a mão, mas logo a puxa de volta.

— Por que você me ofereceria algo tão valioso?

— Para alguém que lida com assuntos ilícitos, você certamente tem muitas perguntas.

— Faço questão de saber o tipo de pessoa com quem faço negócios. Especialmente nos últimos tempos.

— Sou a neta de Darragh *Marionne*. — A força das minhas palavras me faz corrigir a postura. — Uma pedra angular da Ordem, uma provedora de influência. — Eu o rodeio, imitando o ar da vovó, endireitando os ombros e erguendo o queixo. Meu corpo se rebela com o desconforto. Mas mantenho a pose, a melhor impressão de mim que posso passar para ele, esperando que Octos acredite. — Sou uma aliada poderosa.

Ele olha para a adaga, franzindo os lábios.

— Então temos um acordo?

— Nem sei qual é o trabalho ainda.

— Você precisa saber? — Eu puxo a manga dele. Seu braço é uma colagem colorida de um sol com três pontas e marcas de registro, muito mais do que eu imaginava. — Isso não representa as perversidades de que você é capaz, suas descobertas enquanto estava na Casa Ambrose?

Ele puxa o braço para trás. Seus lábios se apertam.

— Posso fazer o que você precisar — diz ele, o orgulho fazendo-o falar mais do que deve. — Mas meu preço é a adaga e mais alguma coisa.

— Diga.

— Eu quero um Intensificador de Localização. É uma pedra azul-clara. O estoque de suprimentos dos Cultivadores deve ter alguns.

Roubar parece um pequeno preço a pagar pela minha vida. Se é uma pedra comum ao ponto de ser mantida em um almoxarifado, não deve ser extremamente perigosa.

— Combinado.

— Bem... — Ele gesticula em direção ao meu cachecol. — Me mostra o tamanho da encrenca.

Começo a desamarrar meu cachecol, mas hesito. *Espero que isso não seja um erro.* Retiro a cobertura e ele respira fundo.

— Você pode transformar isso em algum outro metal, não é?

— Maldições — diz ele baixinho. — Sola Sfenti não foi benevolente com você, não é? Ele puniria nós dois. Traz pra mim a pedra antes do nascer do sol. Vou precisar usar o *kor* da lua.

⚜

Volto pra casa num piscar de olhos, descendo as escadas até o andar mais baixo, no subsolo. Dexler mencionou que carregava suprimentos do depósito no porão da propriedade. As escadas rangem, não importa o quão suavemente eu desço. *Não acredito que estou roubando.* Mas a ansiedade que mexe com meus nervos não me impede de continuar descendo. É roubar uma vez ou morrer.

As escadas dão em um corredor espiralado de portas. O estoque deve estar no centro da espiral. O fim do labirinto, porém, é um beco sem saída. Este corredor tem metade do comprimento que deveria. Empurro a parede, deixando o calor se enrolar em meus dedos, caso haja alguma armadilha pelo caminho. Mas a pedra não se move.

Conto as portas novamente, desta vez empurro o mesmo ponto na parede com mais força, e a pedra se move um pouco. O calor sopra em mim, uma tempestade de poeira se instalando, agressiva e faminta. Então algo novo acontece: o calor da minha magia é levado por uma tempestade de gelo. Cerro os punhos.

— É aqui que deveria estar. — Uma voz ecoa pelo corredor e meu coração salta.

Estou presa sem nenhum lugar para ir a não ser *em direção* a quem quer que esteja ali ou *através* da parede de pedras.

— Onde deveria estar e onde está poderiam ser duas coisas completamente diferentes — diz Jordan, minando minha determinação, o som de seus passos cada vez mais alto. Não consigo respirar. Não consigo pensar. Minha *toushana* poderia me fazer atravessar a parede, mas isso geraria um caos. E já estou fortalecendo a magia errada...

Vai funcionar, minha magia sussurra, e ouço como um arrepio se espalhando pela minha pele.

— O que você quer de mim? — a pessoa com Jordan bufa, exasperada. — Eu já te contei o que sei.

Suas vozes estão bem próximas. Às pressas, passo as pontas dos dedos gelados pela parede, rezando para que minha intuição esteja certa e não faça uma besteira aqui mesmo no chão. Um monte de cinzas como minha própria impressão digital sangrenta.

A pedra estremece e depois se divide ao meio como uma cortina. Além dela está o resto do corredor com as portas que faltam. Eu giro a maçaneta de uma que exibe a placa DEPÓSITO. Lá dentro, caixotes de talheres e fileiras de lençóis pendurados estão amontoados em um lugar que tem cheiro de lavanderia. No entanto, não há sinal de lavadora ou secadora ali. Até onde posso ver, um mar de lonas pende como ondas sobre os móveis. Fecho a porta o mais silenciosamente possível e presto atenção aos sons.

— Apenas me mostra — exige Jordan. A maçaneta da porta gira e procuro um lugar para me esconder.

— Acaba logo com isso — diz a outra pessoa quando a porta se abre. Eu me enfio entre dois móveis sob uma lona e coloco a mão na boca.

— Se a diretora me pegar aqui...

— Calma — diz Jordan.

Paro de respirar.

— Você ouviu alguma coisa? — ele pergunta.

— Não, você ouviu?

— Não, mas sinto... — Os sapatos de Jordan batem nas pedras na minha direção. Ele para. — Aff. Acho que não. Vá em frente, então. Mostre-me onde está. — Os sapatos vacilam. O tecido rasga o ar como se estivesse sendo desenrolado.

— Aí está o que você estava procurando — diz a outra voz. — Lá. Veja. Seguro e escondido. — A madeira pesada geme ao ser arrastada pelo chão. — Exatamente onde eu disse que estava.

Meu coração bate mais rápido.

— Não conta nada a ninguém sobre isso — ordena Jordan.

— O que sua tia está fazendo, afinal?

— Essa é a diretora Perl. E não é da sua conta.

— Está bem, perdão.

Os passos são fracos até a porta se fechar. Puxo a cortina de tecido e caio em uma velha cadeira de veludo, tentando acalmar meu coração acelerado. O quarto mudou um pouco, a mobília foi descoberta, mas não há indicação do que Jordan queria garantir que estivesse aqui. O fato de ele estar fazendo algo às escondidas da vovó para a diretora dele não me parece certo, mas não preciso de outro motivo para ele ficar no meu pé.

A pedra. Octos.

Mesas de jantar, espreguiçadeiras, poltronas com pernas quebradas e assentos rasgados me cercam. Retiro tampa após tampa, mas não encontro nada que possa abrigar pedras. Esquadrinho corredores de cômodas e armários, mas todos estão vazios. Até que eu avisto um armário com pernas curvas, com fileiras e mais fileiras de pequenas gavetas discretamente deixadas em um canto.

Abro uma delas, e pedras polidas brilham de volta para mim. INTENSIFICADOR DE LÚMEN está inscrito no interior da gaveta. Fecho e abro outra. Esta tem um tom amarelo esverdeado. INTENSIFICADOR DE DECIBÉIS. Abro outras às pressas, várias de cada vez, procurando algum vislumbre de azul-claro, e meus pensamentos se voltam para Jordan. Guardo em minha mente a imagem dele bisbilhotando para utilizá-la no futuro, caso eu precise, e me forço a me concentrar no dilema em questão: o metal enegrecido crescendo na minha cabeça.

As fileiras dos gaveteiros de intensificadores são infinitas, mas por volta da quinquagésima gaveta que abro finalmente encontro uma pedra azul-clara. INTENSIFICADOR DE LOCALIZAÇÃO. Eu a pego e saio correndo dali.

Subo os degraus de dois em dois, segurando firme a pedra. Abro a porta para sair no andar de cima, e o chão treme. *Mas o que...* Eu me apoio na parede enquanto um lustre balança, seus enfeites de cristal escorregam e se quebram no chão polido. A pedra escorrega da minha mão, rolando, e meu coração dá um pulo. Agarro-me à parede para me firmar no chão trêmulo.

Quando o tremor para, corro em direção à pedra. A comoção se espalha pelo corredor enquanto estudantes com olhos turvos saem de suas camas sem nada entender. Com a pedra bem segura em minha mão, prendo o cachecol e corro para o grande hall de entrada. Atravesso o armário de vassouras, ignorando o terremoto — tenho problemas maiores.

Por favor, faça Octos cumprir sua palavra.

Abro a porta e adentro o ar denso da floresta.

DEZESSEIS

— Octos? Aperto a mão com a pedra roubada e vasculho cada canto sombrio da floresta em busca de algum vislumbre dele.

— Aqui. — Ele sai do mato.

— Peguei o que você pediu. Agora faça o que prometeu. — Aliso minhas roupas e jogo os ombros para trás, depois abro a mão. Ele olha para a pedra, encarando-a com veneração. Fecho a mão.

— O que isso significa pra você?

— Perguntas não faziam parte do acordo.

Ele tem razão. Mas sua expressão transborda desejo. É um Intensificador de Localização; o que ele está tentando encontrar?

— Se você sabe algo sobre Intensificadores de Localização, está ciente de que é necessária pelo menos uma dúzia deles para fazer alguma coisa.

— Só tenho um.

— Isso é tudo que eu pedi. — Ele estende a mão aberta e eu coloco a pedra nela. — Ainda temos um acordo ou...

— Sim, mas vamos deixar tudo claro: seja qual for o problema que você esteja tentando arrumar com isso, não me envolva.

Ele concorda.

— Se você puder tirar o cachecol, senhorita.

Eu tiro. E é só aí que noto como ele é mais baixo que eu. Octos se equilibra na ponta dos pés para ficar acima da minha cabeça e dar uma olhada mais de perto no meu diadema.

Ele me entrega um galho fino e achatado.

— Morda isso e fique quieta. — Ele enrola as mãos em um movimento circular suave.

— O que... — Minha cabeça lateja e enfio o galho entre os dentes um pouco tarde demais. — Ah!!!

— Shhh!

Dou uma mordida, me arrependendo de não ter feito o que ele disse imediatamente. Mas o mundo fica confuso com a dor. Eu balanço, tropeçando para o lado.

— Não se mova!

Dói, tudo dói. O galhinho é uma parede nas minhas costas que, felizmente, me sustenta enquanto meus sentidos se esvanecem. Eu não estou em uma floresta. Não sou uma pessoa ou um corpo. Sou uma cabeça nadando em um inferno. Mordo com mais força, engolindo cada expressão que roça meus lábios.

— Estamos quase lá — ele diz entredentes.

Cambaleio quando uma onda aguda quebra dentro da minha cabeça como a pior enxaqueca do mundo. Parece que meus olhos estão sendo sugados para dentro do meu crânio e meu cérebro está sendo esmagado. Então uma torrente de calma toma conta de mim. A sensação de que o mundo está acabando chega a um impasse.

— Ali. — Octos cambaleia para trás, ofegante. Gotas de suor em seu rosto. Ele se senta em um toco e toma um longo gole da água que está presa na cintura.

Pisco, confusa pela ausência de dor, e levo as mãos à cabeça, me dando conta de que deveria ter trazido um espelho.

— Aqui. — Ele se levanta, apesar do cansaço, e tira um caco de espelho de uma bolsa escondida ao lado de uma árvore. Ele segura. Eu engasgo com as espirais do que era apenas metal preto agora brilhando em ouro rosado acima da minha cabeça, pontilhadas com pedras amendoadas da cor da felicidade, carmesim rosado. O diadema brilha a cada giro da minha cabeça e rouba minha próxima respiração como um campo infinito de primeiras flores da primavera. Tento falar, mas minha mão está em concha sobre minha boca.

— Quanto tempo isso vai durar?

— Vai durar enquanto você mantiver sob controle essa magia podre que carrega, pra sempre.

Para sempre.

— É tão... lindo.

— Sempre foi, só que agora é dourado.

— Obrigada. — Eu giro meu pescoço, aliviando a tensão que sinto. — Eu... eu peço desculpas pelas coisas terem ficado tensas por um momento. Eu só...

— Não precisa se explicar. — Ele respira fundo, seu peito ainda subindo e descendo ruidosamente.

— Você vai ficar bem?

— Eu vou ficar bem. — Ele pega o casaco e a adaga, que percebo, em meio a todo aquele caos, que deixei cair.

— Você é muito talentoso. É uma pena que sua Casa não tenha deixado você terminar.

Seus olhos encontram os meus.

Octos salvou a minha vida. As palavras estão na ponta da língua, mas hesito em falar o que estou pensando. Ele mexe o queixo como se quisesse dizer algo.

— Sim?

— A maioria não me dava atenção. — Ele gira a adaga nas mãos.

— Antes de vir pra cá, eu também.

Apertamos as mãos.

— Foi um prazer fazer negócio com você.

Ofereço um sorriso tenso e o vejo partir. Quando ele chega ao início da floresta, volto para dentro e guardo o lenço.

⚜

Quando me esgueiro para meu quarto, a propriedade já havia se acalmado, e minhas pálpebras estão pesadas, exigindo serem fechadas. Minha cabeça gira com o caos das últimas horas, mas faço meus pés avançarem, os lençóis quentes da minha cama me chamam. Quando acordar, talvez perceba que tudo foi só um pesadelo. É uma mentira, mas sem isso não tenho certeza se conseguiria colocar um pé na frente do outro neste momento.

Eu poderia ter sido *morta*.

Agarro meu pescoço, desejando não engasgar. Meus dedos tocam o metal na minha cabeça novamente e solto um suspiro. Ele ficou rosa *dourado* e não *preto*. Meu segredo está seguro.

Há cacos de vidro pelos corredores, separados em um canto como se a limpeza estivesse em andamento. Sussurros vindos de algum lugar me fazem congelar, mas estão muito distantes para serem distinguidos. Contorno o corrimão e subo a grande escada até a Ala das Damas. Minha cabeça ainda lateja levemente, agora com uma pulsação quase imperceptível em comparação com a de dez minutos atrás.

Quando entro na suíte, Abby está bem acordada, mudando o tecido de um vestido longo.

Estaco, sentindo uma onda de tensão e nervosismo.

Ela engasga ao ver o arco acima da minha cabeça, e o vestido em suas mãos cai no chão. Abby corre para me cumprimentar, balançando meus ombros. Eu os forço pra baixo e tento relaxar os braços enquanto fecho a porta atrás de mim. É preciso muito foco para não olhar para os meus sapatos.

— *Você!* Está tão grande e... — Ela dá um passo para trás com grande dramaticidade, agitando os braços em todas as direções. — Magnífico, majestoso, resplandecente, grandioso! — Abby me gira e faz uma reverência.

A vergonha queima em meu peito, mas me forço a olhar para ela e sorrir. Para entrar neste mundo de faz de conta onde sou realmente digna de toda essa bajulação e carinho.

— Bem, vá em frente, faça uma reverência como uma *dama de verdade!* — Ela franze o nariz e eu rio, uma explosão de alegria atingindo a barreira da minha indignidade.

Faço a reverência para agradá-la, mas sem entusiasmo. Meus joelhos ficam bambos quando me abaixo.

— Isso é mais difícil do que parece.

— Plume vai te ensinar direitinho, não se preocupe. Você será o assunto de toda a Temporada! — Ela me puxa para o espelho e eu respiro fundo ao me ver por inteiro. Apesar dos acontecimentos da noite, a estranha que me encara de volta mantém os ombros retos; seu queixo não aponta para o chão como costuma fazer. Eu desvio o olhar. *Mentirosa. Trapaceira.* Disfarçada de alguém que tem mérito.

Abby gira minha cabeça, me fazendo encarar o espelho.

— Senhoras e senhores — diz ela, toda teatral, imitando um apresentador. — Apresento Quell Janae Marionne, neta de Darragh Marionne, diretora e Cultivadora *extraordinária*. — Ela ri, e a bolha dentro de mim de alguma forma ressurge, derramando-se em uma risada tímida.

— Você é ridícula.

— Você simplesmente não parece tão animada. O Primeiro Ritual já foi. Só faltam mais dois!

— Estou animada, de verdade. — Dou de ombros. — Há um longo caminho a percorrer até o Baile, só isso.

Abby se senta na cama e puxa o vestido por cima dela até o colo, usando a magia para alterar a cor de um tom de roxo cintilante para um verde bem escuro.

— Ficou bonito.

— Ah, obrigada. O bom de estar longe de casa é que não preciso ouvir meus pais reclamando sobre como os Vestisers são um desperdício fútil da habilidade de transformação. — Ela revira os olhos. — Eu gosto de moda. Para eles isso parece ser um crime.

— Bem, fico feliz que aqui você pode ser você mesma.

Ela coloca o vestido em um cabide antes de subir na cama.

— Tenho exame de aperfeiçoamento amanhã. Finalmente. Levei uma eternidade pra me qualificar pra fazer esse teste. Tipo dois verões inteiros. Me mande todas as boas vibrações que você tiver.

Eu mexo meus dedos na direção dela.

— Vibrações enviadas. Você vai se sair muito bem. Tenho certeza.

Ela alcança a luminária com um bocejo enquanto eu vou para a cama.

— Obrigado, Abby. Por ficar ao meu lado, ficar animada e tudo o mais.

— Só espere. Esta Casa inteira vai se curvar aos seus pés.

A luz desliga e me reviro por dentro por causa do nervosismo. Um tipo diferente do que senti antes. Angústia, sim, mas enraizada em algo estranhamente desconhecido. Eu não tinha pensado no que as pessoas diriam. Meu diadema é lindo. Mais glorioso do que eu poderia ter sonhado. Até naquela cor mais escura era impressionante. Talvez ainda mais.

Mas a verdade — que este não é o verdadeiro diadema — me incomoda.

Você emergiu, sussurra minha consciência. *Isso que importa*.

Eu fico pensando, e algo se solta em mim.

— O meu lugar é aqui — murmuro o mantra para mim mesma, embora pareça palavras vazias.

Eu me contorço para encontrar uma posição um pouco mais confortável com essa coisa na cabeça. Tomo cuidado para não enfiá-la no travesseiro com muita força. Puxo as cobertas até o queixo e meus pensamentos se desviam para Octos, as marcas de registro nos braços dele. A vida desonesta que ele leva. Mas tenho minha própria autodestruição para combater. Abraço meu travesseiro e obedeço às minhas pálpebras pesadas.

— O meu lugar é aqui — repito baixo para que Abby não ouça. Tenho que repetir isso até acreditar. Tenho que repetir isso para ser capaz de enfrentar o amanhã.

PARTE TRÊS

DEZESSETE

A manhã desponta muito cedo, mas, apesar do peso por dormir pouco, pulo da cama. Abby já saiu. Depois de um pouco de prática de reverência e estudo de boas maneiras à mesa, estou de pé, vestida, e saio pela porta para seguir a etiqueta. No andar de baixo, no entanto, o grande salão parece um auditório com cadeiras dispostas em arco ao redor de um palco.

— Você chegou. — Abby engancha o braço no meu e me leva até uma das cadeiras.

— O que é tudo isso?

— Ela convocou uma assembleia esta manhã por causa de ontem à noite.

— Meu diadema?

Ela bufa e aponta para a Esfera, que paira acima da reunião iminente, sua matéria enegrecida balançando de um lado para outro de uma forma traiçoeira. Uma rachadura risca sua superfície.

— Essa rachadura sempre esteve lá?

Ela nega com a cabeça.

— Ela abriu ontem à noite.

Ao andarmos até duas cadeiras no fundo, percebo rapidamente que o saguão não está lotado apenas de estudantes, mas também de adultos. *Isto é sério.* Eu pigarreio e me recosto na cadeira. O medo brota em mim. Meu diadema surgiu na mesma noite em que a Esfera quebrou. Espero que seja uma coincidência.

— Isso é importante, ao que parece? — pergunto a Abby.

Ela me encara, estupefata.

— Importantíssimo. Se a Esfera esvaziar, a magia desaparece. Durante meio século, pelo menos.

Eu fico rígida, suas palavras ricocheteando em mim.

— Desaparece?

— Sim. Some. Nenhuma magia. Em lugar nenhum.

Tenho certeza de que é difícil para ela imaginar um mundo sem magia. Não penso da mesma maneira, porém. Se não houvesse magia, eu seria livre de certa forma.

— Além disso, tá rolando um boato de que as diretoras das Casas pagariam por isso. — Ela faz uma careta que sugere algo sinistro. Abby desliza o polegar sobre o pescoço. — Quer dizer, é apenas um boato, mas ainda assim.

Eu diria que execução parece ser um pouco drástico, mas aqueles que conquistaram seu lugar e construíram seus negócios em torno da magia ficariam furiosos. Eles esperariam que alguém pagasse por isso.

— Existe uma maneira de consertar ou cobrir isso?

— Não tenho ideia. Ninguém sabe onde está a Esfera. Ao ser criada, foi escondida pra manter toda a magia protegida.

A multidão forma um mar de diademas dourados e prateados, e os acontecimentos da noite passada me cutucam. A Esfera comanda minha atenção. As pequenas manchas — nomes — gravadas na superfície dela parecem brilhar com raiva. A matéria enegrecida se debate ferozmente contra sua superfície vítrea, como se pretendesse abrir caminho com as garras para sair dali. Faço um esforço para me conter. É assim que minha *toushana* se sente.

Minhas mãos latejam com um toque de frio enquanto minha preocupação toma forma. Eu as esfrego, encarando a Esfera pairando como uma tempestade agourenta. Firmo meus pés no chão e afasto o frio que penetra em meus ossos.

— Ela tá brava — digo, antes de me forçar a olhar para outro lado.

Abby inclina a cabeça.

— Eu não tinha pensado dessa forma. Acho que parece estar brava mesmo. Meu pai me contou que o material lá dentro costumava ser transparente, com grânulos brilhantes de Pó.

— Então a Esfera vem mudando há algum tempo?

— Acho que sim.

Então não poderia ter nada a ver comigo.

— Meus pais estão revoltados com algo que está perturbando o equilíbrio.

Suas palavras são um laço e um gancho em meu pescoço. Levanto uma sobrancelha, como se pedisse mais informações.

— A Esfera representa o equilíbrio de toda a magia usada, incluindo o tipo proibido. Então, aconteceu algo ontem à noite, em algum lugar do mundo, que perturbou tudo.

Meu coração dispara enquanto o medo me domina. Eu me inclino para a frente, ofegante.

— Quell? Você está bem?

— Preciso de ar fresco. — Me levanto e sigo na direção das escadas, em busca de silêncio, um corredor sem olhos e pessoas. *Aconteceu algo ontem à noite que perturbou o equilíbrio da magia.* Eu sei o que aconteceu na noite passada. Ando pra lá e pra cá até o gelo em minhas veias derreter. Vejo meu reflexo no vidro de um retrato na parede. Meu diadema ainda está algo lindo de se ver. Como a lua em uma noite clara, não acredito ser possível se cansar de olhar para ele.

Essa situação não pode ter a ver comigo, com minha *toushana* ou com meu diadema. Simplesmente não pode. Eu sou apenas *uma* pessoa. Abby disse que a Esfera abrange toda a magia, tipo, em todos os lugares.

— Não tem como — sussurro, espiando de esguelha a multidão à medida que vovó se aproxima do palco.

— Com licença — alguém fala ao passar por mim em direção aos assentos.

Abro caminho. Em seguida, rapidamente sigo na mesma direção. *O meu lugar é aqui.*

Procuro Abby nas cadeiras onde estávamos sentadas, mas há outra pessoa ali. Pego outra cadeira no momento em que a vovó segura o microfone.

— Senhoras e senhores, por favor, tomem seus lugares — diz ela, e uma enxurrada de pessoas se aglomera nos assentos. Cruzo os tornozelos e puxo uma linha solta do meu vestido.

— Agradeço por comparecerem, assim tão em cima da hora. — Ela examina a multidão. — Eu... — Seu olhar pousa em mim e seus lábios se contraem em um sorriso contido. Ela vê meu diadema.

Meus lábios se curvam em um sorriso.

— Desculpem, onde eu estava? Tenho o prazer de informar que, exceto alguns lustres antigos, ninguém ficou ferido no incidente da noite passada.

Vovó aperta as mãos e percebo que seu gesto demonstra nervosismo. Fico mais empertigada na cadeira. Talvez o boato que Abby mencionou seja verdade. O que mais poderia fazer a vovó ficar tão apreensiva?

— A Esfera, como podem ver, rachou. No entanto, as diretoras e eu estamos trabalhando dia e noite para descobrir como isso aconteceu. Garanto a vocês que está tudo sob controle. — Ela puxa o blazer. — Vou agradecer pela paciência de vocês enquanto organizamos as respostas. A *boa* notícia é que estamos investigando o problema.

A mão de alguém se ergue na multidão.

— Pois não?

— Isso significa que a localização da Esfera foi descoberta?

— Sim. Porém, como todos sabemos, ela foi criada com a capacidade de se proteger.

Um burburinho irrompe na multidão.

— Isso não me parece bom — alguém sussurra perto de mim.

Vovó bufa, confusa. Eu me endireito na cadeira, inquieta, observando tudo se desenrolar. Cultivadores estão na primeira fila, todos ouvindo as palavras de vovó em silêncio. Plume gira a alça da bolsa no dedo sem parar. Enrolando e desenrolando.

— Então você está dizendo que ela não mudou de lugar, ou... — quer saber um dos pais dos alunos.

— *Estou dizendo* — o tom de voz da vovó aumenta. Ela quer pôr fim a esse interrogatório em praça pública — que temos tudo sob controle. Tudo indica que se trata de uma fatalidade relacionada a algum desastre natural aleatório.

Volto a recostar na cadeira e solto o ar represado em meus pulmões. O alívio afasta qualquer resquício de frio.

— Cada uma de nós, as quatro diretoras, leva isso muito a sério. A Esfera não vai continuar rachando. Quando tivermos mais atualizações, não hesitaremos em compartilhá-las. — Ela enfia a bolsa debaixo do braço. — Agora, se puderem, seus filhos terão um dia inteiro de prática e estudos pela frente. Por favor, vamos deixá-los estudar. Tenham um bom dia. — Ela sai do palco, ignorando as demais perguntas lançadas em sua direção.

A reunião termina tão rapidamente quanto começou, e vovó acena para que eu a encontre ao lado do palco.

— Você está *esplêndida*! — Ela me dá dois beijinhos e me vira, observando o diadema na minha cabeça.

— Estou tão feliz por você estar contente.

— Estou mais do que contente, querida. Isso vai estar exposto no Hall da Excelência algum dia, pode escrever o que estou falando. É... — Ela me vira de novo e sussurra: — impressionante.

— Obrigada. Alguma notícia da minha mãe?

— Na verdade, sim. — Ela tira meu chaveiro do bolso.

Meu coração para por um segundo.

— Tentei o chaveiro algumas vezes, sem sorte. Então enviei algumas cartas, mas também não obtive resposta. — Suas narinas se dilatam. — Então pedi que o diretor Dragun mandasse alguns dos meus procurá-la. Discretamente, é óbvio.

— E aí?

— E ela foi vista a cerca de sessenta quilômetros daqui. Insisti que meu pessoal não chegasse perto dela para não assustá-la. Parece que ela não está querendo ser incomodada.

Mamãe está ficando por perto. Estico a mão para pegar meu chaveiro. Ela o entrega para mim. Uma parte de mim se desenrola e depois se enrosca novamente.

— Então por que ela não responde às cartas?

Vovó faz uma careta.

— Quem sabe por que Rhea faz o que faz? Só queria que você soubesse que cuidei disso, como prometido. — Ela olha para o chaveiro, mas eu o enfio no bolso.

— Qual é o nome do meio da minha mãe?

Os lábios da vovó se estreitam.

— Não vejo como isso seja útil.

— Eu realmente gostaria de saber.

Puxo com mais força a linha do meu vestido até arrancá-la de vez. Não quero aborrecê-la, mas mamãe pode não responder porque as cartas vêm *dela*.

— Marie — ela diz, a contragosto. — É só isso? Você deveria estar estudando nas sessões. — Ela sai antes que eu possa responder, mas não percebo decepção em seu tom.

Sem saber o que fazer para acalmar as coisas com a vovó, rascunho uma carta rápida para mamãe atualizando-a sobre as coisas, contando meu plano, que emergi, e coloco na caixa de saída da sra. Cuthers antes de agendar a sessão.

⚜

O Cultivador Plume já está pronto quando chegamos. Sussurros me acompanham enquanto atravesso o salão de baile em direção à pequena multidão de estudantes que espera. Os olhos me seguem, mas não fitam meu rosto ou minhas roupas, meus sapatos surrados, as manchas no meu zíper. As coisas pelas quais sei passar e ignorar. Esses olhares ficam fascinados com meu diadema. Minha mentira. Meu pé hesita antes de dar o próximo passo, a vontade de correr sussurra para mim como um velho amigo.

— Oh, o ouro rosado e os olhos dela — alguém sussurra, com um tom que denota mais admiração do que desdém. — Michelle, você viu?

— O que você esperava? Ela é uma Marionne. — Michelle, seja lá quem for, faz uma careta de desprezo.

Atravesso o restante do chão lustrado olhando meus pés.

Até eu avistar Jordan.

Ele está desenrolando um fio de microfone próximo a um alto-falante, que cai no chão quando eu passo. Nossos olhos se encontram, e ele permanece ali agachado, paralisado. O ar na sala vibra, e o chão sob meus pés deve ter desaparecido, porque parece que estou levitando. Seus lábios se abrem e eu paro; a atenção dele é como uma corda que me prende no lugar.

— Quell — diz Jordan.

A palavra sai de seus lábios como se fosse espontânea. Procuro algo em sua expressão que me tranquilize e não encontro nenhuma das linhas duras de costume. Seus lábios se curvam em um leve sorriso, suavizando seu rosto. Seu sobrecenho, normalmente franzido e baixo, se expandiu, como se ele estivesse vendo algo novo pela primeira vez. Seu peito sobe um pouco mais rápido que o normal e, por algum motivo, faz minha respiração acelerar também.

Será que ele vai falar alguma coisa?

Porém seus olhos me percorrem como se eu fosse um desenho que ele analisa com muita atenção, observa cada curva, imergindo em cada detalhe com cuidado para não cometer erros. Para não manchar a arte. Quando seu olhar finalmente encontra o meu de novo, o verde em seus olhos está mais intenso. Paro de respirar. *Olha para o outro lado.* Mas meu corpo não escuta, meu olhar está tão paralisado quanto meus pés pela forma como Jordan Wexton está me encarando.

Fala alguma coisa.

Mas me falta coragem, e o momento parece fazer nós dois ficarmos sem palavras.

— Jordan — consigo falar, debilmente, me perguntando se ele consegue sentir algo estranho em meu tom. Mas seu olhar não vacila. Aqueles olhos verdes me seguram com mais força do que a mão de alguém faria, mais calorosos do que um abraço.

— Muito bem, srta. Marionne — fala Plume, se posicionando entre nós. Ele olha para o meu diadema e depois me gira. — É simplesmente majestoso. A diretora deve estar fora de si com uma exibição tão forte! Como você está se sentindo?

— Bem. Diferente. É tudo tão novo. — O calor invade cada parte de mim, que geralmente está cheia de angústia. — Aconteceu ontem à noite.

— Parece que você teve uma noite melhor do que todos nós.

Ele se refere à Esfera.

— Sim. — Puxo com mais força a bainha da manga. — Acho que sim.

— Bem, vá para a frente com os outros.

Corro para me juntar ao grupo, esperando que meu estômago se revire ainda mais. No entanto, estou na metade do salão de baile e nada disso acontece. Me vem uma vontade de olhar para baixo, mas o olhar de Jordan se repete na minha cabeça. Por algum milagre, meu queixo fica paralelo ao chão, e os outros, que apontam para as pedras preciosas do meu diadema, comentando o tamanho e o tipo delas, a raridade do metal, são mais fáceis de ignorar. Endireito os ombros, abrindo o peito, e contraio a barriga. Eu me aproximo da frente e me preparo para receber instruções. Meus dias de me esconder acabaram. Estou com um pé neste mundo de magia e não há como voltar atrás.

Jordan termina de ajustar o cabo do alto-falante e se reúne a nós. Por algum motivo bobo, arrisco olhar em sua direção e vejo que ele ainda está olhando para mim. Talvez ele recue um pouco agora.

— Estamos trabalhando hoje com postura e movimento adequados — diz Plume, caminhando com elegância para a frente e para o centro. Não há mesa posta hoje; em vez disso, o chão está marcado com fitas coladas. Ele estica a ponta do pé e desliza para o lado. — Você é uma forma de arte em sua estreia. — Ele desliza um pé para trás e dobra o joelho. — Reverência, mantenha sua cabeça erguida, *flutue* para baixo. — Ele mantém a posição de reverência. — Agora incline a cabeça, olhos voltados para o chão. — Ele abaixa o queixo. — Agora suba e termine com o pé atrás. — Ele faz a demonstração em um movimento contínuo. — Deslize, cruze, deslize, de novo.

A música sai do alto-falante em uma melodia com cadência uniforme. Ele atribui a cada um de nós uma linha no chão. Jordan é uma presença constante ao meu lado, sua energia é totalmente diferente do normal. Para começar, está quieto. A música toca e eu imito os movimentos de Plume. Dobrar os joelhos e se equilibrar é a parte mais complicada.

— Agora deslize e cruze — Plume cantarola lá da frente. Meus pés se enroscam e tropeço neles, então caio nos braços de Jordan. Ele me pega. Nós nos olhamos por um momento antes de eu me afastar dele.

— Desculpe. — Ele pigarreia e desvia o olhar.

— Tudo bem.

— Imagine que há uma corda invisível em sua cabeça te puxando para cima — diz Jordan. — O movimento é seda. Você desliza... — Ele faz a demonstração e é surpreendentemente elegante. — Como se alguém estivesse puxando você, e não como se fosse por sua própria vontade.

Eu estico um pé e tento.

— Assim? — Espero que meu corpo esteja fazendo o que precisa ser feito, mas me sinto como um polvo tentando imitar uma gazela.

Os lábios de Jordan esboçam um leve sorrisinho.

— Estou tentando, de verdade.

— Aqui, deixe-me mostrar. — Ele vai para trás de mim, tomando cuidado para manter certa distância entre nós. Seu perfume me envolve, notas de baunilha e cedro fazem cócegas em cada um dos meus sentidos. Ele aperta os dedos acima da minha cabeça. — Agora visualize a corda.

Faço uma reverência, seguindo o exemplo dele.

— Isso. Agora inclina a cabeça, em um movimento uniforme. Não para, flutua no movimento.

Deixo suas instruções penetrarem. Ele abaixa a corda e eu acompanho o movimento dela. Depois ele levanta novamente e desliza para a minha esquerda. Eu sigo seus gestos, imaginando que sou uma pena ao vento, acorrentada à vontade dele. Ele muda de lugar e eu também me movo, o espaço entre nossos corpos é quase inexistente.

— Agora cruza.

Deslizo meu pé, sua mão acariciando o ar. Eu imito o movimento, imaginando suas mãos controlando cada movimento do meu corpo.

— E mais uma deslizada.

Quando termino, estou sem fôlego. O orgulho aperta seus lábios e faz algo comigo, por dentro.

— Você é um bom professor.

Ele se curva em uma reverência. Plume estala os dedos, chamando nossa atenção, e fala:

— Jordan, se puder... Quell está indo bem. Hallie está doente, e a pobre Evelyn precisa de ajuda. Pode ajudá-la?

Ele sai rápido sem se despedir. A agitação do momento me faz arder de vergonha por estar sendo tão bobinha. Dou toda a atenção a Plume. Durante o restante da aula, fazemos reverências, cruzamos e deslizamos até minhas coxas doerem pelo longo tempo em que permaneci nas posturas.

Ao fim da aula, estou toda suada. Procuro Jordan, mas ele ainda está ajudando outra pessoa. Estou carregando minha bolsa quando meu nome é chamado. Enquanto uma parte da turma sai, um grupo vem em minha direção. Pessoas que nunca me deram mais do que um olhar de soslaio agora estão me medindo de cima a baixo. Principalmente em cima. O meu diadema. *Respire.*

— Parabéns pelo Primeiro Ritual — uma delas diz. Há pedras cor de lavanda incrustadas em um arco de metal prateado acima de sua cabeça.

— Obrigada, eu...

— É uma exibição forte — diz mais alguém que só vi de passagem, alguém com a máscara de bronze penetrando em sua pele.

— Obrigada. — Pela primeira vez na vida, minhas bochechas coram porque estou empolgada, e não envergonhada. Eu me forço a encarar seus olhares. Estou encurralada, mas dar uma olhada em suas expressões calorosas mantém meu pânico afastado.

— A Taverna, esta noite — diz outra pessoa. — Não se atrase.

— Pra quê?

A roda, porém, se desfaz e eles vão embora. Corro para o refeitório, tentando esconder o sorriso imenso estampado em meu rosto.

DEZOITO

Procuro, no armário, uma roupa adequada entre as que vovó me deu, mas tudo ou é muito formal e abafado, ou diz com todas as letras: "Estou desesperada por amigos." Escolho um vestido com um tom de ameixa escuro quando Abby invade o quarto cantando e dançando. Ela gira sua adaga.

— Você passou no Segundo Ritual! — Eu não queria que isso saísse como um grito, mas passar no Primeiro Ritual foi como lutar contra uma morte lenta, e só trabalhei nisso por uma semana.

— A parte do latim quase me derrotou, mas *eu consegui!* — ela grita de alegria e, por um bom tempo, pular e gritar parecem ser a única coisa de que sou capaz de fazer.

— Estou tão feliz por você! Agora é o Terceiro Ritual. Então, vestidos chiques, um monte de comida e dança? É isso mesmo? —Tem que haver alguma pegadinha. Os rituais um e dois são difíceis, então o terceiro tem que ser...

— E mergulhar esse *bad boy* em meu coração no Baile. — Ela pressiona a ponta da adaga contra o peito.

Eu gargalho, mas ela continua com a mesma expressão.

— Você tá falando sério — digo pegando a lâmina dela e girando-a na mão. Então me lembro do vislumbre do que devia ser um Baile na noite em que cheguei aqui.

— Não como se eu fosse me esfaquear de verdade. É magia. — Ela passa a mão pela superfície da lâmina e seu metal ondula em preto e vermelho-escuro. Ela o pressiona no dedo e a ponta desaparece. — Ao pressionar a adaga em você, desde que seu coração esteja *convicto*, seu sangue se conecta à magia e seus instintos se aguçam, suas habilidades se amplificam. Isso quer dizer que sua magia está sendo selada, para sempre.

— E se o seu coração não tiver certeza?

— A lâmina não se transforma em ar, permanece metálica...

Eu largo a adaga.

Meu coração está convicto. Me conectar com a minha magia é o que eu quero.

— Ouvi dizer de gente que foi expulsa antes de se conectar e perdeu o Terceiro Ritual — diz Abby, pegando a adaga. — Para a maioria deles, a magia permanece adormecida e, um dia, se torna inacessível. Mas para outros... é *bem pesado*. Pode se tornar um tormento, às vezes causar até a morte.

Penso em Rose, depois em Octos. Isso não vai acontecer comigo. Vou completar todos os rituais.

Ela repara em meu vestido e me lança um olhar maldoso.

— Que escândalo!

— Me convidaram pra sair. — É mais curto do que eu preferiria e as costas inteiras ficam à mostra. Mas é a coisa menos tosca que eu tenho.

— Eu vou, me dê 15 minutos. — Ela tira um vestido preto do armário e desaparece no banheiro. Sua adaga está no suporte acima da mesa, e o lugar onde a da mamãe ficava na minha mesa está vazio. Sinto culpa por me livrar de algo tão precioso.

Ao passar pelo meu espelho, olho para a estranha refletida ali. Pedras preciosas e metal dourado brilham na cabeça dela. Seus ombros estão um pouco diferentes de antes. Seu queixo está voltado para a frente, e não para o chão. Coloco o vestido, envolvendo aquela garota em ainda mais camadas estranhas. Sinto o toque macio do tecido cintilante em minha pele. Meus dedos contornam minha clavícula, mas meu olhar está fixo na garota no espelho. Eu não a conheço, mas, caramba, eu gostaria de conhecer.

⚜

A Taverna fervilha de energia. Abby vai direto para o palco do caraoquê, e eu, vendo o tamanho da multidão, o número de cabeças que se voltam para mim, começo a me arrepender de ter decidido vir até aqui. Encontro o banheiro e jogo água no rosto. Aquela garota no espelho me encara novamente e eu me esforço para desviar o olhar.

As luzes piscam.

Tento abrir a porta, mas ela não se move.

Crac. A porta da cabine atrás de mim balança para a frente e para trás.

— Olá? — Meu coração fraqueja.

As luzes se apagam e eu pisco, mas não consigo enxergar na escuridão. Um gancho puxa meu estômago. Algo se move por perto e os pelos dos meus braços se arrepiam. A mão quente de alguém tapa a minha boca por trás de mim. Braços me levantam e me arrastam para fora do banheiro.

DEZENOVE

Me *solta*, tento gritar, mas a mão em meu rosto abafa meus gritos. Dou arranhões nos braços que me envolvem.

— Primus, relaxa.

Há um tom de travessura na voz, não malícia, e a batida no meu peito diminui. Consigo ouvir vagamente o alvoroço vindo da Taverna. Uma porta range e eu caio de pé. Algo bate na parte de trás dos meus joelhos e despenco em uma cadeira. Pisco, mas a escuridão é mais densa do que as vestes de veludo nos corpos que me cercam. Uma chama irrompe perto do meu sapato e seguro a cadeira com mais força. Ela tremula, dançando como se estivesse na ponta de uma vela. Uma figura vestida com uma túnica faz sua magia sobre a chama, que se estende até formar um fio de fogo, traçando as bordas de um sol esculpido no chão ao meu redor. Encosto os joelhos no peito enquanto as chamas me envolvem, minha mente e meu coração disparam, tentando entender o que está acontecendo.

O calor sopra em minha pele, vindo da barreira de fogo que me separa dos 12 rostos que reluzem sob os capuzes. Adagas pendem dos cintos deles. Algumas têm o cabo de madeira, outras, de couro ou osso, e outras, de metais brilhantes incrustados com joias. A luz do fogo dança nas lâminas afiadas.

— O que é isso? — pergunto.

— Primus, qual o seu comando?

— Afiar a adaga. Árduo é o ofício do trabalhador.

— Sim. — Um barulho de mesas arrastando no chão segue minha resposta, mas não há mesas à vista.

Um deles passa por cima da chama e eu fico aterrorizada, esperando que sua veste pegue fogo, mas isso não acontece. Ele me entrega um pedaço de metal e um bloco de madeira.

— O que alguém recebe, talvez nunca mais encontre — diz. — O que eles ganham, eles terão para toda a vida. Areya Paru, Mãe da Magia, *Diário de inscrições*, volume um.

Se pretendessem me ferir, já teriam feito isso. Eu pego os itens com cautela.

— Você deve provar que pode fazer a adaga que irá afiar para o Segundo Ritual. — A figura encapuzada gesticula para a mesa. — *Mereri*.

Madeira para o cabo, metal para a lâmina. Então, de repente entendo: devo transfigurar aquilo em uma adaga aqui na frente de todo mundo. Fico sem ar diante da ideia de demonstrar minha magia para alguém. Tantos alguéns. Pego a madeira e a placa de metal, virando-as nas mãos. A maior parte das transformações que tentei até agora funcionaram. *Por favor, magia, comporte-se. Não vá me deixar na mão.*

Giro o bloco de madeira sobre as chamas e o imagino se alterando. Sinto o calor se avivar dentro de mim enquanto minha magia adequada responde com a fúria de uma tempestade de areia. Eu mudo de acordo com a intensidade da magia, mantendo-o firme no lugar, girando o metal continuamente sobre o *kor*. Durante um bom tempo, o único som que se ouve é o das batidas do meu coração. De repente, a superfície prateada do metal se alonga. Ele se estica, fica mais fino. Deslizo para mais perto das chamas, salivando, ansiosa para a minha magia funcionar, e rapidamente. A lâmina se estende até formar uma ponta afiada de adaga.

Os rostos ao meu redor estão impassíveis, como se fossem de pedra. Agora, anexar o cabo. Giro a lâmina, tomando cuidado para manter meus dedos longe do fio afiado, e a pressiono contra a madeira, deixando o *kor* envolvê-la por todos os lados. As chamas lambem minhas mãos e a magia empoeirada dentro dela se espalha violentamente. Eu a mantenho no lugar.

Vamos lá.

Minha magia obedece e o bloco de madeira se mexe, moldando-se de acordo com a curva da palma da minha mão, tomando a forma de um cabo à medida que se fixa à lâmina. A madeira fica mais maleável contra minha pele, transformando-se em outro material. Couro, ao que parece. Seguro-a com mais força, dominada por um sorriso que não consigo evitar.

Levanto a adaga para que todos possam ver. É um trabalho simples, mas correto, e recebo aplausos estrondosos. As luzes se acendem, então finalmente consigo ver todos ao meu redor. Eles tiram os capuzes e o *kor* que tremula pela sala desaparece.

— Pegue — diz um deles, vestido com uma túnica e exibindo longos dreads. — Vista.

Um pacote voa em minha direção.

— O que é... — Mas o objeto se desdobra em minhas mãos. É uma capa rosa empoeirada, como a roupa que o restante deles está usando. Jogo-a sobre a cabeça e eles me cercam com precisão cerimonial. Mãos pousam sobre meus ombros, uma após a outra, como elos de correntes, me colocando de joelhos. Ajoelhada, viro a palma das mãos para cima. Não sei dizer como sei que deveria fazer isso, simplesmente faço.

— Que Sola Sfenti sempre ilumine seu caminho — diz a figura com dreads antes de me cutucar. — A oração.

— Que eu seja digna. Que eu seja uma boa criada.

— Repita essa oração 12 vezes toda noite. — Ele me ajuda a me levantar. — Bem-vinda, você está quase lá. *Supra alios*.

— *Supra alios* — todos repetem.

Um por um, eles me cumprimentam com um aperto de mão.

— Não ouvi seu nome — digo para o cara com dreads no cabelo.

— Casey, sétimo de minha linhagem, candidato a Retentor. Sou o organizador social nesta Temporada, responsável pela transição de todos os novatos após o Primeiro Ritual. — Ele me entrega uma pilha de livros. *Latim essencial*; *Declinações para iniciantes*; *Diário de inscrições*, vol. 1. — Você precisará deles para começar. Vai receber outros depois. — Ele pega uma pequena caixa com um laço em cima. — E isso é uma lembrancinha de todos nós.

Dentro, brilha uma pedra leitosa e salpicada de manchas.

— É um Intensificador de Reator. Extremamente raro.

— Nossa, obrigada — digo, percebendo que ainda estou com um sorriso vergonhosamente grande.

Casey pega minha adaga e a analisa.

— Você transformou muito bem, o cabo até mudou de material. Nada mal. Você precisará forçar mais sua magia para passar no exame do Segundo Ritual...

entre outras coisas. Mas seu mentor irá orientá-la em tudo isso. — Ele olha para meu diadema.

Luto contra a vontade de me encolher. Eu mereço isso. Forjei minha adaga de forma honesta.

— Você teve um começo impressionante. — Casey se junta aos outros e todos se dirigem à porta. Ela se abre para a escuridão, mas, quando a atravessamos, nos vemos de volta a um longo corredor na Taverna.

Sou puxada, empurrada pela folia, braços pendurados sobre meus ombros, e aperto mãos, agradecendo a cada pessoa gentil o suficiente para me dizer qualquer coisa. Faço questão de olhar para o rosto de todos que falam comigo sem desviar o olhar, obstinadamente determinada a absorver cada resíduo deste momento.

— Rikken, uma rodada... kizi! — grito.

A multidão se abre para nós, e enquanto eles tiram suas vestes e vão para a pista de dança, eu faço o mesmo e pego uma bebida azul. Abby me encontra no meio de todas as pessoas e faz um brinde.

— À Quell! Miss Extraordinária Fodona!

Deixo a insensatez me levar e tomo de uma vez o kiziloxer. Ele desce borbulhando, como se eu tivesse bebido um refrigerante rápido demais, e uma onda de serenidade me invade, meus músculos ficam lânguidos. Cada centímetro de mim se acalma, como um nó que se desfaz, e eu olho para o copo com a testa franzida.

— Não se preocupe, é magia, não álcool. — Abby ri. — Rikken segue as regras com fervor. Pergunta pra mim como eu sei disso.

Dou uma risadinha.

— Eu me sinto... tão...

— *Relaaaxaaadaaa?*

O riso borbulha na minha garganta. Fazemos um gesto para Rikken pedindo outra rodada, e vejo uma figura taciturna. Jordan está sentado sozinho sobre uma mesa em um canto escuro. Ele ergue um copo para mim, e não tenho certeza se é o kiziloxer ou a maneira como ele me olhou por etiqueta, mas não sinto nele o menor sinal de indignação. Ele está realmente orgulhoso de mim. Ergo meu copo de volta, mas viro as costas para que o sorriso enorme e tímido em meus lábios permaneça em segredo. O que aconteceu comigo? Eu olho para o copo. Deve ser a bebida azul.

Horas depois, estou em cima de uma mesa, equilibrando-me em uma perna, com toda a multidão da Taverna como plateia. Uma garota da Casa Oralia com um excêntrico diadema de prata e pedras coloridas me observa, de braços cruzados. Tudo ficou meio confuso depois que tomei o kiziloxer número... na verdade, perdi a conta. Mas acho que nunca me senti tão viva.

Finalmente volto para o bar, onde um Jordan de rosto severo está rondando. Os dois primeiros botões da camisa dele estão desabotoados e linhas de tensão marcam sua pele perfeita. Ele se endireita quando me aproximo e começa a falar, mas em vez disso sua expressão endurece.

— Você está acabando com meu clima. — Faço um gesto para Rikken.

— Seu *clima*? — Jordan indaga.

— Sim, meu clima. Você está pensativo.

— Não estou pensativo, só estou observando.

— Observar *é estar* pensativo.

Rikken desliza uma bebida na minha direção.

— Estou perfeitamente relaxado, obrigado. Este é o meu estado normal.

— Isso é lamentável — retruco, estendendo a mão para pegar a bebida, que é interceptada por Jordan.

Ele tira uma nota grande do bolso do blazer, grande demais para uma única bebida.

— Obrigado, Rikken, mas ela vai deixar essa passar.

— Ei, eu queria...

Ele se aproxima e é tão alto que tenho que olhar para cima para encará-lo.

— Vem comigo. — Sua voz desta vez é suave e baixa, como se ele estivesse compartilhando algum segredo íntimo que não gostaria que ninguém ouvisse.

— Eu...

A ânsia se desenrola em seus olhos.

— Aqui fora. — Suas palavras são um sopro e ainda assim me atingem como uma ventania. Concordo com a cabeça, mas fico paralisada. Não por medo, mas por outra coisa que não consigo expressar em palavras. — Por favor. — Há uma música entre suas palavras. Ele sai na frente e eu o sigo, tolamente curiosa para descobrir este ritmo.

Lá fora, a noite está fria, mas estou bem aquecida, seja por causa do kiziloxer ou por ainda sentir dentro de mim a emoção de emergir e ter obtido minha adaga. Passamos pelo parque, mais distante do que jamais percorri, até chegarmos a um pátio de mármore com pilares imponentes cheios de nomes gravados. Jordan para diante de um deles, traçando alguns nomes com a ponta dos dedos.

— As pessoas presumem que este é outro memorial de guerra. Mas este é nosso. — Ele pressiona os punhos suavemente contra o peito.

Não reconheço nenhum dos nomes.

— São pessoas da Ordem que morreram?

Ele inclina a cabeça.

— A serviço de proteger a magia.

Não sei o que dizer e, depois de um momento, continuamos andando. Jordan olha para mim.

— Você deveria beber um pouco de água. Vai te ajudar.

— Estou me sentindo ótima.

— Sim, mas de manhã...

— Você queria me levar pra passear pensando em me dizer pra beber água? — Cruzo os braços, a ousadia que corre através de mim é completamente estranha.

— Eu queria levar você pra passear até... — Ele para, e os traços severos de seu rosto encaram minha expressão, que o desafia.

— Sim?

Ele olha para meu diadema e continua andando.

— Você precisa manter a calma e a cabeça no lugar. Você é diferente. — Não encontro o tom de desdém com que ele costuma falar. Ele diz isso com respeito, até admiração.

Porque eu emergi.

— Pensei que você nunca vinha à Taverna.

— Não costumo vir, só quando tenho assuntos a tratar aqui. — Ele se apoia em uma grade de proteção que envolve outro memorial.

— Você estava sozinho em uma mesa parecendo ter perdido o melhor amigo. Que tipo de assunto você estava tratando nesta noite?

Ele olha para mim, mas não diz nada.

— *Eu* sou seu assunto? — pergunto.

Caminhamos mais um pouco em silêncio.

— Você não estava bebendo.

— Isso te surpreende?

Zombo do comentário retórico. Ele aponta para os próprios olhos e depois para os meus. Seu tom muda.

— Você precisa ficar atenta.

— Estou mais atenta do que você pensa. — *Porque sempre precisei estar.*

— Ah, é? — pergunta ele com um tom de desafio.

Pigarreio.

— Você estava na Taverna esta noite porque queria, não porque precisava. Embora você tenha se convencido do contrário. Você carrega algum tipo de doce nos bolsos, o que é *bizarro*. Não corta o cabelo desde que te conheci. E não foi capaz de me encarar sem desviar o olhar desde que emergi. — Olho direto para ele.

Ele, como era de se esperar, desvia o olhar para não sorrir.

— Impressionante, mas você não tem tanta razão quanto pensa. Coloque humildade na sua planilha de metas também.

— Vindo de você, isso é engraçado.

Ele bufa, o que quase soa como uma risada.

— Você não tem... filtro.

— Talvez você tenha muito filtro.

De repente, vozes abafadas cortam o ar à distância. Jordan me detém com o braço, e meu corpo vibra com seu toque. Afasto-me um pouco, para colocar alguma distância entre nós. Avistamos um casal andando de bicicleta pelo parque, e ele relaxa um pouco. Um pouco. Continuamos andando.

— Então, me conta: como é ser um Dragun? — pergunto. Talvez agora ele me diga o que eu realmente quero saber: ele usa *toushana*? — Li que você deve dominar três tipos de magia.

Fico sem resposta.

— Quais são os seus? — Ele para. — Se você puder contar.

Jordan ergue uma das mãos cuidadosamente, parando pouco antes de tocar meu rosto. Respiro fundo, prestando atenção no que estou fazendo, porque parece que esqueci como respirar.

— Feche os olhos. — As pontas dos seus dedos roçam minhas pálpebras, mais suaves do que uma brisa. — Agora escute.

— Eu não ouço nada.

— Sim, está ouvindo. — Ele está tão perto que posso sentir sua respiração na minha pele. É caloroso e convidativo, e fico balançada pela vontade de me envolver nele. — Descreva o que você ouve.

— O som do vento e das folhas.

O farfalhar das folhas se transforma em um canto de pássaros. Primeiro, só um. Depois outros mais, até o som da brisa que sopra entre as árvores cessar e eu me sentir como se tivesse sido transportada para um aviário. Abro os olhos, procurando um pássaro, alguma fonte do som. Porém só encontro Jordan soprando ar entre os dedos.

Uma lembrança sombria atravessa minha mente e dou um passo para trás. O Dragun que me caçava também podia manipular o som. Faço um esforço para permanecer no presente.

— Você pode transfigurar o som?

Os chilreios desaparecem, sua magia desaparece.

— Áuditro é a palavra correta.

— Foi difícil aprender isso?

— Está no meu sangue. A diretora Perl é minha tia, então nossa magia é poderosa.

— E os outros dois tipos de magia? — *Por que um deles parece uma* toushana?

— Posso tocar sua mão?

A pergunta me pega desprevenida. A gentileza do seu tom, a falta de expectativa. Ele está totalmente confuso, e me estremeço por dentro. Minhas mãos estão quentes, a maldição em minhas veias está sob controle. A ideia de deixá-lo tocar minha mão, de propósito, perturba algo profundo em mim de uma forma emocionante.

— Deixa pra lá — diz ele. — Não queria te deixar nervosa.

— Não estou nervosa — minto.

— Claro, srta. Marionne.

— Me chame de Quell.

— Quell. — Meu nome sai de seus lábios como camurça, com uma suavidade que eu poderia ouvir sem parar.

— Observe de perto. — Ele passa o polegar pelo centro do rosto e sua pele se transforma como se estivesse sendo aberta para revelar outra pessoa por trás dela. Seus olhos verdes sangram até ficarem castanhos, suas feições se contorcem até se tornarem irreconhecíveis. Agora ele está vários centímetros mais baixo, tem uma longa barba e nariz adunco. Jordan faz um esforço para manter aquela aparência por um momento, então relaxa e o disfarce se dissolve. Ele geme.

— Você está bem?

— Parece que minha cabeça está sendo espremida entre duas placas de metal. — Ele ofega. — Quanto mais você se esforça para manter o disfarce, mais dói. E quanto mais disfarces você dominar, mais cansativo será usá-los. Peguei apenas duas personas: o rosto, o corpo, a voz e tudo o mais que é necessário. Isso exigiu muito tempo de estudo sobre elas, seus maneirismos, suas personalidades *e* um pouco do sangue delas. Mas, na primeira vez que usei o rosto que acabei de te mostrar, fiquei de cama durante uma semana. — Ele estremece.

Ele é um Anatômero.

— Eu não queria fazer você... — começo.

— Fui eu que quis.

Algo muda entre nós.

— Bem, é muito legal e um pouco assustador.

Isso quase o faz dar risada.

— E a terceira magia? — A esperança aperta meu peito, ansiosa para ouvir o que ele talvez revele.

— Me diz o que você fez para se preparar para se conectar.

Tento esconder minha decepção.

— Se conectar é difícil, Quell. Espero que esteja focada.

Sem sombra de dúvida, Jordan está evitando me dizer o que eu quero saber. Mas ele se abriu um pouco.

— Aposto que eu poderia ser um Dragun. — Franzo meu rosto, fazendo a expressão mais malvada que consigo, e faço um bico, como se estivesse aborrecida. — Olha como estou pensativa. — Franzo as sobrancelhas e aperto os olhos antes de dar um soco no braço dele.

— Isso *doeu*.

— Eu te falei.

— Você pensa que a gente só faz isso? Ficar pensativo e brigar?

— Foi só isso que você me mostrou.

Ele se apoia em um dos pés.

— Então você acha que é só isso?

— Sei lá. Mas decifrei essas duas partes. — Dou outro soco. Ele pega meu pulso para tentar me impedir, mas me desvencilho. — Uuuu, e, aparentemente, eu sou mais rápida!

Jordan tenta me pegar, mas saio de seu alcance na hora certa.

— Você poderia se acalmar? Vai chamar a atenção. — Ele firma os pés, determinado a não correr.

— Me obrigue.

Ele avança na minha direção, tentando me agarrar, mas erra o alvo. Corro de volta para a Taverna, sem ar de tanto rir, e então uma nuvem negra me engole. Me arrepio toda quando Jordan reaparece bem na minha frente.

Sua mão envolve meu pulso.

— Ganhei.

Minhas risadas ficam ofegantes quando percebo o quanto estamos próximos. Ele me encara, e é como estar perto demais de uma chama.

— Calma. — Recuo. — Eu tive você por um minuto.

O luar ilumina os traços rígidos de seu rosto. Cada um esculpido com absoluta precisão, ritmicamente, uma obra de arte viva. De repente noto uma pequena cicatriz em uma das pálpebras. E que seu nariz é um pouco torto. Um sorriso se forma em meus lábios.

— Devíamos pegar um pouco de água pra você.

Voltamos para a Taverna em um silêncio confortável, e sorrio o tempo todo. Seus lábios roçam as costas da minha mão quando ele me dá boa-noite, e eu mantenho aquela sensação até voltar para a cama.

É um pouco como brincar com fogo.

Porém, acima de tudo, é bom.

VINTE

Eu acordo e é como se tivesse um gongo na minha cabeça. *Bam*. Eu me firmo contra os restos do kiziloxer antes de me levantar para me livrar do meu delírio. *Bam*. Algo bate na minha janela. Corro até lá e vejo mamãe, dois andares abaixo, com um casaco escuro e o cabelo preso para trás.

— Mãe!

Abby se mexe quando eu tropeço em meus sapatos e saio pela porta. Como ela sabia onde me... *o chaveiro*.

Lá embaixo, o ar da noite me persegue enquanto corro para o pátio abaixo da minha janela. Contorno o labirinto de mesas e cadeiras até o portão onde mamãe estava parada. Mas não há ninguém lá. Meu coração bate mais rápido.

— Mãe? — A noite está silenciosa. Vazia. Lágrimas ardem em meus olhos. — *Mãe!* — Um cachorro uiva em algum lugar distante, seguido por um coro de rosnados e latidos. À distância eu a vejo, e meu coração dá um pulo. Ela é um ponto na beira da floresta, correndo para longe.

— Mãe, espere! — grito, disparando na direção dela.

— *Não, Quell* — ela grita com uma voz tensa. Ela balança os braços, pedindo que eu volte e não a siga. Não entendo. Faço que não com a cabeça, destrancando o portão de ferro para correr atrás dela, e uma carta com meu nome enfiada entre as hastes cai no chão.

— Mãe, por favor, volte! — Mas mal consigo vê-la.

Uma névoa misteriosa adensa o ar, a noite escurecendo. Draguns. Volto para a sombra do Château e corro para dentro a fim de evitar ser pega do lado de fora depois do toque de recolher. Ao voltar para o quarto, abro a carta e me deparo com aquela conhecida caligrafia.

Estou tão aliviada em saber que você está bem.
Querida, alguém está atrás de você do lado de fora desses portões.
Fique no Château Soleil até que esteja tudo seguro.
Fique. Não importa o que aconteça.
Lembre-se: há bondade em você, Quell. <3
Com amor, mamãe

Deito na cama, mas fico me revirando, repassando a carta da mamãe em minha cabeça sem parar. Ela nem mencionou meu plano de me livrar da *toushana*. Reflito sobre as palavras dela novamente e pego um papel.

Gostaria de ter falado com você! E tudo bem.
Não se preocupe, mamãe. Depois que completar o Baile, vai ser seguro.
Então poderemos ir aonde quisermos.
Quell

Coloco o nome completo de mamãe no envelope e leio as palavras dela mais algumas vezes, então guardo a carta na bolsa para enviá-la amanhã.

⚜

A luz do Sol entra pela minha janela antes que meu alarme toque, e pulo da cama com uma determinação renovada. Depois de uma hora de prática de postura e reverência e de revisar os modos à mesa que Plume ensinou, pego minha adaga e saio.

O Segundo Ritual começa hoje. Abby precisou de *dois anos* para passar nesse negócio. Como se dominar a magia e esconder minha *toushana* não fosse difícil o suficiente, uma sessão de Línguas Mortas foi adicionada à minha agenda. De alguma forma, tenho que me familiarizar com o latim básico antes de terminar. Os corredores estão engarrafados, e dou uma olhada na fila do café da manhã antes de disparar pelo corredor Sunrise para a sessão.

A sala de Dexler está arrumada de uma forma diferente hoje. Há mesas redondas dispostas ao redor da sala com uma pilha de pedras coloridas no centro. Vejo mais lugares do que o habitual, mas todos aqui têm diadema ou máscara. Reconheço algumas pessoas da noite passada na Taverna, porém há mesas cheias de rostos que nunca vi. Noto um chiclete em uma mesa e sigo para lá em busca de Shelby. A bolsa dela está embaixo da cadeira.

— Primus, qual o seu comando? — Dexler pergunta, examinando sua caixa de anéis antes de pegar um cinza.

— Afiar a adaga. Árduo é o ofício do trabalhador.

Secundus faz sua recitação, e então a porta se abre e Shelby entra correndo.

— Um pouco atrasada, não é, srta. Duncan?

— Peço desculpas, senhora. — Shelby desliza para o assento, pálida como um fantasma.

Dexler arregaça as mangas.

— Saquem as adagas.

Coloco a minha diante de mim. Ela é simples e sem graça em comparação com a maioria das outras, com cabos elegantes, algumas douradas, outras com filigrana de prata, outra elegante e ágil com um punho curvo forrado de couro. O estilo da adaga parece complementar o diadema ou a máscara de cada um deles. Eu murcho. Espero não precisar de Octos novamente.

— Tenho um convidado especial para nos ajudar a entender o afiamento — diz Dexler.

A porta volta a se abrir, e um cara bonito com um casaco cinza-escuro, olhos azuis penetrantes e cabelo despenteado entra, andando com uma postura não muito diferente da de Jordan. Algo nele é familiar. Ao meu lado, Shelby fica rígida.

— Você tá bem? — pergunto, mas ela não responde, segurando a adaga com força.

Uma dupla perto da entrada da sala ri ao ver o visitante, e eu reviro os olhos. Ele tira a jaqueta e uma moeda de prata marcada com uma coluna rachada brilha em seu pescoço. Minhas unhas cravam na minha mesa na marca habitual. Minha *toushana* adormecida estremece. No entanto, ele olha para mim sem nenhum lampejo de reconhecimento.

— Felix estava por aqui hoje. Apresente-se, por favor.

— Sou Felix. Turma 23, Dragun, Casa Perl. — Ele abre um sorrisinho de lado cheio de autoconfiança.

Seguro a mesa com ainda mais força.

Casa Perl.

É a Casa de Jordan! Imaginei que fosse algum grupo bandido atrás de mim, não um *líder* na Ordem. Alguém em uma posição como a da vovó. A noite passada se desenrola em minha memória, e os pelos de minha nuca se arrepiam enquanto relembro cada conversa que Jordan e eu tivemos desde que cheguei aqui.

— Sou um Transmorfo complexo. — Felix faz sua mágica, abre mais as mãos até que um aroma amadeirado de pinho preenche o ar. — Se eu quiser, posso adoçar o ar que você respira ou transformá-lo em um gás tóxico.

Sua boca se move enquanto ele anda pela sala, mas estou muito preocupada pensando em Jordan. É por isso que ele fica de olho em mim? Para a diretora da Casa dele? Mas se Jordan soubesse que eu tenho *toushana*, eu já estaria morta. Disso tenho certeza. Então, ou ele e o Dragun atrás de mim não se conhecem, ou Jordan não tem uma relação muito próxima com a diretora dele. Ou ela só tem um Dragun na minha cola.

— Minha magia é mais desenvolvida e mais fácil de alcançar por causa dos intensificadores que escolhi para me conectar. O que você colocar *dentro* da sua lâmina, seja o que for, afeta sua magia — Felix prossegue, rondando minha mesa. Percebo que eu deveria estar fazendo anotações. Ele pega uma pedra roxa da pilha que pertence a mim e a Shelby.

— Um Intensificador de Força vai dobrar o impacto da sua magia. Coloquei seis deles em minha adaga.

— Seis! Céus — diz Dexler. — A diretora Beaulah é uma militante e tanto, não é? — Ela puxa a blusa.

Beaulah. Esse nome não me é estranho... Mamãe mencionou quando nos separamos.

— *In manu exercitus tui merces legatorum.* — Ele bate os punhos, um em cima do outro, e depois os bate no peito. — Nas mãos de um exército, os legados são formados.

Dexler franze a testa.

Felix tira mais algumas pedras da pilha, detalhando quais e quantas ele usou, com uma arrogância que fica cada vez mais nauseante.

— Uma demonstração. — Seus olhos encontram meu diadema. Seus lábios se abrem maravilhados, enquanto ele repara bem em mim.

— Isso é impressionante — diz. — Posso ver sua adaga, srta...?

Mais uma vez, procuro em seu rosto qualquer sinal de que ele me reconhece. Embora haja algum sinal de que sabe do meu segredo, não há nada perceptível em sua expressão que indique isso. A diretora Beaulah não lhe contou. Ele está aqui por outro motivo. *Será que ela mandou mesmo só um Dragun atrás de mim?* Ninguém mais parece me reconhecer como se eu estivesse em alguma lista compartilhada de procurados. Se isso for verdade, porém, por que uma diretora manteria isso em segredo? Por que não correr para o diretor Dragun e entregar meu nome para que todos saibam? A verdade me vem tão de repente que preciso me firmar na cadeira. *Porque ela não tem certeza de que eu tenho* toushana. Uma acusação errada dessa magnitude *não* acabaria bem.

Entrego minha adaga para Felix.

Shelby se mexe embaixo da mesa.

— Shelby?

Mas ela me ignora, cutucando uma crosta repetidas vezes.

— Hoje é seu dia de sorte. — Ele pega a pedra roxa e a coloca sobre a lâmina da minha adaga, então desliza a mão sobre ela em um movimento suave. A pedra roxa derrete como manteiga no metal. Ele me devolve a adaga. — As pedras podem ser teimosas. Algumas são apenas mais difíceis de incorporar. Mas esse é o cerne da questão. Escolha seus intensificadores com cuidado, uma adaga só pode conter alguns.

— Ah, sr. Felix, você deve ter se esquecido de que na nossa Casa os intensificadores que você recebe são de uma lista — diz Dexler.

— Certo, esqueça. — As sobrancelhas de Felix saltam. Depois de mais algumas bajulações de Dexler, ele faz uma reverência e pisca para Shelby. — Talvez eu veja você esta noite. — Ele sai e Shelby expira.

Quase pergunto se ela está bem, mas é óbvio que não está e não quer tocar no assunto. Dexler abre um grosso livro de couro.

— Na página 633 há uma lista do que cada intensificador faz. Vocês devem decorar todos eles. E, até amanhã, os três primeiros deverão ser incorporados nas lâminas de vocês com sucesso. Entendido?

Cabeças concordam.

— Coloquei algumas mais, apenas para *observação*.

Pego o intensificador manchado de Casey da Taverna, tentando lembrar o que ele disse que fazia.

— Mais algum Intensificador de Força? — alguém pergunta.

— Eu gostaria de ver um de Lúmen. Você tem um desse? — indaga outra pessoa.

Junto as três primeiras pedras da lista com a que Casey me deu e coloco ao lado da minha adaga.

— Vou sair, beleza? Boa sorte com a conexão. — Antes que eu possa responder, Shelby está com a bolsa nos ombros e vai embora. *Vou falar com ela mais tarde.*

A luz atinge minha adaga quando a viro em minhas mãos, seu aço ondulando em roxo. Estudo as pedras. Uma delas é uma rocha vermelha irregular que emite um brilho prateado em suas fendas. Um Intensificador de Resistência, que faz a magia durar mais, de acordo com o livro. Outra é azul-marinho como um oceano vítreo. Um Intensificador Purificador, que afasta as impurezas mágicas. E a terceira é pontiaguda e verde e aparentemente exclusiva da Casa Marionne, extraída das cavernas de Aronya em um local que só a nossa Casa conhece.

— Intensificador de Conexão — leio baixinho. — Ajuda a conectar a magia ao sangue com uma precisão muito maior e por muito mais tempo. Mas o que isso significa?

— Isso significa que Marionne lança o melhor estoque! — Dexler pisca. — Em um nível superior ao do restante.

— Em um nível superior ao do restante — repito. O lema da Casa. — Tá bem — digo, ainda confusa sobre o que isso tem a ver com esta pedra verde. Dexler segue em frente e pego o intensificador exclusivo da Casa Marionne, girando-o em minhas mãos, imaginando como colocá-lo em minha adaga. Depois o vermelho. É radiante e profundo com vários tons, dependendo dos truques da luz. Seguro minha adaga ao lado da verde e da vermelha, tentando decidir o que fazer primeiro. Mas a pedra azul, o Purificador, chama minha atenção. É de longe o mais bonito.

Felix fez parecer muito simples. Coloco os outros no chão, posiciono o azul na palma da mão aberta e pego a adaga.

Minha mão enrijece quando meus dedos roçam o cabo. Meu coração acelera.

Tento esticar os dedos, fechá-los em volta da adaga, mas eles estão rígidos. Frio. A pedra azul queima minha mão e eu a deixo cair, me levantando da mesa. Sinto menos frio agora.

— Srta. Marionne? — É Dexler, e ao som de sua voz todas as cabeças se voltam em minha direção. — Tudo bem aí?

— Eu... — Flexiono os dedos e, para minha surpresa, eles se movem, como se nada tivesse acontecido. Olho para o intensificador azul no chão. Então para a adaga. Eu a pego primeiro, depois me abaixo para pegar a pedra, mas minha *toushana* estremece em mim, ameaçando vir à tona outra vez. Não me deixa tocá-los ao mesmo tempo. Folheio a página em busca de uma descrição da pedra azul novamente.

Afasta impurezas mágicas.

— Srta. Marionne!

Percebo que na pressa de me levantar derrubei minha cadeira.

— Sim. Desculpe, estou bem. — Engulo em seco. — A senhora disse que poderíamos trabalhar nisso no laboratório?

Ela balança a cabeça afirmativamente. Junto minhas coisas e as jogo na bolsa, mas espero minha magia se acalmar antes de pegar o Purificador e sair apressadamente porta afora.

Disparo pelo corredor em direção ao meu quarto e esbarro em uma moldura alta esculpida.

— Quell? — Jordan me olha com surpresa. — A sessão já acabou?

— Não, não acabou... Eu... quer dizer, sim. Desculpe, sim, a sessão acabou.

Jordan franze a testa e percebo que ele não está sozinho. Felix está aqui.

— Você conhece ela? — Felix pergunta, e juro que vejo o maxilar de Jordan cerrar. — Ela não me disse como se chama. Mal-humorada. — Jordan olha para Felix e algo muda entre eles. — De qualquer forma, é melhor eu ir — diz ele. — Gostei da conversa, Wexton. Da próxima vez, atenda o maldito telefone para que eu não tenha que percorrer todo o caminho e olhar para a sua cara. Vejo você em campo em pouco tempo. — Eles fazem algum tipo de aperto de mão. — Vou dizer à mamãe que você disse oi.

— Mamãe? — pergunto enquanto Felix se afasta.

— Diretora Perl, ele quis dizer.

Eu me afasto de Jordan.

— Você é próximo dela?

Ele estreita os olhos.

— Por quê?

— Como tutelada, tenho certeza de que ela gosta de dar uma boa conferida em tudo. Era por isso que Felix estava aqui?

— Ele esteve aqui... por assuntos do diretor Dragun, se quer saber.

Não sei dizer se ele está mentindo ou me contando meias verdades. Em todo caso, se Beaulah for um pouquinho como minha avó, ela não deixaria seu sobrinho *estar aqui* sem monitorá-lo. Seu olhar se aprofunda, sua cabeça inclina, mas ele não diz nada por um bom tempo antes de verificar o relógio.

— Como está a conexão? — pergunta.

— Eu pretendia pular o almoço e trabalhar na minha adaga no laboratório... — Sozinha. Sem ninguém por perto. Começo a andar na direção oposta.

— Vou com você.

— *Não!* Desculpe, mas estou conseguindo lidar com isso até agora.

Em um mundo perfeito, eu seria capaz de pedir ajuda a Jordan. Mas ele não pode ficar perto de mim com minha *toushana* reagindo aos intensificadores. Além disso, não tenho certeza do quanto posso confiar nele.

Jordan arruma o casaco e age como se seu ego estivesse ferido.

— A próxima prova de aprimoramento será em cinco dias. Eu inscrevi você.

— Cinco? Você me arranjou uma cilada pra eu fracassar!

— Dificilmente. Arranjei uma oportunidade para você brilhar.

Nenhum dos meus colegas tem que passar por isso.

— O que você ganha com isso? — Tem que ser mais do que a imagem de bom mentor.

— Quem disse que eu ganho alguma coisa?

— Algo que percebi por ser tão *observadora* é que você é muito calculista. Você me solicitou especificamente, você me acompanha em quase todos os lugares aonde vou, agora está me pressionando para terminar bem e rápido. Tudo isso só faria sentido se, de alguma forma, você dependesse do meu desempenho.

Sua sobrancelha se curva em surpresa, mas seu queixo se ergue com sua arrogância de costume.

— Não importa. Você não deveria precisar de um motivo para tentar ser exemplar. Deveria *querer* isso. Você é uma Marionne, espera-se isso de você.

— Agradeço a ajuda, mas deixa que eu cuido disso.

Os traços severos de seu rosto se aprofundam. Ele se aproxima.

— Se você considera minha insistência um incentivo altruísta, você está seriamente enganada sobre mim, srta. Marionne. — Ele lança um olhar sombrio. — Tem *muito* em jogo aqui, para nós dois.

Eu estava certa. Ele não me vê; somente meu desempenho. Uma ideia de quem sou. Ele aproxima meu queixo do dele, e vejo um estranho me encarar. Não é mais o garoto que andou comigo pelo parque. Frio e sem coração, ele pode desligar sua humanidade como um interruptor de luz. *É um assassino treinado.* Treinado para caçar gente como eu.

— Cinco dias.

Eu empurro sua mão e saio furiosa.

VINTE E UM

— Aí está você! — Abby balança um papel na minha cara enquanto volto para o quarto, antes que eu perca a luta contra o choro. — Qual é o problema?

— Nada. — Arranco o papel dela e fico espantada ao ver as letras onduladas anunciando que ela foi liberada para o Baile. Há uma fita de cetim presa no centro, enfeitada com uma joia.

— A diretora Darragh Marionne foi ordenada pelo Conselho das Mães da Prestigiada Ordem dos Maiores Mistérios a convocar Abilene Grace Feldsher para uma Festa de Apresentação Vespertina no Baile Anual Magnólia, no Château Soleil, no sábado, na segunda semana de junho — leio. — Seu convite, já! Onde estão os outros convites? Este é só um. Eu quero ir!

— É apenas uma amostra. Dá. Você deve preparar seus próprios convites para seus convidados. Mas a diretora envia formalmente um para cada um de nós, nos convidando oficialmente para sermos apresentados como membros.

— Isso é tão emocionante. Você contou a Mynick?

Ela murcha.

— Sim, mas a diretora nunca deixaria um estranho me acompanhar. — Ela se anima. — Pelo menos eu vou para a dele. A Casa dele não tem essas regras pedantes como as da diretora Marionne. — Abby dá um tapa na boca. — Não quis ofender! Por favor, não conta pra ela que eu falei isso.

— Ah, Abby, estou tão feliz por você!

— Mas essa não é a melhor parte! — Ela me sacode pelos ombros.

— Não?

— Meu nome está circulando na sociedade, *finalmente* agora que a data do meu Baile está definida. E *veja*!

Abby enfia uma pilha de envelopes endereçados a ela de todas as cores em meus braços.

— Fui convidada pra todos esses!

Eu torço o nariz.

— Você acredita nisso? — Ela folheia os envelopes. — O Baile Chadwell, Sarau de Verão do Senador Beaumont, o Baile Rose, e tem um do Tidwell! — Ela vira mais rápido, chega ao fim e depois franze a testa. — Eles têm cisnes *de verdade* lá. Geralmente é em algum hotel chique em Nova York ou na propriedade vinícola do velho Tidwell. *Cisnes*, Quell! E deixam a gente beber champanhe *de verdade*. Ninguém pergunta sua idade.

Nunca vi Abby tão animada com nada. Ela se joga na cama ao meu lado.

— Quell, tem gente que é "rica" e tem os "*abastados*". Os abastados vivem em um mundo totalmente diferente. Um mundo que, por causa da Ordem — ela gesticula para a opulência ao nosso redor —, nós nos encaixamos. — Ela balança os envelopes para mim.

Eu rio do ridículo.

— Você tá falando sério?

— O mundo está se abrindo pra mim. É a minha hora de experimentar tudo isso. De que me serve a magia se ela não me ajuda a ter a vida que quero?

Servimos à magia, ela não serve a nós. As palavras de Jordan se espalham pela minha memória.

— Sua família não tem, tipo, duas casas? Eu acho que essas pedras na sua orelha são diamantes de verdade. O que há de tão impressionante em ir a bailes com pessoas presunçosas? — Tento conter uma risada, mas ela escapa.

— Quatro casas.

— Tá vendo!

Ela revira os olhos e passa o braço dela no meu.

— Meu avô foi trazido pra cá ainda bebê, sem nada. Ele juntou o que pôde e trabalhou pra se tornar advogado. Ele conheceu minha avó. Ela era enfermeira na época. Às vezes minto e digo que ela era médica, mas não conta pra ninguém. — Ela me cutuca com o cotovelo. — Eles se saíram bem. Aí meu pai engravidou minha mãe antes de terminar o ensino médio. E, na mesma época, ele mostrou sinais de magia. Vovô ficou com vergonha. Ele e minha avó cuidaram de mim e expulsaram meu pai da casa. Mas então ele entrou na indução aqui, e *tudo* mudou. Quell, meu pai se mudou pra um bairro chique e restrito logo depois de debutar. Não sei como, ele ainda nem tinha conseguido emprego. Pediu minha mãe em casamento com um anel *gigante* logo no dia seguinte ao Baile dele. Vovô costumava dizer que meu pai tinha se envolvido com drogas ou andava em más companhias. Ele não me deixou ir morar com meus pais até perceber que isso não era verdade.

— Achei que seu pai fosse banqueiro.

— Sim, *agora*. Alguém na Ordem arranjou esse cargo pra ele. Mas, cá entre nós, ele fica mais em casa do que no escritório. — Ela sussurra: — Ele emoldurou na parede diplomas de faculdades onde nunca estudou.

Meus olhos se arregalam.

— A Ordem cuida de si mesma. É como uma chave de ouro que desbloqueia o acesso... opções. Você é uma Marionne, deve saber o que quero dizer.

Fico toda arrepiada.

— Foi um pouco diferente pra mim, já que não cresci aqui.

— É isso que eu estou dizendo. Como fui criada pelo vovô, vi os dois lados disso. E sei de que lado pretendo ficar.

— Seus pais devem ter dinheiro guardado pra você. — Não é assim que as famílias ricas permanecem ricas?

— Não se trata de dinheiro, mas de experiências, dos círculos de que você participa, de como as pessoas te veem. — Abby cruza as pernas para me encarar mais diretamente.

Balanço a cabeça, sem saber o que dizer.

— Tipo assim, você acha que eu *não* devo usar o privilégio que minha posição me dá? — ela cruza os braços.

Não consigo imaginar o futuro dourado que Abby imagina pra mim, mas ela *é* minha amiga e quero que seja feliz.

— Você merece tudo o que pode imaginar. Estou feliz por você, Abby, de verdade.

— Este aqui é hoje à noite! — Ela me mostra o convite antes de correr para o armário. — Queria que você pudesse vir comigo.

Sinto uma pontada de ansiedade no estômago.

— Mas você não passou no Segundo Ritual, então não pode.

Eu expiro.

— *Droga*.

— Você é uma péssima mentirosa. — Ela bufa. — Mas chega de falar de mim, como foi se conectar hoje? — Ela faz sua mágica no vestido, acrescentando detalhes ao espartilho e ajustando a bainha antes de colocar um par de sapatos combinando.

Eu me enterro em meus travesseiros, gemendo. Por um segundo quase esqueci meu próprio pesadelo. Então me livro das minhas cobertas. Não vai ficar mais fácil.

— Tinha um Dragun da Casa Perl lá. Ele fez uma demonstração. — Estremeço, carregando minha bolsa com qualquer coisa que eu possa precisar. — Ele era esquisito.

— Draguns são como cardumes de tubarões. Se há mais deles por perto, isso não é um bom sinal. — Ela mexe no vestido, segurando-o contra si mesma no espelho. — Será que isso tem a ver com a Esfera? Meus pais *ainda* estão nervosos com isso. Você acha que esse vestido tá exagerado pra essa noite? Não quero errar na mão.

— Está perfeito. Mas não coloque mais joias. Já está um pouco exagerado e brilhante. — Ela levanta as mãos e o zumbido mágico nas pontas dos dedos cessa. — Você acha que é verdade que os Draguns mexem com magia das trevas?

— Ninguém sabe como eles fazem o que fazem.

Aceno com a cabeça e fecho minha bolsa.

— Eu realmente tenho que ir para o laboratório de conexão.

— Boa sorte pra conseguir uma mesa a esta hora.

— Que horas costuma estar vazio?

— É difícil dizer. Os viciados gostam de entrar lá por volta das duas da manhã. — Ela ri. — Talvez seja uma boa ideia tentar durante o jantar, enquanto todos estão comendo.

Coloco minha bolsa de volta no chão. Em um laboratório lotado não vou conseguir fazer nada.

— Não sou a melhor pessoa pra dar dicas de como se conectar porque, infelizmente, não era muito boa nisso. Mas você pode falar comigo se estiver estressada com isso.

— Não, não vou arruinar esse dia pra você. Quero que me conte tudo, vou te ajudar a se preparar para seu primeiro evento social. — Não entendo grande coisa, mas minha amiga está animada, então estou cheia de entusiasmo por ela.

Percebo uma pilha de pacotes enormes em um canto, entreabertos e com tecido espalhado. — O que é isso?

— Amostras que meus pais enviaram. Eles estão trazendo uma série de Vestisers de todos os lugares. Preciso reduzir isso de umas duzentas amostras pra, tipo... trinta. — Ela revira os olhos. — Minha mãe é muito exagerada. Ela não debutou, então isso é importante pra ela.

— Por que não?

— Minha mãe conseguia ver diademas e outras coisas, mas a família dela não conhecia ninguém na Ordem antes de meu pai terminar, e então já era tarde demais. — Ela dá de ombros. — Então ela e meu pai ficaram em cima de mim quando perceberam que eu tinha uma chance. Vovô ainda se recusa a chegar perto deste lugar.

Por quê?, me pergunto, mas Abby continua falando. Eu me sinto muito inquieta.

— Você está ouvindo?

Assinto.

— Eu estava pronta pra desistir há um ano, mas ela não deixou. Disse que eu estaria aqui todas as Temporadas, de maio a agosto, pelo tempo que fosse necessário. Eu não acabei com a alegria dela dizendo que a gente só tem duas Temporadas. Sabe como é difícil conseguir que uma escola preparatória particular deixe alguém sair da escola *meses* antes pra "estudar no exterior"?

— Estudei em escolas públicas. Eu não acho que eles se importem muito.

— *Que sorte.* De qualquer forma, agora estou feliz, é óbvio.

Ela volta a enlaçar o braço no meu.

— *Então* você vai me ajudar durante todo o planejamento do Baile, né? Pra manter minha mãe afastada, pelo menos. Se eu tiver a desculpa de sair com a neta da diretora, minha mãe vai ficar na dela, tenho certeza.

Eu realmente deveria usar cada segundo que tenho livre para trabalhar na minha adaga. E tentar controlar minha *toushana*.

— Com certeza — respondo, sem saber muito bem com o que estou me comprometendo. Mas parece a coisa certa a fazer. Verifico meu relógio antes de jogar a montanha de amostras na cama. — Acho que temos algum tempo pra resolver isso. — Eu me jogo ao lado dela na cama. — Mas na hora do jantar *preciso* ir ao laboratório. Tenho três intensificadores pra colocar em minha adaga pela manhã.

Ela me aperta e eu sinto calor por todo o meu corpo, não com magia, mas com algo igualmente estranho e especial.

⚜

O laboratório no porão da propriedade está silencioso como um cemitério quando desço as escadas. Dentro há mesas como a do meu quarto. Tranco a porta e, por precaução, arrasto uma das mesas até a frente dela. Não sei quanto vai ser problemático tentar dominar este Intensificador Purificador, mas não posso receber visitas-surpresa. Coloco minha bolsa no chão e centralizo minha lâmina no suporte. As pedras no fundo da bolsa brilham para mim.

Acho que não vou conseguir.

Começo com a vermelha, colocando-a na lâmina e passando a mão sobre ela. A magia pinica na palma das minhas mãos e depois jorra em uma onda de calor granulado como pequenas partículas que rastejam sob minha pele. A pedra brilha e depois penetra no metal. Respiro e repito o processo com a verde, que requer alguns movimentos repetidos para se fundir completamente. Mas uma hora se incorpora.

Pego a azul e sinto frio por um instante.

Ela não quer que eu a toque.

Minha *toushana* se enrola para dentro, e seguro o local onde o frio lateja, imaginando que posso subjugá-lo, escondê-lo, empurrá-lo para fora de mim. Ando de um lado para o outro e tento novamente, enfiando a mão mais fundo na bolsa, meus dedos roçando a pedra vítrea. Uma magia fria e amarga cai sobre mim, e eu cambaleio com a força dela. A *toushana* se expande dentro de mim, e posso senti-la se esgueirando pelo meu corpo, arrastando-se com garras de gelo, osso por osso, do meu tronco até o peito e depois pelos braços. Uma onda de calor vibra em mim, e o frio o ataca como uma cobra protegendo o ninho. O calor desaparece.

Reprimo um grito, superando a dor, e fecho as mãos em volta da pedra azul. Eu pisco e o mundo sangra em branco, estou tão congelada por dentro que queimo como fogo. *Deixa pra lá*, minha magia parece sussurrar, minha *toushana* me empurrando de um penhasco congelado. Porém, eu cerro meu punho. *Tenho que fazer isso. Pela mamãe. Por mim.*

Estou com tanto *frio*.

Um frio que parece entoar uma canção de ninar dos próprios lábios da morte.

Uma nuvem se forma na minha próxima respiração enquanto reúno todas as forças para me arrastar até a mesa, esperando poder intimidar essa magia venenosa e colocar o Intensificador Purificador na lâmina.

A *toushana* surge em mim. Um grito sai da minha garganta. Me estremeço por dentro, porém imagino mamãe na última vez que a vi e arrasto um pé rígido na frente do outro. Carrego meu peso morto para a mesa, enquanto minha *toushana* se esforça para me transformar em gelo, cada parte do meu corpo.

Passo a pedra sobre a adaga e uma dor aguda rasga meu estômago. Meus joelhos desabam. A vitória paira, fora de alcance. *Tenho que me levantar.*

Eu me firmo nas pernas trêmulas.

Apesar de sentir que meus ossos estão sendo despedaçados, pego a adaga, imaginando que é a maçaneta de uma casa de praia, mantendo o Intensificador Purificador bem apertado na mão. O mundo balança com a dor latejante. Minha mão está a um passo de distância da adaga. Tento agarrar a mesa para me ancorar, mas, ao pegar na beira, vacilo.

A madeira em minha mão vira pó e o restante da mesa desaba, destruindo minha esperança.

Tropeço, batendo em uma cadeira, que roça minhas mãos geladas e fica preta de podridão. Minha adaga desliza pela sala, meu controle sobre as coisas escapa. O mundo perde a cor. Sinto um enjoo balançar dentro de mim. Meu cérebro lateja como se estivesse se dividindo em dois. Aperto a pedra com mais força e tento imaginar uma porta desgastada com janelas sendo açoitada por ondas, mas ela está enterrada sob uma dor lancinante. *Dói demais.*

Largo a pedra.

E me enrolo como uma bola no chão, abraçando meus joelhos. *Respire.* Inspiro profundamente, e o ar me enche como braços que me envolvem, um tapinha na cabeça. Uma recompensa por ceder à vontade da minha magia das trevas.

Respiro fundo novamente, sentindo meus dedos se aquecerem. Eu os flexiono e esfrego os olhos enquanto a névoa do mundo se dissipa. *Não consigo sobreviver à minha* toushana, *muito menos enfrentá-la.* Meu estômago se revira e uma onda sobe pela minha garganta. Estou de joelhos, o ácido queimando e saindo pela boca. Soluço, uma mistura de lágrimas e vômito escorrendo dos meus lábios. *Não consigo fazer isso. Não sou forte o bastante.*

A maçaneta da porta balança.

— Que estranho — diz uma voz abafada do lado de fora.

Tento me levantar, mas meus braços estão instáveis.

— Olá? — A maçaneta da porta balança de novo e eu fico paralisada.

— Tem alguém aí?

— Você não disse que estava aberto?

— Acho que não está. Não sei. Vamos tentar mais tarde.

Os passos desaparecem e eu caio no chão, como um pássaro com asas cortadas. Lágrimas ardem em meu rosto. Sombras das fendas mais sombrias da minha alma me provocam: *Por que sou desse jeito?*

— *Por favor* — murmuro entre lágrimas. — *Alguém, por favor, qualquer um, me ajude. Eu daria qualquer coisa, qualquer coisa para tirar esse veneno de mim.* — Tento conter as lágrimas, mas quanto mais as seguro, mais elas se libertam. Estremeço, soluçando até não restar mais nenhuma lágrima.

Não sei quanto tempo passa. Meus olhos estão secos e inchados quando me levanto. Não sei o que vou fazer para me conectar, mas tenho que sair daqui. O pânico me atinge quando vejo a mesa de madeira apodrecida que destruí. Mordo o lábio, lamentando a única coisa que faz sentido. Por mais tolo que pareça, é a única maneira segura de se livrar dessa bagunça.

Olho por cima do ombro para a porta, solto um suspiro e chamo minha *toushana*. O frio responde instintivamente, bocejando ao acordar. Eu me foco e sinto ela chegar, se estendendo através de mim, correndo para minhas mãos enquanto espalho minha magia envenenada por toda a mesa até que ela se transforme em uma pilha de cinzas. Minha respiração é um zumbido uniforme e constante dentro de mim, uma espécie de canto fúnebre. Nunca estive tão concentrada e, ainda assim, nunca fiz nada tão perigoso — usar minha *toushana* de propósito.

Pego a cadeira em minhas mãos e ela desaba ao meu redor como um balde de areia ao ser derrubado. *Acho que já chega...* Caminho por uns instantes até o frio em meus dedos desaparecer. Finalmente, minha magia me obedece, pela primeira vez.

Pego uma vassoura em um armário e varro toda a sujeira até o laboratório ficar como estava. Retiro a mesa da porta e reposiciono as outras para que não fique óbvio que uma delas está faltando. *O vômito...* Pego uma toalha na pia do laboratório, limpo o rosto e as mãos e depois esfrego o chão. Esfrego e esfrego, os nós dos dedos ficam pálidos pela força que estou fazendo, até o chão brilhar. Enxáguo tudo e dou uma boa olhada no meu trabalho.

Nunca estive aqui.

Suspiro.

O frio me arrepia. Ele se move como um fio, enrolando-se em minha coluna, meu pescoço e meu cabelo. Não consumindo ou irritando, de alguma forma gentil e convidativa. Me sinto tonta por um segundo e corro em busca de um espelho. Meu diadema se torce, suas espirais de ouro rosado se alongam, ficando mais robustas e ornamentadas. Pedras florescem como rosas em botão contra o metal da minha cabeça. Fico boquiaberta diante do meu diadema, mais escultural do que todos que já vi, observando enquanto meu desespero alimenta minha destruição.

Usar minha *toushana* fez isso.

Está ficando mais forte.

VINTE E DOIS

Ao subir os degraus, sinto a vergonha queimar minhas bochechas; o jantar com a vovó começa em breve. Ela espera que eu conte alguma novidade, e não tenho nenhuma. Disparo pelos corredores mantendo a cabeça baixa. Uma multidão de Primus me cumprimenta ao passar, mas não consigo olhar para eles. Disse a mim mesma que pertenço a este lugar, mas talvez acreditar não seja mais suficiente.

Chego à sala de estar da vovó, adjacente à sala de jantar. A empregada me conduz para dentro.

— Ela está em uma reunião; vai sair em um instante e aí você pode passar.

— Obrigada. — Não posso deixar transparecer que algo está errado. Sair daqui rapidamente e voltar a tentar me conectar. Esse é o plano.

A sala é tão pomposa quanto o resto dos aposentos da vovó, com seus sofás de encosto longo, lustre de cristal e cortinas altas. Eu me aqueço perto do fogo, ainda assombrada pela pedra azul que tentei, mas não consegui, fundir em minha lâmina. Tudo parece ficar mais difícil conforme o Baile se aproxima. A verdade me pesa como uma âncora e imediatamente me arrependo de ter admitido isso para mim mesma.

Os criados abaixam a cabeça algumas vezes, oferecendo-me um refresco. Mas não estou com vontade de beber nada, nem mesmo de comer. Eu deveria ter fingido estar doente para fugir desse jantar. *Não há como desistir. Não há piedade.* O peso da minha *toushana* faz as paredes ao meu redor se aproximarem de mim. A frustração me deixa entre a dor e a fúria como ondas em um mar tempestuoso. *Odeio isso. Odeio tudo isso.* O rosto de Jordan passa pela minha mente. Tento desviar seu olhar taciturno, mas ele permanece como uma mancha.

— Quell? — Dexler sai pela porta na extremidade da sala.

— Cultivadora Dexler? O que você está fazendo aqui?

— Ah, nada. Só uma reunião. — Ela desvia os olhos, e imediatamente me sinto desconfortável. — Está indo bem na conexão? No caminho certo para ter tudo funcionando direito em sua lâmina amanhã de manhã?

— Está indo bem.

— Muito bom então. Até mais. — Dexler acena e depois torce as mãos ao sair. Ela estava aqui por causa de... mim? Eu me levanto e chego bem perto da porta, apurando os ouvidos.

— É irritante, mas estou pouco me lixando — diz alguém com uma voz adocicada.

— Você é algum tipo de vira-lata ou uma dama? Sinceramente não sei — diz uma voz rouca, em tom de repreensão. — E no que diz respeito a esta questão, já está em andamento. Eu já falei que estou investigando isso.

Mordo meu lábio.

— Perdoe-me, mas não confio na sua Casa para que você cuide disso sozinha — disse uma terceira pessoa.

— Então mande seus Draguns participarem da busca também, Isla, se quer tanto!

Chego mais perto da porta, minha orelha rente à madeira.

— Todos nós deveríamos escolher alguns membros de nossas Casas e colocá-los à frente. Vamos submeter a uma votação.

— Não vou enviar meus Draguns para correr atrás de um sonho impossível de glória.

— Não se trata das Casas, Litze — vovó diz. — Se a rachadura piorar, todas as nossas vidas, toda a nossa magia, estão em risco.

A Esfera. É óbvio. Me apoio na porta com um pouco de força demais.

Ela range.

As vozes silenciam quando a porta se abre.

Meu coração para.

Passos na minha direção.

— Ah, olha a hora. Senhoras, se me permitem. — A maçaneta se mexe, e eu me viro para correr.

— Quell?

Tarde demais.

— Vovó. — Meu queixo se ergue, paralelo ao chão, canalizando tudo o que Plume me ensinou. — Eu estava olhando pela janela. A vista daqui de cima é de tirar o fôlego.

— Você está simplesmente *majestosa*, menina. — Ela me vira, admirando meu diadema outra vez, e eu giro, um trunfo aos olhos da vovó. Tento acalmar meu coração acelerado, esquecer que estava chorando no chão há menos de uma hora e estampar no rosto minha melhor expressão de que está tudo bem.

— Estava terminando uma reunião do Conselho das Mães. Mas você *precisa* entrar e conhecer todo mundo! Estão todas morrendo de vontade de ver você depois... — Ela alisa a blusa. — ... de tantos anos.

Conhecê-las...

As diretoras.

— Todas estão aí? — Engulo em seco.

Do lado de dentro, flores frescas amarradas com lindas fitas enchem vasos ao redor da sala, e um carrinho de chá cheio de doces decorados está estacionado ao lado de três mulheres que não poderiam ser mais diferentes. Cada uma está sentada de pernas cruzadas em torno de uma mesa. A mulher loura com um diadema colorido e prateado nem ergue os olhos quando entro, digitando em seu telefone. Sua calça é alargada nas pernas, e seu blazer também, dando ao seu corpo pequeno uma aparência estranhamente modular.

A mulher desengonçada ao lado dela, com rosto e pele que me lembram ossos esculpidos, está carrancuda. Seu cabelo, de um tom de ruivo acastanhado, está preso em um rabo de cavalo apertado e a franja protege seus olhos, que combinam estranhamente com seu vestido cinza monótono. Um diadema elegante paira acima de sua cabeça, sem adornos, minimalista, sem uma única joia. Nós nos olhamos e ela cruza os braços tatuados sobre o peito. *Isla Ambrose.*

— Nossa, mas você é uma visão — diz a mulher com a voz rouca, levantando-se.

Não preciso adivinhar qual das diretoras está mais intrigada comigo. Eu a encaro da forma mais agradável que posso. Há uma coroa de cabelos prateados enrolados em um coque no topo de sua cabeça e um casaco de pele envolvendo seus ombros. Sua estrutura combina com sua voz. Seu diadema é escultural, de um ouro bronzeado, adornado com pedras cor de mel. Ela se aproxima e um broche em forma de coluna rachada brilha em seu cachecol.

Dou um pequeno passo para mais perto da vovó, que paira como uma rainha observando seu melhor pavão exibir as penas da cauda.

A mulher que enviou seu Dragun para me matar me pega olhando para ela e estende a mão, os nós dos dedos engolidos por pedras pretas e vermelhas.

— Beaulah, diretora, Casa Perl.

Meu coração quase sai pela boca quando beijo a mão dela, depois deslizo um pé para trás, dobro o joelho e deixo minha cabeça mergulhar como a crista de uma onda no mar. *Se eu sou perfeita, o que ela poderia suspeitar de mim?*

— Prazer em conhecê-la, diretora Perl. Eu me chamo Quell Marionne.

Desfaço qualquer expressão em meu rosto e avisto a vovó, com os lábios entreabertos ao contemplar minha reverência, que — já pratiquei o suficiente para saber — é a perfeição absoluta.

— Devo me lembrar de elogiar Plume quando o vir — diz ela. — Ele está transformando esta minha neta em uma obra de arte digna de seu nome.

— Que equilíbrio — diz Beaulah, suas palavras ondulando mais com curiosidade do que admiração. — Você deve estar fora de si, Darragh.

Os lábios da vovó franzem-se, presunçosamente, para o Conselho olhando pasmo.

— *Supra alios.* — Ela pisca e eu sinto o calor em meu rosto; o orgulho paira em sua postura, acendendo a minha.

— Então é verdade — diz a diretora Perl com um tom afiado mas cauteloso, puxando o casaco de pele em seus ombros. Eu já vi o tipo dela antes. Ela se faz de tímida como disfarce. Não gosta da vovó, mas hesita em contrariá-la. — Finalmente uma herdeira retornou para essa Casa.

Procuro no rosto da vovó algum lampejo de verdade em tal afirmação, mas ela está paralisada como uma estátua. *Herdeira.*

A voz adocicada da diretora se ergue, seu cabelo louro balança, e ela estende a mão.

— Litze Oralia.

Eu a cumprimento, depois à diretora Ambrose, que franze o cenho com escárnio.

— Devíamos encerrar — sugere a vovó. — Estou atrasada para o jantar.

— Prazer em conhecê-la, Quell — diz a diretora Oralia. — Cuidado com essas bruxas velhas, elas vão deixar você nervosa sem motivo se permitir.

Uma risada sobe pela minha garganta e, a despeito de meu esforço para engoli-la, sai na forma de um sorriso malicioso. Ela pisca para mim antes de sair.

— Que sua inteligência brilhe mais do que qualquer outra coisa em você, srta. Marionne. — A diretora Ambrose segue Litze saindo da sala.

Beaulah me examina mais uma vez, de cima a baixo, e os lábios da vovó se curvam de alegria. A diretora de Jordan me rodeia e meu pulso acelera.

Um aviso me dói até os ossos, mas mantenho minha expressão suave e inabalável.

— Estou ansiosa pela sua prova de conexão — afirma Beaulah. — Espero que continue a impressionar.

Faço uma reverência mais uma vez.

— Essa é a minha expectativa, diretora. — A porta se fecha atrás dela, e eu poderia desabar no chão agora. Em vez disso, me apoio em uma poltrona. Vovó me rodeia, radiante.

— Você foi *magnífica*. — Ela belisca minha bochecha.

Não posso fazer nada para estragar esse retrato que ela pintou de mim. Essa neta que ela acredita que eu possa ser. Na sombra da vovó, estou segura. Aqui, na casa dela, parece que Beaulah não pode me tocar. Ou não tocaria. Embora ela saiba meu segredo, depois que eu me libertar desse veneno, quando estiver livre, não terá nada para usar contra mim.

Agora, se eu pudesse realmente passar na minha prova de conexão... isso, sim, seria ótimo.

— Sabe, acho que isso pede uma coisa. — Vovó tira uma caixa de veludo de uma prateleira alta e desliza a tampa para o lado. Dentro há uma coleção de pedras em tons brilhantes. Ela seleciona uma verde-menta. — Intensificador de Longevidade.

A pedra brilha em cores diferentes, dependendo de como a luz a atinge.

— É linda.

— É *tão rara* quanto é linda. Uma herança da família Marionne, que me foi dada pela minha avó.

— Você daria isso pra mim?

— Quem mais deveria ficar com isso senão minha neta?

Ela aponta para a porta e seguimos para a sala de jantar, onde uma mesa cheia de pratos com bordas douradas e flores frescas foi elaboradamente arrumada.

— Ouvi dizer que você vai fazer a prova na sexta-feira?

— Vou, sim.

— Está ansiosa? — Ela se senta em sua cadeira, e eu faço exatamente o mesmo, determinada a manter tudo indo bem do jeito que está, seja lá como, e não estragar tudo desta vez.

— Não — minto.

— Muito bom. A confiança é o melhor acessório de uma debutante. — Ela toca uma campainha e os garçons entram na sala com travessas nas mãos.

Passo o resto do tempo que temos juntas atenta a mastigar com a boca fechada e servir o copo da maneira apropriada, assentindo com a cabeça nos momentos certos, sorrindo quando solicitada, mantendo a postura correta enquanto vovó fala sem parar sobre o Baile e tudo o que está por vir.

⚜

Uma vez livre da presença da vovó, corro para a Ala das Damas. Paro quando avisto a Esfera, suas entranhas se debatendo da mesma forma que me sinto por dentro. Mais perto de sua superfície ilusória, a tênue rachadura é muito maior do que parece à distância — chega a ter o comprimento do meu braço facilmente. Imagino que meu nome logo estará gravado em sua superfície lisa, um brilho dentre milhares de outros. Minha *toushana* treme quanto mais eu observo a Esfera, e com o canto do olho vejo Jordan conversando com a diretora Perl.

— Srta. Marionne. — Ela abre um sorrisinho discreto quando a encontro, acelerando o passo. Jordan e eu nos olhamos. Os olhos dele são de pedra.

Assim que chego à entrada do quarto, me enfio lá dentro e me jogo contra a porta, aliviada.

Preciso conectar minha adaga.

Não importa o quanto custe.

Tiro os sapatos, e minha bolsa me encara de um jeito julgador. Deixo minhas coisas na cama e passo os dedos pela carta da mamãe. A pedra azul me provoca. Meus dedos tremem em alerta quando a seguro. Como vou fazer isso?

Alguém bate na porta

— Quem é?

— Sou eu.

Meu coração bate bruscamente.

— O que você quer?

A maçaneta se abre antes que a névoa negra se infiltre pela fresta da porta, e Jordan aparece diante de mim, rígido de chatice.

— Aqui. — Ele me entrega um livro. *Discite Latina*. Eu estendo minha mão, mas a puxo de volta. *Eu não confio nele*. — Esse livro faz tudo parecer mais simples de memorizar.

Pego o livro e o coloco de lado.

— Conexão. Como está indo? — Ele olha por cima do meu ombro.

— É mais difícil do que imaginei. Eu só preciso de mais tempo.

— Tempo que você não tem. — A insistência dele só coloca mais lenha na fogueira.

— Ficar fungando no meu cangote *não* vai ajudar. — Cerro os punhos, e a gota d'água do dia inteiro transborda. As expectativas da vovó, minha *toushana* destruindo a mesa, Beaulah. *É demais*.

Ele pega minha adaga da cama, girando-a nas mãos.

— Segure no alto — diz num tom mais gentil.

Eu levanto a adaga, muito a contragosto.

— Mais alto. — Ele faz um gesto para que eu levante o braço, mas o deixo cair quando uma ideia aperta meu coração.

Olho para o Purificador azul na minha cama me provocando e engulo um suspiro de coragem tola.

— Você acha que é muito fácil, né? — Viro as costas para ele e cerro os dentes para pegar a pedra azul. Quando tocá-la, vou ter *segundos* até minha *toushana* me trair. Porém, se eu puder suportar a queimadura dela na minha pele por um breve momento, talvez consiga convencê-lo a fazer o que *eu* quero, para variar.

Fecho a mão em torno da pedra e o zumbido da minha *toushana* desperta em fúria, crescendo em todas as fissuras que há em mim, o gelo arranhando meus ossos. Mordo até sentir gosto de cobre e quase jogo a pedra e a adaga em Jordan.

— Faça isso *você*.

Cruzo os braços, tentando resistir ao frio que me invade.

— *Tá bom.* Preste atenção dessa vez. — Ele segura a pedra azul sobre a adaga e o mundo oscila à beira de um penhasco. *Por favor, que isso funcione.* — É como um ímã, você tem que colocá-lo no lugar certo ou ele irá repelir. — Ele faz um movimento circular com a pedra, empurrando-a para baixo, mais perto do metal. — Quando a pedra resistir, segure firme. Deixe sua magia saber que você tem certeza do que deseja. Ela vai ceder. Quanto mais intensificadores você colocar na lâmina, mais difícil será incorporar um novo. Mas estes são apenas os primeiros, então não deve ser difícil para alguém como você. — Ele olha de relance para o meu diadema.

Engulo uma resposta porque ele está fazendo exatamente o que eu quero. Jordan abaixa o intensificador e percebo que uma das minhas mãos está segurando a saia com força. A pedra brilha e finalmente se encaixa na lâmina.

— Agora você *facilita* isso. — Ele desliza a palma da mão sobre elas e a pressão atinge meu peito. A pedra azul borbulha, se contorce e depois se achata até se dissolver completamente, desaparecendo no metal. Ele devolve minha adaga, a lâmina ondulando em azul e depois em roxo.

— Funcionou. — Levo as mãos ao peito.

— É óbvio que funcionou. Um já foi, agora faltam dois.

— Na verdade, eu já fiz os outros dois, sr. Observador.

Ele suprime um sorriso.

— Minhas desculpas, então.

Aperto meus lábios.

— Obrigada. — Pego o último intensificador que tenho, a pedra leitosa que Casey me deu.

— Tente.

— Agora?

Ele faz um gesto para que eu vá em frente. Ergo minha adaga e coloco a pedra branca nela. Meu estômago revira de nervosismo.

— Você está segurando isso errado. Não a deixe tão reta. Incline a ponta da adaga para cima, só um pouquinho.

Inclino meu pulso.

— Agora foi demais. — Ele está perto, tão perto. O calor desce pelo meu pescoço. As pontas dos seus dedos roçam minha pele. Então Jordan envolve suavemente meu pulso com eles. Seu polegar acaricia as costas da minha mão e ele a inclina um pouco. — Assim. — A voz dele é uma brisa suave e tira minha próxima respiração.

Eu me afasto dele.

— Tenho isso daqui. Realmente.

Ele hesita por um momento, mas, para meu alívio, vai até a porta.

— Da próxima vez que eu bater, atenda. — A porta se fecha atrás dele, e eu desabo contra ela com minha adaga, segurando-a no ângulo que Jordan me ensinou. Então, a superfície leitosa da pedra escurece, esticando-se antes de desaparecer na lâmina. Eu mordo o sorriso que se forma em meus lábios. Ainda tenho muito o que estudar para esta prova.

A maçaneta balança e eu abro a porta novamente.

— Eu te *falei*... — começo a dizer.

— Quell? — É a Abby, carregando um monte de tecidos.

— Desculpa, pensei que fosse o Jordan.

— Acabei de ver ele saindo. — Ela abre um sorrisinho safado.

— Nem pense nisso. Eu não o suporto.

— Não parece. — Ela entra, as sobrancelhas bem erguidas. — Quando você fala sobre ele, claro.

— É complicado.

— Estou ouvindo.

— Não sei se posso confiar nele.

Seus lábios se torcem em confusão.

— Porque... — *Ele caça pessoas como eu.* — Ele é difícil de interpretar. Não sei o que ele está pensando. Não sei mesmo. Às vezes ele parece gostar de estar perto de mim. Outras vezes, sinto que sou um trabalho pra ele. Nada disso faz sentido. — Esfrego a palma da mão no rosto. — Me ignora — digo rindo.

— Garotos não são complicados. São como cachorrinhos.

Eu bufo.

— Com Jordan, parece que ele me vê de uma forma que ninguém mais vê. Mas, quando não correspondo à imagem que tem de mim, ele fica frustrado comigo.

— Você *quer* corresponder à imagem na cabeça dele?

Parte de mim quer acreditar que essa pessoa que ele vê em mim realmente existe. Tento me imaginar controlando a magia do jeito que ele faz, tendo uma posição em uma grande Casa mágica, pertencendo a algum lugar. Mas a outra parte teme que minhas piores suspeitas sobre ele sejam verdadeiras. Que ele poderia estar trabalhando com Beaulah. Ou que, por trás de todo o interesse que Jordan tem em me ver debutar com sucesso, haja algo sinistro.

— Não sei, Abby.

— Bem, na minha opinião profissional a respeito de garotos, ele está interessado em você. Só é preciso que você descubra se isso faz diferença. Não se apegue muito, mas, se quiser se divertir, divirta-se. — Ela me cutuca com o cotovelo antes de jogar seu carregamento de tecidos na cama. — De qualquer forma, o que se diz por aí é que Draguns não se envolvem romanticamente com ninguém.

— Sério?

— Tem uma piada que diz que, se a Ordem quisesse que eles tivessem alguém, ela lhes daria.

Sinto a pontada de um sentimento que não consigo expressar em palavras.

— Me ajuda com isso, pode ser? — ela pergunta, finalmente descarregando as sacolas penduradas em seus braços. Os sapatos caem. Tiro um monte de sapatos deslumbrantes de sua bolsa e descubro que ela tem mais três sacolas cheias.

— *Quantos* você tem?

— Vários. Algumas daquelas amostras que mamãe encomendou. Preciso descartar uma parte disso tudo esta noite.

— Nossa!

— Faço drama, mas é legal. Ela geralmente está mergulhada no trabalho. Agora não consigo tirá-la do telefone. Correu tudo bem com a conexão?

— Acho que sim. Jordan vai me fazer realizar a prova na sexta.

— Tipo no fim dessa semana? Quell, você vai estar pronta? Você não tem uma segunda chance. Sabe disso, né?

O quê? Sério? Eu me junto a ela na cama.

— Você não pode ser reprovada na prova, Quell.

Ah, eu sei.

— Na verdade — diz ela, e tira os sapatos das minhas mãos —, eu posso fazer isso sozinha.

— Não, eu quero ajudar. Somos amigas, não é?

— Sim, boba. Vai estudar. Na quinta-feira vou experimentar roupas o dia inteiro, você pode me ajudar com isso.

Suspiro. O que ela diz faz sentido, mesmo que eu não queira ouvir.

— Só se você tiver mesmo certeza.

— E conversa com Jordan para tentar trocar a data da prova.

Vovó sabe, e ela já contou ao Conselho. Não tem como mudar. Expectativas foram criadas... gravadas na minha lápide.

— Não vou escapar desta prova nesta semana, Abby.

— Então *se prepare*.

VINTE E TRÊS

Apesar do cansaço, eu fui a primeira a chegar à sessão de Dexler pela manhã. Ela elogiou minha lâmina, dizendo que estava muito boa. Depois jogou um saco com mais 32 intensificadores no meu colo.

— Isso precisa ser feito antes da prova — disse ela, e eu morri um pouquinho por dentro.

Ainda assim, de alguma forma consegui incorporar três durante a aula, mas Jordan não estava brincando quando disse que ficava cada vez mais difícil fundir uma pedra. Felizmente, o Purificador que ele fundiu não parece estar me causando nenhum problema. No entanto, lutei com um cinza translúcido por uma hora antes que minha *toushana* pegasse fogo e me tornasse inútil durante a maior parte do dia. Então voltei para a pedra cinza apenas para perceber que era necessário incorporar quatro intensificadores específicos *antes* que ela pudesse se ligar ao metal. *Que dor de cabeça.* E já é terça-feira. Faltam três dias.

Pego meu livro ao fim da aula de Dexler, coloco minha bolsa cheia de pedras no ombro e caminho para um dia inteiro de aulas especializadas que surgiram na minha agenda. Latim, Localização da Cadeia de Conhecimento, Conexão Corporal, Introdução a Elixires e Exaustão e Rejuvenescimento Mágico. Eu esperava entrar nos Caminhos Avançados de Mudança, mas não tive sorte.

Meu cérebro está divagando quando entro em alerta. Minha *toushana* se esconde sob minha pele, e puxo o suéter para mais perto do meu corpo. Olho para a pilha de pedras no fundo da minha bolsa. Estou tão perto.

— Quell — Casey e vários outros me cumprimentam e me envolvem na conversa-fiada deles.

— Como tá indo?

Conto a ele as novidades sobre meu progresso em relação à prova.

— Alguma dica que você pode dar? Tipo, o que exatamente será cobrado na prova? Tenho estudado tudo, todas as minhas anotações.

— Você vai descobrir. É a tradição. — Ele pisca. — Apenas lembre-se de manter a calma. Esse é o segredo.

Ele conheceu meu mentor?!

A parceira de Casey no Baile passa os braços em volta da cintura dele e os dois tomam seus lugares.

— Que bom ver você, Marionne.

Não posso deixar Jordan me aborrecer hoje.

Eu vou ser *perfeita*. Ele não vai ter nada a dizer!

Fico parada no lugar onde está escrito meu nome, em um pequeno pedaço de fita adesiva no chão, e espero por ele. Com a cabeça erguida, levanto o queixo, certificando-me de que minhas orelhas estejam sobre os ombros. Imagino que meu corpo é uma estátua, esculpida de maneira complexa. Prendo o ar no peito para manter a postura correta e sinto uma presença atrás de mim.

Jordan se posiciona, seu corpo quente e rígido contra minhas costas.

— Boa tarde — cumprimento, me afastando um pouco dele.

— Foi tudo bem hoje de manhã, suponho? — Ele olha minha postura. — Com seu novo horário?

— Foi tudo bem. — O som estridente de um violino corta o ar antes que Jordan possa continuar com seu interrogatório.

— Todos em seus lugares. — Plume valsa pela sala, criticando posturas. — Hoje trabalharemos o básico da dança. É tudo uma questão de entrar em sinergia com seu parceiro. — Ele estala os dedos e alguns retardatários encontram suas marcas no chão. Eu ajusto minha postura. — Srta. Marionne — diz ele, andando em volta de mim. — Absolutamente *impecável*.

Meu queixo se levanta.

O nó na garganta de Jordan aumenta.

— O evento envolve três danças: Primeira Dança; a dança do Baile, que fazemos em grupo; e uma Valsa ao Pôr do Sol. Mas antes que qualquer um de vocês possa ao menos pensar nos passos de dança corretos, primeiro é preciso entender a *linguagem* da dança. Ela é *liderada* por um parceiro. O outro *segue*. Você não pode ter duas pessoas tropeçando uma na outra sem distinguir o joelho do dedo do pé. Vamos fazer uma demonstração. — Ele acena para Jordan, que se dirige até ele, no centro do salão de baile. — E quem você gostaria de ter com você? — Plume pergunta a ele.

— A srta. Marionne, é lógico.

— Mas eu não sei os passos... — começo.

— Esse, querida, é o ponto — Plume afirma. — A dança tem tudo a ver com mover-se com o seu parceiro *instintivamente*. Um dos motivos para você estar acompanhada de um mentor mais experiente é que você seja preparada para a dança.

Mas o plano era ser perfeito...

— O que você está fazendo? — murmuro para Jordan, me aproximando dele no centro da sala. — Eu vou te envergonhar de verdade agora. *E* a mim. — Uma mistura de olhares nos cerca, alguns cheios de curiosidade, outros de diversão e alguns de inveja.

— Não se você confiar em mim. — Ele tenta pegar minha mão, mas eu a afasto bruscamente. Jordan não poderia pedir nada mais impossível de mim.

— E... — A música explode como uma queima de fogos de artifício, e meu corpo se recusa a se mover. — Um, dois, três, um, dois, três, um... — Plume bate palmas, mas ainda não consigo me mover. Há olhares voltados para mim vindos de todos os cantos. — Um, dois, três, um, dois, três, um...

Jordan me rodeia, perto, sua respiração roçando minha orelha.

— Solte-se.

Eu pego a mão dele. A música continua e Jordan se move como se estivesse enfeitiçado por seu ritmo. Observo seus pés, tentando antecipar o próximo movimento dele.

— Não. — Ele levanta meu queixo para que nossos olhares se encontrem. — Esteja aqui. Comigo.

Entramos na dança, girando, girando, imitando o reverso dos passos um do outro, os braços enlaçados nas costas um do outro. Me mantenho perfeitamente focada, contando em silêncio, atenta a continuar alinhada com ele e com a música. Concentro meu foco naquelas luas iridescentes sob seus cílios e me imagino banhando-me ao luar, deixando-me ir aonde quer que me levem.

— Dois, três, quatro... — Plume entoa, marcando o ritmo com as palmas.

As mãos de Jordan envolvem minha cintura, me puxando para mais perto dele. Eu gaguejo para respirar, congelada por dentro, como se uma única expiração pudesse me quebrar. Todo o meu corpo se aquece, e dessa vez não tem nada a ver com magia. Tem tudo a ver com ele e eu. *Solte-se.* Eu solto o ar dos pulmões e me derreto enquanto ele me segura, tentando seguir o ritmo dele.

Ele se move como seda, empurrando meus quadris para trás, depois para a frente, e eu sigo como uma brisa agitada, movendo-me com o menor pedido de sua mão. Seus lábios formam um amplo sorriso. O primeiro que já vi em seu rosto.

Meus braços estão pendurados sobre seus ombros rígidos enquanto me movo com ele, uma parte dele. Percebo sua intenção na direção de seus quadris, e meu corpo se antecipa a este movimento. Ele me solta e por um momento estremeço com a perda de seu toque, mas seus dedos se entrelaçam firmemente nos meus. O mundo gira quando ele me afasta. *Agora de volta para mim,* o corpo dele parece dizer quando Jordan puxa minha mão, e vou voando na direção dele, girando enquanto ele me segura, até ficar apertada contra seu peito. Eu me sinto protegida.

O ritmo da música acelera e Jordan se move mais rapidamente, pedindo mais do meu corpo, e eu cedo a todos os seus pedidos, girando e girando, até Plume, o salão de baile e o mundo desaparecerem. De repente, tudo o que resta sou eu, girando por aquelas colinas em seus olhos, solta. *Livre.* A sensação me preenche de uma maneira que nunca senti, e aperto sua lapela com mais força. Cedo ao desejo que senti ontem à noite e pressiono mais meu corpo contra o dele. Em resposta, seu braço me envolve com mais força. Ele sorri de novo, tão perto que sua respiração lambe minha pele. Sinto na alma um calor, um desejo, uma pontada abaixo do umbigo. Inspiro profundamente e de forma deliberada. Estarei viva em cada batida deste momento.

— Agora de volta — ele diz. Os dedos de Jordan traçam minhas costas, então minha coluna se curva com seu toque. Ele me inclina, a boca roçando meu pescoço. Me mantém nessa posição por um momento, me segurando com força. Não tenho certeza de onde ele começa e eu termino. — Você está *magnífica* — ele murmura.

Não sei o que dizer e percebo os aplausos vindos de toda a turma.

Jordan me ergue de volta, e termino com uma grande mesura, enquanto ele se curva em uma reverência. Os aplausos abafam as batidas do meu coração. Ele aperta minha mão, mas continuo a olhar para a frente, com medo do que minha expressão possa revelar.

— Vejo que você encontrou seu par, sr. Wexton. — Plume abre um largo sorriso. — Tomem notas, senhoras e senhores. É assim que se faz. Agora, em seus lugares... mais uma vez. Quero ver as posições iniciais para o Baile.

Jordan estende a mão para mim, mas me afasto.

— Preciso de um minuto. — Corro até minha bolsa, fingindo procurar algo só para ter um momento para recuperar o fôlego. *O que me deu agora?* Eu sei a resposta, mas é tão absurdo, tão imprudente, tão *perigoso*, eu não acredito em mim mesma. Assim que minha respiração alivia, volto para o grupo e sigo os passos de todos. Essa não exige tanto contato direto, o que ajuda minha pulsação a diminuir. Jordan olha para mim de vez em quando, mas quando o encaro ele desvia o olhar no mesmo instante.

Terminamos a sessão e não consigo pegar minhas coisas rápido o suficiente.

— Quell? — diz Jordan.

Não, cada instante que eu passo ao lado dele me confunde. Caminho mais rápido.

— Quell, escute...

— Olha, tenho muitos intensificadores para trabalhar. — Eu o encaro para que ele saiba que estou falando sério. — Não tenho tempo para conversar, é sério.

Sua expressão está muito diferente daquela da noite passada, e meus lábios se fecham pelo choque desta constatação. A frustração e o desprezo desapareceram, e me lembro da primeira vez que ele me olhou dessa maneira. Quando ele viu que eu havia emergido.

— Almoce comigo.

— Não.

— Quell, acho que você... — Ele puxa a camisa. — O que estou tentando dizer é... Eu sei que sou duro com você. — Ele suspira. Dou um nó na alça da bolsa. — Podemos começar de novo, por favor? Vamos almoçar, pode ser onde você quiser.

— Vou fazer uma escolha por nós pela primeira vez? — Me sinto inquieta, mas a ironia não ameniza o clima como eu esperava. Olho para ele e meu corpo faz coisas estranhas. Ele enfia as mãos nos bolsos, esperando. Me arrepio toda lembrando a sensação de seus braços, a sensação *dele*, ao meu redor.

Como eu poderia viver com esse sentimento, morrer com ele, e não tenho certeza se me arrependeria. Nunca me senti mais viva. Mordo o lábio, tentando conter o comentário bobo que está na ponta da minha língua.

— Diga sim, por favor.

É só um almoço. Concordo com a cabeça, coloco minha bolsa no ombro e sigo Jordan para fora do salão.

VINTE E QUATRO

A cafeteria está lotada, então, depois de pegarmos nossa comida, sugiro ir a um prédio de vidro logo depois dos jardins.

— O jardim de inverno está além dos limites, então vamos ter privacidade lá.

— Como entramos lá?

Jordan balança um molho de chaves e lembro que ele supervisiona a segurança.

O jardim de inverno é uma tapeçaria de flores e ervas. Delicadas flores brancas cobrem os terrenos e verdes sinuosos abraçam o perímetro das janelas. Acima, a luz entra pelas janelas envidraçadas, o sol afugentando o frio que persiste pela manhã. Paramos perto de dois bancos de pedra próximos a uma fonte com a escultura de duas meninas abraçadas às pernas da mãe.

Nos acomodamos nos bancos, mas não fico exatamente ao lado dele. Preciso manter a cabeça no lugar se quiser passar por esse almoço sem levantar suspeitas. *É bom manter distância.* Ele tira um saco de doces coloridos do bolso e coloca um verde na boca.

— Você vai comer isso antes da comida de verdade?

Ele pega uma garfada do almoço.

— Pronto. Feliz agora?

— Eu só estava perguntando. É estranho, não? Passar do doce ao salgado assim? Não sei.

Ele olha para algum lugar distante.

— Não tínhamos permissão para comer doce quando eu era criança.

Solto uma risada, por estar mais impressionada do que achando graça.

— Espera, você tá falando sério?

Ele tira outro saco de doces do bolso e me mostra mais dois em sua bolsa de couro. Ele coloca doces nas mãos e espero que me ofereça alguns, mas não oferece.

— Também não estou com fome ainda. — Tiro minha adaga da bolsa e empilho ao lado dela as poucas mais de duas dezenas de pedras que tenho. Não posso perder tempo.

Ele olha para meu diadema.

— Sabe, não tenho certeza se já disse isso, mas você é muito impressionante, Quell. Seu nível de habilidade é bastante raro. Tem sido incrível ver você progredir em sua magia.

— Você tem uma maneira curiosa de demonstrar isso. — Tiro uma das pedras menores da pilha e a coloco em minha adaga.

Ele desvia o olhar novamente e é como se estivesse em algum outro lugar. Deslizo minha mão sobre minha lâmina e invoco calor nas pontas dos dedos. A pedra azul-petróleo borbulha na adaga sem muita dificuldade. Pego outra.

— Como você sabe? — pergunto, tentando trazê-lo de volta do lugar para onde escapou.

— Posso sentir. Você está se sentindo mais preparada para a prova?

— Estarei pronta. Na verdade, gostaria de sair daqui o mais rápido possível.

Ao ouvir isso, ele se volta para mim.

— O quê? — pergunto, pressionando outra pedra contra minha adaga, que derrete mais lentamente do que as anteriores. Ainda assim, o metal brilha em um tom amarelado depois que se funde. Pego mais algumas.

— Não passa pela minha cabeça alguém ter vontade de deixar esse lugar. — Ele abre a boca para dizer mais alguma coisa, então volta a fechá-la.

— E por quê? — pergunto, incapaz de esconder minha curiosidade.

Ele deixa o silêncio aumentar antes de falar.

— Fui treinado para ser um Dragun desde muito jovem. — Ele me encara e por um momento considero me aproximar dele. — Minha Casa é um pouco diferente daqui. O treinamento é mais rigoroso, por falta de palavra melhor.

— Você teve que ir pra lá porque sua tia é diretora?

— Em parte, sim. Mas nós também vivemos no território dela. Sola Sfenti iluminou a magia em mim pela primeira vez quando eu tinha oito anos.

E meu pai me entregou para a diretora Perl imediatamente — conta ele, mais para uma flor ali perto do que para mim.

— Quando *criança*?

— É assim que se faz na minha Casa. Para homenagear a Mãe da Magia e os filhos que ela perdeu, dedicamos mais tempo ao domínio da magia, não apenas ao estudo. Foram feitos muitos sacrifícios para conduzir a magia ao longo dos séculos, e a Mãe da Magia pagou grande parte desse custo. Seus filhos e os filhos deles viveram fugindo. Você pode imaginar algo assim?

Eu desvio o olhar.

— Isso é horrível.

— Se você olhar para a história, verá que rumores de magia enfureceram todos os governantes desde o início dos tempos. E para quê? Para que eles pudessem brincar com ela, se distrair com a magia como se ela fosse um brinquedo e colocá-la na prateleira quando ficassem entediados? Na minha Casa, começamos a treinar candidatos para a magia *seis* anos antes do restante da Ordem. Um ano em homenagem a cada um dos filhos da Mãe da Magia. A diretora Perl analisa crianças em nosso território por volta dos dez anos de idade e, se elas mostrarem potencial para acessar mais de um fio de magia, ela as acolhe imediatamente para aumentar as chances de elas se tornarem Draguns.

— Tipo, você mora com ela? Como um órfão?

— Claro.

— Você a chama de diretora, não de tia. — *Talvez eles não sejam próximos.*

— E você chama sua diretora pelo título também.

Não sei o que responder.

— Eu sei o que faria desde que me lembro por gente. Não consigo imaginar vir aqui como você veio, mais velha. Não parece ser o ideal.

Olho para o Dragun, tentando ver o garoto por trás dele. Eu não havia notado, mas há uma cautela esculpindo os traços de seu rosto. Ombros curvados para baixo. Eu não tinha considerado que o lugar de onde ele vem provavelmente define sua postura e a firmeza de seus passos, assim como muito do lugar de onde vim gravou meu caminho em pedra. Ele coloca outro doce verde na boca.

— Eu gostaria de ter conhecido este lugar. — A verdade escapa e toma conta do meu coração.

Rugas se formam em seu rosto, como se ele estivesse vasculhando minhas palavras em busca de um tesouro.

— Então é verdade? A saída da sua mãe daqui foi mais do que um período sabático?

— É isso que as pessoas dizem? — Eu estremeço.

— Só estou tentando entender você, como era sua vida.

Ele tira o casaco e o oferece para mim. Não estou com frio, mas por algum motivo aceito, considerando a seriedade em sua expressão. Só há sinceridade nela.

— Esquece minha pergunta. Em que você está pensando em se especializar? Em Cultivadora como a diretora?

— Não pensei em nada além de debutar, para ser sincera.

— Tá falando sério?

Meu peito aperta e vejo o rosto severo de Jordan que se elevou sobre mim ontem. O Jordan sussurrando pelos corredores com Beaulah. *E ainda assim.*

— Quero um dia morar na praia, perto do mar mais azul, numa casa modesta com janelinhas quadradas. Um lugar pequeno de verdade, e simples, com um jardinzinho. Provavelmente parece um detalhe bobo, eu sei, mas...

— *É o que eu sonho desde criança.* — É assim que eu imagino. Junto com a minha mãe... — Os nervos zumbem através de mim, voando em busca de um lugar para pousar. — Foi em um lugar como esse que dissemos que um dia moraríamos. Não precisa ser um lugar sofisticado. Só...

— Tem que ter janelinhas quadradas. Entendi.

— Você está debochando.

— Não estou, não. É sério. — Seus lábios abrem um sorriso, o segundo do dia, e preciso desviar o olhar para não sorrir também. — Acho incrível que você encontre inspiração em onde deseja estar. Eu realmente nunca pensei nas coisas dessa maneira.

Minha vez.

— E quanto a sua magia? Talvez eu deva considerar algo assim. — Ele guarda os doces, com uma expressão divertida, a boca arqueada. — O que foi? Eu tô falando sério. Você disse pra eu me *abrir.*

— Você não escolhe essa vida, Quell. Ela que te escolhe.

Uma rua sem saída. Ainda assim.

— Então você sempre soube que viria aqui? Para a casa da minha avó, como tutelado?

— A diretora Perl me deixou no portão do Château com minhas coisas aos 15 anos.

— Que maldade.

— Não aceito insultos contra a minha Casa — ele diz bruscamente, porém algo mais brilha em seus olhos.

— Eu não quis dizer... Me desculpe. — Fico em silêncio.

— Meus pais insistiram demais para que eu conseguisse o cargo; uma diretora trabalhou incansavelmente para me preparar. Não me arrependo. Eu estava ansioso para fazer a minha parte. — Ele desvia o olhar. — Estou ansioso para fazer minha parte.

— É difícil ficar longe de casa por tanto tempo?

— Sua casa é onde você se sente em casa. Tem muitas coisas que eu gosto no Soleil. — Seu olhar encontra o meu e um calor sobe pelo meu pescoço.

Pego minha adaga e começo a trabalhar novamente para manter as mãos ocupadas. Embora isso tenha começado como um almoço, nenhum de nós está comendo, e contei mais coisas a ele nos últimos minutos do que a qualquer pessoa em toda a minha vida. Minhas mãos trabalham mais rápido sobre a lâmina, buscando algo que eu possa controlar, e acabo derrubando minha bolsa do banco. Um dos livros da biblioteca da escola cai da bolsa. Suas bordas esfarrapadas foram coladas com fita adesiva. Eu pego o livro, e Jordan também.

— Adoro ela — diz ele, reparando no nome da autora.

— Eu não imaginava que você gostasse de prosa em verso — comento, deixando-o folhear. — Você parece um cara de pura ação e aventura, sem ofensa.

Ele o devolve antes de cruzar os braços atrás da cabeça, reprimindo o que considero uma risada.

— Eu amo histórias — diz, mais descontraído do que esteve a tarde inteira. — As inspiradas em acontecimentos reais são as minhas favoritas.

— Porque é o melhor dos dois mundos — comento, trabalhando em outra pedra. — É uma ficção, mas com um pouco de realidade.

— Exatamente. O que mais você gosta de ler?

Conversamos sobre nossos livros favoritos até o sol começar a se pôr. Enquanto trabalho em mais umas pedras, ele me oferece conselhos e até ri mais algumas vezes. À noite, de alguma forma estou sentada mais perto dele no banco, quando minha *toushana* queima em meu peito. Eu me levanto. *Isso é uma bobagem.*

— Foi algo que eu disse? — pergunta Jordan.

— Não. — É ele. A maneira como olha para mim. Nossos gestos quando estamos juntos. A maneira como ele comanda a escuridão de sua magia sem que ela o consuma. Seu controle, seu foco, a tempestade trovejante que assola seus olhos. A maneira como essa conversa só me faz querer ficar aqui mais tempo. Conhecê-lo melhor. O garoto que me mataria se pudesse me enxergar de verdade.

— Então, por favor, senta de novo. — Ele me pediu para confiar nele quando dançamos, mas seu olhar pede ainda mais de mim agora.

Meus dedos doem, minha *toushana* me avisa que está despertando. Eu mexo na minha adaga e um intensificador rubi escorrega de cima dela.

— É melhor eu ir.

Pego a pedra — à medida que a dor em meus ossos aumenta, meu tempo antes de uma crise diminui — e a equilibro no topo da lâmina outra vez. Esta terá que ser a minha última por enquanto. Uso minha magia e a pedra sangra no metal, que brilha por um momento.

Então o metal cresce mais.

Suspiro e o deixo cair, e o som dele batendo contra a terra faz meu coração parar. Estou de pé, observando com horror a lâmina de minha adaga se contorcer, curvando-se de um jeito que nunca vi na vida. Sinto o peito apertar diante da lembrança do meu diadema crescendo na minha cabeça, tão negro quanto a morte.

Olho para Jordan, seus olhos se estreitando intrigados.

Gemas cor-de-rosa florescem em certas partes do cabo, e não consigo desviar os olhos. Algo ou alguém diz meu nome, e soa alto em meus ouvidos quando Jordan pega a lâmina. *Corra.* Minha *toushana* surge em mim desenfreadamente e com força, amarrando meus pés no chão. *Não consigo pensar. Não consigo me mexer.*

Jordan estende a adaga para mim e fecho os olhos, me preparando para ele me cortar.

— Quell?

Eu pisco.

— *Quell?* Você tá me ouvindo?

Pisco novamente e Jordan segura minha adaga pela lâmina, me oferecendo o cabo.

— Isso é o que eu quis dizer. Aquele Intensificador Amplificador que você acabou de usar é cheio de caprichos. Sua magia deve ser muito forte mesmo, para conseguir que ele mude o formato da adaga.

Pego-a dele, virando-a em minhas mãos, olhando para o que eu tinha certeza que era uma evidência da minha fragilidade.

— Achei que tinha estragado tudo e acabado com minhas chances de me conectar. — Isso é o mais próximo da verdade que consigo chegar com ele.

— Eu não via uma adaga tão impressionante desde a minha. — Ele admira as pedrinhas que sobem e descem da empunhadura. — É impressionante. *Você* é impressionante.

Procuro palavras, mas não encontro nenhuma, então pego minhas coisas para ir embora.

— Parecia que você estava prestes a ter um ataque. Estou feliz por estar aqui. — Ele mantém a porta do jardim de inverno aberta para eu passar.

— Eu também. — Mordo meu lábio. O silêncio permanece entre nós. Não sei para onde olhar ou o que dizer. Então simplesmente vou embora.

VINTE E CINCO

Eu me sento, olhando para minha adaga, emaranhada em meus lençóis, sendo julgada por um saco enorme de batatas fritas meio comido e um zilhão de embalagens de doces de chocolate. A prova de conexão é amanhã e mal saí do lugar. Palavras rabiscadas em uma nota chamam minha atenção.

Você tá pronta?

Li as palavras agourentas de Jordan mais uma vez, pela milionésima vez, antes de jogá-las no lixo. A verdade é que não tenho certeza de que estou pronta. Meus dedos doem pelo tanto de horas que passei segurando minha adaga ontem. Eu os flexiono antes de pegar um dos dois últimos intensificadores que preciso incorporar. A lâmina de metal também não se contorceu mais. O Amplificador Intensificador que usei no jardim de inverno era aparentemente único em sua capacidade de transformar uma adaga. No entanto, passei tanto tempo incorporando os intensificadores que minhas anotações sobre o que cada um faz estão acumulando poeira. A boa notícia é que sei a primeira e a segunda declinação de trás para a frente.

Dou uma olhada no relógio. Faltam 15 minutos até a prova de roupas de Abby. Tenho tempo para trabalhar nesses dois últimos. Olho para minhas anotações, equilibrando a pedra de bronze sobre minha lâmina, a dois centímetros da parte mais estreita dela. Aperto a pedra contra o metal, mas ela se desloca para o lado, se desviando do ponto exato para se fundir.

Mais uma vez. Coloco a pedra acima da lâmina mais uma vez, tomando cuidado para manter a adaga inclinada para cima, e finalmente a pedra se encaixa no metal corretamente antes de se incorporar a ele.

Depois de revisar algumas notas manuscritas na margem do meu livro, pego o último intensificador. *Intensificador Selador: ajuda a homogeneizar a composição dos outros intensificadores no metal. Use-o por último.* Firmo a pedra negra sobre minha adaga e em instantes ela cobre minha lâmina como um esmalte de neve derretida. Viro-a nas mãos, observando a lâmina absorver o selador até brilhar novamente.

Prendo meus cachos rebeldes e giro os ombros, tensionados desde que acordei graças à falta de sono. Então me sento e seguro minha adaga firmemente pelo cabo, pronta para finalmente tentar inserir magia em minha lâmina. Não tenho certeza de como isso funciona, mas invoco calor, e um enxame de quentura se acumula no fundo da minha barriga, grânulo por grânulo, até que um peso se assenta como chumbo aquecido contra minhas costelas. Eu me concentro na empunhadura, que seguro firme. A magia me atravessa como um fio elétrico, pulsando com urgência, subindo pelo meu tronco, pelos meus braços. Aperto ainda mais a adaga e sinto uma magia energizante fluindo através de mim em direção ao cabo em minhas mãos. *Agora, para a lâmina.* Nada acontece. Olho o relógio novamente. *Aff. É melhor eu ir.*

Hoje é o dia da decisão do vestido de Abby e não quero me atrasar. Estou a dois passos da escada quando avisto Jordan.

— Quell — chama ele, assim que me viro para seguir na outra direção. Faz dois dias que nos encontramos no jardim de inverno.

Paro e ele me alcança.

— Jordan, vou me atrasar para a escolha do vestido de Abby. — Mexo na minha bolsa para evitar olhar para ele.

— Você terminou?

— Os intensificadores? Sim. Ainda preciso praticar como inserir magia em minha lâmina para não ter problemas ao fazer isso na prova. E estudar para a parte escrita. — Ergo um bloco de cartões.

— Inserir magia na adaga é a parte fácil. Você só precisa...

Um relógio toca.

— Preciso mesmo ir.

— Te vejo mais tarde.

— Talvez, não sei. — Saio apressada.

O lugar que Abby me disse para encontrá-la é uma sala de estar pitoresca com uma vista gloriosa da propriedade. Ela segura uma xícara de chá, observando bandejas de joias serem postas à sua frente.

— Quell, você veio!

Um Transmorfo com um bule de chá com uma pilha de ervas frescas e pétalas de rosa me oferece uma xícara, e eu aceito, envolvendo a alça com meus dedos do jeito que minha avó me mostrou.

— Estamos apenas começando. Aqui, senta do meu lado.

A sala é um amontoado de araras cheias de vestidos de todas as cores e tecidos. Alguns brilham, outros refletem. Colares deslumbrantes e brincos estão espalhados pelos móveis.

— *Esta* é a amiga de quem tenho ouvido tanto falar? — Uma mulher que poderia ser gêmea de Abby, só um pouco mais velha, coloca uma pilha de vestidos na mesa e estende a mão para mim. — Sou a Teresa, mãe de Abby. Você deve ser a Quell.

— Prazer em conhecê-la, sra. Feldsher. — Faço uma reverência.

— Ah, não, não. Eu deveria estar fazendo uma reverência para você — ela brinca, olhando para meu diadema. — Ela é tão adorável quanto você me contou, Abs. Obrigado por estar aqui para apoiá-la. Já demorou muito para isso acontecer.

— Mãe, sério? — Abby afasta um criado que oferece a ela uma bandeja de biscoitos gelados. — Viu por que eu preciso de você aqui? — ela murmura.

— Qual é o seu favorito? — sussurro.

— Escolhi esses dois das amostras. — A mãe de Abby ostenta um vestido dourado de lantejoulas e um vermelho brilhante com flores bordadas. — E eles têm forro reforçado ao longo do torso para reter a magia com mais eficiência. O que você acha?

— Mãe, eu não gosto deles. — Ela me puxa até uma arara de vestidos roxos e azul-escuros simplesmente deslumbrantes, e por um momento imagino como seria estar no lugar dela. Sinto uma tristeza dolorosa ao observar Abby e a mãe se encantarem com as opções.

— Quell?

— Sim, desculpe, você disse alguma coisa?

— Eu disse que acho que essas cores combinam mais com meu diadema. — Abby indica um de lantejoulas roxas.

— É muito monótono e sem todo o reforço que esses dois têm. — A mãe dela segura seus vestidos favoritos ao lado dos de Abby. — Precisamos que ele seja funcional *e* tenha o máximo de brilho.

— Mãe, não ligo para funcionalidade. O que me importa é a *aparência*.

— Vamos votar. Quell?

— Ai, nossa... Eu meio que concordo que os dourados combinam mais com o diadema da Abby. Mas o roxo e o azul também são lindos. Acho que *este* é o vestido. — Aponto para o roxo que Abby está balançando sutilmente e ela sorri.

— Eu deveria saber que seria derrotada por vocês duas — diz a mãe. Ela é tão afetuosa com a filha que sou obrigada a desviar o olhar. *Nunca terei um momento como este.*

A sra. Feldsher checa a etiqueta.

— Este é um Civaolin. Deixe-me ver se meu pessoal consegue falar com o pessoal dele. Precisamos resolver isso logo.

— Você não pode usar esse aqui? — Passo a mão no vestido de seda, tentando afastar os pensamentos sobre minha mãe.

A sra. Feldsher dá uma gargalhada.

— Ela também é engraçada! Preciso de uma sala silenciosa para fazer esta ligação. Abs, você pode escolher os acessórios e tal agora? — ela pergunta antes de sair.

— Obrigada por me apoiar. — Abby me dá o braço enquanto olhamos uma coleção de colares extravagantes com pingentes de pedras preciosas com formato de flor-de-lis.

— Sua mãe é muito legal.

— Ela é demais.

Procuro meu chaveiro, que não encontro. Ele está em uma gaveta ao lado da minha cama, no meu quarto. *Mãe, estou com saudade.*

— Só acho muito legal que vocês possam fazer isso juntas.

Abby fala sem parar sobre todos os preparativos que elas estão fazendo, e eu reúno o máximo de entusiasmo que posso. Chega uma hora, porém, que a saudade amplia os espaços entre as minhas palavras, até que elas me fogem. Abby me mostra mais coisas finas do que jamais vi na vida, mas tudo se torna um borrão, transformando-se em um grande sentimento pesado.

— Você está quieta.

— Desculpe. — Minha bolsa pesa uma tonelada e olho os cartões com anotações. — Na verdade, eu deveria ir, se isso não for um problema. — As palavras saem como uma lixa na minha língua. Ela ainda não terminou de escolher tudo. Abby merece coisa melhor.

— Tudo bem, eu acho — ela diz, parecendo estar um pouco decepcionada.

— Por favor, diga a sua mãe que foi um prazer conhecê-la.

Abby balança a cabeça afirmativamente, com os ombros caídos, desapontada. Peço desculpas novamente e saio depressa pela porta.

VINTE E SEIS

Disparo pelos corredores, ignorando cada olhar e palavra lançada em minha direção, tentando esquecer — pelo menos por um instante — como era estar ali. E a maneira como Abby olhou para mim quando saí. A sensação me persegue como um fantasma, empurrando meus passos apressados, um na frente do outro, pelo corredor que leva ao meu quarto, passando pela biblioteca e pelo estúdio de ioga.

Através do refeitório e para o pátio. *Tanta gente. Tantos olhares.* Continuo avançando, até a propriedade se tornar pequena atrás de mim. Até que eu finalmente possa respirar. Sigo para os jardins, onde avisto as imponentes paredes de vidro do jardim de inverno. Seguro a maçaneta. *Fechado. Eu sabia.* Espio pelas janelas em busca de um Dragun conhecido meu que tenha as chaves.

Sem sorte. Então decido ir para o jardim das rosas ao lado. Ao entrar, me acomodo em um banco e deixo o ar fresco da manhã acalmar meus nervos. Eu me imagino correndo como esse vento corre, seguindo sua própria vontade, livre. E sinto o emaranhado em meu peito se desenrolar. Estou fazendo isso por ela. Para nós duas. Porém, não posso fingir que não seria legal me encaixar neste lugar e tê-la ao meu lado. A visão de Abby decepcionada, com os ombros caídos, mexe comigo, mas afasto a culpa que me faz sentir um nó na garganta. Se ela conhecesse a história da minha mãe e a minha, se ela soubesse pelo que eu estava passando, ela iria querer que eu saísse de lá e praticasse. Ela é esse tipo de amiga.

Coloco minha bolsa no colo e tiro minha adaga dela. Vovó pode ver minha passagem pelo Segundo Ritual como um ingresso para promover seu legado.

Mas é o meu ingresso para uma vida que de fato me pertence. Fracassar não é uma opção.

— Agora vamos tentar isso de novo.

Minha pulsação acelera, uniforme e calma, e minha *toushana* está controlada. Limpo a garganta e procuro a magia. Uma onda de calor me envolve e eu a mantenho ali, deixando-a se intensificar. Segurando a empunhadura com as duas mãos, imagino o calor em meus membros sendo sugado para minhas mãos. A onda de magia tensiona como uma corda esticada, e sinto todo o corpo formigar. — Agora, *para* a lâmina. — Aperto as mãos. A demonstração deveria provar minha capacidade de concentrar minha magia e lançá-la em algo quando eu quiser. Mas minha magia estremece, seu fogo diminui. — Não, não... Qual é? — Ajusto a forma de segurar a adaga. — *Para* a lâmina.

— Isso não vai funcionar — diz uma voz, fazendo meu coração disparar. Jordan.

— Ouvi alguém falando, então vim aqui ver o que era. Você está fazendo isso erra...

— *Errado*, é lógico.

— Quell. — Meu nome em seus lábios me soa como uma música, e a outra noite repassa em minha mente sem parar. Ele pousa uma das mãos no portão do jardim. Para além dos arbustos, através das paredes de vidro, consigo ver a fonte ao lado da qual nos sentamos há poucos dias.

— Eu só quero ajudar você — diz ele.

Não tenho certeza se é a cadência de seu tom, a gentileza em seus olhos ou se estou ansiosa por acreditar que alguém, qualquer um, estaria do meu lado em tudo isso. Mas eu realmente acredito nele.

— Não é tão simples assim — rebato.

— Na verdade, é sim.

Eu deveria dizer alguma coisa, mandá-lo embora, mas no fundo não tenho certeza se quero fazer isso. Ainda não sei quanto ele é próximo de Beaulah. E com minha *toushana* se intensificando conforme sua vontade, manter distância de Jordan é sensato. Mas meus pés me traem. Porque, em algum lugar lá no fundo, eu o quero aqui. Levanto a trava do jardim e ele entra, e meu coração dá um pulo no peito.

Jordan me segue, tão perto que posso sentir a batida do coração dele às minhas costas.

— Segure aqui, alinhado com o quadril. — Ele posiciona meus cotovelos firmemente ao meu lado, traçando com sua mão uma linha do meu cotovelo até a cintura. — Incline em direção ao *kor* mais próximo para ajudar a conduzir sua magia.

Eu levanto a ponta da adaga em direção ao sol.

— Agora, do seu diafragma — continua ele. Seus dedos começam na minha cintura e seguem minhas costelas até onde elas se encontram, logo abaixo dos meus seios. Ele segura ali, mas sinto seu toque em toda a minha pele. — Agora invoque sua magia e, quando senti-la, direcione-a usando *todos* os músculos do seu corpo para dizê-la aonde ir.

Sigo suas instruções e me inclino para a onda de calor que responde. Ela fervilha dentro de mim com violência, e eu a deixo explorar livremente cada parte de mim. *Para a lâmina.* A magia se adensa, ficando mais pesada, movendo-se mais devagar, caminhando através de mim como se cada grão de Pó Solar estivesse maior e mais pesado. Pressiono meus cotovelos contra as laterais do meu corpo e minha magia atinge meus braços com força em um movimento suave. Cambaleio e Jordan me segura mais perto.

Ele move meu cabelo para um ombro e sussurra:

— *Foco.*

Minha respiração vacila e tensiono todos os músculos do meu braço. A magia puxa com mais força pelos meus pulsos, como se fosse puxada por um gancho. Eu seguro a adaga com ainda mais força, até queimar, e a magia flui em minhas mãos. Luz pulsa em minha lâmina.

— *Consegui.*

— Olha só — diz ele, ainda me segurando quando meus dedos subitamente começam a formigar, como gotas frias de chuva em um fogo intenso.

Eu me afasto dele, minha *toushana* começa a despontar, e procuro em seus olhos sinais do que está passando em sua mente.

— O que foi? — pergunta Jordan, estendendo a mão para mim.

— *Não!* — exclamo. — Não me toque. — Pego minha adaga do chão e me afasto. Embora ele seja útil e talvez confiável, devo fazer isso sozinha. Não tenho escolha. O que talvez eu esteja sentindo não importa.

Sua boca se abre.

— Você perguntou se poderia ajudar. E minha resposta é não, Jordan. Só... *por favor*, se você quer que eu tenha sucesso, a melhor forma de me ajudar é simplesmente... me deixando em paz. Você disse que começamos de novo, então *essas* são as minhas condições.

— Como quiser. — Suas palavras são tão duras como aço, assim como sua nova postura. Vejo em seus olhos, porém, o garoto que se sentou comigo no banco há poucos dias. Eu o magoei.

— Obrigada. — Saio antes que as nuvens tempestuosas em seus olhos cumpram a promessa de chuva.

⚜

Não consegui jantar de tão ansiosa para a prova. Não consegui dormir pelo mesmo motivo. E eu não estava pronta para ver Abby. Então fiquei na biblioteca revisando minhas anotações até me expulsarem às duas da manhã. Finalmente encontrei um sofá no corredor, não muito longe da sala de exames, e é onde acordo.

Puxo uma linha da almofada azul antes de perceber completamente o que estou fazendo. Aliso para tentar colocá-la no lugar de volta, mas não consigo, então arranco a linha rebelde, o que só rasga ainda mais o tecido. Coloco minha bolsa sobre ela e tento deixá-la para lá. Tenho problemas maiores, como manter minha *toushana* calma enquanto insiro a magia adequada em minha lâmina. Há outros sete esperando para fazer a prova. Suas adagas, todas um pouco diferentes, repousam em seus colos.

— Boa sorte — digo ao fazer contato visual com um deles. Eles abrem um sorriso nervoso e também incentivam quando nossos nomes são chamados.

— Posso ver suas adagas? — Dexler nos cumprimenta com um sorriso radiante, recolhendo nossas adagas. — Nós as inspecionamos primeiro só para garantir que não há nenhuma gracinha.

Olho a minha lâmina mais uma vez antes de entregá-la. Em seguida, me forço a pensar em coisas positivas. Os minutos passam como dias e finalmente as portas voltam a se abrir, então seguimos Dexler para dentro. O local das provas é uma sala de aula grande com estrado e púlpito. No fundo, todas as diretoras estão sentadas a uma longa mesa. Nenhuma delas abre um sorriso em saudação desta vez.

— Enquanto emergir mostra a propensão que alguém tem para fortalecer a magia, se conectar demonstra seu nível de controle. — Vovó anda por toda a sala e ninguém perto de mim se move. — Ter acesso à magia é perigoso para quem não é capaz de comandá-la. A prova tem 120 questões; vocês devem fazer todas. Vocês terão uma hora para isso.

Tento sorrir para vovó, mas ela só aponta para uma das mesas da sala. Eu me sento discretamente e sinto os olhares das diretoras fixos em mim como suor por toda a minha pele. A hora passa e eu respondo a cada pergunta com mais certeza do que a anterior. A parte em latim é muito mais fácil do que eu esperava, mas ainda tenho o cuidado de não ter pressa, terminando por último e verificando três vezes antes de entregar a avaliação para vovó.

Ela dá uma olhada na prova.

— Muito bem. A parte oral consiste em quatro perguntas aleatórias, uma de cada diretora. Começaremos com Quell. — Ela se dirige aos outros: — Por favor, sentem-se no corredor e esperem ser chamados. — A porta é fechada após todos saírem em passos tímidos. — Você precisa de um momento? — Vovó me pergunta. — Podemos prosseguir?

— Estou pronta. — Ela ergue as sobrancelhas, e eu aceno afirmativamente com a cabeça, assegurando-lhe que sim.

Mais pronta do que nunca.

— Suba ao estrado logo ali. Daremos uma volta pela sala, começando pela Casa Oralia, depois Ambrose, depois Perl, terminando comigo. Você tem três minutos para responder a cada pergunta.

— Bom vê-la de novo, Quell. — A diretora Oralia joga os cabelos loiros para trás dos ombros. — Minha pergunta é: *qual* intensificador é impregnado com chá de argala em seu processo de mineração, e por quê?

Eu sei essa.

— Intensificadores de Bronze são minerados de um vulcão em uma região tóxica da floresta tropical de Kenetan. São embebidos em chá de argala porque as antraquinonas da argala têm um efeito neutralizante sobre quaisquer toxinas que possam ter sido absorvidas pela pedra durante o processo de mineração.

A diretora Oralia sorri, sentando-se de volta na cadeira.

— Srta. Marionne. — A diretora Ambrose estampa um sorriso presunçoso no rosto. — Quais são as limitações dos elixires conhecidos?

Elixires. As marcas nos braços de Octos acendem como uma lâmpada na minha memória. *Essa é uma pegadinha.* Há um limite "conhecido" para o resto de nós, mas não para a Casa Ambrose, porque eles desejavam passar os limites do *conhecido*. Não posso responder de uma forma que me faça parecer ingênua. Também não posso responder de uma forma que sugira que sei mais do que deveria sobre as complexidades da sua Casa. Pigarreio.

— Os únicos limites são os nossos. Há 23 elixires *conhecidos*. Mas, se alguém se comprometer a estudar com diligência e perspicácia, a possibilidade de descobrir mais é inegável.

— Hum. Sim. Suponho que esteja correto — diz ela, cruzando as pernas.

Vovó pisca para mim e meu interior se agita.

— Quell. — Beaulah se levanta para fazer sua pergunta e meu coração bate nas costelas. — Quais vertentes de magia são proibidas? E por quê?

A expressão da vovó para Beaulah se estreita.

— Você poderia repetir a pergunta? — Fecho minha mão com força.

Ela reafirma a pergunta.

Saiba demais e ela vai perceber o que você está tentando esconder.

Torço a ponta do meu vestido.

— Eu só conheço uma coisa proibida. *Toushana*. — Posso contar nos dedos de uma das mãos quantas vezes já disse essa palavra em voz alta. Fico imóvel, tomando cuidado para não vacilar. — E é proibido porque...

— Sim? — Beaulah gira um anel no dedo e eu a imagino apertando as mãos em volta do meu pescoço.

— Você tem mais um minuto para responder à pergunta — anuncia Dexler.

— Porque é de natureza destrutiva.

— Mais alguma coisa a acrescentar?

— Não, não sei muito sobre isso. Apenas o que foi mencionado algumas vezes nas sessões.

Beaulah ajeita o casaco de pele sobre os ombros, passando os dedos pelas joias, aparentemente encerrando suas perguntas.

— E, Quell, *minha* pergunta é: qual é o lema da nossa Casa? — vovó pergunta.

A CASA MARIONNE

— Em um nível superior ao resto!

— *Brilhante*. — Ela pisca. — É justo que você ganhe uma pergunta fácil da sua Casa. Você foi muito bem — diz ela. — Dexler se superou preparando você.

— Sua adaga foi inspecionada e não foi encontrada nenhuma anormalidade — diz Dexler. — Você fez a conexão maravilhosamente. Agora, por favor, mostre-nos que sabe como colocar sua magia nisso. Se feito corretamente, a lâmina mostrará com níveis variados de brilho. Depois disso, terminaremos.

Ela me entrega minha lâmina, e vovó segura o braço da cadeira com mais força. Beaulah se inclina para a frente.

Por favor, coopere.

— Você tem três minutos, começando *agora*.

Agarro a adaga com firmeza com as duas mãos, forçando-me a olhar para qualquer lugar, menos para Beaulah. Eu me agarro a uma centelha de calor, instigando-a com meu foco. Minha *toushana* dá pontadas. *Há algo bom em você, Quell*. Procuro novamente o calor que senti tantas vezes antes, pedindo que ele seja liberado. A magia adequada que sei que existe, mas meus ossos respondem com dor.

— Dois minutos — avisa Dexler, batendo a caneta na prancheta. Beaulah pigarreia.

— Vamos — murmuro. De novo. Eu invoco minha magia adequada, apertando minha cintura, segurando-a ferozmente, imaginando-a em combustão em uma nuvem de fogo e fumaça, queimando tudo em seu caminho. Uma rajada de calor me invade, mas minha magia não se espalha nem fica pesada. Em vez disso, um nó de frio se desenrola do meu lado, abrindo caminho através de mim. O mundo fica confuso.

— Um minuto.

Vovó se levanta. Seu olhar e o sorriso malicioso de Beaulah estimulam meu pânico, e minhas mãos escorregadias deslizam em minha adaga. A tortura do frio em mim cresce até se tornar uma maré, subindo e descendo, mas se aproximando a cada lapso. Estremeço, incapaz de sentir um único grão de calor. As ondas de frio, cada vez mais intensas até virarem gelo, por toda parte. *Calor, preciso de calor.* Eu invoco, sinto um gosto metálico se espalhar em minha língua enquanto uma febre repentina floresce em minha barriga como uma rosa no meio de uma tempestade de inverno. Ofego de ansiedade. A sensação se estende e eu tensiono todo o corpo, cada músculo ao meu alcance, tentando tomar controle dele. Meu lado latejante suaviza, minha *toushana* é levada de volta para a fenda da morte de onde emergiu. *Tá funcionando.* A esperança brota na minha testa.

Gemo. O mundo se amassa nas bordas, a cor desaparece enquanto minha *toushana* joga para vencer. Mas estou tão perto.

— *Por favor...*

— Deu o tempo — declara Dexler.

— Ela quase conseguiu, *calma*. — Vovó está uma pilha de nervos.

— Regras são regras, tempo é tempo. — O sorrisinho presunçoso da diretora Ambrose está de volta, lembrando vovó de que ela não manda ali.

— É óbvio que ela não consegue — comenta Beaulah.

— Não, espere — imploro. — Só mais alguns...

— Sinto muito, querida. — Uma das mãos de Dexler segura meu ombro. — Passagem do Segundo Ritual, negada. O discurso para a expulsão será agendado de acordo com a disponibilidade do Conselho.

Algo estala quando suas palavras me afogam em uma onda de caos, uma onda de vazio que me faz desequilibrar. As diretoras se levantam de seus assentos discutindo com a vovó, mas isso soa como ruídos indesejáveis em meus ouvidos. Tudo levou a este momento.

E eu fracassei.

VINTE E SETE

O tempo deve ter parado, porque não consigo sentir nada. Nenhum ar preenche meus pulmões, nenhuma batida em meu peito. Tudo o que ouço são as palavras de Dexler. *Expulsão.* As diretoras circulam vovó, que gesticula, insistente e cortante. A conversa fervilha ao meu redor, um emaranhado de conversas abafadas, mas não consigo entendê-las. Os últimos momentos se repetem como uma música que eu detesto, presa na repetição.*Respire. Diga algo.*

Espero as lágrimas despontarem, mas elas não vêm. Estão enroladas, um nó no meu peito tão apertado que provavelmente levaria uma vida inteira para desfazer. Eu me levanto do chão. Meu coração bate forte e me concentro em seu som, buscando ideias sobre como resolver isso. Os lugares onde moramos passam como um filme em minha mente, e a calma toma conta de mim, a memória muscular assume o controle. Primeiro, mãe. Tenho que chegar até ela.

Alguém me agarra com força pelo ombro.

— Aqui, *agora*. — Vovó me aperta mais forte e eu estremeço quando ela me leva para um recinto vizinho. Assim que a porta é fechada, ela me encara, as narinas dilatadas pela respiração intensa.

— Eu não sei o que você está pretendendo — diz ela, fervendo de raiva —, mas acabou de fazer nossa Casa passar por *idiota*!

— Vovó, eu...

— *Silêncio!* Preste *bem* atenção, Quell. Eu ultrapassei um limite que jamais imaginei precisar ultrapassar para resolver essa situação. — Ela cospe as palavras e eu sinto o gosto do veneno delas. — O Conselho concordou em conceder *mais uma* chance para você fazer a demonstração da magia na lâmina. *Uma.* Amanhã, às oito da manhã, o que é totalmente contra as regras e *todos* os protocolos... Você não vai comentar com *ninguém* a respeito disso. Eu mesma vou falar com

Jordan. Ele merece uma bronca e muito mais! — Ela respira longa e lentamente e suas unhas se cravam em meus braços.

— Você está me machucando.

Ela aperta mais forte.

— Você vai *ser aprovada* amanhã, ou juro que vai se arrepender do dia em que passou pela minha porta. — Ela me solta com um empurrão, e tropeço na direção da parede quando a porta se fecha. Lágrimas saem de seu esconderijo e deslizam pelo meu rosto. Coloco o braço no peito, alisando as meias-luas cravadas em minha pele, desejando saber como tirá-las.

Com a cabeça enterrada entre os joelhos, choro até meu peito doer. *Posso praticar a noite toda, mas vai adiantar? Minha* toushana *vai se comportar?* Puxo meus cabelos só para sentir a dor em outro lugar. Meus dedos procuram o toque familiar do meu chaveiro. Mas ele não está aqui. Seco as lágrimas e atravesso depressa os corredores até meu quarto. Lá encontro uma Abby taciturna ajustando o decote de um vestido. *Ótimo.* Não sei o que dizer a ela, e isso nem importa. Quando mamãe responder, vou partir esta noite e explicar tudo — como não sou boa o suficiente e este não era um bom plano. Como aqui não parece seguro, não mais.

— Oi — cumprimenta ela, num tom glacial.

Ofereço um sorriso em vez de palavras, com medo de que elas possam desandar e dizer mais do que deveriam. Meus dedos pairam sobre o papel de carta para escrever para mamãe. *Muito lenta.* Pego meu chaveiro, coloco meu livro na bolsa e a camiseta que estava usando quando cheguei, mas a vergonha me detém quando alcanço a maçaneta da porta.

— Desculpa, Abby. Desculpa pelo que aconteceu.

Ela olha para mim, mas não responde, então saio sem dizer mais nada e me concentro na incerteza que está por vir. *Vamos, mãe. Atende.* Aperto meu chaveiro e sigo pelos corredores. Provavelmente é melhor sair pela porta dos fundos. Ou talvez a floresta?

Vou em direção ao hall de entrada, onde fica o armário de vassouras, mas meu chaveiro ainda não acendeu. Vou contar a ela tudo sobre minha magia, como ela às vezes funciona e às vezes não. Vou mostrar a ela tudo o que podemos fazer. E talvez possamos usar um pouco do que aprendi aqui para nos esconder, quem sabe? Aperto o chaveiro novamente. *Por favor, responda.*

Eu me fecho no armário, esperando, olhando para o anel no meu chaveiro. Se ela não responder, para onde vou? Se ela não responder, como posso ir embora? Mamãe sabe mais sobre como andar por aí fugindo da Ordem. *Brilhe, por favor!*, penso, olhando para o chaveiro. A vontade de chorar novamente me atinge. Respiro fundo para afastar as lágrimas, segurando o chaveiro com muita força. E continuo apertando-o sem parar, até minhas mãos doerem. Até eu nem mais sentir minhas unhas arranharem meu punho. Até que a verdade me dê um tapa tão forte na cara que a parede seja obrigada a me segurar.

Não posso fugir.

A época de viver fugindo acabou. Fugir do jeito que eu costumava fazer acabou. Não sei onde mamãe está. Quero acreditar que ela está bem, por perto e esperando que eu termine como havíamos planejado. Porém, na verdade, que prova real eu tenho além da palavra da vovó? *Nenhuma.* Só posso contar com o que eu *sei*: a diretora Perl sabe exatamente quem eu sou, qual é a minha aparência e até *onde* estou. Mas aqui, debaixo do nariz da vovó, parece que ela não consegue me pegar. Mamãe deve saber disso, porque ela quer que eu fique aqui. Preciso ficar. Ou, pelo menos, Beaulah precisa acreditar que estou aqui.

Minha opção mais segura é passar nessa prova.

O que, no momento, é impossível.

Passando o dedo pela bainha do meu vestido, uma certa pessoa me vem à mente. O conselho dele foi o único que realmente ajudou.

Simplesmente não posso confiar em mim quando estou perto dele. Porque *gosto* dele. Eu me inclino contra a porta do armário de vassouras. É bom admitir isso. *Eu gosto do Jordan.* Meu estômago faz algo estranho abaixo do umbigo enquanto penso em um milhão de motivos pelos quais pedir ajuda a Jordan é a pior ideia. Mas não posso esquecer como ele me mostrou como incorporar aqueles intensificadores, me fazendo perceber que a transfiguração da minha adaga era uma coisa boa. Como ele me ensinou a dançar de um jeito que eu nunca tinha experimentado em toda a minha vida, porque somos *bons* juntos.

— *Droga!* — A frustração me consome, mais fria que minha magia, e bato meu punho no chão. Estou *sem* opções.

— Preciso dele. — Eu me abraço. Tão rapidamente quanto ele acabaria com a minha vida se soubesse do meu segredo, preciso da ajuda dele para sobreviver. Eu sei o que tenho que fazer.

Saio do armário e corro para o terreno em direção ao portão no final da colina, quando um Dragun sai da guarita. Demoro um segundo para reconhecê-lo. Felix.

— O que você tá fazendo aqui? — pergunto sem pensar direito.

Felix desaparece. *Eu poderia perguntar o mesmo,* sua voz diz na minha cabeça, mas eu pisco e só vejo uma névoa escura. Meu coração bate mais rápido.

— Estou aqui para ver Jordan. — Minhas pernas perdem força e sinto frio em todo o corpo. Não é minha *toushana*, e sim alguma coisa que esse Felix está fazendo comigo. — Por favor, só diga a ele que eu...

— Jordan está ocupado. Posso ajudar você em algo? — Dedos frios traçam a lateral do meu rosto. Pisco várias vezes, mas ainda não consigo ver.

— O que está acontecendo aqui? — É Jordan.

O mundo retorna, Felix aparece na minha frente em sua forma normal.

— Quell? Você tá bem? — Seu olhar preocupado endurece quando se voltam a Felix.

— Estou bem. Só com frio.

Ele empurra os ombros de Felix com força, mas seu amigo ri.

— Você exagera nas brincadeiras — Jordan diz a Felix. — Não precisava assustá-la daquele jeito.

— Eu não estava com medo — minto.

— Só estou me divertindo com a pequena herdeira — diz Felix.

— Volte para dentro — retruca Jordan, num tom de bronca.

Felix desaparece dentro da guarita e juro que ouço gemidos abafados. Franzo a testa.

— Se for um momento ruim...

— É um bom momento. Estou surpreso em ver você. — Olho para baixo.

— Eu fiquei sabendo — diz ele.

Encontro o olhar dele, lhe agradecendo por não me forçar a dizer isso. Já estou bem envergonhada. Eu não só *precisava* fazer um bom trabalho, mas também *queria*. Seria uma coisa tão terrível assim querer deixar minha Casa orgulhosa de mim? Estou sendo egoísta?

— A diretora conseguiu que o Conselho me desse uma segunda chance. — Ele fica rígido ao me levar para longe da guarita. — Ela disse que isso é uma exceção.

— Eu quero você aqui tanto quanto ela, mas... existem regras, Quell.

Ele me quer aqui.

— Não pedi uma segunda chance.

— Mas você vai aceitar — diz Jordan.

— Ela não me deu escolha.

Ele rilha os dentes.

— Então preciso tentar de novo. E... — *Fala logo.* — Preciso de... *da sua* ajuda para praticar como colocar magia na minha lâmina, até aprender isso de verdade.

Jordan escuta sem dizer uma palavra. Então o silêncio que se instalou entre nós é interrompido por um barulho vindo da guarita. Ele suspira.

— Preciso ir. Mas eu ajudo. Você vai estar pronta para a prova. Tem a minha palavra. Me encontre no jardim de inverno ao anoitecer.

Fico olhando por mais um instante para o movimento na guarita, mas não consigo conceber um pensamento coeso porque estou focada na minha prova. Jordan vai embora e tento me sentir confortável com a promessa que ele acabou de fazer. Ele não parece ser alguém que faz promessas vazias. Estou aliviada por estar disposto a ajudar depois de eu ter feito questão de mantê-lo à distância.

Mas quanto me custará o perigo da companhia dele?

⚜

Quando chego ao jardim de inverno, já é noite. Os jardins estão vazios, e os únicos sons que se ouvem são os grilos e o sopro do vento. Meus ombros caem a cada passo quando percebo que estou realmente sozinha. Exceto por Jordan, é óbvio. Passei o dia praticando, mas estava tão preocupada que logo minha *toushana* ficou agitada. Depois da minha quinta tentativa, decidi descansar no quarto enquanto Abby assistia às sessões da tarde, me preparando para a longa noite que eu teria. Não quero que Jordan pegue leve comigo. Pela primeira vez, estou ansiosa para que ele seja severo. Custe o que custar, tenho que passar.

Não encontro Jordan ao chegar à casa de vidro. Espio lá dentro, mas as janelas estão embaçadas por causa da umidade. Giro a maçaneta e entro. Em vez de um caminho de tijolos enfeitados com hera, meus sapatos tocam areia. Passo os dedos pelos grãos grossos. O interior do jardim de inverno foi totalmente alterado. Não tem mais nenhuma planta. Em vez disso, tudo está ao ar livre, costa arenosa e uma lua pastando na beira da água. Há também a fachada desgastada de uma casa branca com pequenas janelas fechadas à beira da praia. Respiro fundo e dou um passo para a frente, incrédula.

— O que é tudo isso?

Jordan passa uma das mãos na nuca.

— Só estou tentando ajudar.

— Não entendo. Eu... — Não é possível que eu esteja em uma praia, sentindo a maresia soprar em meu cabelo. — Onde estamos?

— Ainda estamos aqui. — Ele caminha em minha direção, deixando um rastro de pegadas na areia, e eu balanço a cabeça, sem acreditar. Jordan sopra entre os dedos, e o som das ondas e das gaivotas aguça meus sentidos. Sinto um nó na garganta e sou dominada pelo peso de uma emoção que não consigo expressar em palavras. — Magia.

Estou sem fôlego quando ele pega minha mão. Mas hesito em aceitar. Caminho até a pequena casa, passando os dedos pela madeira áspera, e uma farpa entra no meu dedo. Eu rio.

— Você fez tudo isso... pra mim? — Eu o encaro.

Ele abaixa a cabeça. Respiro profundamente, absorvendo o mundo ao meu redor mais uma vez. Minha *toushana* não se manifesta. Minha pulsação diminui. O ritmo suave das ondas batendo na areia me tranquiliza de um jeito que nunca senti. *Isto não é real.* Quando pisco, porém, meus olhos me chamam de mentirosa.

— Por quê? — murmuro.

— A magia é difícil de manejar por natureza. Ela se fortalece na indecisão, no pânico. Você precisa de controle, Quell. É disso que você precisa para colocar magia em sua lâmina. Não consegui pensar em uma maneira melhor de lembrá-la do motivo pelo qual você está fazendo tudo isso.

— Não sei o que dizer.

Ele olha profundamente para mim, os traços marcantes de seu rosto banhados pelo luar. O garoto por trás da máscara me encara e procuro algo para dizer, mas não encontro palavras. Ele fez tudo isso. Para mim.

— Obrigada — consigo falar. — Essa palavra é muito pequena para explicar tudo o que sinto. — Meu olhar encontra o chão arenoso, fico ruborizada pela minha sinceridade.

— Devíamos praticar — diz ele.

Seguimos em direção a uma área mais plana e, como é muito complicado andar na areia com sapatos, fico descalça. Ele mantém alguma distância entre nós, o que eu agradeço. Na última vez que ficamos sozinhos, eu estava uma pilha de ansiedade. Mas aqui, com ele assim, acho que nunca me senti mais calma.

Jordan joga minha adaga na areia e se aproxima de mim, erguendo as duas mãos, mostrando as palmas.

— Quero sentir sua magia fluir através de você. Coloque as palmas das mãos nas minhas.

Eu hesito.

Ele está pedindo que eu o toque. Levanto as mãos, parando diante das dele, como um olhar taciturno no espelho, preocupada com o que acontecerá quando nossa pele se tocar. Se isso perturbar o monstro adormecido no meu interior. Ou pior, se nada acontecer e eu ansiar por mais pequenos toques como este.

Isto é bobagem. Engulo em seco, me recusando a olhar para o outro lado. *Eu consigo fazer isso.* Posso ficar aqui, fazer essa magia e afastar tudo o que sinto por ele.

Pressiono as pontas dos dedos nas dele, saboreando o calor de sua pele. Seu toque é sempre mais suave do que eu espero.

— Você está tremendo.

Solto uma risada, sem saber o que dizer.

— Está com medo de mim?

— Não. — *Tenho medo de mim.*

Seus olhos verdes brilham sob o céu noturno reluzente como um campo infinito banhado pelo sol. Um lugar onde é sempre verão e nunca chove. Um lugar para onde eu correria se tivesse coragem. Ou se não tivesse juízo. *Eu não posso, e não vou.*

— Agora, magia — diz ele.

Procuro minha magia adequada, uma queimação profunda por dentro. Meu coração bate uniformemente, minha *toushana* dorme, imperturbável. Encontro o calor da minha magia, latejante, e concentro no meu núcleo.

— É isso — Jordan sussurra.

Ele põe a adaga em minhas mãos.

— Agora mova a magia para a lâmina.

Incentivo a queimação a atingir minhas mãos. Ela dispara através de mim, e a parte plana da minha adaga pulsa com luz.

— Consegui!

Jordan sorri, e raios iluminam as partes mais escuras da minha alma. Luto contra a vontade de jogar meus braços em volta do pescoço dele e gritar. Eu consegui de verdade. E de forma controlada. Minha *toushana* não tinha como ser estimulada porque eu estava calma.

Ele se acomoda na areia ao meu lado e me cutuca com o ombro.

— Bom trabalho, pupila.

Eu o cutuco de volta.

— Ora, obrigado, mentor.

Ele pega os sapatos e eu agarro seu pulso.

— Fica, por favor.

— Então parece que você quer alterar as condições de nosso novo começo outra vez? — Ele tira um saco de doces da bolsa.

— Sim, quero.

Ele coloca um doce verde na boca.

Eu endireito minha postura.

— A alteração das condições é para *amigos*. — Ofereço uma das mãos para ele. Em vez de apertá-la, ele coloca alguns doces depois de remover todos os verdes.

— Já tentou comer uma balinha roxa? É muito melhor — provoco.

— Sacrilégio. — Ele tenta tirar os doces da minha mão e eu os seguro com mais força. — Devolva meus doces. Você não é digna.

Coloco todos eles na boca de uma só vez, rindo. Depois, pego a adaga.

— Vamos fazer de novo — proponho.

Ele assente com a cabeça e flexiono meus dedos, deixando minha magia esfriar antes de eu recomeçar. Repetimos várias vezes noite adentro, até eu ficar toda dolorida, com os músculos tensos. Descansamos, acomodados no chão, a areia fria em minhas pernas.

— Você se saiu bem — afirma ele.

— Obrigada por não me dizer pra fazer uma caminhada.

— Eu queria ajudar de um jeito que realmente fizesse diferença para você. Pensamos de forma tão diferente.

Enterro os dedos dos pés na areia.

— Vai levar quanto tempo para a magia acabar?

— Mais algumas horas.

— É muito bobo eu querer ficar aqui?

— Podemos ficar o tempo que você quiser. Ninguém vai nos incomodar.

— Você vai estar lá amanhã?

— Contanto que minha presença te ajude.

— Quer dizer, eu não me importaria se você fosse... — Desvio o olhar para não sorrir. — Se por acaso você estiver livre.

Ele não esconde o sorriso.

— Acredito que consigo ir.

— Bem, ótimo. Na verdade, tenho outra alteração a fazer.

— Uma alteração na alteração?

— Sim. — Fico séria. Ele abre um sorrisinho inegavelmente tenso, e eu rio, o que desencadeia algo dentro de mim. Sento em minhas pernas dobradas. — Amigos de *verdade*. Essa é a minha condição. É pegar ou largar. — Ofereço minha mão.

— Você é exigente nas negociações, srta. Marionne. — Ele coloca um doce verde na boca. — Mas acho que temos um acordo.

VINTE E OITO

A porta da suíte das diretoras se fecha e as paredes parecem vir na minha direção. Engulo o nó que se forma na minha garganta. As diretoras sentam-se ao redor da lareira da vovó, com os olhos grudados em cada passo meu. Jordan me acompanha, me empurrando para que eu siga adiante, mas meus pés ficam presos no chão.

— Você já fez isso praticamente mil vezes, não tem por que se preocupar — diz ele, mas eu mal escuto.

— Aqui, perto da janela, querida. — Vovó acena para mim.

— Ela tenta trapacear com *kor* — diz Beaulah.

— Como se precisássemos *trapacear* — retruca vovó rispidamente.

— Mas isso não é trapaça? Ela teve mais tempo do que os outros.

— Eu *disse* que ela estava doente.

— Então abrimos uma exceção? — pergunta Isla Ambrose, o rosto amortecido pelo desprezo.

— Não é isso que fazemos quando nosso próprio sangue está em jogo? — O olhar de aço da vovó encontra o de Isla, depois o de Beaulah. A diretora Ambrose se recosta na cadeira.

— Você está pronta, presumo? — Vovó se aproxima, seu vestido de lantejoulas rastejando no chão.

Concordo com a cabeça e ela olha para Jordan, uma estátua na parede.

— O Conselho não parece feliz com isso — digo.

— Não importa. Já guardei segredos piores delas. — Ela ergue o nariz. — Vamos arrasar, mostrar a elas que uma herdeira digna do título realmente retornou.

Herdeira. Essa palavra de novo.

Ela dá um tapinha na minha bochecha antes de atravessar a sala até o assento do juiz, e me lembro da noite passada, quando incuti magia na minha lâmina várias vezes.

Beaulah se levanta.

— Estarei fiscalizando hoje, só para ter certeza de que tudo está em ordem.

— Para a inspeção. — Jordan entrega minha adaga para a diretora Perl e eu prendo a respiração por um instante. Ela vira o objeto de um lado para o outro e o faz brilhar, depois mede em todos os ângulos. A diretora Oralia cruza as pernas e tenta disfarçar um bocejo.

— Nenhuma anormalidade encontrada — afirma Beaulah Perl olhando para trás, na direção de Isla, que faz uma anotação em um livro de registros. Ela me entrega a adaga, a empunhadura virada para mim.

— Obrigada — digo, mas ela não solta a adaga. Puxo com mais força, mas ela a segura tão forte que imagino que verei sangue. Seus lábios se contraem e o frio passa por mim. Engulo em seco.

— Se você soltar, ficarei feliz em demonstrar que sou perfeitamente capaz de colocar magia em minha lâmina. — Minha *toushana* se acalma como um floco de neve derretido. Quase me arrependo do meu tom, com notas de arrogância, até que a boca de Beaulah se contorce diante do desafio.

— Ah, é?

— Exatamente. — Faço uma reverência para suavizar a alfinetada.

— Acho que veremos então, não é? — Ela arruma o casaco de pele em volta dos ombros.

Jordan observa, esfregando o queixo com os nós dos dedos.

— Quando você estiver pronta.

Eu consigo fazer isso. Eu fiz a magia na noite passada. Ele ajudou com postura e forma. Mas fui *eu* quem fez aquilo. *Eu.*

Minha barriga queima de calor e nem preciso invocar minha magia adequada. Está ali, pronta e disposta. Agarro a lâmina com força e invoco magia em minhas mãos. O calor me envolve, alongando-se para se despertar. Permaneço imóvel, estimulando a temperatura a se intensificar, ficar quente até parecer que minha pele está pegando fogo. Pisco, esperando ver chamas. Um inferno desponta em resposta, subindo pelo meu corpo, passando pelos meus braços e chegando às minhas mãos.

— Agora *para a* lâmina — comando, e nunca tive tanta certeza de nada em toda a minha vida.

Sinto a magia abrasadora concentrada na ponta dos dedos, como pequenas agulhas empurrando minha pele — com suavidade no início, porém se tornando mais insistente, até que as picadas afiadas irrompem.

O cabo de couro da lâmina pulsa brilhante e vermelho. A magia que passa por mim me puxa como uma corrente. Não existe mais diferença entre mim e a lâmina. Eu *sou* a lâmina. A magia irrompe da ponta da adaga em uma explosão de luz. Eu me sobressalto, e o sangue se espalha pela minha língua. No entanto, tem gosto de liberdade. A sala brilha como se o próprio sol estivesse entre meus dedos.

Suspiros e aplausos estrondosos me cercam enquanto invoco minha magia de volta para mim e o brilho recua, sendo drenado para a lâmina. Vovó fica boquiaberta. Jordan e todas as diretoras se levantam.

— E então? — Vovó se recupera do choque e se dirige ao Conselho. Beaulah faz um gesto de assentimento.

— Passagem do Segundo Ritual concedida.

Uma faixa está pendurada na minha cabeça e rugas envolvem os olhos da vovó.

— Chamem Popper na biblioteca agora mesmo. — Ela toca uma sineta para chamar a empregada. Em seguida, gira o pulso fazendo o gesto da Casa, me cutucando para fazer isso com ela. — Ah! E peça à sra. Cuthers que diga aos criados para prosseguir com a recepção.

Eu consegui? Eu realmente consegui!

O Segundo Ritual já foi, só falta um.

Lágrimas ardem em meus olhos, meu coração ainda está acelerado; não de pânico, mas de uma alegria desenfreada. Em minutos, o refresco é servido em travessas.

— Não entendo. Pensei que você queria que ninguém soubesse que eu precisava refazer — falo para a vovó.

— Você subestima profundamente minha astúcia, querida neta. Depois da prova de ontem, todos queriam saber como você se saiu. Onde você estava. E eu disse a eles que você estava bem, mas precisava descansar. A celebração seria pela manhã. — Ela dá uma piscadinha.

Eu faço que não com a cabeça.

— Mas como você sabia que eu ia passar?

— Porque você não arriscaria ser expulsa de sua nova casa, tendo tudo isso ao seu alcance.

Minha boca se abre e depois se fecha.

— Agora pegue um refresco. Popper estará aqui em um minuto.

Quase pergunto quem é, quando vejo Jordan encostado na lareira, com um sorrisinho de orgulho que ele não conseguiria desfazer nem se tentasse. Seus olhos dizem mais do que suas palavras jamais disseram. Eu sorrio, indo depressa em sua direção, e as mãos dele envolvem minha cintura. Ele me levanta para um abraço apertado e, por um momento, tudo e todos desaparecem. O ouro brilha em seus olhos e sua boca se curva de alegria.

Ele me coloca no chão, com um pigarreio. A sensação de seu toque, porém, ainda dança na minha pele.

— Desculpe — diz Jordan.

— Quell, ele chegou. — Vovó puxa meu braço. — Se me der licença, Jordan, preciso da minha neta para tirar fotos.

— Claro — diz ele, mas não desvio o olhar dele até a cortina da multidão se fechar entre nós.

Vovó desfila comigo da frente do recinto, segurando meu braço com força enquanto cada vez mais pessoas entram, perguntando se estou me sentindo melhor, me parabenizando.

— Sorria agora. — Ela aponta para uma câmera, depois para outra. — Abra mais o sorriso.

Obedeço.

— Exagerou um pouco. — A mão dela pressiona minhas costas. — E atenção à postura.

— Pra que tudo isso? — consigo perguntar depois do milionésimo flash da câmera na minha cara.

— Quando um herdeiro passa pelo Segundo Ritual, as notícias se espalham na mesma hora.

— Vai estar na *Página seis* junto com nossa coluna interna, "Diário Debs".

— Popper me entrega um cartão. *Rudy Popper, Áuditro,* "Diário Debs". — Não hesite em me ligar.

— Obrigado por remarcar em tão pouco tempo, Popper.

— Tudo bem. — Ele puxa sua gravata-borboleta azul real. — Seria bom para a Ordem receber boas notícias, com todos esses boatos sobre a Esfera que estão circulando. — Ele abre um bloco de notas e mantém os dedos no ar. — E como se escreve Quell?

— Q-U-E-L-L. — Seus dedos estão pressionados firmemente, enquanto sua magia transfigura os sons em letras escritas em seu papel. — Mas é um apelido de Raquell. Use o nome inteiro. Então é R-A...

— Meu nome é Quell, não Raquell.

Popper abre os dedos, o que interrompe a escrita em seu diário.

Vovó me belisca.

— É como eu disse. Ela recebeu esse nome em homenagem à minha mãe, Raquell Janae.

Ah, é?

— Entendi. — Ele fecha o caderninho. — Esse nome, mocinha, estará no topo de todas as listas de convidados para eventos sociais exclusivos em um estalar de dedos. Você deixou esta Casa muito orgulhosa. — Ele se volta para a vovó. — E vi que já temos data para o Baile. Daqui a cerca de um mês.

Ela assente. Estou tão animada que nem posso acreditar.

— Podemos ter uma citação para o artigo? — O caderno de Popper está aberto novamente, e ele me olha com expectativa.

Os olhos da vovó encontram os meus e são um mar de muitas coisas: desespero, medo, esperança e, em algum lugar por baixo de tudo isso, alegria. Ela esperava por este momento há muito tempo. Seu entusiasmo a faz apertar ainda mais meu braço.

— Quell, eu... — ela começa.

— Eu entendo. — Seguro as mãos de vovó.

Ela faz que sim com a cabeça, mordendo o lábio, preocupada. Como se tudo pelo que ela trabalhou equivalesse a este momento.

— São muitos os sentimentos que me dominam agora. Se eu tivesse que resumi-los, diria que estou ansiosa para tornar esta Temporada inesquecível para mim, minha Casa, mas especialmente para a diretora, minha querida avó, que trabalhou incansavelmente para me preparar para este dia — declaro.

Os lábios da vovó se abrem e ela enfia a mão na bolsa de repente, ao mesmo tempo se livrando de algo em seu olho. Se já envergonhei esta Casa antes, certamente agora me redimi. A magia de Popper anota isso e ele me deseja sorte antes de partir.

Shelby está à porta. Ela acena antes de beber uma taça inteira de champanhe. Vovó pigarreia.

— Você tem muitas pessoas com quem conversar, mas vamos nos encontrar esta tarde. Eu tenho algo para você.

— Tudo bem. Vejo você mais tarde.

Vovó vai embora, se despedindo dos outros membros do Conselho que ainda não partiram, no momento em que Dexler me abraça e me entrega uma caixa embrulhada.

— *Fratis fortunam*.

— *A fortuna*. Obrigada, não precisava.

— É uma tradição. Abra quando quiser. Sem pressa. — Dexler vai embora, e vejo um diadema familiar no topo de longos cabelos escuros e um rosto gentil.

— Abby...

— Quell...

Falamos ao mesmo tempo.

— Isso é pra você. Parabéns. — Ela me entrega uma caixinha parecida com a de Dexler.

— Obrigada, Abby. E me desculpe. — O pedido de desculpas é lançado como algo que eu precisava muito liberar. — Eu deveria ter ficado lá com você. Uma amiga teria ficado.

— Quando você saiu, sinceramente pareceu que não se importava que aquele era um momento meu. Mas quando pensei em como deve ter sido para você... — Ela suspira e eu agarro sua mão. — O que estou tentando dizer é que percebi que você nunca falou sobre sua mãe ou a vida que levava antes de vir pra cá. Mas dá pra perceber que você sente falta dela. Considerando isso, hoje vejo que naquele dia estava estampado em seu rosto o quanto você se sentiu desconfortável ali. Me sinto mal por não ter pensado nisso. Desculpe.

— Nunca fiz isso antes, então também sinto muito se fui insensível ou egoísta. Eu me senti mal por ir embora, de verdade. É que foi muita coisa ao mesmo tempo.

Ela aperta minha mão de volta.

— Felizmente, a perfeição não está na lista de requisitos para ser minha amiga.

Dou risada.

— Amigas?

— Amigas. — Ela passa um braço em volta do meu ombro.

⚜

Um fogo queima na sala de estar da vovó, e a noite brilha do lado de fora das janelas enquanto um cavalheiro com dedos cobertos de fuligem ergue uma grande moldura na parede. Eu me sento em uma cadeira ao lado dela quando as portas da sala se abrem.

— Ai, Jerry, isso é *brilhante* — diz ela, entrando com passos graciosos. — Quell, Jerry é nosso cartógrafo sênior.

— Turma de 79, um simples Transmorfo. — Ele bate na aba do chapéu.

— O prazer é todo meu.

— Prazer em conhecê-lo.

— Acabei de refazer o French Quarter — diz ela, indicando a moldura. — O que você acha?

Olho mais de perto e percebo que é um mapa do centro de Nova Orleans, mas há ruas onde deveriam estar as estruturas e as entradas dos edifícios estão do lado errado. As linhas são desenhadas com a máxima precisão e cada local é exatamente proporcional ao edifício vizinho. Meus dedos traçam o contorno de uma estrutura redonda na parte de trás do que deveria ser o French Market e fico tensa, percebendo que conheço aquele lugar. Foi onde vi aqueles Draguns matarem aquele homem quando as paredes mudaram. Vovó me observa como se eu devesse dizer alguma coisa.

— É, hum, muito impressionante.

— Não é? Jerry, fale com minha secretária, ela garantirá que tudo esteja em ordem. E vamos fazer os outros no corredor, por que não? Eu realmente gosto do adorno de ouro.

— Muito bem, senhora. — Jerry sai e vovó se vira para mim.

— Agora, você!

Eu me aqueço toda.

— *Você* vai ser o assunto de toda a Temporada! — Suas palavras são uma colher de açúcar. Ela me entrega uma caixa de presente embrulhada em prata. — Só uma coisinha. Você pode abrir mais tarde.

— Obrigada. Fiquei orgulhosa de fazer um bom trabalho para a Casa. — Eu estaria mentindo se dissesse que não significa nada ter feito um bom trabalho, ver meus colegas de Casa gritando de alegria, o sorriso de Jordan, o orgulho da vovó em seus olhos sorridentes. Este lugar tornou-se mais parte de mim do que eu de fato reconheci. Não tenho certeza se ficarei aqui, sendo herdeira, mas gostaria de representar bem a minha Casa.

— Sua fita está uma bagunça. Aqui, deixe-me arrumar. — Vovó reposiciona minha faixa em volta de mim, que eu nem tinha parado para perceber.

— Por cima do ombro direito, até o quadril esquerdo. E você deixa o símbolo da Casa aqui, em cima do coração. Você estará circulando na sociedade agora; mais pessoas do que nunca estarão observando. Considere o que você quer que eles pensem de você, da sua Casa.

Assinto, tirando a poeira das minhas roupas e me olhando no espelho. Não posso arriscar um único olhar torto, não apenas da vovó, mas de *qualquer um*, que possa atrapalhar meu caminho para o Terceiro Ritual. Se eles virem além da minha aparência, vão começar a questionar meu passado. O Baile é em *quatro semanas*. Endireito minha postura e novamente confiro como estou, desta vez no espelho de corpo inteiro.

— Você está perfeita, querida.

— Que bom.

— Vamos dar um passeio no jardim das rosas. O pôr do sol é maravilhoso lá.

Só depois de descermos todos os degraus e sairmos, tomo coragem para perguntar:

— Esse é mesmo o meu nome? — Mantenho minha cabeça voltada para os corredores de rosas vermelhas, amarelas, pêssego e... pretas? *Que curioso.*

— Sua mãe realmente não contou muito a você, não é?

Não sei o que dizer sobre isso. Não vou falar mal da mamãe, então fico de boca fechada. Passo os dedos pelo símbolo bordado na minha faixa, uma flor-de-lis dourada envolta em pedras cintilantes.

— Peço desculpas pelo que falei naquele momento. Eu só queria garantir que as coisas fossem feitas corretamente.

Ela para diante de um ramo de rosas espinhosas e arranca uma rosa preta, levando-a até o nariz.

— Preciso me desculpar por outra coisa. Agi mal com você quando não passou na prova. Quell, você é muito importante para mim. Eu nunca iria desejar que se sentisse como se não fosse.

Isso não justifica o comportamento ameaçador e aterrorizante dela. Isso me lembrou de mamãe algumas vezes em que estávamos fugindo. O desespero faz coisas assustadoras com uma pessoa. Ela se dispôs a conversar com honestidade. É hora de eu me pronunciar também.

— Queria dizer... — Puxo a barra do meu vestido. — Você mencionou que eu sou sua herdeira, e não sei se estou preparada pra isso.

— Achei que você poderia se sentir assim. — Ela me entrega a rosa. — Cheire.

Pego a flor, tomando cuidado com os espinhos, e a levo ao nariz, mas não sinto cheiro de nada. Franzo o cenho ao cheirar novamente.

— Tem cheiro de... nada.

— Uma rosa ainda é, e sempre será, uma rosa. — Ela sorri. — Essa é uma música muito antiga para você provavelmente.

É então que percebo que a maior parte do jardim da vovó está tomada pelas rosas pretas.

— Você tem tantas delas, e nem cheiram bem.

— No início não era assim. — Ela rola a haste de outra entre os dedos. — O caule delas tem o dobro da espessura do das outras rosas. — Ela acaricia as pétalas. — Elas florescem duas vezes mais rápido. E são fortes e guerreiras ferozes, dominam seus pares mais fracos. — Ela aponta para o jardim. — Não têm um aroma doce, mas compensam de todas as outras maneiras. Ainda assim são rosas. Então, quando você me diz que não foi feita para isso, entendo que tudo é muito novo para você. Porém, está mais do que preparada. Nasceu para isso. Você ainda assim é uma Marionne. Você mais do que provou isso.

Me mexo, inquieta, e devolvo a rosa para ela.

— O que exatamente você pretende fazer? — pergunta ela.

Não faço ideia. Eu me lembro das aulas de Dexler e com que tipo de magia me senti mais confortável.

— Sou muito boa em transmorfar.

— Uma Transmorfa. — Ela dá uma risadinha. — Você não entende, não é? — Ela puxa mais algumas rosas, juntando-as num ramo, e continuamos andando. — Para você, tudo é diferente.

— Eu gostaria que fosse. — *Ela gostaria que eu fosse uma pária aqui também.*

— Você acha isso. Mas você sabe o que ser minha herdeira lhe oferece?

Um lar. Segurança. Um lugar onde eu nunca mais teria que fugir. Uma história. Uma linhagem. Mas mamãe nunca viria aqui. E nem sei se vovó ia querer que ela fizesse isso.

— Exatamente como eu pensei — diz vovó. — Você realmente não sabe. Você selecionará Cultivadora como sua especialidade, assim como eu fiz e todas as diretoras da Casa Marionne antes de mim. Entendeu? Aumentar a magia em outras pessoas *será* sua especialidade.

— Você não está me ouvindo. Estou tentando dizer...

— Eu estou ouvindo perfeitamente, mas você que não está me escutando. — Ela gesticula para que voltemos ao portão do jardim. — Melhor eu te mostrar do que dizer. Venha comigo. — Vovó me leva de volta para dentro, para cima e, pela primeira vez, para o quarto dela. Nunca vi nada mais requintado.

Há uma cama coberta por lençóis de seda emoldurada por uma cabeceira alta e moldada com o símbolo da Casa esculpido na madeira. Em ambos os lados da cama há vistas deslumbrantes da propriedade, uma escrivaninha ornamentada e uma antessala de veludo emoldurada por fileiras e mais fileiras de livros. Vovó passa o dedo pelas lombadas de uma sequência de livros e pega um cor de mel.

— Aqui. — Ela o segura na minha frente, e eu folheio páginas e mais páginas de fotos da vovó com um bando de debutantes ao seu lado em smokings, vestidos majestosos e faixas. — E aqui.

Vovó parece mais jovem a cada página virada. Mamãe estaria em alguma dessas fotos? Folheio até o fim do livro, mas vovó tem mais alguns esperando. Não sei quanto tempo passa, mas em dado momento me encontro sentada em uma cadeira com uma pilha de livros que folheei aos meus pés quando Cuthers bate na porta.

— Senhora, a srta. Shelby Duncan está esperando para vê-la.

Vovó bufa.

— Do que ela precisa? Estou com minha neta.

— Algo sobre um convite que ela esperava receber. O Tidwell, talvez?

Vovó acena para a sra. Cuthers ir embora. Viro mais rápido as páginas para ver mamãe no Château Soleil.

— Se vale de alguma coisa, é hora de começar a pensar em um substituto — diz ela, puxando a renda da blusa.

Olho em seus olhos.

— Você está bem? — pergunto.

Ela acaricia minhas mãos.

— Uma hora, as coisas voltam para você, só isso. Me diga: o que *você* quer, Quell?

Quero me livrar dessa maldição. Quero ter certeza de que mamãe está bem. Quero praia, maresia, areia.

— Gostaria de viajar.

Ela puxa um trio de livros com capa de couro. Neles, vovó está em uma espécie de barco elegante cercado por água azul que brilha mais do que um sonho.

— Onde é isso?

— Deve ser nossa viagem de verão há um ano. Viajamos tanto ao longo dos anos que não me lembro. — Ela vira a foto para ver o verso. — Sim, eu estava viajando para ver uma das minhas debutantes partir para o estágio de escavação. Agora ela extrai intensificadores nas cavernas de Aronya, entre outros lugares. E este. — Vovó aponta para uma foto com ela e as outras diretoras, muito bem-vestidas, cada uma delas envolta em fitas com as cores de suas Casas, em algum tipo de cerimônia. — Esse é o Conselho e eu sendo oficializados como líderes da Ordem.

— Todas vocês foram nomeadas diretoras ao mesmo tempo? — Por algum motivo, não imaginei que tivesse sido assim.

— Quando todo o Gabinete Superior morreu naquele terrível desastre natural, não tivemos escolha. — Ela acaricia suas pérolas. — Restávamos apenas nós quatro encarregadas das Casas e o diretor Dragun. A decisão do Conselho parecia ser a solução mais fácil.

— Diretor Dragun. Já ouvi falar dele, mas nunca o encontrei.

— E não vai encontrar. Você não é um Dragun.

Olho para a foto de novo. Ela e Beaulah em lados apostos. No entanto, vovó parece bastante amiga das outras. Viro a página e me perco mais uma vez em imagens de lugares, uma vida que a minha mãe viveu, pelo menos como coadjuvante, que parece um conto de fadas.

— Sua mãe lhe contou que comemoramos o aniversário de 16 anos dela no sul da França? Ela era obcecada por praia. Ela gostava de ficar acordada até tarde e ouvir o som da...

— Da maré subindo.

— Então ela te contou.

Não, ela não contou. Só falou que um dia me levaria à praia. Foi aí que nasceu a nossa poupança. Foi aí que traçamos nosso plano para o futuro. Mamãe só me deixou dar uma espiada por uma fresta. Suas razões para isso me parecem cada vez menos convincentes. Não havia perigo em eu saber *alguma coisa* a respeito de onde eu tinha vindo.

— Temos 13 casas, Quell. Você vai herdar todas. Duas na França, uma em Londres, uma cobertura em Nova York... Devo prosseguir?

Eu não consigo nem imaginar...

— Apresentando Temporada após Temporada de debutantes — ela continua, aparentemente convencida de que está me conquistando. — Embora lidar com a política do Conselho seja um verdadeiro show de malabarismo, eu me esforçaria para ensiná-la da melhor maneira possível.

Os lugares para os quais ela viajou, o brilho, o glamour. Passar naquela prova hoje foi estressante. Mas também parecia fazer parte de algo grande. *Uma família.* A Ordem me deu mais que só um lugar para dormir. Porém, tenho estado focada exclusivamente em sobreviver.

— Aulas básicas para Cultivadores já foram incluídas na sua agenda.

— Então *foi por isso* que minha agenda mudou.

Ela faz um carinho na minha mão.

— Então será Cultivadora? Você deve concordar com isso por escrito. Vai para o *Livro dos Nomes*.

Eu gostaria de ter tempo para pensar em uma decisão tão grande. Ela não entenderia isso, então, por enquanto, digo o que ela quer ouvir.

— Cultivadora, é isso.

— Essa é minha garota. Certifique-se de que Jordan entregue a papelada. Tudo o que você precisa para se preparar para o Terceiro Ritual será entregue em seu quarto até o começo da noite. Fique atenta a sua correspondência também; todos os convites rejeitados devem ser devolvidos com uma nota rápida e de bom-tom e uma desculpa *convincente*. — Ela me entrega um pacote novo de papel de carta recém-cunhado. Meu nome brilha em ouro no topo, entre duas flores. — Não gostaríamos de esnobar ninguém. Manter bons relacionamentos é fundamental.

— Obrigada.

— E lembre-se, Quell, não é culpa sua.

— Como é?

— Você não foi criada nesta Casa ou perto dos herdeiros das outras Casas, então é lógico que não tem ideia do que se espera de alguém em sua posição. Às vezes sou dura com você porque me esqueço disso. Mas não culpo você. Isso está na conta da sua mãe.

Fico desconfortável com essa segunda crítica à mamãe. Eu não tinha pensado nos herdeiros das outras Casas, em como eles deveriam ser. Como teria sido ser criada perto deles. Quão útil saber disso pode ser enquanto tento me esconder neste mundo. Eu não seria um desastre tão óbvio se soubesse como *é* ser a herdeira de uma diretora. Vovó está mais certa do que ela pensa.

— Que tal convidarmos os herdeiros aqui para se divertirem uma noite? — sugiro. — Posso ser a anfitriã e consultar Dexler e Plume sobre todos os detalhes para que tudo saia perfeitamente.

Vovó fica mais ereta.

— *Agora* você tá parecendo ser minha neta.

PARTE QUATRO

VINTE E NOVE
YAGRIN

Red pulou da varanda da casa de fazenda dos pais e seguiu em direção a Yagrin. Seu chapéu de aba larga protegia a maior parte de seu rosto, mas ele não conseguia confundir aquele macacão gasto e aquele sorriso brilhante mesmo de tão longe. As pontas dos dedos dela roçavam o topo da grama alta e ondulante enquanto ela girava pelo campo, caminhando até ele. O sol baixo brilhava em seu cabelo castanho-avermelhado, e ele cravou uma unha na palma da mão para ter certeza de que não estava sonhando.

Os dedos dos pés estavam sujos e sem esmalte. Ela estava descalça. Ele balançou a cabeça, um sorriso aparecendo em seus lábios. Foi em direção a ela, mas o telefone em seu bolso vibrou, puxando-o como uma coleira.

Ele parou.

Sua pulsação acelerou ao ver o nome na tela.

— Olá?

— Você viu o anúncio no *Página seis*?

O suor começou a escorrer pelo seu pescoço. *Ele tinha visto.*

— Mãe, como vai...

— Quais atualizações você tem sobre a Quell?

— Você disse para encontrá-la, trazê-la para...

— Eu sei o que eu disse! O que você conseguiu?

Ele ficou tenso com o tom de voz elevado dela.

— Eu a encontrei na Taverna. Mas estava lotado demais pra eu fazer qualquer coisa.

— Você não esconderia nada de mim, não é, Yagrin?

O telefone escorregou nas mãos suadas dele.

— Não, senhora. — A mentira era amarga, um gosto que passou a apreciar com o tempo.

— E atrevo-me a perguntar: qual é o status do seu primeiro alvo? Já se passaram *semanas*.

Gorro Rosa.

— Feito.

— Não que eu saiba. Eu não vi provas.

— Tenho as provas aqui.

— Estão incompletas, Yagrin.

Ele engoliu em seco.

— Sim, senhora. — Ela o faria ir até ela agora? Ele rangeu os dentes. Ele odiava isso, muito.

— E onde você está agora?

Red finalmente chegou e se enrolou debaixo do braço dele, os dedos dela brincando em seu rosto, acariciando a barbicha que ele conseguiu deixar crescer ali.

— Eu estou... — Ele segurou os dedos dela, beijou-os e colocou um dos dedos sobre a própria boca. Ela franziu a testa. Yagrin se afastou um pouco.

— Não importa — disse a mãe. — Espero que ambas as tarefas sejam concluídas e em breve. Termine o caso de Quell antes que ela chegue ao Terceiro Ritual. Não estou nem aí para como é difícil chegar naquela casa. Entendido?

Red colheu flores e fez caretas engraçadas para ele. Ele reprimiu um sorriso.

— Sim.

— Acha que estou de brincadeira, Yagrin?

— Não, senhora. Estou um pouco distraído.

— Então pare de se distrair!

Ele virou as costas e dispensou Red com firmeza.

— Há outro assunto. O Baile Tidwell está chegando. Tenho algumas mercadorias sendo transportadas e quero que meu pessoal supervisione isso. Enviarei os detalhes com segurança.

— Entendi.

— E, Yagrin?

— Sim, mãe?

— Você está ficando desleixado, todos estão começando a reparar nisso.

A linha ficou muda.

Yagrin sente um aperto no peito.

— Pensei que você tinha dito sem telefones aqui. — Red puxou dos dedos dele o telefone enviado pela Ordem e jogou-o no chão. Ele acariciou o rosto dela e suspirou.

— Eu tenho que ir.

— Você chegou aqui ontem. Você disse que ficaria a semana inteira, enquanto meus pais estivessem fora. *Yags?*

— Trabalho.

— Seu *trabalho* — ela resmungou. — Eu odeio seu trabalho. Já te falei isso?

Ele nunca contou nada a ela sobre seu trabalho, apenas que trabalhava em uma pequena empresa familiar e por isso, quando precisavam dele, tinha que ir. Ele mantinha Red bem longe da verdade pela própria segurança dela. Os Sem Marca não eram bem-vindos em seu mundo.

— Desculpe. Tenho que cuidar de uma coisa e depois me preparar para um baile que vai acontecer.

— Um baile? Que chique. — Ela mordeu o lábio inferior e ele a beijou novamente. Chique só nas aparências, talvez. Seu trabalho acontecia nas sombras enquanto os outros dançavam e comiam.

— Me leve com você.

— Não posso.

— Você não pode ou não quer?

— *Não posso.*

— Às vezes sinto que não conheço você de verdade. — Ela desviou o olhar e um lampejo de algo que ele nunca tinha visto antes brilhou em seus olhos. Como se a frustração de Red pudesse transbordar e transformá-la em outra pessoa.

— Não diga isso. — Ele apertou a mão dela. — Você sabe mais sobre mim do que qualquer um.

— Então eu sei que você me quer em seus braços, onde quer que vá.

Ela não estava errada. O pai dele tinha prometido que a diretora o ajudaria a entrar para uma "família boa" depois que Yagrin terminasse seus primeiros anos de Dragun. Para continuar com a linhagem familiar. Yagrin, porém, não tinha encontrado um jeito de dizer a eles que era *aí* que ele traçava o limite.

Ele poderia fazer as tarefas da Ordem, ser o monstro que eles queriam, mas, em todos os outros aspectos, ele era de Red. Enquanto ela o quisesse.

— Me leve ao baile, Yagrin.

Ele odiava como a testa dela enrugava quando estava desapontada. Como seus lábios se franziam. Mas ele não podia levá-la. Não era seguro. Por enquanto, essas visitas à fazenda dela, momentos de fuga, eram tudo o que ele havia conseguido arranjar nos últimos meses. Yagrin queria mais para eles. Mas quando o desejo dele realmente importou?

— Você tem vergonha de mim — disse ela, esticando o lábio timidamente.

— Concorde, e eu vou te dar um pé na bunda. — Ela amarrou o braço atrás das costas dele e puxou-o para uma chave de braço.

Ele se desvencilhou e a jogou por cima do ombro. Red bateu nas costas dele, afrouxando seu nó enquanto ria. Ela era as cores do entardecer, um cobertor aconchegante perto do fogo. Ali, no meio do nada, ele se sentia mais à vontade do que já se sentira em Hartsboro.

Ela pôs as mãos nos bolsos e tirou um gorro de tricô. Ele gemeu. Não deveria ter trazido o gorro. Ela não ficaria insegura sobre onde ele tinha conseguido isso. Ela não era assim. Red sabia quem ela era. E nunca se conformava. Mesmo assim, era estranho carregar no bolso o gorro de uma garota morta. Ele precisava entregá-lo à autoridade.

— Devo perguntar?

Ele o enfiou de volta no bolso.

— Me leva! Para a gente debochar de todas as pessoas ricas e chatas. Se não me levar, você não vai se divertir.

Ele a colocou na ponta dos pés e ela passou o braço em volta dele. Caminharam em silêncio até o sol se tornar uma brasa no horizonte. Ele adorava isso em Red. Como ela lhe dava tempo para pensar. Ele sabia o que queria fazer: fazê-la feliz. Mas era um risco.

— Você tem medo dessas pessoas? — Ela agarrou o queixo dele e o fez encará-la bem nos olhos. A insistência brilhou em seus olhos castanho--amarelados, onde ele imaginou ver seu verdadeiro reflexo.

— Precisamos comprar um vestido para você.

TRINTA

Um dia inteiro simplesmente voou desde que fui aprovada no Segundo Ritual, e o passei indo de sessão em sessão. Eu só fiquei cada vez mais ocupada. O luar reluz no chão polido quando estou a caminho de meu quarto. Então vejo Jordan segurando um monte de longos papéis enrolados e envelopes.

— Está aqui pra me parabenizar pessoalmente outra vez? — Não o vejo desde o evento de ontem.

Ele olha para trás ao entrarmos no meu quarto, onde nos deparamos com a cama de Abby arrumada. Ela ainda está fora, aparentemente.

— Não entendo por que você pode entrar na Ala das Damas depois do toque de recolher.

— Tecnicamente, não sou um iniciado. — Um alvoroço de conversas no corredor o faz girar e ele fecha minha porta rapidamente.

Eu olho de lado para ele.

— O que é tão importante a ponto de você quebrar uma *regra*? — provoco.

Ele coloca a tonelada de cartazes, menos um, sobre a minha cama. Então me entrega uma pilha de envelopes, todos com meu nome.

— O que é tudo isso? — Eu me viro, abrindo alguns dos envelopes. — Convites? Para eventos sociais. — Um é do Comitê Tidwell. — Ah, será que eu posso dar este para Abby? Ela estava esperando ir nesse.

Jordan pega o envelope, abrindo-o.

— Não é assim que funciona. — Ele lê o convite em voz alta. Eu e um acompanhante estamos convidados. Gemo e me jogo na cama.

— Se mais uma pessoa pensar em *outra* coisa que eu tenha que fazer para ser empossada nesta Ordem, vou gritar.

— Não é assim que a maioria responde a um convite para ir ao Tidwell, sabe?

Pego o papel e o coloco junto com os outros, voltando minha atenção para o longo pergaminho enrolado.

— E o que é isso?

Ele o estende sobre minha mesa, e vejo um monte de ruas e edifícios desenhados em miniatura.

Letras minúsculas na parte inferior indicam que é um mapa da cidade de Nova York. Parecido com o que vovó mandou o cartógrafo refazer; marcos, edifícios e ruas estão todos torcidos e se cruzando.

— Manhattan tem mesmo ruas *debaixo* de prédios? — Dou uma olhada mais de perto.

— Isso... — Ele toca em quatro pontos no mapa onde se lê *tablinum*, incluindo um bloco de edifícios que parece ter uma pista de patinação no gelo entre eles. — ... são lugares onde os membros podem se encontrar com segurança na cidade. — Ele estende outro mapa, de Los Angeles. — É a cidade, mas com o nosso mundo incorporado por baixo.

— Eu tenho que memorizar tudo isso?

— Sim. — Ele desenrola mais mapas. — Quando viajar, você tem que saber onde é seguro. Você não vai ficar escondida atrás dos muros desta propriedade para sempre.

Procuro em seus olhos uma pista do que ele está pensando.

— E eu que achei que você veio ao meu quarto para comemorar comigo — murmuro. Deixo o mapa se enrolar. — Foram uns dias bem *longos*. Poderíamos, só esta noite, não falar sobre provas, adagas ou qualquer coisa assim? Sermos apenas bons amigos passando um tempo juntos em vez de mentor e pupila?

— Podemos. — Seus lábios se afinam.

— Ah, vamos lá, hoje foi uma vitória pra você também, como mentor.

— Acho que sim — concorda ele, mas com um entusiasmo vazio. — Bem, vamos então. — Ele pega a maçaneta.

— Eu não posso ir assim! — Pego uma calça jeans do armário e uma camisa com botões de cetim nas costas. — Preciso me trocar.

— Tá, espero lá for...

Uma risada passa pela porta. Ainda há alguém no corredor.

— Só vira de costas.

Ele se vira e eu luto com as alças rebeldes do vestido, tentando tirar a roupa. Jordan fica inquieto.

— Estive pensando no que você disse. — Ele puxa o bolso. — Sobre eu ser órfão.

Eu congelo.

— Há alguma verdade nisso — continua ele. — Isso me fez pensar que talvez o lar não seja um lugar que você possa tocar e sentir, mas uma... perspectiva que nos define. Uma forma de ver o mundo. Robert Jordan lutou contra isso quando chegou à Espanha.

Já morei em tantos lugares que nem consigo me lembrar de todos. Mas, por algum motivo, aqui na casa da vovó — onde preciso manter tantos segredos — *eu me sinto* mais em casa do que em qualquer outro lugar. E não tenho certeza se são as paredes e os lustres brilhantes. Ter um lugar para dormir e estar a salvo de Beaulah. É outra coisa.

— Entende o que estou falando? — ele pergunta.

— Sim. Mais do que você imagina. — Minha alça teimosa finalmente cede, e meu vestido escorrega dos meus dedos, caindo aos meus pés. O espaço entre nós muda e, pela primeira vez, é como se fôssemos uma mesma música.

Ele expira, com os ombros inclinados para baixo.

— Hemingway. Já pensou em ler esse? — pergunto, enfiando uma perna na minha calça jeans.

— E você diz que o esnobe sou eu — ele diz, com alegria nas palavras.

— Todos nós, leitores, somos esnobes, cada um à sua maneira.

Ele ri.

— Na verdade, não sou um grande fã. Meus pais nunca gostaram da minha opinião sobre alguns dos clássicos.

— Minha mãe estava muito focada em outras coisas (*sobreviver*), ela nunca falou comigo sobre a escola. Sempre foi apenas "não se meta em encrencas". — Fico ali, olhando, abraçando minha pele nua, percebendo que nunca fui tão aberta com ninguém.

Ele vira a cabeça um pouco para trás, esperando que eu diga mais.

— Ainda estou...

— Desculpe.

— Quase pronta. Nada de espiar.

— Jamais faria isso. — Ele faz círculos com os ombros. — A menos... que você queira?

Enrubesço enquanto coloco as calças e fecho o zíper. Desabotoo o mínimo de botões que posso e jogo a camisa pela cabeça.

— Pronto.

— Você está muito bonita — diz ele, quando finalmente se vira.

Torço minha camisa em volta do dedo, e o olhar dele me segue. O calor sobe pelo meu pescoço quando recupero os sentidos e alcanço a porta. Mas ele a mantém fechada e diminui a distância entre nós.

— Até que o caminho esteja limpo. — Ele se inclina contra a porta, ouvindo, seu corpo roçando o meu. Ele indica meu ombro nu, onde minha camisa está escorregando por causa dos primeiros botões desabotoados.

— Ah.

— Posso?

Puxo meu cabelo por cima do ombro e fico de costas para ele. Seu toque suave em minha pele faz acender uma chama aconchegante dentro de mim.

— Você realmente deveria reconsiderar alguns desses convites — diz ele, procurando o próximo botão da minha camisa.

— Não tenho vontade de ir a nenhuma festa além do meu Baile.

Seus dedos percorrem minhas costas e isso me faz querer me aproximar mais de seu toque. Fecho os olhos, mas só consigo pensar em como ele me toca com gentileza e cuidado. Eu poderia deixar essa celebração pra lá e ficar deitada aqui com ele, conversando sobre livros a noite toda. Pigarreio.

— Já terminou?

— Mais dois botões. E isso é uma pena — responde. — É bom ter um gostinho da sociedade antes de te jogarem nela. Veja como é esbarrar com os Sem Marca como se você não estivesse escondendo nada.

— Tenho certeza de que consigo esconder as coisas muito bem, obrigada.

— Como quiser. — Sua respiração aquece meu pescoço quando ele fecha os últimos botões. Sinto minha pele arrepiar. — É o que se espera de mim, e eu faço o que é esperado de mim. — Quando ele termina de abotoar, me viro para encará-lo, meu pé tropeça no dele. Caio contra ele, que me ampara, me segurando por um momento contra seu peito firme. Ele exibe uma expressão estoica, mas sua respiração está acelerada.

— Às vezes penso em fazer o que quero em vez do que se espera de mim — digo.

Não há espaço, nem uma única respiração, entre nós.

— E o que você quer, srta. Marionne?

Escuto passos, mas o corredor está em silêncio absoluto. Temendo ter sido sincera demais, empurro-o suavemente e agarro a maçaneta.

— Vamos.

⚜

A noite está fria e Jordan e eu nos aproximamos no caminho para a Taverna.

— Você realmente não conseguiu pensar em mais nada que gostaria de fazer? — ele pergunta.

— Ei, você teve a oportunidade de opinar.

Nossos braços se roçam enquanto caminhamos. Mantenho o meu o mais imóvel que posso, esperando que ele coloque alguma distância entre nós antes que seu braço encoste em mim novamente. Mas ele não faz isso. Então eu também não.

— Tenho que declarar oficialmente minha especialidade.

— Presumo que você escolheu Cultivadora.

Ele e a vovó, eu juro.

— Sou assim tão previsível?

— Faz sentido para você. — Ele aponta para mim

— E se eu não quiser fazer sentido?

Ele franze o cenho — não achou a menor graça no meu comentário.

— Ainda estou pensando nisso, se você quer saber — continuo. — E eu queria saber mais sobre sua magia. Ainda estou intrigada. — *Por que sua magia parece tanto* toushana...

Ele se afasta um pouco, mas permanece em silêncio.

— Quando você colocou magia em sua adaga, ela ficou com um brilho ofuscante assim?

— Você está perguntando se minha magia é tão forte quanto a sua?

— Não, não exatamente.

Ele se endireita.

— Então o que você quer saber?

Avançamos mais alguns passos em silêncio antes de Jordan parar quando estamos bem perto da Taverna. Ele me encara e sua postura transparece seu desconforto.

— Me desculpe se perguntei demais.

— Não. — Ele pega minha mão, seus dedos brincam na minha palma, e um beija-flor levanta voo em meu peito. — Minha lâmina brilhou assim. — Ele traça círculos no meu pulso. — Mas minha magia é muito mais forte do que qualquer coisa que você já sentiu.

— Como você sabe? — pergunto, alimentando uma chama da qual posso estar dançando muito perto.

— Só sei que sim. — Sua expressão suaviza. Ele suspira. — O trabalho Dragun que faço exige que eu convoque magia das trevas.

Retiro minha mão. *Sua magia não só se parece com a minha. É igual à minha?*

— Eu não deveria ter dito nada. Não quero que você me olhe assim — diz ele, passando a mão pelo cabelo.

— Estou surpresa. Só isso.

Jordan morde o lábio, como se houvesse mais que ele pudesse dizer. Desta vez pego sua mão, determinada a descobrir mais. *Como os Draguns controlam isso?*

— É perigoso? *Toushana?* — sussurro.

— *Toushana* é a magia das trevas madura que mora em uma pessoa. Flui através dela como qualquer outra magia. O que fazemos é um pouco diferente, a essência da *toushana*, mas não o todo. O aroma disso, um rastro. É como usar o vapor que escapa de uma panela em vez da própria água. Nós a invocamos de fora de nós, usamos e depois a expulsamos. Não fica conosco. O que requer um pouco de... habilidade. Então, sim. É muito perigoso.

Ele dá de ombros, desconfortável, e penso em tentar extrair mais informação, enquanto ele considera ficar de bico calado.

— Está ficando frio aqui — digo. — Devíamos entrar.

Ele joga o casaco sobre meus ombros antes de bater o calcanhar nos paralelepípedos. O terreno se abre e descemos as escadas para a Taverna.

— Ma-Ri-On-Ne! Ma-Ri-On-Ne! — O bar está cheio de rostos conhecidos e vários rostos novos me cumprimentando em uma onda de alegria. Casey e sua equipe gritam para a multidão, segurando bebidas. Vejo outras pessoas entre a energia agitada que me empurra de um lado para o outro.

— Ouvi dizer que sua prova foi *incrível*. — É Mynick, namorado de Abby. — Este é por minha conta.

Eu pego o kiziloxer e ofereço metade para Jordan, mas ele vira a cara.

— Vamos, estamos aqui para nos divertir. — Atravessamos a multidão e sou empurrada no meio de toda a farra. Conversas de todas as direções me atraem, algumas por admiração, outras por curiosidade. Sorrio e a vontade de olhar para os meus sapatos é distante e desconhecida. A atenção não irrita como eu esperava, e cumprimentar as pessoas não me dá a sensação de bile na garganta como costumava fazer.

— Posso tirar uma foto? — Uma Electus de bochechas rosadas e um círculo de madeira na cabeça se posiciona na minha frente antes que eu possa responder.

— Obrigada! — Ela sai correndo, rindo e comentando com as amigas sobre eu estar "*linda*".

— Vou ficar ali — diz Jordan, e, sem mais nem menos, ele está vagando por uma multidão que se separa antes que eu possa detê-lo. Tomo um gole da minha bebida e atravesso a onda de pessoas borbulhando ao meu redor, absorvendo seus sussurros por trás das mãos, seus sorrisos ansiosos. Afrouxo o casaco em volta de mim e respiro fundo. *Talvez aqui não seja o lugar para eu me soltar.*

— A *herdeira* chegou — diz Shelby com os olhos cansados. — E aí, garota? Faz tempo que não te vejo.

O acompanhante de Shelby a puxa, mas ela dá de ombros. Shelby puxa uma mecha loira e levanta um quadril, a mão colocada firmemente sobre ele.

— O que você quer dizer?

A multidão se aperta ao nosso redor.

— Eu só estava ocupada. Passar no Segundo Ritual foi... mais difícil do que eu pensava.

— Ah, é mesmo? — Ela se vira para a multidão. — A herdeira não é imortal, senhoras e senhores. Se você machucar, ela sangra!

Suas palavras laçam minha insegurança e a puxam para baixo, como uma âncora, e meu olhar desce junto com ela.

— Ai, meu Deus, garota. Eu estou brincando! — Ela balança meus ombros. — Só estou te provocando. Rikken, mais uma rodada para comemorar! Sério, estou brincando. Passei para te dar os parabéns no evento de manhã, mas você parecia ocupada.

Tomo um gole do meu kizi e a mão de alguém toca meu quadril.

— Se você nos der licença — Jordan diz a Shelby. — Dança comigo? — Ele me oferece a mão e eu a aceito. Ele me afasta da multidão curiosa, de uma Shelby bêbada, e me leva para a pista de dança.

— Obrigada.

— Já está repensando ter decidido comemorar aqui?

— Cala a boca — provoco, o que me faz sorrir.

Aparentemente, dança de salão não é a única que Jordan sabe. Nós nos movemos da maneira que nossos corpos sabem instintivamente. Bem encostados um no outro. As pessoas olham, mas eu as ignoro, desempenhando o papel que cabe a uma Marionne da forma mais perfeita que consigo. A música pulsa pelo bar e eu a sinto reverberar pelo meu corpo. Eu me movo com ela, ignorando os olhares, tentando esquecer o que Jordan acabou de admitir para mim sobre o trabalho de Dragun. Os gritos abafam depois de um tempo. As últimas semanas da minha vida passam como um filme na minha cabeça, mas me deixo levar, me imaginando livre de tudo isso.

— Quase consigo ouvir sua mente matutando.

— Só de pensar no que conversamos lá fora. Você não conseguiu fazer parecer desinteressante.

A música fica mais lenta.

— Estou com sede — digo, conduzindo-o para o balcão e chamando o bartender.

— Rikken, um kiziloxer e...

— Uma água — Jordan grita antes de bater as mãos em saudação a alguém que ele conhece.

Rikken enche um copo.

— Novata, que bom ver você aqui em um horário normal da noite.

Sinto frio por todo o corpo.

— O que ele disse? — Jordan me cutuca.

— Ele disse... há... você gostaria de um refrigerante?

— Eu disse água. — Jordan acena com a cabeça e Rikken olha para nós, olhos apertados diante da minha mentira descarada. Ele me entrega um copo e eu afasto Jordan do bar.

— Você está bem?

— Estou. — Vou para o fundo do lounge e caio em um sofá ao redor do palco do caraoquê, onde está menos lotado, mais silencioso. Minha mente ainda zumbe a respeito de Draguns usando magia das trevas. Jordan se senta ao meu lado.

Estamos confortáveis e em silêncio, enquanto um cantor mascarado no palco canta a plenos pulmões, quando vejo Mynick vindo em nossa direção.

Jordan geme.

— O que foi?

— Ambrosers. Eles são todos iguais. Sabe-tudo arrogantes.

A ironia. Mynick se junta a nós nos sofás, olhando para o relógio.

— Aquela sua amiga vai passar mal por causa do Baile. Ela disse que estaria aqui há uma hora.

— Boa sorte com isso, Abby está *atolada* nas preparações. É em duas semanas, eu acho.

— Doze dias. — Ele suspira. — E eu não posso acompanhá-la. Ela te contou?

— Ela ficou bem chateada.

— Quero dizer, você é herdeira e tudo o mais — ele continua. — Talvez você pudesse mexer uns pauzinhos.

Sinto Jordan ficar tenso ao meu lado com a sugestão de quebrar as regras.

— *Então!* — digo antes que ele fale qualquer coisa. — Parece que seu treinamento está indo bem. — Faço um gesto para duas marcas recentes em seu braço.

— Tá tudo certo, obrigado. — Ele puxa as mangas para baixo. — Estou surpreso em ver você aqui — diz Mynick, aparentemente determinado a ressuscitar o desprezo de Jordan. — Com o que está acontecendo com aquelas garotas Perl.

Eu me sento.

— Garotas Perl?

Os olhos de Mynick se arregalam.

— Não está sabendo?

Jordan o encara.

— Nenhum de vocês está sabendo. Nossa!

— Fala logo, Ambrose.

— Duas debutantes deveriam ter aparecido para o Segundo Ritual ontem, mas não apareceram. Os pais delas também não as viram. Todo mundo só fala disso. E da herdeira da Casa Marionne dando à luz o próprio sol em sua lâmina durante a prova.

Os olhos verdes de Jordan ficam mais intensos. *Duas garotas da Ordem estão desaparecidas.* O medo que senti na primeira vez que conheci um Dragun revira meu estômago.

— Tem algum lugar para onde elas poderiam ter ido? — pergunto. — Talvez haja uma explicação perfeitamente razoável.

Mynick dá de ombros.

— Não queria ser portador de más notícias. Parabéns mais uma vez, Quell. Eu te vejo por aí.

Jordan se levanta, e seus movimentos suaves se tornam rígidos.

— Tenho que ir. — Ele pega o casaco.

— Jordan, tá tudo bem?

— Isso aconteceu na minha Casa. Eu deveria saber disso. — Seu olhar verde se torna cinza como aço. — Eu deveria estar lá fora...

— Tenho certeza de que a diretora Perl já colocou um pessoal para investigar isso.

— Você não entenderia.

— Só estou dizendo que não é culpa sua.

Sua expressão impassível não deixa espaço para discussão, então não insisto.

— Preciso me preparar para ajudar, aconteça o que acontecer. Eu deveria preparar minha magia — ele murmura.

— Preparar... aquela *coisa* de que falamos?

— Todas essas questões a respeito da minha magia...

— Jordan, eu...

— Você obviamente está tentando defender — ele baixa o tom de voz — a vida como Dragun, e não vou deixar. Nunca faria isso com você.

— Achei que você tivesse orgulho do seu dever.

— Eu tenho. — Ele abotoa o casaco.

— Eu só...

— Preciso ir, Quell. Sinto muito. Posso levá-la pra casa?

— Não precisa. Espero que as garotas da sua Casa estejam bem.

Ele aperta minha mão.

— Cultivadora, certo?

— Certo.

— Boa noite. — Ele se vira para ir embora e tento me recostar no sofá, mas não tem mais clima. A notícia do desaparecimento das meninas de Beaulah é péssima. Não gosto nada disso. A Taverna vibra ao meu redor, alheia.

As últimas palavras de Jordan me atingem, azedando o restante da noite. Estremeço, lembrando-me da maneira como o Dragun de Beaulah, que me parou na loja de conveniência, tinha ódio no olhar. Draguns usam uma forma de *toushana* para matar. Eles estão encarregados de proteger o sigilo da Ordem. Faz sentido. E nunca vi nada mais destrutivo do que esse veneno em minhas veias. Mas como Jordan "administra" isso, como ele falou?

Uma ideia me ocorre e é tão, tão tola. Eu saio pela porta antes que possa me convencer do contrário. Vou segui-lo.

⚜

Jordan para em um ponto da floresta mais longe do que jamais me aventurei. Árvores altas e finas, algumas imponentes, outras amontoadas no chão da floresta, nos cercam como um edifício queimado em ruínas. Não se vê nem um vislumbre do Château ou do caminho para a Taverna. Como se estivéssemos vagando por uma parte da floresta engolida pela escuridão, que foi completamente esquecida. Arbustos moribundos de flores de todas as cores se enrolam uns nos outros, e pétalas murchas espalham-se pelo chão.

Cruzo minhas mãos, tomando cuidado para ficar fora de vista, observando Jordan andar pela floresta como quem conhece bem o caminho. Ele se move como o vento, em um borrão de neblina negra. Eu sigo, passando de árvore em árvore, com as folhas se arrastando sob meus pés, do modo mais silencioso que posso. Um frio profundo nos atinge. O ar tem gosto de cedro e fumaça. Até que de repente ele para e olha em todas as direções.

À sua frente há um arbusto espinhoso com flores vermelhas. Ele olha ao redor mais uma vez antes de acariciar as pétalas. Então inspira e estica bem os braços.

Ele expira e gavinhas de magia das trevas aparecem em suas mãos, debatendo-se violentamente.

Eu pressiono com tanta força a casca na minha frente que ela arranha meus joelhos. Ele estremece, a névoa subitamente aparece em seus lábios, e minhas pernas ameaçam ceder. Pisco, mas ele ainda está lá, segurando os pulsos juntos, apontando para os galhos abaixo dele. À medida que a planta se desmorona, apodrecendo, folha por folha, os fios contorcidos de magia nas mãos de Jordan estão lentos, mais deliberados e controlados. Quando termina, o arbusto e todos os outros próximos a ele são pilhas de cinzas apodrecidas. Ele expira. Sacode as mãos, depois flexiona os dedos, girando os ombros. Seu rosto está mais sério, sua máscara sangrando pela pele. Ele se inclina para a frente, se vira e se esconde, desaparecendo na névoa escura.

Eu tropeço para trás, forçando uma respiração seca.

Fico boquiaberta na vastidão da noite, tentando colocar em palavras o que acabei de ver. Puxo meus cabelos, passo uma das mãos pelo rosto, pisco mil vezes.

Assim... é assim que ele administra isso.

Usando, *alimentando*, para manter o controle.

E ele faz isso aqui na floresta escura e distante, onde ninguém perceberia. Eu olho para minhas mãos. Tenho muitas perguntas. Se pudéssemos conversar sobre isso, se eu pudesse confiar nele assim, ele poderia *salvar* minha vida. Deixo uma árvore me segurar e percebo o que preciso fazer. Se vou manter o controle, não posso continuar lutando contra isso, sufocando-a.

Tenho que usar minha toushana.

Engulo em seco. A única vez que minha *toushana* realmente me ouviu foi quando destruí a mesa do laboratório. Como se sofresse de uma sede que acabava de ser saciada. Depois fez o que eu pedi, me obedeceu e ficou quieta.

Será que isso poderia funcionar? O cheiro amadeirado de musgo úmido impregna meu nariz quando saio do meu esconderijo. A floresta silenciosa está envolta em neblina, e eu sigo os caminhos cobertos de folhas pontiagudas de pinheiros ao redor e através das árvores quebradas. Consigo encontrar alguns tocos lascados ou cobertos de fungos. *Aí vai...*

Invoco minha *toushana*, e um frio mortal responde em um suspiro. Coloco meus dedos gelados no toco e seu exterior duro se transforma em uma areia enegrecida. Mexo minhas mãos para cima e para baixo em seu longo tronco, olhando para trás em pequenos intervalos, ouvidos atentos. À medida que minha magia fria e morta sai de mim, insaciável, a tensão em meus ombros diminui, como se eu estivesse precisando muito fazer isso.

Quando termino, o céu está um pouco mais escuro. Caio de joelhos, mas meu peito está mais leve.

— Uma parte secreta da floresta — murmuro, um sorriso suave aparecendo em meus lábios enquanto recupero o fôlego. Isso é o que este lugar poderia ser para mim.

Espalho as evidências até que as cinzas se misturem imperceptivelmente com as folhas mortas. *Ninguém nunca vai saber que estive aqui.* Procuro a magia novamente, desta vez a adequada. E a dor que mora na lateral de meu corpo praticamente não existe mais, minha *toushana* está tão calma que nem consigo senti-la. Em vez disso, o calor se espalha por mim e brinco com a folha de uma planta, transformando-a em uma flor de papel.

Isto é o que preciso fazer.

Tento expirar, mas não consigo. Corro o risco de fortalecer minha *toushana* ao usá-la de propósito, porque, diferentemente da de Jordan, a minha está dentro de mim. Sinto um aperto no peito e levo uma das mãos a ele, determinada a manter a calma. *Não tenho escolha.*

Vou deixar minha *toushana* se satisfazer em segredo, se for necessário.

Até o Baile.

Então esta vida amaldiçoada finalmente ficará para trás.

TRINTA E UM

Ao voltar para meu quarto na noite seguinte, uma montanha de caixas, latas e livros me espera. Tudo, desde a geografia da espeleologia, o estudo das cavernas, até a influência da era vitoriana sobre o estilo e a moda ocidentais, vários livros de história e uma nova lista de vocabulário de latim. Abby está em sua mesa, dormindo na cadeira sob uma pilha de convites. Ela se assusta quando a porta se fecha.

— Desculpe, não queria acordá-la. — Puxo do topo da pilha na minha cama um livro fino de Emily Post com um nome familiar. Então outro. *Encantando o encantamento*, *Guia para uma vida adequada*, *A linguagem do estilo*. A lista é interminável.

— Tá tudo bem, eu não queria dormir. — Abby limpa uma gota de baba da boca, mas não percebe os adesivos de strass colados em seu rosto. — Preciso mandar esses convites. — Ela se junta a mim ao lado da cama. — O que aconteceu com você depois da Taverna?

— Você precisa fazer isso essa noite? — pergunto, removendo o primeiro pacote da minha cama e começando uma pilha no meu armário. Um pequeno diário preto com uma flor-de-lis na frente desliza da pilha.

— Meu mentor disse que o calígrafo está atrasado. E esses convites *precisam* sair, tipo, *agora*. *A arte dos costumes*, capítulo 17: envie um convite tarde demais, e talvez o convidado já esteja ocupado. Doze dias não é *cedo demais*. Aff!

Tiro o adesivo de strass do rosto dela.

— Posso te ajudar.

— Tem certeza? Você já *viu* sua pilha de coisas?

Ela não está errada. Reviro as caixas e retiro um manual encadernado mais grosso que um dicionário. Uma rápida olhada no livro já me diz muito.

— Uma lista de tarefas?

— Sim.

— São, tipo, quatrocentas páginas!

— É o Terceiro Ritual, Quell. — Abby sorri de um jeito desconfortável. — Chegou a hora das tarefas de adultos. — Ela se joga na cama, caindo de volta no travesseiro.

— Abby, você precisa de uma pausa.

Ela abraça o travesseiro, fingindo soluçar.

— Não tenho tempo!

— Tudo bem, é isso. — Arregaço as mangas. — Eu preciso aprender a fazer essas coisas também. Vamos fazer juntas. — Pego um convite da pilha dela e tiro a fita brilhante e cravejada. — Em primeiro lugar, vamos deixar isso aqui pra lá. Menos é mais. — Enrolo uma fita fina em volta dele. — Pronto, isso é o suficiente. — Enfio o convite em um envelope e pego outro.

— O que aconteceu com você ontem à noite depois da Taverna? — insiste Abby, começando a trabalhar nos convites comigo. — Mynick me disse que Jordan saiu mais cedo, mas você demorou mais um tempo pra voltar pra cá. — Ela me entrega meu convite, tentando colocar a fita nele.

— Falando em Mynick — digo, ignorando a pergunta dela —, estou muito chateada por você não poder levá-lo.

— Sim, isso é muito chato mesmo. Até perguntei a Cuthers se a diretora abriria uma exceção, e levei um não na cara. Mas Jordan? Noite passada?

Entrego a ela um rolo de fita.

— Esta aqui até que é fofa.

— Quell! Você não vai escapar da minha pergunta. — Ela joga a fita de volta para mim.

— Eu só precisava de um tempo sozinha.

Ela se senta na cama.

— Porque você gosta dele, e ele gosta de você, e vocês estão fingindo que não.

Isso é só uma parte.

— Eu, é... não sei.

— E suponho que você e Jordan foram na Taverna *juntos* sem motivo.

— Ele é meu mentor. Estávamos comemorando minha aprovação na prova.

Ela faz uma careta e me lembro de como os olhos dele brilham toda vez que falamos de livros. A maneira como ele olhou para mim, nada surpreso, quando completei o Segundo Ritual.

— Não me olhe assim. — Eu gostaria de poder contar tudo para Abby. — Às vezes ele simplesmente me deixa frustrada.

— É assim que você chama? Como você fica toda inquieta e sorridente perto dele. A maneira como você não consegue parar de olhar pra ele quando ele está por perto.

— Abby, fica quieta! Eu não faço isso. — Mordo meu lábio. *Será que faço?* Esta pergunta está na ponta da minha língua, mas fico em dúvida sobre o quanto devo compartilhar. — Ele é a última pessoa no mundo em quem eu deveria pensar dessa maneira. — Ah, se fosse assim tão simples.

— Por quê?

— Porque ele é muito rígido. Não consegue se soltar. Faz tudo com perfeição. Até seus lábios são perfeitos. Suas bochechas se inclinam perfeitamente para eles. Você já reparou?

— Não, não fico olhando para os lábios de Jordan. Mas você admitir que faz isso diz muito.

Reviro os olhos.

— Ele é a pessoa errada pra mim em todos os sentidos. — Em mais sentidos do que posso imaginar. — E ainda assim... ele é tudo em que penso. Eu...

— Odeia ele, está óbvio.

Desabo na cama ao lado dela.

— Estou sem esperança.

— Quell, ele é um Dragun. Toda garota quer...

— Abilene Grace Feldsher, juro que se você terminar essa frase... — Mostro seu convite e uma tesoura.

— Você não faria isso!

— Eu não arriscaria se fosse você.

Ela arranca a tesoura da minha mão.

— Tá bom, vou deixar pra lá, mas é assim que eu sei *mesmo* que você gosta dele. Um conselho: a vida é sua e você deve vivê-la como quiser. Se você quer Jordan, vá em frente.

— O que sinto por Jordan não importa. *Não que eu sinta qualquer coisa por ele!* Gosto um pouco dele, sim, mas isso não significa... Vamos fazer logo seus convites.

Ela pisca para mim, e eu finjo que estou selando minha boca para mostrar que estou falando sério. Nós nos concentramos em colocar fitas nos convites, e eu amarro os primeiros com muita força, completamente distraída pelo fato de que gostaria de saber o que Abby realmente pensava. Mas isso exigiria que eu lhe contasse toda a verdade. Que Jordan me mataria se soubesse o que estou escondendo. O pensamento desperta minha insegurança e sinto a *toushana* em meu corpo se manifestar.

Quando termino, Abby está deitada na cama, numa pilha de veludo cor de ameixa, roncando novamente. Minhas mãos estão tensas de tanto amarrar e mal tenho energia para sair da cama e poder dormir. Cubro Abby com as cobertas dela e apago a luminária. O frio trêmulo sob minha pele me alerta que a *toushana* ainda está lá. Lembrando-me de que precisarei voltar para a floresta. E logo. Só a ideia de usá-la de propósito me dá arrepios. Memórias de Jordan na floresta alimentando sua *toushana* pairam sobre mim enquanto me arrasto até as cobertas e abro minha lista de afazeres, passando para a primeira página.

Meu plano de usar minha *toushana* para controlá-la melhor funciona.

⚜

A sessão de Dexler começa com um estrondo, e pressiono as mãos, ainda latejando em um aviso frígido, entre os joelhos. Por mais que doesse, fiquei tentada a ficar no meu quarto o dia todo até escurecer o suficiente para visitar a floresta. Mas eu precisava desesperadamente conversar com Dexler e Plume sobre o evento dos herdeiros no final da semana.

Os convites foram enviados assim que vovó e eu encontramos um bom título: Chá de Flores de Verão, uma tarde de rosas e refrescos. E cada um dos herdeiros *já* confirmou presença. Esconder a verdade da vovó é uma coisa. Ela vê o que ela quer ver. Mas esses herdeiros são a nata da Ordem, os futuros Darragh Marionnes e Beaulah Perls. Cerro os punhos.

Tenho *dias* para me preparar para ter o melhor desempenho da minha vida.

A aula de Dexler não está muito cheia, com pessoas trabalhando em suas mesas de forma independente.

— Toda magia, como sabemos pelos nossos estudos de Sola Sfenti, vem de... — ela começa.

— Pó Solar.

— Antigamente era ingerida, injetada, enxertada e até costurada na pele. Mas agora... — Ela gesticula para eu terminar.

— A magia está no sangue.

Shelby olha em minha direção. Sorrio, mas ela volta os olhos para o livro.

— Precisamente. E quando é descoberta?

— Durante os Quarenta Dias de Escuridão.

— Um Cultivador pode sentir o Pó Solar nas pessoas ou coisas e retirá-lo. Mas primeiro ele precisa alcançar seu *kor* interior.

Balanço a cabeça, e Dexler pressiona os óculos com mais firmeza no nariz antes de se sentar ao meu lado.

— Visualize o Pó Solar passando por você.

Fecho os olhos e imagino minha magia queimando em mim adequadamente. A dor escondida sob minha pele estremece. *Por favor, agora não.*

— Direcione isso para o centro do seu corpo. Sinta *de verdade*. Já deve estar forte o suficiente agora. — Ela bate no meu diafragma, onde minha magia quente zumbe, e tento esquecer que minha *toushana* me deu um aviso. Dexler faz alguns alunos barulhentos se silenciarem quando a dor em meus ossos lateja. Olho para o relógio. Ignoro a dor, me concentrando no centro do meu corpo, e o calor se expande em mim, em cada parte, antes de passar pelo meu peito em uma rajada aguda e abrasadora.

As pontas dos meus dedos brilham, a magia pulsa sob minha pele.

— Aí está. Você não precisa do sol, de uma vela ou de qualquer uma dessas coisas, já que pode acionar seu *kor* interior. Você só precisa saber como encontrá-lo. Agora *jogue-o* para fora.

Franzo o cenho, confusa, mas meus instintos me dizem para beliscar meu dedo. Minha pele parece estar sendo arrancada dos músculos pedaço por pedaço, de modo excruciante, e uma chama vermelha acende na ponta do meu dedo. Eu pulo, mas percebo que não dói.

— Eu não entendo.

— Isso não é fogo. É o seu *kor*. Você puxou sua própria energia mágica de dentro e a depositou em seu dedo. — Ela gira meu pulso, admirando o brilho quando a chama em minha mão cresce. Agarro a mesa, mas o mundo fica confuso. Viro-me para o lado e o pânico gelado em minhas veias pulsa com mais força, enquanto o calor que senti antes diminui. *O que está acontecendo?* Tento dizer, mas minha língua está grossa. A chama no meu dedo dobrou de tamanho.

— *Quell!* O elixir, agora — ela grita, e alguém segura um frasco frio em meus lábios. Eu tomo, e o mundo fica mais nítido.

— O que aconteceu?

Dexler leva as mãos ao peito.

— Você está bem, querida?

— Acho que sim.

— A culpa é minha. Não se pode deixar o *kor* queimar fora do corpo por muito tempo ou ele vai drenar você.

— De magia?

— De *vida*.

Solto um suspiro e aperto minhas mãos quase congeladas. Felizmente, Dexler me deixa passar o resto da aula com a cabeça baixa, então aproveito para desacelerar minha respiração e o martelar em meu peito, na esperança de acalmar o frio que tenta se enraizar em meus ossos.

Conforme a sala se esvazia, Plume aparece na porta.

— Ainda vamos nos reunir? — pergunta ele, e Dexler olha para mim.

— Tem certeza de que está se sentindo bem? — indaga ela.

— Sim — respondo.

Depois que toda a turma sai, explico a ideia do Chá de Flores de Verão. Como tudo deve ser perfeito. Eles meneiam a cabeça afirmativamente e de um jeito afetuoso, sem me interromper, e quando termino percebo que estou segurando os braços da minha cadeira.

— Relaxe — diz Plume.

— Trabalhamos para a diretora. — Dexler sorri. — Nós entendemos.

— Ótimo — digo, um pouco aliviada por eles acharem que impressionar a vovó é o motivo pelo qual preciso me sair bem.

— Posso criar alguns jogos divertidos — diz Dexler. — E Plume provavelmente pode ajudar a fazer tudo parecer perfeito.

Inspiro, expiro e reclino em meu assento.

— Ah, com toda a certeza — diz ele. — Estou pensando em sanduíches com pães descascados e doces leves no gramado, talvez.

Eles falam sobre toalhas de mesa de renda, estilos de talheres e peças centrais, e tudo o que consigo imaginar é isso: eu sentada ali tentando me explicar onde estive todos esses anos. Por que estou conhecendo todos eles só agora. Seja lá qual for a história que eu inventar, vai ter que ser bem elaborada. Eu também preciso falar de um jeito convincente. Porém, o principal é que minha *toushana precisa* ficar quieta.

Como se tivesse sido convocado, meu coração dispara em pânico, sinto a cabeça latejar e um frio se espalha pelos meus ossos. Levanto, com o coração acelerado, e tropeço em uma cadeira, a sensação de frio cada vez mais intensa.

— Pobre garota — diz Plume, olhando para Dexler.

— Ela está tão estressada que ficou pálida. Acho que vamos ter que fazer... — Ela olha para Plume.

— Sim, também acho — ele responde. — Vamos preparar o chá e garantir que a diretora pense que todo o trabalho foi ideia sua. — Ele sorri e ela pisca.

— Basta nos dar uma cópia do convite e tudo será feito com esmero.

— Minha nossa, muito obrigada! — Eu me despeço e disparo pela porta. Lá fora, quase vomito. Essa foi por pouco. Eu odeio ter que fazer isso de novo e tão cedo. Mas não vejo outra maneira. Minha *toushana* precisa ser alimentada.

Tenho que ir para a floresta.

⚜

Na minha primeira ida ao Bosque Secreto para satisfazer minha *toushana*, a casca da árvore parece quebradiça e desconhecida à medida que amortece contra a minha pele. Encontro uns galhos finos, deixo minha *toushana* me assolar e volto correndo para dentro. Mas fico me revirando na cama a noite toda me perguntando: se eu pudesse destruir mais de uma vez, o efeito duraria mais?

Na minha terceira ida ao Bosque Secreto, procuro troncos maiores e com raízes profundas e queimo todos até ficar sem fôlego. Até que fiquem pretos e murchem como uma pilha de folhas chamuscadas. Demora tanto que meus dedos ficam dormentes, irritados e ardendo. Mas saio me sentindo... livre de uma maneira inédita. E depois disso, minha *toushana* não se manifesta por três dias inteiros.

Mas hoje, na minha sétima ida à floresta, mal consegui passar pela porta por causa da minha *toushana* ardendo de coceira, implorando para ser arranhada. Corro, atravessando as árvores, tentando colocar a maior distância possível entre mim e a propriedade. Tentando enterrar meus segredos muito, muito longe. No entanto, a vontade de pressionar minha pele contra alguma coisa, qualquer coisa, e sentir os grânulos macios e mortos passando entre meus dedos fica presa na minha garganta como uma sede. *Preciso* beber. Então toco a primeira coisa que vejo, e a próxima, e a próxima, deixando um rastro de destruição como pegadas mortas.

O vento assobia, farfalhando os galhos retorcidos, quando finalmente chego ao Bosque Secreto. Até onde posso ver, há galhos enegrecidos, árvores mortas, algumas em montes de cinzas, outras murchando como se tivessem sido devastadas. Está desolado e carbonizado, como se mal tivesse sobrevivido ao incêndio.

Olho para minhas mãos, meus joelhos firmes na terra. Minha *toushana* cantarola dentro de mim com deleite, uma alegria sem fim. *Ela está satisfeita.*

Eu me levanto enquanto minha respiração difícil sangra através da névoa do silêncio. Forço meus lábios a se fecharem apesar do meu coração furioso. Quando termino, sempre me sinto muito nervosa. E se meus sentidos ficarem embotados e eu deixar de ouvir o estalar das folhas ou uma respiração abafada?

Cinzas grudam em minhas mãos. Eu as espano e o rastro enegrecido começa a mudar, transfigurando-se em montes de folhas pisadas. Cobrindo meus rastros. Enterrando meus segredos. Segredos que não importarão em três semanas.

O olhar dominador da vovó paira na minha memória enquanto me apresso para cobrir a área. Ela tem me incomodado tanto por causa desse evento com os herdeiros de amanhã que, entre as idas à floresta, passei a maior parte do tempo recebendo sermões dela. Estou ficando sem desculpas sobre onde tenho andando.

A magia flui dos meus dedos, controlada e imediata, minha magia adequada respondendo ao comando. Minha *toushana* não se manifestou durante toda a semana. Por mais doentio que seja, meu plano está funcionando.

A floresta começa a se assemelhar ao seu estado anterior, e volto para a porta enterrada nos arbustos. Meus joelhos estão sujos de terra úmida. Tento limpá-los e ajeitar meu cabelo, que certamente está uma bagunça. Parece que fiquei na floresta durante *horas*. Meu nariz está gelado quando abro a porta escondida. No corredor, paro e ouço passos antes de disparar para o meu quarto.

Viro na minha ala e procuro um rosto familiar à espreita no corredor, mas nele há apenas alguns Primus. Jordan não voltou de sua viagem para ajudar na busca pelas garotas Perl. Nem houve sequer um sussurro sobre elas. Giro a maçaneta e encontro Abby dormindo lá dentro. Em que mundo as pessoas desaparecem e a vida simplesmente continua?

Um arrepio percorre meu braço. *Poderia ter sido eu.* Tomo um banho rápido e me deito na cama com um livro de etiqueta social da minha pilha. Amanhã precisa dar certo. Eu me enrolo nas cobertas, lendo e relendo o capítulo de Emily sobre conversação.

Preciso ser perfeita.

TRINTA E DOIS

Amanhã chega e meus pés estão no chão antes que o alarme toque. O evento é à tarde, e, depois de me revirar na cama por horas, desisti de dormir. A primeira parada é com a secretária, sra. Cuthers. De alguma forma, a mesa dela já está tomada de alunos, e o sol mal se levantou. Quando o escritório da sra. Cuthers é liberado, ela gesticula para que eu entre e feche a porta. Atrás dela há um quadro de cortiça com memórias fixadas nele, rostos sorridentes de debutantes vestidos com elegância, com a frase *Você é a melhor* embaixo. Ela pega uma pilha de envelopes.

— Precisamos de um nome *completo*, sr. Blackshear — ela fala pra si mesma, jogando o envelope no lixo. — Srta. Marionne. — Ela clica a caneta. — Como posso ajudar você?

— Gostaria de deixar estas recusas com a senhora, se não se importar em enviá-las. — Entrego a ela a pilha de envelopes que está em minhas mãos. Apresentar tantos motivos "educados" pelos quais não pude comparecer não foi tarefa fácil.

— *Nossa*. — A sra. Cuthers pega a pilha. — Você aceitou algum?

Abro um sorrisinho sem graça.

— Você tem certeza, querida? Nem mesmo um? A sociedade está morrendo de vontade de ver você.

— Eles podem me encontrar depois do Baile. — Quando for seguro.

— Como quiser. O que mais?

— Também gostaria de garantir que minha mãe esteja na lista de convidados.

Cuthers tira os óculos.

— A pequena Rhea? — Ela leva as mãos ao peito. — Que maravilha seria ver o rosto dela por aqui novamente — diz, pegando a lista. — Ela não está, na verdade. Mas posso garantir que ela...

— Na verdade, eu mesma gostaria de fazer esse convite.

— Eu asseguro a você que...

— Com todo o respeito, sra. Cuthers, farei isso de próprio punho com uma nota pessoal minha, para garantir que minha mãe abra. — Farei esta coisinha do *meu* jeito.

A porta se abre, e não preciso me virar para saber quem é.

— Diretora, que bom ver você.

— Estava entrando para saber como andam os preparativos do Baile da Quell. Seu vestido é a parte mais importante, querida. Já tem amostras Vestiser?

— Na verdade, eu ia sugerir que o próximo festival comercial poderia ser o caminho mais eficiente a seguir — a sra. Cuthers intervém.

— *Eficiência* não é exatamente a prioridade. — Vovó se vira para mim. — Isso é o que você quer? Escolher seu designer em um festival comercial como todo mundo faz? *Da* seleção que todo mundo faz?

Não me importo com a aparência do meu vestido. Eu só quero me conectar com minha magia o mais rápido possível.

— Eu odiaria atrasar as coisas por qualquer motivo.

— *Tá bom.* Vou falar com Jordan mais tarde sobre a segurança do evento, só para ter certeza de que será ainda mais rigorosa.

Espere.

— Ele voltou?

— Ele voltou há alguns dias.

Sinto uma fisgada no estômago. *Ele não me procurou.*

— Deu tudo certo na viagem dele?

— Então ele te contou. — Ela faz um som de desaprovação. — As garotas foram encontradas, mas não é para você se preocupar com isso. Está pronta para o chá de hoje? É quase meio-dia.

— Está tudo em ordem.

— É melhor estar mesmo. — Quando a porta se fecha atrás dela, tento expirar, mas não consigo.

⚜

Faltam dez para o meio-dia quando corro para o gramado da frente com meu vestido estampado florido e a faixa da Casa no peito. Tendo como pano de fundo os exuberantes jardins da vovó, a festa do chá está sendo preparada.

— Aí está você! — Plume acena e me leva até a área de recepção. Uma mesa está posta para seis pessoas, com arranjos luxuosos nas cores da Casa, flores e petiscos em pratos sofisticados.

— O que achamos?

— É de tirar o fôlego! — Verifico novamente as medidas de tudo que está na mesa. Os pratos, os talheres e os guardanapos devem estar a uma distância de um centímetro e meio da beira da mesa, no máximo. Ao longe, vovó sai da propriedade de braços dados com uma garota mais ou menos da minha idade. Tenho que travar os joelhos para acalmar a energia nervosa enquanto eles atravessam o gramado para me encontrar. *Seja perfeita.*

O rosto em formato de coração da garota é emoldurado por cabelos ruivos penteados para trás, com um simples diadema prateado arqueado sobre a cabeça. Seu vestido carvão fosco contrasta com ela. A garota caminha com confiança, ombros para trás, conversando um pouco com vovó. Sua faixa azul brilhante tem três folhas cruzadas bordadas, e luvas combinando cobrem a maior parte de seus braços. Com luvas tão compridas, não há dúvida do que estão escondendo. Ela deve ser a herdeira da Casa Ambrose.

— Nore, esta é a minha neta, Quell.

Ela estende a mão.

— Nore Emilie Ambrose. Prazer em conhecê-la. — Seu aperto de mão é firme.

— Igualmente. Por favor, fique à vontade para passear pelos jardins enquanto esperamos os outros convidados. As bebidas estão sendo servidas.

Nore se serve à mesa.

— Herdeiro Drew da Casa...

— Realmente, não há necessidade de tudo isso — diz o convidado que entra vestindo um terninho elegante, dando tapa na barriga dos garçons.

— Oi, Drew, sou Quell. — Ofereço minha mão, tentando distinguir o símbolo em sua faixa azul-petróleo, mas ele está escondido por uma longa trança sobre seus ombros angulosos.

— Você é bonita. — Drew toca meu nariz e larga a minha mão. — A que horas comemos? Estou morrendo de fome.

Vovó alisa o cabelo, gemendo baixinho.

— O pessoal de Oralia chegou, pelo que vejo — ela murmura. — Não espere que este aqui seja educado. Oralia não pretende ter filhos. Portanto, a propriedade passará para o irmão dela, Drew.

Tento me lembrar de não me referir à diretora Oralia como a mãe de Drew. A última convidada da tarde, também aquela que me deixa mais curiosa, não fica para trás. Herdeira de Beaulah Perl. Seu cabelo brilhante está preso, em cascatas de cachos ornamentados com joias. Quase não há maquiagem sobre sua pele marrom quente, o que ressalta sua beleza natural. O vestido rubi que ela usa brilha sob o sol. As joias no topo de seu diadema reluzem, só não mais que seus olhos escuros, que parecem pedras preciosas sob os longos cílios. Ela é a perfeição. Também carrega uma faixa, e meu olhar se prende à imagem de uma coluna rachada bordada.

— Você deve ser Quell. — Ela faz uma reverência que colocaria a minha no chão. — Sou Adola Yve Perl. Fiquei encantada com o convite. Minha tia me disse tantas coisas maravilhosas sobre você.

— Sua tia?

— Minha mãe também ficou bastante surpresa. — Ela ri por trás de uma mão enluvada. — Mas a primeira garota de toda a família! Tia Beaulah ficou encantada. Me colocou sob a proteção dela na mesma hora e me criou como se eu fosse dela. Você e eu temos algumas coisas em comum, pelo que vejo. Ela olha para a vovó com um sorriso educado.

— É o que parece. — Não era isso que eu esperava ouvir da sobrinha da mulher que tentou me matar. Vovó olha para nós, me incitando a dizer *alguma coisa*. Não ser superada. — Meu mentor só me disse coisas adoráveis sobre sua tia.

— O primo Jordan. — O sorriso dela não combina com a expressão em seus olhos.

Um sino toca, sinalizando o início do serviço de chá. Nore e Adola sentam-se ao meu lado, de modo que fico entre elas. Drew, em frente a mim.

— Vou demorar só um minuto. Por favor, não esperem — diz vovó, voltando para a propriedade.

— Muito obrigada a todos por terem vindo — digo, gesticulando para que os criados comecem, tentando lembrar a ordem correta das coisas. Drew desliza o açúcar para mim.

— Obrigada. — Coloco a quantidade aceitável de adoçante em minha xícara e ofereço a Adola.

— Não, obrigada. — Ela toma um gole de sua xícara. Nore está quieta, recostada na cadeira. Seu chá permanece intacto. E de vez em quando seu olhar recai sobre a cadeira da vovó.

— Está tudo bem? Posso mudar seu lugar se você quiser.

— Está tudo bem — responde ela, arrogante, finalmente tomando um gole de sua xícara. Não deixo de reparar, no entanto, em como a xícara estremece antes de tocar seus lábios.

Bebo um gole da minha xícara e um líquido quente e salgado entra em minha boca. Cuspo a bebida nojenta por toda parte.

Drew e Adola começam a rir.

— *Sal.* — Afasto o açucareiro. — Vocês todos me *enganaram*!

— Ah, qual é, leve na esportiva. Você é a novata. — Drew inclina um braço para trás na cadeira. — Temos que fazer você se sentir bem-vinda.

Adola abre um sorriso malicioso.

— Ela ficou brava.

— Ela vai ficar bem — Drew afirma. — Você tem senso de humor, não é, Marionne?

— Estou bem. Tá tudo bem. — Mas, na verdade, fico bastante envergonhada enquanto os criados retiram as toalhas de mesa e tudo o mais. Preciso me tranquilizar e me convencer a não ficar ansiosa por causa de toda essa mobilização.

— De qualquer forma, foi tudo ideia de Drew — diz Adola, quando ela, Drew e eu caminhamos entre as rosas enquanto a linda mesa arrumada por Plume é refeita.

— Mentira! — Drew protesta, mas um sorriso se esconde por trás da negação.

— O senso de humor é melhor do que o melhor senso comum, ouvi uma vez — digo. — Não se preocupe com isso. Foi tudo muito divertido.

Nore caminha sozinha enquanto esperamos, e juro que vejo seus olhos revirarem. Mas quando olho para ela, está admirando um arbusto de rosas pretas.

— Quando você chegou ao Château Soleil? — quer saber Drew.

Meu coração bate forte. Nore ajusta as luvas e puxa os mesmos fios do xale sem parar.

— Ela é sempre assim? — digo, fingindo que não ouvi a pergunta deles.

— Não faço ideia — responde Adola. — Esta é a primeira vez que a encontro. Você estará no Tidwell?

— Tive um conflito de datas. Infelizmente — acrescento, esperando que seja convincente.

— Eu também, infelizmente — diz Adola. — Odeio perder esse evento. É o melhor. — Seus olhos se estreitam. — Você já foi a um baile antes?

— Na verdade, não.

— Por que não? — pergunta Drew. Adola espera pela minha resposta enquanto o utensílio final é colocado no lugar e somos conduzidos de volta a uma mesa recém-posta.

— Estes parecem deliciosos. — Sento-me, arranco um pedaço de sanduíche e coloco na boca para não ter que responder.

Vovó finalmente retorna ao pátio, ocupando seu lugar à mesa.

— Mas o que aconteceu aqui? — ela pergunta, olhando para a nova configuração da mesa.

— Está tudo bem agora.

— O que você fazia antes de vir ao Château, Quell? — indaga Drew, persistente e irritante, antes de enfiar um sanduíche inteiro sem casca na boca.

A encarada da vovó envolve meu pescoço.

— Não tenho muito a dizer que possa ser interessante para vocês, tenho certeza.

— Tente.

Seguro o copo com mais força e sinto uma pontada de frio.

— Quer dizer, a menos que você não queira falar sobre isso.

— Eu não disse isso. — Torço minha fita em volta do dedo. Nore percebe e trocamos um olhar.

— Que tal uma próxima rodada de chá? — sugere vovó, interrompendo, e os criados lotam as mesas.

A pergunta de Drew se perde na confusão e tento me recostar na cadeira. Antes que alguém possa fazer mais perguntas, volto-me para Adola.

— Ouvi dizer que você está terminando esta Temporada. Qual vai ser a cor do seu vestido?

— Meu vestido? — Os dedos delicados dela acariciam suas pérolas com um tom de arrogância que me lembra sua tia Beaulah Perl. Vovó suspira baixinho.

— Sim — digo.

— Na nossa Casa é tradição debutar de preto.

— Ok. Eu havia esquecido.

Vovó pigarreia. A situação está tomando um rumo que não deveria. Drew abre a boca, mas sou mais rápida.

— *Nore*, como está o seu chá?

— Delicioso. — Ela sorri, mas desvia o olhar, entediada, irritada ou algo assim.

— Sua mãe também era herdeira? — Adola pergunta, direcionando a conversa agressivamente de volta para mim.

— Ela não era — respondo, lutando contra o suor frio.

— O quê...

— Como vão as coisas na sua Casa, Adola? — interrompo a próxima pergunta, falando um pouco alto demais. — Estou muito preocupada desde que soube o que aconteceu.

Ela se endireita, sua compostura vacila, mas sua voz soa tão melódica e doce como sempre.

— Tem sido difícil. Você e seu mentor devem conversar bastante.

— Não foi Jordan quem me contou. Todos têm falado disso... — *Na Taverna*, mas não completo a frase porque vovó não precisa saber que estive lá.

— Só espero que todos possam se recuperar e seguir em frente. — Adola coloca outro pedaço de pãozinho com creme na boca antes de cruzar os talheres voltados para baixo no prato. Ela está com uma disposição completamente diferente agora. Cutuquei uma ferida. Isso a calou. É uma pequena vitória, mas vou aceitar.

O olhar atento da vovó patrulha a mesa e, durante o restante do chá, tenho o cuidado de me ater ao que sei e evitar ser o centro das atenções. Fico um pouco excluída da conversa, e talvez seja melhor assim. Tento participar de vez em quando para pelo menos parecer que estou interessada. Quando o último prato de doces é servido, sinto dor nas costas, e tudo o que descobri desse grupo é que Drew e Adola só apareceram aqui para bisbilhotar.

— Você está muito quieta, Nore — diz vovó, tentando incentivá-la, como se estivesse mexendo cuidadosamente uma panela de sopa.

— Sim, bem, eu esperava ter mais sobre o que conversar, mas, infelizmente, não estou achando este evento muito inspirador — retruca ela. O olhar de Adola se torna mais intenso. Vovó mexe no brinco. Drew joga outro biscoito na boca, aparentemente entretido.

— Falta quanto tempo para o seu Baile, Nore? — pergunto, tentando salvar essa farsa de festa.

— Acabei de emergir, na verdade, estou trabalhando no meu Segundo Ritual.

— E como está indo? — Adola indaga.

— Não muito bem. — Ela rapidamente toma outro gole de chá, como se estivesse arrependida de ter sido tão sincera.

— O Segundo Ritual é uma loucura — afirmo. — Organize-se bem e trabalhe nisso todos os dias. Boa sorte.

Ela me agradece com um meio sorriso e, de repente, seu rosto perde a cor.

— Nore?

— Com licença — ela diz. — Para que lado fica o banheiro?

— Logo à direita — responde vovó.

Nore se levanta da mesa sem usar as mãos e quase tromba em um criado. Ela sai correndo em pânico.

Vovó franze o cenho, provavelmente se perguntando a mesma coisa que eu.

— Com licença — digo.

Sigo Nore, mas, por mais rápido que eu ande, não consigo alcançá-la. Espero em uma cadeira com braços em formato de espiral do lado de fora do lavabo. A água corre, barulho da descarga, mas entre eles ouço xingamentos.

— Nore? — bato na porta.

— Só um minuto. — Um bom tempo depois, a porta se abre e ela está toda sorrisos. Suas luvas desapareceram e, onde espero ver marcas em seus braços, está nu.

— Desculpe, não consegui descobrir como abrir a pia. — Ela passa por mim e seu braço está gelado.

Muito mais frio do que o normal.

Disfarço a minha surpresa. Ela para e o medo da morte arde em seus olhos. Nore se afasta um pouco.

— Nore... você está bem?

— Estou.

— Esqueceu suas luvas? — Procuro alguma indicação de que estou errada. Seu peito está projetado, ombros para trás, perfeitamente equilibrada. Porém, ela hesita um pouco.

— Eu as rasguei, por acidente. Houve um problema e eu deveria tê-lo consertado há muito tempo. Então eu as joguei fora.

Ela está mentindo! Seu tom de voz diz que ela está desesperada para que eu pare com as perguntas.

— Eu ia agradecer pelo seu conselho — diz ela. — Você gostaria de um conselho sobre como sobreviver neste lugar?

— Lógico.

— Escolha com sabedoria as pessoas que você deixa entrar em seu círculo.

Não sei o que dizer, então fico em silêncio.

— Eu deveria voltar. — Nore vai embora, e suas palavras são sufocadas pelo choque do que *acho* que sei. Corro para o banheiro e vou direto para a cesta de lixo. *Vazia.* Procuro algum vestígio de cinzas, algum indício de destruição. Lágrimas brotam em meus olhos por motivos que não sei pôr em palavras. Não há nada no banheiro, porém. Não há nada aqui além de provas de que ela mentiu sobre jogar fora as luvas.

Eu sei o que senti. Conheço aquele olhar dela. Isso me assombrou durante toda a minha vida.

Ela disse que está tendo dificuldade com o Segundo Ritual. Acho que sei o motivo.

TRINTA E TRÊS

Na tarde seguinte, depois de uma noite sem dormir pensando no que acho que sei sobre a herdeira da Casa Ambrose, finalmente inicio o dia com uma caminhada até o Bosque Secreto. Estou muito agitada para me concentrar em qualquer outra coisa. Depois do almoço, o dia volta ao ritmo normal e consigo sair para ajudar Abby.

Ela me entrega um pires com um pedaço de bolo recheado de framboesa enquanto meus pensamentos voltam para Nore. Se a herdeira de outra diretora também tiver *toushana*... Lágrimas vêm aos meus olhos. A ideia de que posso não estar sozinha neste abismo, presa entre as expectativas da vovó e um veneno que me mataria, provoca uma ferida no fundo do meu peito. Eu *preciso* saber.

— Vamos lá, só mais uma vez — incentiva Abby.

— Você está exagerando — digo, agora pensando em Jordan, com uma dor desconhecida. *Gostaria de poder falar com ele sobre isso.*

— Tudo bem, eu vou com este. — Ela indica um limão.

Saímos da reunião com o fornecedor e me vejo examinando os corredores em busca de um rosto taciturno familiar.

— Em breve será a sua vez — diz Abby, passando o braço pelo meu. — O que você gostou no seu bolo?

— Não sei. Toda mesa precisa de um minibolo? Isso não é um pouco demais?

— Eu acho que é meio glamoroso. — Abby vira o cabelo. — Mynick disse que Ambrose não faz isso.

Mynick!

— Preciso deixar minha adaga para polir e ensaiar a dança com os outros debutantes. — Ela para. — Você está bem? Parece um pouco desligada hoje.

— O evento dos herdeiros foi muito intenso, e Nore estava... esquisita. Sei lá. — Isso é o mais próximo da verdade que posso chegar com ela por enquanto. — Além disso, tenho uma ideia. Mynick pode ser meu acompanhante no seu Baile. Sei que você quer que ele vá e não tenho ninguém para levar. — Ele está na Casa de Nore, então talvez ele tenha algumas informações.

— Isso é brilhante! — Ela me abraça. — Ele vai com você com certeza.

— Devo avisar Cuthers sobre a confirmação extra?

— Você poderia? Vou me encontrar com o Cultivador Tucker. Depois o restante da minha aula final será o ensaio da dança em grupo.

— Shelby faz parte do grupo, certo?

— Nem me lembre.

— Ela foi muito legal no meu primeiro dia.

— Com *você*. Mas todo mundo é legal com você.

— Ah, claro, que seja. Eu cuidarei disso e te encontro mais tarde.

De volta ao meu quarto, pego meu papel de carta.

Nore, peço sinceras desculpas se fui muito insistente e a ofendi. Não tive a intenção. Se houver alguma chance de que eu esteja certa... de que você não está bem, saiba que não vou contar a ninguém. Obrigada por ter vindo ao meu chá. Espero vê-la novamente em breve.

Acrescento *Você não está sozinha*, então jogo fora o bilhete e reescrevo tudo sem essa última frase. Escrevo bilhetes de agradecimento aos outros herdeiros, acrescentando uma flor abaixo da minha assinatura, como faz a vovó, e coloco-os em envelopes. Rapidamente deixo tudo no escritório de Cuthers e confirmo a minha presença e a de Mynick. Quando volto para o meu quarto, encontro um bilhete passado por baixo da porta com uma caligrafia familiar.

Me encontre às nove.

Tento, mas não consigo afastar meu sorriso. Eu deveria deixá-lo esperando. *Ele está de volta há dias!* Um monte de amostras de vestidos cobre minha cama, do travesseiro ao pé. Eu teria um bom motivo para isso. Leio o bilhete novamente e sinto aquela estranha sensação de que estou vibrando por dentro.

Estou... com saudade dele.

Eu me pergunto se ele sabe alguma coisa sobre Nore Ambrose... Pego um tanto dos vestidos para levar comigo, determinada a não pensar demais nessa coisa de roupa, e saio correndo pela porta.

⚜

Jordan está me esperando no jardim de inverno e vê-lo enche de alegria os meus passos.

Qualquer frustração que eu tenha trazido vai embora quando nossos olhos se encontram. *Eu estava morrendo de saudade dele.* Jordan vem em minha direção, então para hesitante, como se não tivesse certeza do que fazer agora que estou aqui.

Sento-me no banco de pedra, mas ele permanece de pé.

— Como foram seus primeiros dias como Secundus? — pergunta.

— Bons.

— Já começou os primeiros preparativos para o Baile? Você vai querer ter uma vantagem inicial nos convites. Sua Casa é lenta com isso.

— Sim, estamos trabalhando em alguns agora. Mas...

— Então, como usou seu tempo ontem?

Seu jeito de falar é rápido, curto e muito profissional. Procuro em seu olhar alguma explicação. Por que parece que estou falando com o meu mentor em vez do meu amigo *muito* próximo? Mas ele evita meu olhar, puxando as pétalas de uma flor próxima.

— Quell? Eu fiz uma pergunta.

Meu corpo enrijece diante da severidade dele.

— Tenho reunido ideias sobre onde gostaria de estagiar no ano seguinte à minha estreia.

— Você vai querer basear isso no prestígio do cargo, não no seu interesse no trabalho. Fazer contatos é a coisa mais importante neste momento. Conhecer o maior número possível de graduados poderosos da sua Casa. Administrar uma Casa exige bons relacionamentos.

— Aonde você foi na semana passada?
— Não posso te contar.

Não sei o que esperava depois de tanto tempo sem vê-lo, mas não era isso. Eu menti para mim mesma? Ainda sinto a areia entre os dedos dos pés, de quando ele transfigurou esta casa de vidro em um sonho vivo, só para que eu pudesse acreditar em mim mesma. A maneira como ele me mostrou, com paciência e delicadeza, como pôr magia em minha lâmina antes que minha *toushana* arruinasse tudo. Como ele fica animado quando falamos de livros. O interesse com que ele escuta as coisas que digo, refletindo sobre elas como se fossem um tesouro. Como seus olhos brilharam como um dia fresco de primavera quando ele me viu passar no Segundo Ritual. Procuro por ele, *esse* Jordan, meu amigo.

Mas há traços em seu rosto que não existiam antes. Não há mais que meio metro de distância entre nós, mas poderia muito bem ser um oceano.

— Quell? Você está me ouvindo? O Baile é em vinte dias. O que mais você já resolveu?
— Organizei um chá com os outros herdeiros.
— E aí? Como foi?
— Foi muito bom, eu acho.
— Explique melhor.

Reprimo meu aborrecimento e respondo à pergunta porque, embora eu não esteja gostando do jeito dele neste momento, *estou* ansiosa para contar para ele.

— Todos vieram e se divertiram. Nor... — Um Dragun saber da situação dela seria uma sentença de morte. — Vovó também ficou bem impressionada.

Jordan escuta atentamente.

— Estou indo bem. Mesmo sem você aqui.
— Então a diretora Marionne está satisfeita?
— Está.
— Que bom. Isso é bom para nós dois.

Eu me mexo no meu assento, irritada.

— Você vai...
— E você vai querer pegar um Vestiser *mais cedo* — diz ele. — Felizmente, minha mãe se interessou por tecidos entre os estudos de Transmorfo e

Áuditro, então minhas roupas estarão prontas a tempo. — Ele se move como se estivesse muito nervoso, e isso é tão perturbador quanto confuso.

Eu me levanto.

Ele dá um passo para trás.

— O que há com você?

— Não entendi o que quer dizer. — Ele anda de um lado para o outro e não posso deixar de pensar que é apenas uma desculpa para se afastar mais de mim. — Você já começou a incorporar o resto dos seus intensificadores? Você deve ganhar alguns extras como presentes por aí.

— Ainda não comecei isso, mas está na minha lista. — Eu cutuco minha pele, mas eu ia preferir arrancar os cabelos.

— E a memória funciona. Sei que é muita coisa, mas você deve conhecer o histórico *completo* da Ordem.

— Jordan...

— Recomendo que você repita em voz alta três vezes ao dia, se possível.

— *Jordan.*

— Espero que você treine comigo pelo menos uma vez...

— Jordan!

Ele para, e um Jordan que não conheço olha para mim, a preocupação franzindo seu cenho. Diminuo a distância entre nós, meus pés dez passos à frente da minha mente. E desta vez ele não se afasta.

Sustento seu olhar, determinada a laçar aquele pedaço dele que tenta fugir. *Fique aqui,* ele disse para mim uma vez enquanto dançávamos. Isso é o que quero dele agora. A vontade de estar conectado comigo. Me deixar me conectar com ele.

Ele fica parado, com a respiração mais acelerada do que deveria. Porém, não se afasta.

— O que foi? O que mudou?

Sua expressão endurece. Seus ombros pendem como se nunca tivessem relaxado de verdade. Eu gostaria que ele simplesmente me contasse. Em vez de me excluir. Mas Jordan sempre me pareceu ser a pessoa que ajuda, e não a que é ajudada.

Deixe-me entrar, é o que quero dizer. Mas, em vez disso, pego seus dedos e, para minha surpresa, ele me deixa pegá-los. Seus dedos brincam com os meus e, antes que eu perceba, nossas mãos estão entrelaçadas, presas, mais corajosas do que nossas palavras. Engulo as palavras na borda dos meus lábios, tentando sufocá-las. Estou tentando me convencer de que essas vibrações não são reais. Mas tudo que consigo é apertar a mão dele novamente e segurar com mais força. Ele também aperta.

— É verdade que você voltou há três dias? — pergunto.

Ele suspira e me solta.

— Ir para Hartsboro me deu muito em que pensar.

Nós nos sentamos juntos no banco.

Ele extrai suas palavras como se saíssem de um poço profundo do qual nunca bebeu. Seu olhar está fixo no chão em vez de em mim.

— Vir para cá me mudou.

— Como?

— Quell, eu sou um Dragun. Você entende o que significa?

— Entendo. Mas...

— Não há "mas".

— *Mas...* — Eu me aproximo mais. — Você é Jordan Wexton, meu amigo *muito próximo*. Foram longos oito dias e eu senti saudades. — Quero ouvi-lo proclamar seus sentimentos para saber que não estou sozinha nesta ilha. Mas hesito em pressionar.

Depois de um oceano de silêncio:

— E ele sentiu saudades de você.

Ele me puxa para um abraço lateral e minha cabeça encontra seu ombro. Ficamos assim por muito tempo. Hesito em interromper, mas agora que as coisas parecem um pouco mais certas entre nós, há muito que quero dizer.

— Fiquei tão aliviada quando soube que as garotas foram encontradas.

— O que você quer dizer?

— As garotas da sua Casa estão bem, não é?

— Quell, não as encontrei vivas.

Meu coração aperta. *As garotas Perl estão mortas.*

Ele tira o cabelo do meu rosto, e me inclino em sua mão para lhe oferecer algum conforto, mas na mesma hora penso ter sido ousada demais. Sua expressão se aquece e seus dedos traçam a curva do meu nariz, minhas bochechas.

— Fala de outra coisa — ele pede.

— Você viu seus pais?

— Outra coisa.

— Me conta uma história divertida de quando você era pequeno. E eu vou te contar uma. Que tal isso? — Acho que consigo encontrar algumas lembranças inofensivas para compartilhar.

— Tudo bem. — Ele se acomoda em mim e tira um saco de doces da bolsa. Ele coloca alguns na boca e me entrega um verde. Eu fico surpresa.

— Meus olhos me enganam?

— Você deveria aceitar antes que eu mude de ideia. — Ele sorri, e eu enfio o doce na boca antes de apoiar minha cabeça em seu ombro, que se encaixa como uma peça de quebra-cabeça na curva do pescoço dele. Seus ombros abaixam um pouco quando ele tenta relaxar.

— Acho que vou começar. Uma vez, quando eu tinha cinco anos... — Ele pode não estar pronto para admitir em voz alta que sente algo por mim. Mas, por enquanto, só preciso disso. Por enquanto, isso basta.

TRINTA E QUATRO
.·•·=======✳========·•·.

Começou a chover perto do toque de recolher, então fiquei com Jordan no jardim de inverno trocando histórias. Ele me contou da vez que se perdeu na floresta perto da propriedade de seus pais. E depois de muito tempo procurando o caminho de volta, decidiu que enfrentaria o desafio e viveria com os lobos. Quando o grupo de busca o encontrou, ele estava tão determinado a provar que realmente poderia fazer isso que só falou em uivos de lobo por uma semana. Eu ri até quase passar mal e lhe contei pequenas partes da vida com mamãe. Partes desintegradas de quem eu sou. *De quem eu era.*

Quando voltamos para nossos quartos, estávamos com os pés descalços cobertos de lama e sem fôlego. Caí na cama pouco antes do amanhecer, plenamente consciente de que perderia as sessões matinais. Mas meu alarme me convenceu a sair da cama a tempo de me arrumar para uma visita à vovó.

Subo as escadas correndo, imaginando Jordan criança rosnando para os pais enquanto entro na sala de jantar.

— Você está radiante mesmo esta noite.

Faço uma reverência.

— Diretora.

A empregada de vovó pousa uma bandeja com chá na mesinha de centro entre nós e coloca uma lenha no fogo.

— Eu estava preocupada com a possibilidade de você não vir. Dia cheio?

— Bastante ocupado. Mas tudo está sob controle, garanto.

— A sra. Cuthers parece pensar assim também. Você tem sua lista de estágios?

Pego a lista do papel de carta da Casa Marionne que vovó fez para mim, ainda não convencida completamente deste negócio de herdeiros. Não posso fingir que não é atraente. Não posso fingir que fazer essa lista não foi emocionante. Mas tudo o que conseguia pensar era: *Onde entra a minha mãe?* Meus pensamentos se voltam para Nore, imaginando o que ela pensará da minha carta. Se eu estiver certa, me pergunto como ela faz tudo funcionar. A família dela não está em pedaços. Espero que hoje eu possa abordar o assunto com Jordan.

Vovó olha para o meu papel, depois olha para o ar e a empregada coloca uma caneta em sua mão.

Ela escreve na minha lista de desejos, riscando algo várias vezes, e eu gemo baixinho. Escolhi cada lugar com cuidado, todos perto da praia.

— Pronto, agora é um bom começo. Vou discutir isso com o Conselho. Não deveria ser problema, mas todos nós votamos nas atribuições dos herdeiros. Então gosto de ser metódica. — Ela me entrega o papel e está escrito "Estágio na própria Casa" no primeiro lugar da lista. Ela trocou os lugares na parte inferior para colocar aqueles mais próximos do Château Soleil como prioridades.

— Não entendo, pensei que... — *Cabia a mim decidir.*

— Sim?

— Nada. — Tomo um gole da minha xícara. Não importa. Assim que terminar, mamãe e eu iremos embora.

— Convites, em que pé estamos? Enviei uma lista de convidados recomendados. Você recebeu?

Sim, 350 pessoas de que nunca ouvi falar.

— Recebi, obrigada. Percebi que minha mãe não estava lá. Eu a coloquei na lista. Espero que não tenha problema.

A xícara de chá de vovó para logo antes de chegar aos lábios dela.

— Sim, sim, lógico. Deve ter sido um descuido. Com certeza ela deveria estar na lista. Me perdoe.

Que bom. Pouso minha xícara no pires suavemente para não fazer barulho, balançando a cabeça com um sorriso. Não sei exatamente se essa animação de vovó é mesmo sincera. Mas pelo menos ela sabe o que eu espero. Que estou prestando atenção. Mal posso esperar para ver mamãe novamente, quando for seguro.

A conversa termina sem muitas perguntas mais.

— No mesmo horário amanhã?

— Jamais perderia — respondo, tentando infundir alguma animação em minha voz.

No início, eu gostava desses encontros. No entanto, à medida que se tornaram um momento que vovó me intimida a planejar a visão *dela* do meu futuro, fico cada vez menos animada com eles.

— Antes que você vá. — Ela me entrega um envelope. — Isso chegou para você hoje. — Letras prateadas brilham em um papel azul, fechado por três folhas entrelaçadas pressionadas em seu selo de cera. — Acredito que seja de Nore Ambrose.

Meu estômago revira.

— É bom ver você fazendo amizade com pessoas da sua estatura, Quell. Continue assim.

Eu me despeço de vovó e me apresso para o hall, onde uma conhecida Secundus, loira e de olhos azuis, está sentada.

— Shelby, oi.

Ela cruza e descruza as pernas.

— Está tudo bem?

— O que isso importa para você?

Ela volta para seu caderno, me ignorando completamente. Eu a deixo lá. Tenho dez mil outras coisas com que me preocupar. Quando estou sozinha, quebro o selo.

Encontre-me onde as árvores estão mortas.
À meia-noite.

Leio as palavras várias vezes. O brilho do sol está mergulhando abaixo das árvores do lado de fora da janela mais próxima. Meus pensamentos giram, me deixando nervosa. Estou descendo as escadas, relendo o bilhete, quando esbarro em Jordan.

Ele me pega pela cintura, me puxando para sua órbita.

— Você está com pressa.

— Ah, ei, queria falar mais com você sobre o chá com os herdeiros.

— Então venha para o meu quarto esta noite.

— Eu não sabia que meninas podiam entrar na Ala dos Cavalheiros.

— Estou de plantão esta noite.

— Jordan Wexton, você está *burlando* as regras?

Ele levanta dois dedos ligeiramente separados.

— Ok. Mas eu, hum, tenho que sair de lá antes da meia-noite para estudar. Aperto com força o bilhete de Nore nas minhas costas até Jordan desaparecer de vista.

⚜

O quarto de Jordan fica no canto do hall entre a Ala dos Cavalheiros e a dos Cultivadores. Ele me leva para dentro e sou recebida pelo cheiro de alho. Há um quarto separado e um banheiro. Tudo arrumado e organizado. Não parece que ele divide o espaço com alguém, o que não é um choque.

Eu me sento à mesa, que ele arrumou corretamente com todos os arranjos e uma florzinha no prato ao lado de um cartão com meu nome. Ele me serve cidra espumante e tira algo do forno.

— Não imaginava que você fosse um chef.

— Não sou. — Ele balança uma receita. — Este é o único prato que consigo fazer muito bem. Aprendi isso com a mãe da minha avó. Meus pais me deixavam com ela...

— Nos verões, lembro disso. — Ele me contou na outra noite sobre sua bisavó severa, adepta de punições extremas. Ele põe uma assadeira de pãezinhos dourados crocantes sobre um descanso na mesa, e o cheiro é maravilhoso.

— O que é?

— Popovers. Ou pudins de Yorkshire, como vovó chamava.

— Não sabia que vocês eram próximos.

— Eu não era, mas a observei de perto. — Ele para por aí e eu não faço mais perguntas.

— Então, o chá foi interessante — digo com entusiasmo, incomodada com o bilhete de Nore. — O que você sabe sobre os herdeiros das outras Casas?

Ele coloca um pedaço de pão na boca.

— Conheço bem Adola, obviamente. Nunca conheci Drew, mas ouvi dizer que eles são bem espertos. E, se eu puder evitar, não me envolvo com Ambrosers.

— Mas você sabe alguma coisa sobre a herdeira Ambrose? — Prendo a respiração.

— Nore Emilie Ambrose. Filha de Paul e Isla Ambrose. Ela mora em Idaho, na propriedade Dlaminaugh, o campo de treinamento da Casa Ambrose. Ela deve debutar em uma das próximas duas Temporadas. É uma boa Transmorfa e uma Retentora decente, pelo que ouvi falar. Mas isso não importa, pois obviamente ela vai ser uma Cultivadora.

Nossa.

— Achei que você não os conhecia bem. Ela deve ter sido assunto em suas discussões com seus amigos Draguns...

— É meu trabalho saber as coisas e não mencioná-las.

Seu tom envia um arrepio no meu braço. Um arrepio que não sinto perto dele há muito tempo.

— Então por que eles discutiriam sobre ela? Algum motivo em particular?

— Eles não falaram dela. — Suas sobrancelhas franzem enquanto ele estende uma bandeja de queijo. — Aconteceu alguma coisa no chá?

— *Não* — respondo um pouco rápido demais. Pigarreio e como mais uma coisinha. — Alguma pista sobre quem machucou as garotas da sua Casa? — Seu próximo pedaço de comida para em sua boca enquanto pego algumas azeitonas e um pouco de queijo.

Jordan suspira, passando um guardanapo na boca.

— Não convidei você aqui para falar sobre meu trabalho. — Ele fica de pé. — Que tal um pouco de música?

— Só estou perguntando porque...

— Chega, tudo bem?

— Tudo bem. — Eu me junto a ele próximo a um toca-discos vintage e pego uma capa de disco em preto e branco. Enquanto Jordan coloca o vinil, reparo em uma caixa polida ao lado do toca-discos, com uma coluna rachada gravada. Abro a tampa e encontro seis alfinetes de lapela dourados lá dentro, cada um com uma palavra diferente inscrita.

Ele tira a caixa das minhas mãos antes que eu possa lê-las.

— Por favor.

— O que é isso?

— Uma tradição que temos na minha Casa. Eu tive que fazer por merecer cada um. — Ele toca uma cicatriz no cotovelo antes de fechar a caixa e colocá-la em uma prateleira alta.

— Então, um gramofone? — mudo de assunto, percebendo que cutuquei uma ferida.

— Peguei em nossa casa em Ascot na última vez que estivemos lá. Era do meu bisavô. — Ele agarra o braço do tocador e o coloca cuidadosamente sobre o disco preto. — Já ouviu falar da banda The Ink Spots?

— Não. — Uma música começa a ressoar do gramofone.

— E William Congreve?

— Esse nome não me é estranho, mas não sei dizer de onde conheço.

— "A música tem encantos para acalmar um peito selvagem." *The Mourning Bride.* "A noiva de luto." Ele foi um dramaturgo inglês do século XVII. — Jordan direciona sua mágica para o teto. — Você sabe minha opinião sobre os clássicos, mas eles eram de leitura obrigatória, é claro. — O branco acima de nós sangra preto, o teto se transforma em um céu noturno cheio de estrelas. — Você dança comigo?

Eu realmente quero perguntar mais a ele sobre Nore.

— Minha comida vai esfriar.

Ele estende a mão para mim e encaixo minha mão na dele, desistindo da ideia.

— Você precisa praticar.

— Não tem problema gostar de mim, sabe?

— Não, tem problema, sim.

Eu me afasto.

— Sinto muito, não foi isso que eu quis dizer.

— Ou foi isso que você quis dizer? — zombo, irritada pela insistência dele em guardar as coisas sobre as quais não quer falar. Primeiro sua magia, depois seu trabalho, as garotas de sua Casa e, óbvio, seus *sentimentos*.

— O que você quer que eu diga, Quell?

— Quero que você diga o que realmente quer.

— Eu *quero* ter um jantar agradável. *Quero* dançar.

— Você *sabe* que não é isso que estou perguntando. — Me afasto mais dele. — O que você quer, Jordan? — Eu olho para ele, no fundo de seus olhos, e o desafio a desviar o olhar.

— Quell, você não sabe o que está perguntando.

— Sei, *sim*!

— Você não sabe, *não*. Porque, se soubesse, não perguntaria!

— Não é difícil só para *você*, Jordan. — Olho a hora e pego meu suéter da cadeira.

Ele continua me atraindo, mas não reconhece que sente alguma coisa. Ele me deixa entrar, porém me mantendo à distância. Quase como se quisesse me *ter* sem *estar* comigo. E estou cansada disso.

— *Quase* pareceu diferente com você. *Quase*.

— Quell, por favor.

Pego a maçaneta.

— Não entendo como você se contenta em viver com tanto de si mesmo nas sombras.

Ele corre até mim, é como um borrão escuro.

— Eu *sou* a sombra, Quell.

— Bem, eu vivi uma vida nas sombras. — Abro a porta dele. — E não recomendo.

⚜

Afasto a frustração de Jordan e corro para o hall de entrada, depois para o armário de vassouras, e disparo pelo corredor a poucos minutos antes da meia-noite. O ar úmido me dá as boas-vindas enquanto corro pela floresta até que as árvores se fecham ao meu redor e o Château é uma lembrança distante. Minha *toushana* se enrola em meus ossos, despertando-se, louca para ser alimentada. *Agora não*, digo a ela.

Eu paro e presto atenção nos ruídos ao redor. Mas ouço apenas o vento.

— Nore?

O Bosque Secreto está vazio, tão calmo quanto um cemitério.

— Nore? — repito.

Mas ela não responde.

Ninguém responde.

TRINTA E CINCO

Já faz dois dias que saí nervosa do quarto de Jordan, e minha irritação com ele ainda ferve. Felizmente, as últimas preparações do Baile de Abby e do meu me mantêm ocupada. E agora que o dia dela finalmente chegou, posso ter a esperança de tirar de Mynick algumas respostas sobre Nore.

— Como você pode estar tão tranquila? Estou uma pilha de nervos há *semanas*. — Abby se vira para os dois lados no espelho, verificando várias vezes cada ângulo de seu vestido.

— Você acha que estou tranquila? — Passei as últimas duas noites pensando em Nore e naquele bilhete. Eu esperava que ela escrevesse novamente, dizendo que tínhamos nos desencontrado. Mas até agora nada. Os últimos dias foram de agitação mental, coração acelerado, *toushana* sedenta. Sem mencionar que voltei para a floresta para usar minha magia proibida. O aviso de Octos para manter minha magia das trevas sob controle me assombrou, me deixando preocupada com o fato de talvez eu a estar usando mais do que deveria. — Abby, estou longe de estar tranquila.

— Bem, você disfarça bem. — Ela pega sua fita. — Me ajuda com isso, não consigo levantar os braços.

Coloco o cetim sobre ela e ajusto a flor para que fique em seu peito.

— Você está perfeita.

— Sério? Não mente para mim porque sou sua amiga.

— Para com isso. Você está linda demais.

— Minha adaga, onde está minha...

— Aqui. — Eu pego, tomando cuidado para segurá-la no pano em que está embrulhada, e entrego a ela.

— Ok, *acho* que estou pronta.

— Está levando o juramento na bolsa caso dê branco?
— Sim.
— Fita adesiva e alfinetes?
Ela tira da bolsa uma dobra plana de fita adesiva e alfinetes.
— Pronta para qualquer crise no figurino, sim.
— Lábios?
— Com batom.
— Diadema?
— Polido. — Ela inclina a cabeça para baixo e eu dou uma olhada.
— Seios?
— Apertados juntos.
— Beleza, você está definitivamente pronta.
— Ai, Quell. — Ela se lança em um abraço. — Promete que você vai me visitar. Um ano é muito tempo. Mas a instalação de Cura onde vou estagiar permite visitantes, então você *tem* que vir.

A realidade de que a voz de Abby não vai animar este quarto amanhã à noite me dá um nó. Vou sentir falta dela.

— Farei o meu melhor. — Mas a verdade é que, provavelmente, é mais fácil assim. Que ela saia primeiro. Porque não sei para onde vou depois do meu Baile.

Alguém bate na porta.

Abro e três câmeras acendem o flash ao mesmo tempo.

— Ah, desculpe. Vocês querem ela — digo, saindo do caminho e piscando para afastar as manchas brancas dos olhos.

A sra. Feldsher entra correndo com um monte de outras pessoas que se parecem com Abby. Seus braços estão carregados de flores e o rosto do pai brilha com uma máscara elegante. Me afasto enquanto eles a cercam de aplausos e procuram por Mynick.

— Ei, cuidado! — É Mynick que passa pela porta e me faz recuar.

— Abs, devemos ir andando — diz o sr. Feldsher, antes de verificar sua máscara no espelho.

— Vejo vocês dois lá fora — diz Abby enquanto ela e sua família saem correndo porta afora.

— Ei, obrigado pelo convite. — Mynick me oferece o braço. — Vamos?

— Ora, obrigada — digo, tomando seu braço e zombando da formalidade toda.

Ele ri.

— Obrigado novamente por fazer isso. Eu devo uma a você.

— Com certeza vou pensar em uma maneira de você me retribuir.

Contando tudo que sabe sobre Nore Ambrose.

⚜

O Grande Salão está decorado em tons de rosa-claro e dourado. As janelas em arco foram revestidas com um tecido brilhante que cai em cascata até o chão. Tudo brilha.

Há seis cadeiras no pequeno palco central, mas apenas cinco adagas. Folheio o programa.

— Falta a Shelby.

— Quem? — Mynick pergunta, serpenteando entre as mesas em direção àquela marcada com o sobrenome de Abby.

— Nada.

Encontramos nossos lugares quando a música começa a tocar e as luzes se suavizam. O barulho da plateia diminui quando as portas se abrem. Eu me inclino para Mynick, sussurrando:

— Então me fale sobre Nore Ambrose.

Ele oscila na beirada da cadeira, esticando o pescoço para dar uma olhada nas debutantes enquanto entram e fluem direto para a dança em grupo.

— O que tem ela?

Abby nos pega olhando e nós acenamos.

— Ah, você sabe... como ela é? Ela está em alguma de suas sessões?

Ela tem toushana?

— Você pergunta isso como se ela fosse alguém que eu conhecesse.

— Então você não a conhece?

— Eu conheço você mais do que conheço ela. — Ele ri. — Ninguém chega perto de Nore. A diretora perderia a cabeça.

— Então ela é protegida?

— Ao extremo.

Antes que eu possa fazer outra pergunta, ficamos de pé com toda a sala, aplaudindo enquanto o grupo termina de dançar e Abby toma a palavra com seu acompanhante. Mynick reclina-se em sua cadeira e decide passar manteiga no pão em vez de assistir.

— O que você estava dizendo mesmo? — Eu me inclino para a frente.

— Por que está tão interessada em Nore, afinal?

Porque ela pode ser um espelho de sobrevivência neste mundo que nunca imaginei. Porque nunca conheci alguém que sofresse como eu. Porque saber que há outra herdeira por aí corrompida como eu faz meus passos parecerem mais leves. Deixa o ar um pouco mais fresco. Me faz sentir *menos* corrompida.

— Tenho meus motivos. Além disso, você me deve.

Ele sorri.

— Não, mas eu nunca a vejo.

— Ela disse que está se iniciando. Você não tem sessões com ela?

— Ela não mora na propriedade.

— Calma, como é que é?

Olhares tensos miram em minha direção enquanto a dança de Abby chega ao fim.

— Ela não põe os pés em Dlaminaugh há anos, pelo que ouvi dizer.

O salão de baile explode em aplausos estridentes e um sino toca. A multidão fica em silêncio enquanto Abby termina sua dança e se aproxima do palco para se conectar com sua magia. Um holofote a segue até um pequeno estrado envolto em arranjos florais.

— Abilene Grace Feldsher — grita vovó no microfone, e Abby dá um passo à frente.

Nore não põe os pés em Dlaminaugh há anos.

E ainda assim ela veio ao chá e agiu como se nada estivesse errado.

Mantenho os olhos à frente, cravando a unha no tecido da cadeira, tentando entender o que isso significa para mim.

— É minha distinta honra — diz vovó, elevando o volume, e vejo Abby subir no palco. Mas o resto do que ela diz se confunde com uma névoa na minha mente, consumida por Nore. A adaga desaparece no peito de Abby com um estalo; as luzes piscam. Quase perco.

— Em nome da Casa Marionne, a Prestigiosa Ordem dos Maiores Mistérios dá-lhe formalmente as boas-vindas, Abilene Grace Feldsher, em nossa organização. *Supra alios*. — Vovó faz uma mesura para Abby.

— *Supra alios* — repete a multidão.

— *Supra alios*, diretora — diz Abby, e vovó a abraça.

Aceno para Abby no meio da multidão, esperando que ela me veja enquanto encara todos, sorrindo, embora um pouco atordoada. Sua mãe chora de soluçar e Mynick dá um soco no ar, irradiando entusiasmo. Abby pisca mais algumas vezes, esfregando a menor cicatriz onde sua adaga desapareceu. Por um momento, a pele abaixo parece brilhar, ou algo assim, antes que vovó a conduza para fora do palco e peça a próxima debutante.

Mynick se levanta da cadeira para chegar até ela. Agarro o braço dele.

— Há mais alguma coisa que você possa me dizer?

— Olha, eu realmente não sei muito. Nore tem uma casa de campo só pra ela porque tem aulas particulares. Mas nunca sai de lá. É como se tivesse medo de socializar ou algo assim. No início da Temporada, a diretora disse a todos que ela deveria fazer uma viagem diplomática. O "Diário Debs" supostamente deveria estar acompanhando toda a história, mas nada saiu no jornal. Tudo sobre Nore é estranho.

O medo se manifesta em mim.

— Mynick, o Conselho alguma vez visitou Dlaminaugh por lazer?

— Uma vez, e não todo o Conselho. Apenas uma das diretoras.

— Quem?

— A diretora Perl. Desculpe, gostaria de saber mais. — Ele dá de ombros antes de me deixar para encontrar Abby.

A cerimônia continua, mas as palavras de Mynick me prendem na cadeira. Se eu pude farejar o segredo de Nore facilmente, Beaulah seria muito mais hábil em reconhecer os sinais. Seguro a cadeira com mais força enquanto o salão de baile se esvazia. As paredes se fecham.

Beaulah alcançou Nore? Se sim, ela poderia chegar até mim.

TRINTA E SEIS

Na manhã seguinte, quinta-feira, um bilhete desliza por sob a minha porta, e meu coração para. Mas é apenas um bilhete de Jordan me dizendo que eu estava bonita ontem à noite. Rasgo o papel e jogo no lixo. Na sexta-feira não chega nenhuma correspondência e, não aguentando mais, mando outra carta para Nore Ambrose. Muito mais simples desta vez.

Você está bem?

Na manhã de sábado, uma batida firme na porta quase me derrubou da cama. Pego um roupão e acendo a luz, percebendo que é tão cedo que ainda está escuro lá fora. Abro a porta, esperando que seja uma resposta de Nore Ambrose.

— Bom dia, querida.
— Vovó?

Ela abre caminho e levo um momento para perceber que ela não está só.

— São... seis da manhã.
— Sim, e hoje é o primeiro dia em que você será consumida pelo público. Deve ser feito corretamente.

Consumida?

— Nosso Festival anual do Mercado Magnólia é hoje. E a recepção dos pais, hoje à noite.

Ah, certo. Os vendedores se alinham no pátio oferecendo seus produtos às debutantes. Pessoas que debutaram anos atrás ainda viajam de todos os lugares para cá para estocar mercadorias, colecionar cartões de visita e conhecer a propriedade de Marionne. Além de escolher um vestido, fiz um checklist completo com todas as coisas que ainda preciso fazer. Uma bela Transmorfa que acompanha vovó arruma uma cadeira e ajeita uma pilha de revistas.

— Isso é realmente necessário? — pergunto à vovó, mas ela está muito ocupada vasculhando meu armário.

A Transmorfa puxa meu chapéu e gesticula para que eu me sente na cadeira. Vovó mostra dois vestidos que enfiei de propósito no fundo do armário.

— O que você acha?

Sua sobrancelha se levanta com um desafio. Eu não tenho coragem de lutar tão cedo pela manhã. Não com Nore em minha mente e Abby desaparecida. E outras pessoas chatas me enviando bilhetes que eu não quero. Aceito a derrota e sento na cadeira.

— Para cima ou para baixo? — pergunta a Transmorfa.

— O que for mais rápido. — Eu me afundo no assento o máximo que posso. Leva uma hora para finalizar a maquiagem e o cabelo que sejam do agrado de vovó. Felizmente ela aceitou as cores que escolhi, e eu não pareço um palhaço. Vovó está trabalhando na mesa do meu quarto o tempo todo, apesar de eu ter dito que ela já poderia ir. Se já está assim no início, este será um *longo* dia.

— Agora vou perder a primeira hora do festival porque tomo um chá com as Filhas de Duncan. Elas acham que sou a chave para a reintegração, mas estão absolutamente enganadas. Encontro você no meio da manhã e podemos terminar o que sobrou.

— Você não vem comigo?

Ela sorri, interpretando isso da maneira oposta a minha intenção.

— Vejo você em breve, no entanto.

A porta se fecha. *Uma hora, foi o que ela disse?* Pego minha lista. Só terei que ter certeza de que a finalizei até lá.

⚜

O pátio fica lotado de gente mesmo no início da manhã. Nore é a única coisa na minha cabeça. *Ela tem uma casa particular em sua propriedade. Então isso significa que Isla Ambrose sabe da sua* toushana *e está tentando ajudar a protegê-la? Ou Nore está escondendo a verdade da diretora como eu?* Os vendedores alinham-se no gramado da frente, até onde posso ver. Uma música lenta e suave vem de uma banda ao vivo e cheiros deliciosos abrem meu apetite. Achei que chegar aqui antes do café da manhã me ajudaria a analisar as coisas mais rápido. Mas as filas parecem serpentes saindo de cada mesa dos comerciantes. Pais e familiares vieram de longe para examinar as descobertas do festival. Isso não será eficiente nem fácil. Eu verifico minha lista novamente.

Primeiro um Vestiser. Também preciso de sapatos, suportes para bolo e algum tipo de lembrancinha para todos os trezentos convidados, quem quer que eles sejam. Isto vai ser um circo e eu sou a estrela do espetáculo.

Encontro a tenda azul marcada como Vestiser Victor, onde um sujeito corpulento, de terno sob medida, distribui cartões a todos que passam.

— *Monsieur* Victor Laurent. — Ele beija a minha mão. — Vestiser a seu dispor. — Seu olhar permanece no meu diadema. — Você deve ser Quell Marionne.

Ele rola uma arara de vestidos envolvidos em plástico para mim e me entrega uma taça de champanhe. Quase me atrapalho, Nore remexendo na minha memória de novo. Da última vez, ela respondeu tão rapidamente.

— Madame?

— Desculpe. — Eu engulo todo o meu champanhe. Não há nada que eu possa fazer em relação a Nore até que ela responda. — Você estava dizendo...?

— Que tipo de cor ou estilo você está procurando? — Ele balança para a frente e para trás sobre os calcanhares.

— Não tenho certeza.

— Temos uma ótima seleção. — Ele traz mais duas araras e para cheio de ansiedade.

— Que cores você sugeriria? Convença-me e talvez eu não precise manter meus outros compromissos.

— Um verde ou azul faria maravilhas com seus olhos. — Ele segura um vestido cheio de miçangas no braço.

— Não.

— Ou que tal... — Ele abre uma bolsa e tira um vestido rosa-claro *ombré* enfeitado com brilhos. — Eu modelei a magia dos brilhos a partir de constelações reais. Posso retirá-lo exclusivamente para você.

Seguro a peça de roupa contra mim, girando no espelho do chão, e mal reconheço a garota que vejo.

— Acho que não percebi que um vestido poderia me deixar sem palavras. Eu vou levar. Espere. Quanto custa isso?

Ele ri.

— Vai para a conta da Casa, senhorita.

Vestido pronto. Termino com Victor e, se tudo for fácil assim, com certeza terminarei antes que a vovó possa me perturbar.

⚜

Com as peças principais, lembrancinhas e sapatos prontos, quase uma hora se passou quando me apresso para minha parada final: flores. Os vendedores de flores estão instalados no pátio mais próximo do roseiral, e sinto o cheiro delas antes de chegar até eles. As mesas forradas com buquês, corsages, flores de lapela e centros de mesa de amostra estão cercadas por uma multidão de debs e suas famílias. Retiro de um barril de flores soltas vendidas por unidade uma flor branca que me é familiar. *Oleandro.*

— Oh, essas são muito especiais, madame — diz um senhor de macacão e chapéu de palha de aba larga. — Você deve ser Quell Marionne.

— Sim, eu preciso... — Verifico minhas anotações. — Uma flor para lapela, um *monte* de centros de mesa e dois arranjos para o palco.

— Ah, então você deve usar as melhores flores. — Ele me entrega uma flor roxa bem escura e tusso ao ver o preço na etiqueta. — Adália negra. *Extremamente* difícil de cultivar. Uma madame da sua grandeza deveria ter algo tão raro e bonito quanto ela.

— Bom dia, senhor. — Sua atenção se volta para alguém atrás de mim e ele arruma suas roupas. Não preciso me virar para saber que é Jordan.

— Vou levar estes e os oleandros — digo ao florista. — Você terá que falar com a sra. Cuthers, secretária da diretora, sobre o número exato de centros de mesa. Mas tudo deveria ser cobrado da Casa.

— Uma boa escolha, madame. — Ele se curva e eu vou embora, na direção oposta de Jordan.

Ele me segue.

— O que sobrou?

— Um polidor de adagas.

— Use Rollins Shine. Eles estão no mercado há muito tempo.
Suspiro e paro para encará-lo.
— Ok, obrigado. Isso é tudo?
— Quell.
— Jordan. — *Vá embora.* Mas meus pés não escutam. Puxo alguns vestidos próximos apenas para evitar olhar para ele.
— Você recebeu meu bilhete?
— Recebi. E decorei minha lata de lixo com ele.
Seu maxilar fica tenso e eu saboreio isso. *Veja como é ter alguém brincando com seus sentimentos.*
— Jordan! — alguém chama. — Jordan, é você?
— Ai, nossa — ele murmura, e eu me viro para sair.
— Quell? — a mesma voz estridente diz.
— Quem é... — Mas um olhar para a mulher responde à minha pergunta. A mãe de Jordan não é muito mais alta que eu. Ela vem em nossa direção com um elegante blazer xadrez e saltos pontudos. Seu cabelo enrolado é delicioso e perfeitamente desenhado. Joias enormes pendem de suas orelhas.
— É um prazer conhecer você. Sou Lena, mãe de Jordan. Ele nos contou muito sobre a pupila dele. Embora não tenha dito que você era tão bonita.
— Você é muito gentil, obrigada.
Atrás da sra. Wexton, com um telefone ao ouvido, está uma versão pálida e fantasmagórica de Jordan. A sra. Wexton tenta chamar sua atenção, mas encontra um dedo de sua mão.
— O trabalho nunca para. — Ela sorri.
— Por que você está aqui, mãe?
— Você diz isso como se não estivesse feliz em me ver.
— Isso não é uma resposta.
— Eu vi o artigo no *Página Seis*! Muito bem — diz ela, ignorando-o completamente.
— E quem é essa? — O sr. Wexton junta-se à conversa e a expressão de Jordan endurece.
— Esta é a neta de Darragh Marionne e *herdeira*, Richard.
Ele me olha com desdém, depois volta para Jordan.
— Está tudo certo aqui, filho?
O tom condescendente na voz dele embrulha meu estômago.

— Richard! Peço desculpas. — A sra. Wexton aperta o meu ombro.

— Se essa coisa de mentor estiver saindo do controle, falarei com a diretora — ele prossegue.

— Com licença, o que você está insinuando exatamente? — pergunto, cruzando os braços.

Jordan toca meu pulso.

— Você não vai falar com ninguém. — Ele cospe as palavras, encontrando os olhos do pai pela primeira vez. — A diretora Perl está satisfeita com meu trabalho aqui.

— Contanto que você tenha certeza. — Ele vira seu rosnado em minha direção. — E contanto que ela entenda seu lugar.

O choque de sua grosseria solta minha língua.

— Desculpe-me, senhor, mas acredito que estamos na propriedade da *minha* família.

Jordan geme.

Seu pai me encara com tanta intensidade que me preparo para suas próximas palavras serem cortantes. Mas sua virulência não é disparada contra mim.

— Jordan, o diretor Dragun está ansioso para encontrá-lo na próxima semana para discutir a colocação. Espero não ter motivos para hesitar quando seu nome for apresentado.

— Você não tem motivo. E você não vai hesitar.

— Talvez. — Ele enfrenta o olhar de seu filho com um desafio. A mandíbula de Jordan fica tensa, mas ele permanece quieto.

— Lena, vamos embora, e você — o sr. Wexton aponta para mim —, tome cuidado, mocinha. — Ele sai, e a sra. Wexton o segue, trocando apenas um olhar estranho entre nós. — A honra do meu filho não será manchada pelo bastardo de algum pródigo... — ele diz para a esposa enquanto saem furiosos.

— Quell, me desculpe. Ignore-o. Ignore os dois. Eu tento o meu melhor.

Reprimo minha raiva o melhor que posso enquanto Jordan fica na frente da minha linha de visão.

— Por favor.

— Do que ele está falando, afinal? — Cruzo os braços.

— Assim que eu sair daqui, serei procurado para comandar a irmandade Dragun sob a chefia do próprio diretor Dragun, o que é inédito para alguém da minha idade. Mas, devido à minha habilidade e ao fato de ter uma pupila para demonstrar liderança, minhas chances parecem boas. Meu pai prometeu me apoiar também.

— Então o que ele está sugerindo? Ele não vai mais te apoiar?

— Draguns se envolverem com pessoas é muito desaprovado. — Suas palavras são medidas com a calma de uma tempestade iminente.

— Ele realmente jogaria fora tudo pelo que você trabalhou?

— Ele está me avisando para não nos deixar... — Jordan desvia o olhar. — Sair da linha.

Seus pais desapareceram na multidão e ele olha na direção deles.

— Eu tenho que lidar com isso.

— Você?

— Eu devo.

— Você não deveria. Ele que saiu da linha. — Quero ficar com raiva, mas a única emoção que consigo sentir é pena. Mamãe e eu talvez não tivéssemos tido muito. Ela está longe de ser perfeita, mas nunca me manipularia assim. Escondendo fatos para me controlar. Ela desistiu de toda sua vida para me proteger. Desejo isso para ele. Esse tipo de amor.

— Você não entenderia, você não tem...

— Pais?! Era isso que você ia dizer? — Estendo a mão para empurrá-lo bem no peito. Mas ele segura meu pulso e percebo como a sensação do seu toque me fazia falta.

— Eu ia dizer que você não precisa lidar com a política Dragun.

— Não vá atrás disso, Jordan. Não entre no jogo dele.

— Não é tão simples assim.

— Não é? — Minha pena se transforma em frustração, reacendendo minha irritação com a forma como ele tem se comportado. — Jordan, pela primeira vez na vida, faça algo por si mesmo. — Recolho meu braço e saio.

⚜

A tarde caiu. Seu brilho rosa dourado mergulha abaixo da janela do meu quarto e um bocejo arranha minha garganta. Sem resposta de Nore, e com a irritação de antes ainda doendo, retirei-me para o meu quarto para me dedicar ao que importa: os estudos do Baile.

Uma esperada batida suave na minha porta me tira das cobertas. Vovó nunca me alcançou; finalizei minha lista inteira antes que ela terminasse o chá da manhã. Não há como ela ficar emocionada com isso. Abro a porta e faço uma reverência quando vejo sapatos masculinos engraxados.

Jordan.

Empurro a porta para fechá-la, mas ele me impede com a mão.

— Por que você está aqui?

— Para conversar.

— Jordan...

— *Para me desculpar.*

— Você não deveria estar correndo atrás do seu pai? Acredito que ele ainda esteja aqui para a recepção dos pais ou algo assim.

— Eu não falei mais com eles. E pensei muito sobre o que você disse.

— E... — Posso entrar? — Suas sobrancelhas se levantam em súplica e isso aperta meu coração. — Por favor — pede ele.

Eu deveria fechar a porta e nunca olhar para trás. Mas, em vez disso, eu abro mais um pouco.

— Só um pouquinho.

Ele entra, e volto para minha cama.

— Eu estava errado por não ter sido mais franco com meu pai sobre o que sinto por você. — Seus olhos me acompanham, e posso senti-lo procurando algum indício de que aceito sua admissão de culpa. Que eu o perdoo. Mas não sei se pedir desculpas é o suficiente. Seu olhar cai sobre minhas pernas, enroladas uma sobre a outra. O nó em sua garganta se desfaz e eu puxo minhas cobertas sobre as pernas.

— Meu pai é um homem difícil de agradar. Mas ele exerce muito controle na Ordem. Eu não dou a mínima para o que ele pensa. Mas preciso que ele pense que sim.

— Mas você liga.

— Não ligo. É maior que ele.

— Então é com a Ordem que você se preocupa? E não com a opinião dele?

— Quell, esta é a minha vida. Por enquanto, ele é o porteiro. Você tem que enxergar isso.

— Então o que você está dizendo? Você não teria feito nada diferente?

— Não, eu...

— Parece que é exatamente isso que você está dizendo. Entrando aqui como se eu fosse seu animal de estimação, que você pode manter e acalmar com as palavras certas. — Eu pulo da cama e vou em direção à porta. — Porque se é para isso que você está aqui...

— Para. — Seus dedos puxam meu pulso, mais como uma exigência do que como um pedido. Ele me puxa para ele e não há ar entre nós. — Eu não vejo você assim. Eu nunca poderia. — Ele suspira. — *É porque* eu te respeito e sei que não posso dar tudo o que você deseja se eu mantiver distância. — Seu coração acelera e posso senti-lo contra meu peito. — É apenas por essa razão que me impedi de dizer, de fazer coisas estúpidas. — Seu olhar cai em meus lábios.

— Jordan, preciso saber que não estou só imaginando coisas.

A alça da minha camisola fina escorrega do meu ombro e ele a coloca de volta no lugar, com um toque suave como uma chuva de verão. Seu polegar encontra meu queixo, acendendo uma chama dentro de mim, pulsando calorosamente, um desejo jamais sentido.

— Não é.

Seus dedos traçam meu pescoço como se movessem ao som de música, roçando minha pele suavemente. Na minha clavícula e por cima do ombro nu, como se ele estivesse admirando uma bela escultura. Seu braço aperta minha cintura e seu olhar brilha como um nascer do sol inebriado. Porque eu o conheço, posso ver que há mais palavras presas entre seus lábios.

— Diga. O que você está pensando?

— Não posso.

Forço seus olhos nos meus.

— Você pode.

Ele morde o lábio.

— Eu quero você — murmura ele, e de alguma forma estamos mais próximos. Sua respiração aquece meus lábios, e eu me seguro neles, oscilando na beira de um penhasco, desafiando-o a pular comigo.

— Deixe-se levar — digo a ele, como ele me disse uma vez.

Ele hesita, depois cede ao fogo que acende em seus olhos. Seus dedos curvam-se ao redor do meu quadril sabendo como isso deve me fazer sentir. Eu me inclino para seu toque enquanto sua outra mão passa pelo meu cabelo e depois pela minha nuca.

— Posso te beijar?

Eu me inclino e sua boca encontra a minha, macia e quente. Estremeço com o sabor doce dele, e o mundo derrete. Ele aperta meus lábios, pedindo por mais. Tremo toda com uma dor profunda, como uma magia que nunca senti. Nós nos fundimos como um só, e isso é como dançar novamente com ele.

Ele interrompe o beijo, com ânsia em seus olhos.

Mas sua fome me dominou e eu insisto por outro momento em que não há mundo, nem veneno em minhas veias, nem Baile, nem diretoras. Só eu e ele. Nossos lábios se juntam novamente, um pouco desajeitados pela ansiedade, e eu me deixo consumir pela sensação.

Calor, paixão, *vida* corre para as partes mais escuras e desoladas de mim, suturando o que estava quebrado. Abro mais a boca, entregando-me totalmente a esse sentimento, a esse momento, e isso me toca mais profundamente do que minha magia jamais vibrou.

TRINTA E SETE

Acordo na manhã seguinte certa de que a noite passada foi um sonho. Eu beijei Jordan. *Beijei* Jordan! Me enrolo nas cobertas e franzo as sobrancelhas para a cama vazia de Abby antes de enterrar a cabeça no travesseiro, tentando pensar em algo além de ontem. Mas é impossível. Então eu me forço a levantar, sair da cama e ir para as sessões.

A voz de Dexler continua monótona, mas estou em algum lugar distante, de volta ao meu quarto, com os lábios de Jordan suavemente contra os meus. Depositar minha magia no dedo é mais fácil desta vez. Meu indicador está dançando com chamas vermelhas quando um rosto familiar aparece na sala de aula.

— Cultivadora Dexler — diz Jordan. — Apenas verificando a srta. Marionne, se estiver tudo bem?

Ela abre mais a porta e ele se aproxima da minha mesa. Deixo meu *kor* afundar de volta em mim, então as chamas encolhem até desaparecerem.

— Como você dormiu? — Sua boca se move, mas sou distraída por sua mão na minha cintura. Como isso me faz desejar poder beijá-lo novamente. — Você está bem?

— Sim — respondo timidamente, tentando lembrar onde estava na aula de cultivo.

— Fiz algo de errado?

— Não. — *Eu que nunca tinha beijado ninguém antes.*

Ele sorri, sabichão.

— Você foi perfeita.

Mordo o lábio, envergonhada por ser tão transparente, e leio as notas sobre o cultivo novamente.

— Você nunca me visita nas sessões de Dexler. O que há de tão especial hoje?

Jordan coloca um bilhete em minha mão. Está assinado pela vovó, me permitindo sair do Château hoje à noite até o toque de recolher.

— Eu estava escutando. Ontem. — Ele pega minhas mãos. — Posso levar você para sair?

— Sair? Como em um encontro?

Ele faz que sim com a cabeça.

— Jordan, estou na aula. Isso não poderia esperar?

— Não, não acho que possa ou deva esperar.

— Jordan Wexton interrompendo uma aula por uma futilidade — digo. — A gente se conhece? — Ofereço-lhe um aperto de mão. Seu polegar desenha círculos na minha pele. — Aonde vamos?

— É uma surpresa. Isso é um sim? — Ele se inclina em minha direção, sua expressão transbordando de expectativa. Ele quer me levar para algum lugar longe daqui, longe da pressão da vovó, longe da minha preocupação com Nore? Deixar tudo para trás, mesmo que por um segundo, para respirar?

— Quando partimos?

— Encontre-me no hall de entrada às sete. Use um vestido.

⚜

Eu não queria voltar ao Bosque Secreto tão cedo para continuar a usar minha *toushana*, mas não posso arriscar ter problemas esta noite. O ar lá fora está denso e quente, mais quente do que nunca, me lembrando que a Temporada terminará em semanas. Jordan já está nas portas do Château quando eu chego. Ele está de smoking, com o blazer da Casa dele, costurado com fios vermelhos e pequenos sóis na lapela. Seu smoking nunca foi tão elegante. Distintivos dourados da Casa alinham-se em sua lapela. Coloquei um vestido de lantejoulas douradas e prendi meu cabelo para cima com algumas mechas penduradas aqui e ali.

— Você está de tirar o fôlego. — Ele me entrega uma rosa e eu agradeço, procurando alguma pista de onde poderíamos estar indo, mas não vejo nenhuma.

— Não estamos nos disfarçando para chegar lá? — pergunto quando um carro coberto por uma fina camada de poeira se aproxima.

— Para onde vamos, vai ter Sem Marca. Esta noite, vamos jogar o jogo da integração.

Olho de relance para o relógio de bolso dele. *Dez de julho.*

— O Baile Tidwell é esta noite!

Seus lábios se curvam em um sorriso inteligente quando o motorista abre a porta do carro.

— No minuto em que eu superar isso, iremos embora.

— Eu te dou a minha palavra. — Jordan entra no carro atrás de mim, e a porta se fecha. O Château Soleil está na janela traseira quando o mundo muda e a vizinhança da vovó se transforma em luzes brilhantes de construções imponentes. A cidade vibra de vida, pessoas entrando e saindo do trânsito, buzinas de carros tocando ao longe. Pressiono meu nariz na janela. Não estamos mais perto da Louisiana. A mão de Jordan cobre a minha. Esta noite, vou deixar tudo para lá.

Esta noite, estarei livre.

⚜

As portas do hotel Q se abrem quando nos aproximamos, e o braço de Jordan envolve o meu. Os rubis do anel da sua Casa brilham sob as luzes que vêm da fila de fotógrafos na porta. Vários deles, afastados por cordas de veludo, gritam nossos nomes.

— Ignore-os — sussurra ele para mim, seus lábios roçando minha orelha.

— Sr. Wexton — diz o porteiro. — Devo preparar a cobertura? Seu pai está com você esta noite?

— Só eu e a srta. Marionne. Não há necessidade.

Por dentro, o hotel transborda elegância. Colunas e móveis bem cuidados, pisos polidos e iluminação fraca e brilhante. Inscrições ao longo da coroa do teto ornamentado me lembram o Château Soleil.

Jordan me vê boquiaberta e aponta para sóis esculpidos ao longo do perímetro de um espelho dourado perto de uma antessala. Todos os outros sóis ficam escurecidos no meio.

— Influências dysiianas, ao lado de sfentianas.

— Dysiis não foi o integrante da Ordem proibido de estudar magia?

— Dysiis acreditava que para compreender toda a capacidade da magia de fazer o bem, temos que compreender seu lado mais sombrio. Ele estudou *toushana* até morrer. É daí que vem tudo o que sabemos sobre isso.

— Ah, ele parecia algum tipo de rebelde.

— Para alguns, ele era. — As elegantes portas pretas do elevador se abrem e entramos.

Jordan aperta minha mão enquanto as portas se fecham. Quando elas voltam a se abrir, seguimos uma sinalização para o Salão de Festas Yaäuper Rea. É amplo e uma explosão de cores. Tecidos arrebatadores, candelabros cintilantes, bandejas de prata e uma multidão ricamente vestida. Seguro com mais força o braço de Jordan.

— Sr. Wexton. — Um sujeito de bigode encaracolado e barriga grande, que parece estranhamente familiar, segura Jordan pelos ombros. — Eu estava conversando com Charlie e Sand sobre você.

— Marcius Walsby, que bom ver você.

— E essa deve ser a srta. Marionne. — Ele pega minha mão e eu cedo, resistindo à vontade de fazer uma careta quando seus lábios tocam minha pele.

— Prazer em conhecê-la. — *Eu conheço a cara dele*.

— O prazer é todo meu. A foto no jornal não fazia jus à sua realeza, mocinha.

Eu retiro minha mão.

— É bom ver você, como sempre — diz Jordan, puxando-me para longe. — Deveríamos circular.

— Ele está na Or...?

— Um *membro*, este é o termo que usamos quando estamos longe de casa. E, não, ele não é um membro. Walsby é o governador.

— Eu *sabia* que já tinha visto ele antes. Ele é...

— Um idiota estúpido, corrupto e nojento. Então, naturalmente, ele é bastante popular e poderoso.

— Ele sabe sobre... nós?

— Ele sabe que somos um grupo exclusivo com amplos meios para agir. E para um político isso é tudo que ele precisa saber para se importar.

Quando passa um garçom com taças borbulhantes em uma bandeja, pego um copo, ainda abalada pela descrença. Todo este mundo, a riqueza, o acesso, o poder — tudo existe porque a Ordem assim o *quer*.

— E quanto a ele? — Aponto para um sujeito bem barbeado, de terno escuro e com mechas grisalhas no cabelo, minha curiosidade foi despertada ao entrar no outro lado do mundo em que eu morava.

— Emerson Tidwell, o próprio. Membro. Casa Oralia. — As palavras de Jordan roçam meu ouvido, o seu corpo é pressionado com força contra minhas costas. A música muda para um tom um pouco mais lento, e ele me abraça, balançando.

— Você o conhece?

Ele vira meu queixo na direção de Emerson, que está limpando os óculos com seu lenço verde-azulado.

— Olhe atentamente.

Dançamos na direção de Emerson e vejo o símbolo bordado da Casa Oralia em seu lenço.

— E aquela? — Aponto para outra pessoa, uma garota mais ou menos da minha idade deslizando como um cisne de uma conversa para outra.

— Casa Marionne.

— Seus brincos de flores?

Jordan sorri.

— E ele?

— Você me diz.

Eu olho da forma mais desfavorável que posso por um bom tempo, mas não vejo nada.

— Não sei dizer.

— Ok, isso foi injusto. Ele é Sem Marca. — Jordan dá uma risadinha e eu dou uma cotovelada nele de brincadeira.

— Ela é da Casa Perl, certo?— Indico uma garota com pele acobreada radiante e olhos escuros que brilham como pedras preciosas. Seu vestido é de lantejoulas pretas com um franzido de tecido vermelho em um dos ombros. Ele olha para ela, então prontamente me vira e dançamos, um de frente para o outro.

— Você a conhece *bem*, presumo.

— Não diria isso.

— Não precisaria.

Ele se mexe desconfortavelmente em meus braços.

— Não existem cisnes; Abby ficará tão aliviada por não ter sentido falta deles — digo para aliviar o clima. Mas seu olhar está em todas as direções.

— Jordan, eu não me importo com alguma garota que você...

Paramos de dançar e ele me leva até um canto menos iluminado perto de uma mesa com uma escultura de gelo.

— Você está confortável? Quer ir embora? — quer saber ele, olhando para todos os lugares, menos para mim.

— *Você* quer ir? O que está acontecendo?

Ele passa pela multidão com uma expressão atormentada.

— Você tem que me contar as coisas. É assim que funciona.

— Acho que há um ataque acontecendo esta noite — sussurra ele. — Tem havido mais ultimamente por causa de todas as preocupações com a Esfera. Nunca deveríamos ter vindo.

— Um ataque?

Mas antes que Jordan pudesse responder, vejo um homem familiar, de cabelos escuros e barba curta. Ele está mais bem vestido do que da última vez que o vi naquela tarde no Mercado, mas aquele rosto era impossível de confundir. Ao lado dele está outro, que reconheço vagamente. Eu me apoio na parede enquanto a vaga lembrança de um homem amarrado a uma cadeira gritando ecoa em minha mente. A fumaça que o sufocava, a forma como sua cabeça pendia. Aquele homem ali, do outro lado do salão de baile, estava de pé ao lado dele, fumando seu charuto.

Se aqueles outros homens do Mercado estão aqui, o Dragun atrás de mim também deve estar.

TRINTA E OITO
YAGRIN

Lustres à luz de velas balançavam suavemente no teto do Salão de Festas Yaäuper Rea. Yagrin ajeitou o blazer do smoking e depois olhou para os vãos das portas em busca de qualquer indício de adulteração. Não havia nenhum. Ele recuou ligeiramente, empurrando sua magia através de seu corpo até a cabeça para aguçar seus sentidos de Dragun. Se houvesse ao menos um indício de que a negociação das diretoras lá embaixo, naquela noite, pudesse vazar para o salão de baile, ele sairia correndo de lá imediatamente. A mãe que se danasse. Mas parecia que tudo no Tidwell estava em ordem, brilhante e decadente. Ele olhou no seu relógio. *Dez minutos.*

— Seu coração está acelerado. — Red colocou a mão em seu punho úmido.

— O seu também.

— Você realmente não precisa ficar tão nervoso. Eu vou ficar bem.

Ele a acompanhou pela multidão, sorrindo para os rostos familiares.

— Não faça contato visual com ninguém, a menos que seja completamente inevitável.

— Yagrin, só porque gosto de viver numa fazenda não significa...

— Isto *não* é um jogo, Red. — Ele a leva para um canto escuro.

— Não, é uma festa. — O dedo da moça tocou a ponta do nariz dele e isso o derreteu. Como ele desejava que nada daquilo importasse. Que dançar mal poderia ser a pior de suas ansiedades naquela noite. Mas o véu que ele usava quando estava com ela foi arrancado quando eles passaram pelas portas do Q.

— As regras, repita-as mais uma vez.

Ela suspirou.

— Não fale com ninguém; se tentarem falar comigo, darei uma desculpa rápida e sairei apressadamente. Se alguém perguntar como eu conheço você, devo dizer que não conheço. Nem mesmo sei o seu nome. E não devo dar nenhuma explicação além disso. Vejamos, ah, e em nenhuma circunstância devo sair deste salão de baile.

— Prometa.

— Yag...

— Prometa para mim, por favor.

— Eu prometo.

Ele tentou expirar, mas não conseguiu. Ele queria acreditar que poderia ter esse momento com Red, dar o que ela queria e também apaziguar sua diretora. Os dois mundos dele poderiam coexistir sem colidir, mesmo que esta noite quase desse errado. Ele checou o relógio de novo e procurou por seus colegas ou pela garota sardenta que sua mãe o lembrara duas vezes que poderia estar aqui esta noite. Mas quando um sujeito corpulento caminhou em sua direção com os olhos arregalados, Yagrin empurrou Red em outra direção.

— Vá até a escultura de gelo. Fique lá até eu voltar e pegar você. — Ele a deixou e a vergonha o fez sentir uma pontada no estômago. Não era isso que Red queria quando insistiu em vir. Mas foi o melhor que ele poderia oferecer. Não poderia chegar à família ou a ninguém de sua Casa a notícia de que ele estava lá com alguém. Eles começariam a fazer perguntas, descobririam que ela era Sem Marca e presumiriam que ele havia compartilhado os segredos do mundo deles. Seu estômago azedou ao pensar no que fariam então.

O sujeito barrigudo tirou um fino charuto de folhas roxas de uma caixa brilhante com uma coluna rachada em relevo enquanto o alcançava.

— Eu pensei que era você. Eles mantêm tudo tão escuro nesses lugares. Como anda você, meu garoto? Eu não sabia que todos vocês estariam aqui esta noite.

— Tudo bem, senhor. — Ele se esticou para ver seus irmãos Draguns.

— Tudo em ordem?

Yagrin sorriu educadamente. Ele não foi tolo o suficiente para afirmar ou negar seus assuntos privados.

— Bem, não vou prendê-lo, posso ver que você tem coisas para resolver. — Ele observou Yagrin em busca de uma resposta, mas Yagrin permaneceu estoico enquanto se despedia do intrometido ex-aluno da Casa.

Ele estava indo em direção à escultura para se juntar a Red, que estava fazendo buracos no gelo, quando avistou um vestido preto e vermelho pelo canto do olho. Ele olhou naquela direção para sua colega de Casa, mas ela havia sumido. *Cadê o resto deles?* Ele espiou através da multidão. O salão de baile era enorme, duas vezes maior que o de Hartsboro. Ele passou, de cabeça baixa, entre as pessoas que conversavam, grato pelo menos pelo tamanho da multidão o favorecer naquele momento. Ele avistou outro colega de Casa com cabelo escuro despenteado e terno sob medida. O sujeito bateu no relógio e ergueu três dedos para Yagrin.

Lá embaixo em três minutos.

Yagrin virou sua moeda e expirou antes de checar Red rapidamente. Ela quebrou um pedaço de gelo e estava mexendo na bebida.

— Tudo bem, problema — disse ela.

O coração de Yagrin deu um pulo.

— O quê?

— Meus pés doem. Esses saltos, eu...

— Só não chame atenção, *por favor*. Eu tenho que resolver uma coisa. As regras, lembre-se. — Ele a deixou lá jurando para si mesmo que nunca mais faria aquilo e que de alguma forma, depois que eles fossem embora, iria compensá-la.

Yagrin entrou no elevador e três de seus colegas se juntaram a ele sem dizer uma palavra, todos Draguns que haviam terminado com ele a última Temporada. A que estava ao lado dele cruzou os braços.

— O que está errado? — Ele apertou o botão oculto do andar mais baixo da garagem do Q, acessível apenas aos membros.

— Não há nada de errado — disse ela, claramente mentindo.

— O que quer que esteja nublando sua cabeça, esqueça — disse ele. — Vamos fazer tudo limpo esta noite; suave, sem erros, sem surpresas. *Officium est honor quis.*

— Continue falando assim e as pessoas podem acreditar que você realmente quer estar aqui — disse ela. Os dois ao lado dela sorriram. Quando as portas se abriram, Yagrin saiu o mais rápido que pôde e seguiu por um longo corredor até uma sala de reuniões envidraçada.

— Yagrin — cumprimentou seu líder soturno, com a máscara já no rosto. — Estou surpreso em ver você.

— Charlie. — Ele encolheu os ombros, confuso.

O olhar de Charlie endureceu, mas ele voltou sua atenção para os outros, e Yagrin finalmente conseguiu respirar.

— Traga-o — disse Charlie, e todos se amontoaram ao seu redor. — Estamos aqui para trocar essas caixas de embalagem — ele apontou para uma torre de paletes de madeira embrulhadas em plástico em uma sala adjacente separada por uma janela de vidro — por pagamento. Assim que o acordo estiver fechado, se você farejar alguma *toushana* entre seus homens, vá em frente. Mas apenas mutile quando necessário. Isso é da própria mãe. O diretor Dragun não vai receber nenhuma palavra sobre isso. Dúvidas?

Sua colega de Casa de vestido longo flexionou os dedos.

— Ele nunca nos deixa nos divertir.

— Quem é o cliente? — perguntou Yagrin.

Charlie sugou os dentes antes de responder.

— O velho Manzure.

Yagrin se mexeu. Manzure era uma cobra.

— *Temos* que manter a vantagem.

— Não diga, Yagrin. — Charlie deu de ombros para ele. — Vamos. — Ele bateu seus punhos e depois os levou ao peito.

— Sim — Yagrin disse com os outros, e o que geralmente soava vazio, naquela noite, foi falado a sério. Ele seria o monstro, não para a mãe, mas para Red. Quando ele saiu, Charlie o puxou de volta pela barra do casaco.

— Apenas fique fora do caminho, certo? Antes que você faça besteira.

A indireta doeu, mas Yagrin revirou os ombros e os seguiu para dentro da sala.

No interior, um sujeito pequeno com uma coroa de cabelos brancos e uma máscara combinando no rosto estava sentado, sozinho, com uma maleta no colo. O estômago de Yagrin se revirou. *Manzure não trouxe um único segurança para se encontrar com um grupo de Draguns?* Algo estava errado. Todos os seus colegas assistiram, impassíveis.

— É bom ver você de novo, Charlie — disse Manzure. — Como você tem estado?

— Estamos aqui para fazer negócios pré-acordados. Não para conversar. — Charlie endireitou os ombros. — Pagamento? — Ele estendeu a mão e a de Manzure apertou a maleta que tinha no colo.

— Você cresceu muito, arrisco a dizer que uns *centímetros* — comentou Manzure, agora correndo os dedos pela extensão da maleta.

Charlie checou o relógio.

— Você tem três minutos para cumprir o acordo ou a oferta de compra será rescindida permanentemente.

Yagrin cerrou o punho.

— Você sabe, a obsessão pela juventude é o que mais leva à loucura na velhice. — Manzure cruzou os braços. — Mas não acho que isso faça sentido. Veja bem, quando você é jovem, sua força está evidente, sua magia responde mais rapidamente, você pode girar mais rápido, flexionar seus músculos. Mas quando você fica velho — ele tocou a têmpora, cercada por cabelos ralos — sua força está em sua inteligência. Se você viver o suficiente, verá o que quero dizer.

— Dois minutos — disse Charlie.

— Reconsiderei os termos da oferta e decidi que o preço do *kor* líquido é exorbitante. Vou levar a mesma quantidade pela metade do preço. — Ele brincou com os fechos de sua maleta e o coração de Yagrin deu um pulo.

— Você...

O som da abertura da maleta de Manzure calou a boca de Charlie e provocou arrepios em Yagrin. Manzure tirou dela um cortador de unhas e uma lixa, depois começou a fazer as unhas.

— E se você considera mandar seus cães para cima de mim, saiba que, caso eu não esteja de volta lá em cima no fim dessa hora, meus Transmorfos, estrategicamente posicionados ao redor deste hotel, têm instruções para fechar as saídas e alterar o ar para cloreto de metila. Todo o salão de baile, todos os seus adoráveis convidados, morreriam em poucos minutos. E sem mencionar as implicações legais para o querido sr. Wexton e seu precioso hotel. Seria a principal notícia em todos os jornais. O *escândalo.* — Ele apoiou sua bochecha sobre uma das mãos, como se estivesse apaixonado por si mesmo.

Yagrin e os outros ficam boquiabertos, depois direcionaram o olhar para Charlie.

— É como eu disse, Charlie. — Manzure bateu na têmpora. — Quando você for mais velho, vai planejar com a cabeça, não apenas com os músculos.

O estômago de Yagrin travou enquanto ele olhava para os outros em busca de alguma saída. Todos tinham olhares vazios. Seu coração batia forte. Eles tinham que fazer alguma coisa. Rápido. Red estava lá em cima.

— Charlie, esse cara está blefando — sussurrou Yagrin em seu ouvido, mas seu irmão Dragun estava paralisado, indeciso. Ele poderia se sentar lá e esperar que alguém decidisse o destino de Red ou ele mesmo poderia fazer isso.

Yagrin puxou o fio frio e morto da escuridão e torceu o tronco até desaparecer. Charlie olhava em estado de choque enquanto Yagrin circundava a sala em uma névoa escura. O mundo escurecia nas extremidades enquanto ele laçava Manzure com seu eu sombrio. Yagrin sacudiu o corpo do homem e a capa apertou-se, pegando o pescoço de Manzure, sufocando-o com a escuridão. Ele o golpeou, mas Yagrin não era nada além de ar.

Manzure poderia ser mais velho e mais sábio, mas era humano e, como qualquer outra pessoa, no final das contas, ele se salvaria. Todos eram covardes no fim. Assim como ele.

— Me... — Ele tossiu. — Me... solte!

Yagrin apertou. Ele não trouxe uma única pessoa de proteção para a sala de reuniões. Ele era todo blefe. A ameaça dos Transmorfos também era um blefe, ele apostaria.

A cor do mundo desapareceu e, por um momento, o aperto de Yagrin no pescoço de Manzure afrouxou à medida que sua magia de camuflagem o drenava, como se ele estivesse pendurado de cabeça para baixo há muito tempo. Manzure ficou tonto. Mas Yagrin não estava muito melhor. Ele precisava soltar, *logo*. Assim que Manzure cedeu e caiu na cadeira, Yagrin reapareceu, sem fôlego. Ele cambaleou, depois se firmou e agarrou Manzure com uma pegada Dragun, a mão em concha na nuca, o polegar pressionado contra o queixo. Manzure contorceu-se como um peixe preso num anzol, depois ficou imóvel quando a magia paralisante se instalou nele.

— O telefone — disse Yagrin a Charlie, que o jogou para ele. — Ligue para eles agora. Esses seus Transmorfos. Vai.

Olhos ao redor da sala dispararam em todas as direções. Os lábios de Charlie se estreitaram. Mas Yagrin apertou ainda mais. Ele sabia o que estava fazendo. Não havia Transmorfos. Isto provaria. Ele soltou Manzure, que afundou na cadeira. Em seguida, tocou em "Ligar" em seu telefone.

— Senhor? — disse a voz ao telefone.

O coração de Yagrin saltou. *Ele não estava blefando.*

Ele tinha que salvar a situação.

— Eu... — Manzure começou, mas Yagrin foi mais rápido. Ele invocou toda a magia que pôde reunir. O calor se acumulou em suas entranhas, e ele o empurrou para cima em seu peito, em sua cabeça até que a magia queimou atrás de suas orelhas, descendo por sua garganta, indo até seus lábios. Ele soprou, o ar ondulando por entre seus dedos, e imaginou-se dedilhando as notas da voz de Manzure, uma por uma, imitando seu tom.

Manzure abriu a boca, mas foi Yagrin quem falou.

— O acordo está feito, abandonem as suas posições — disse ele, na voz de Manzure.

Os olhos do homem se arregalaram como se tivesse visto um fantasma, e sua maleta escorregou de seu colo. A colega de Casa de Yagrin, com vestido longo, arrancou o envelope da maleta caída.

— Obrigada pela caridade — disse ela.

Yagrin desabou, aliviado.

⚜

Quando Yagrin conseguiu ficar de pé sem cambalear, quase todos os seus colegas, e Manzure, já haviam voltado a si. Consultou o relógio. *Passava da meia-noite.*

— Venha, então — disse Vestido Longo, passando o braço dele em volta dos ombros dela para puxá-lo para cima. — Acho que julguei você mal.

— Julgou mal? — Charlie apareceu atrás deles exibindo uma carranca. — Ou você estava certa?

Yagrin se firmou nos próprios pés e tirou a poeira do blazer. Ele precisava voltar para Red.

— Manzure ia destruir todo o salão de baile. Eu fiz algo de bom.

— Desde quando alguns Sem Marca em ternos de seda importam mais do que conseguir o pagamento para mamãe?

O rosto de Red estava atrás das pálpebras de Yagrin.

— Alguns dos nossos estão lá em cima. Não são todos Sem Marca. — Uma desculpa, mas ainda a verdade.

— Olhe ao redor, Yagrin. O *nossos* estão aqui embaixo.

Ele ficou todo gelado. O povo da mãe. A Casa deles. A regra tácita: a Casa em primeiro lugar.

— Eu deveria ir — disse Yagrin, passando por Charlie.

— Para onde você vai esta noite? — perguntou Charlie atrás dele.

Ele o ignorou. Quando a porta se fechou, ele saiu correndo em direção ao elevador. De volta ao salão de baile, Yagrin passou os olhos por toda a multidão em busca de Red. Eles precisavam sair de lá. Ele foi ingênuo ao pensar que esta noite poderia funcionar. Ele a viu rindo por trás da mão enluvada com uma loira musculosa em um vestido florido azul-petróleo. Sua garganta secou.

— Com licença, desculpe interromper. — Ele a puxou.

— *Vai com calma.* — Ela teve que andar rápido para acompanhar o ritmo dele.

— Eu disse pra você não falar com ninguém.

— Você me deixou aqui sozinha durante uma *eternidade*. Quase voltei pra casa.

Ele esfregou a lateral da cabeça.

— Olha, me desculpe. Vamos sair daqui. — Ele se virou e esbarrou em um de seus colegas de Casa lá de baixo.

— Desculpe interromper, Yagrin — disse seu irmão loiro. — E você é?

Red ficou boquiaberta com a mão estendida do Dragun. Ela olhou para Yagrin.

— Você não contou aos próprios irmãos que tinha uma amiga, Yags? — disse o loiro. — Deveríamos ser uma família. — Ele empurrou os ombros de Yagrin.

— Acabamos de nos conhecer — disse Red.

— Tenho certeza de que vocês se conhecem há algum tempo. — Ele olhou por cima do ombro para a garota de vestido azul-petróleo com quem Red estava conversando.

Os olhos de Red dispararam.

— Yags, mamãe ligou. Algo urgente aconteceu. Ela precisa ver você.

— Vou vê-la assim que acompanhar Red em casa.

— Vamos levá-la para casa. — O loiro deu um passo à frente. Charlie e os outros de repente estavam atrás dele. — Você deveria falar com a mamãe.

Há um helicóptero no telhado, esperando. — Charlie tentou puxá-lo, mas Yagrin afastou suas mãos. As pessoas começaram a reparar.

— Não faça cena — advertiu Charlie.

Yagrin bufou. Ele não deveria reagir de forma exagerada ou eles saberiam que havia mais entre ele e Red.

Red exibiu um sorriso. Mas Yagrin só conseguia ver preocupação nos olhos castanhos dela.

— Está tudo bem, posso chegar em casa sozinha. Espero que sua mãe esteja bem. — Red foi em direção à porta, mas o loiro entrou em seu caminho.

— Vou acompanhá-la até lá fora — disse ele, oferecendo o braço. Ela engoliu antes de aceitar.

— Avise-me quando chegar em casa. — Yagrin deu um abraço de despedida nela. — Afaste-se deles assim que puder — sussurrou em seu ouvido. Ela saiu do abraço e sorriu com força antes de partirem. Yagrin recolocou o casaco em volta de si enquanto também era conduzido para fora da porta.

TRINTA E NOVE

As cabeças se voltam com a agitação perto das portas do salão de baile, mas a multidão é tão densa e a entrada fica tão longe do outro lado da sala que não consigo entender qual é o problema.

— Fique aqui — diz Jordan, olhando a multidão naquela direção.

— Não. — Laço seu pulso, examinando, temendo o pior.

— Se houver uma invasão, as coisas podem ficar feias.

Eu o puxo e paro quando vejo uma cabeça familiar de cabelos castanhos em ombros largos. Sua testa profunda é inconfundível.

O Dragun que me encurralou no posto de gasolina.

O Dragun atrás de mim.

Cambaleio para trás e esbarro em uma mesa. Alguns suspiros. Meu pulso acelera quando vejo o Dragun tendo o que parece ser uma conversa severa entre dois homens da Casa Perl e uma garota ruiva. A conversa se transforma em uma discussão, e tenho o cuidado de manter a cabeça baixa. Puxo Jordan na direção oposta.

— Existe outro lugar aonde possamos ir?

— Sei o lugar certo. — Ele me pega pela mão e me conduz pela sala até uma porta dos fundos, onde os garçons vão e vêm. A entrada de serviço do salão de baile desemboca num longo salão. Perambulamos pelas entranhas do hotel e finalmente chegamos a um elevador de serviço. — Espero que você não se importe de pegar o elevador. Se esconder aqui é um risco.

— Jordan, quando não estou com você, pego o elevador e as escadas pra todos os lugares.

Isso rende uma risada. Saímos do elevador para uma varanda na cobertura, com cadeiras e sofás, uma vista deslumbrante da cidade e um piano de cauda.

Um helicóptero decola ao longe. A comoção no hotel parece ter se transferido para a calçada abaixo. Mas minha tensão diminui quando os homens desaparecem dentro de um carro. Jordan observa atentamente ao meu lado, até o carro acelerar.

Ele puxa o casaco.

— Bem, o que quer que estivesse acontecendo, agora acabou.

Respiro, sentindo-me um pouco mais relaxada. Junto-me a Jordan no banco do piano. Esta noite poderia ter sido completamente diferente. E ainda assim estou aqui, de vestido, dançando, bebendo.

— Estou feliz por ter vindo esta noite.

— O Tidwell é...

— Não é o baile nem nada disso. É estar aqui ao... ar livre. — Capaz de me mover em um mundo onde eu costumava ser uma sombra. — Você não sabe o quanto isso significa.

— Eu gostaria de saber.

Puxo meu brinco e pressiono algumas teclas do piano. Rimos de como isso parece terrível, mas alivia a rigidez da minha postura. Deslizo para mais perto dele no banco.

— Há tanta coisa que quero contar a você — diz ele. — Tanta coisa que eu queria dizer a você há tanto tempo. — Ele suspira. — Não consigo imaginar como será o amanhã e isso não funciona para alguém como eu. Você entende? Tudo que faço tem que ser cuidadoso, calculado. E com você é como... — Ele se inclina em minha direção, insistente, e eu fico aquecida com a adoração em seus olhos.

— Como o quê? — Brinco com as pontas do cabelo para fazer algo com a angústia que me invade.

— Quando estou com você...

Aperto sua mão.

— Fala.

— É como... se não houvesse amanhã ou ontem. Tudo em você me fixa no presente. — Ele sorri hesitante. — Você é poderosa, mas isso não sobe a sua cabeça. Você se encaixa neste mundo como se ele tivesse sido feito pra você. Mas de alguma forma, em seus próprios termos. — Seu olhar se move para a cidade além de nós. — Eu... invejo isso. — Ele me encara como se eu fosse um quebra-cabeça que ele precisa de mais algumas peças para resolver.

O calor corre para o meu rosto.

— Você comandará um quarto da Ordem algum dia. Isso me deixa esperançoso de que possa ser... — Uma rajada de vento rouba tudo o que ele ia dizer. Ele balança a cabeça.

— Continue. Por favor.

— Nosso mundo é feito de vidro, Quell. — Algo se esconde nas frestas de suas palavras, como se pudesse quebrar o próprio vidro de que fala.

Nossos dedos se encontram, cruzando-se.

— Eu mantive você à distância de propósito. Peço desculpas por isso. Pergunte-me qualquer coisa, sou um livro aberto.

Ele se mexe, com a mão suada na minha, com um nervosismo que sugere que ele nunca confiou em alguém assim antes. Eu poderia explorar esse momento, investigá-lo para descobrir todas as coisas que estou morrendo de vontade de saber sobre *toushana*. Não. Ele saberá que seu valor para mim não está em nenhuma informação que me dê ou no que pode fazer por mim. Mas em quem ele é. E nada mais.

— Apenas fale.

— Sobre qualquer coisa?

— Qualquer coisa.

Sua expressão fica muito séria, concentrada.

— Você estava certa outro dia sobre meu pai. — Ele olha para o piano. — Acho que só pensei agora que isso não importaria tanto.

Contorno as pontas do cabelo dele e posso senti-lo relaxar em meus dedos. Se o lar pudesse ser um momento, um sentimento, tenho quase certeza de que seria isso.

— Eu me mudei muito quando era pequena. — Soltei um suspiro enorme. — Minha mãe sempre teve medo... de que alguém descobrisse sobre minha magia. — Meu coração bate mais rápido ao me aproximar da verdade.

— Bem, estou feliz que você tenha encontrado o caminho de volta para nós.

Pouso minha cabeça em seu ombro.

— Toque alguma coisa pra mim.

Seus dedos dançam ao longo do piano, e a tensão permanentemente gravada em sua expressão desaparece. A melodia acelera meu pulso, baixa e rápida no início, depois alta e suave. Eu balanço no ritmo. A música atinge o auge de notas agrupadas como um céu estrelado antes de terminar com um final claro e nítido.

— Onde você aprendeu a tocar assim?

— Eu tinha oito anos, fazia aulas de piano, quando a magia Áuditro veio a mim pela primeira vez. Eu... — Sua expressão se entristece pela segunda vez esta noite enquanto ele pensa em sua casa. — Naquele dia, mais cedo, vi algo e então estava tentando tirar aquilo da minha cabeça. Tocando tão forte e rápido que meus dedos pararam, mas a música continuou, minha magia transfigurando os sons no ar. Meus pais me testaram imediatamente.

— Testaram?

— Sim. — O ombro dele fica tenso com meu toque. — Consegui alcançar duas formas de magia, mesmo sendo tão jovem, que fui morar com a diretora Perl naquele mesmo dia. — *Ele nunca teve um lar também.* Ele encontra meus olhos, preocupados. — Não aprendi sobre meu terceiro fio de magia até sair de casa.

— *Toushana.*

— Não, Quell. Isso é algo que tocamos quando necessário, não algo que nutrimos para crescer.

— Ah, não posso dizer que você me explicou, não é mesmo? — Rio para manter o clima leve, mas, quando ele se vira para mim, agarro a madeira do meu assento.

— Não falo dessas coisas porque não quero que você tenha medo de mim.

Uma onda de frio me deixa arrepiada.

— Isso não me assusta.

Seu polegar roça meu queixo.

— Deveria.

Engulo em seco. Cruzo e descruzo as pernas, ordenando que a angústia fria enroscada dentro de mim recue. Nada vai estragar este momento.

— Há uma razão pela qual os Draguns só se socializam entre si. É fácil se perder em tudo isso. O poder. A proximidade com a magia proibida. *Toushana* é diferente, porque se alimenta de uma pessoa para ficar mais forte. Envenenando sua capacidade de alcançar sua verdadeira magia. Parte da razão pela qual a Ordem é tão inflexível em caçar pessoas com *toushana* é que os limites de seu poder são desconhecidos. Não está claro quando ele para de crescer. Mas, quando essa magia domina alguém completamente, essa pessoa não está mais no controle, a *toushana* está. Muitas das descobertas de Dysiis foram realmente queimadas.

Torço a ponta da saia, balançando na beirada do assento.

— Por quê?

— Sombrios.

Os diademas nas vitrines expostas por toda parte no Château Soleil.

— Adoradores de *toushana*. Draguns originais, Ensolarados, como eram chamados na época, os caçaram. — Eu me abraço.

Ele assente.

— Séculos atrás, alguns estudantes de magia encontraram os ensinamentos de Dysiis e os distorceram completamente, dizendo que *toushana* não deveria ser temida, mas sim *usada*. Uma arma com a qual os Marcados foram abençoados por Sola Sfenti para usarem como quisessem.

É isso que eles temem que eu faça? É por isso que eles me matariam?

— É lógico que esse não é o objetivo dos ensinamentos de Dysiis. Mas foi aí que nasceram os Ensolarados. É por *isso*.

Prendo a respiração.

— Então, sim, posso invocar *toushana* fora de mim e usá-la. Mas é preciso muita concentração e *muito* treinamento para evitar que isso penetre em meus ossos e se conecte a mim. Para não se curvar à sua vontade, e sim mantê-la submetida à minha. Mas, a julgar pela rachadura da Esfera, há muitos mais usando *toushana* por aí.

O rosto de Nore passa pela minha mente.

— Matar as pessoas com *toushana* também é o que mantém a Esfera equilibrada. É no que acreditamos.

Minha respiração fica presa na palavra *matar*. Quero tapar os ouvidos ou dizer-lhe para continuar a tocar.

— Meus colegas têm estado ocupados ultimamente tentando descobrir mais sobre *toushana*. — Ele torce a boca.

— Ah, é?

— Brooke e Alison, as meninas da minha Casa, foram mortas sob suspeita de ter isso. E elas não tinham, Quell. Houve tantos como elas ao longo dos anos.

— Muitos...?

— *Centenas* de membros, talvez mais, que, por *décadas,* foram mortos sem explicação. A suposição é que são os membros que se autodenominam Ensolarados que voltaram a resolver o problema com as próprias mãos contra aqueles que suspeitam ter *toushana.* Em vez de nos deixar fazer o nosso trabalho, um processo correto para lidar com a situação.

É isso que Beaulah pensa que está fazendo, ajudando...

— Mas não sei se isso me convence. Brooke e Alison eram inocentes. Não havia cheiro de magia proibida. — Ele torce os lábios, ruminando suas palavras como duas peças de um quebra-cabeça que não se encaixam muito bem. Ele ri, e meu coração tropeça com a rapidez.

— O que foi?

— Você sabe o que meus irmãos fariam comigo se soubessem que estou lhe contando tudo isso? — Ele passa a mão pelo cabelo. — Juro que não sei o que você está fazendo comigo.

— Você não precisa se não quiser.

— Eu compartilharia tudo o que sou com você se pudesse, Quell. — Ele expira, e é como se o peso do mundo acompanhasse a onda de sua respiração. — Sabe, termino no final do verão. E a posição que estou assumindo significa que terei mais liberdade do que a maioria. Pelo que ouvi, a Esfera será meu foco principal. Ela tem que ser localizada para que possamos descobrir como foi danificada. — Ele morde o nó do dedo e algo em seus olhos o leva para longe.

— Talvez não devêssemos mais falar sobre nada disso. — Coloco minha mão sobre a dele.

— Parte de mim gostaria de já estar lá, sabe?

— Mas então como você poderia estar aqui?

— Exatamente. — Seus olhos se desviam e ele novamente se perde em seus pensamentos.

— Eu quero bolo. — Fico de pé, desejando que ele volte para mim, desesperada para nos abraçarmos neste momento.

— Tenho quase certeza de que as cozinhas estão fechadas, mas...

— Vamos. — Eu o puxo para cima e subo as escadas.

— Quell, não deveríamos fazer uma cena, é sério... — Ele tem que se apressar para me acompanhar enquanto desço as escadas. Ele estende a mão para mim, mas eu passo pela porta da escada e entro no saguão.

— Sr. Wexton — diz alguém atrás da recepção. — Há algo que você precisa?

— Não...

— Você poderia nos dizer onde fica a cozinha? — solto.

— O que você está fazendo? — sussurra Jordan, mas o concierge aponta e eu puxo Jordan naquela direção, por um corredor de salas, passando por outro pequeno saguão e entrando em um restaurante com alguns clientes atrasados. A cozinha fica atrás do bar, e eu corro para lá, cortando uma esquina muito rente, esbarrando em alguma coisa.

— Oh! — Um garçom sai rápido do meu caminho, com a bandeja balançando na mão.

— Desculpe — grito enquanto tropeço em uma cozinha vazia. — Agora, bolo. — Abro porta após porta da geladeira até ver um bolo redondo marrom coberto com chocolate cremoso.

— Você vai...

Vou com tudo na cobertura do bolo, que fica pegajosa entre meus dedos, e depois o mordo.

— Mmmm, minha nossa! É o paraíso.

Os olhos de Jordan se arregalam.

Eu seguro um pedaço em seus lábios.

— Qu...

Coloco o bolo em sua boca falante e a cobertura em seus lábios. Bufo, rindo enquanto ele mastiga.

— Isso é... muito bom, na verdade. — Ele tenta limpar a boca, mas só espalha mais o chocolate. — Parece que tem algo na minha cara.

Ele leva a mão ao rosto e rio até a barriga doer.

— Eu tenho...? Tem alguma coisa?

Enfio outro pedaço em sua boca. Ele não consegue conter o riso, e eu muito menos. Dou outra mordida antes de lamber um pouco da cobertura de seu dedo e pressionar meus lábios nos dele. Sua boca derrete na minha e nossos corpos se aproximam. Ele relaxa em meus braços.

— Meu pai vai ficar furioso quando souber disso.

— Que bom.

⚜

Quando volto com Jordan ao Château Soleil, já se passou mais de uma hora do toque de recolher. Felizmente, conseguimos entrar sem nos depararmos com vovó. Ele me deixa na minha porta com um longo e demorado beijo de despedida. Lá dentro, estendo a mão para puxar as cobertas, quando vejo um envelope familiar na minha cama. O envelope que enviei para Nore.

Devolvido ao remetente. Não é possível entregar ao destinatário.

QUARENTA
YAGRIN

A gravidade caiu sobre Yagrin enquanto a cidade ficava pequena sob o helicóptero. Ele poderia jurar que era seu próprio coração que ouvia voando cada vez mais rápido acima de sua cabeça. Ele virou o telefone nas mãos enquanto o piloto, Charlie, o olhava no espelho. *Ele tinha acabado de conhecer Red. Ele tinha respeitado o Terceiro Ritual como todo mundo.* Ele ensaiou suas mentiras. Agiria como se nada estivesse errado até que tivessem provas de que havia algo errado.

O mundo tombou como um iate pego por uma tempestade quando eles viraram e ele avistou o extenso Hartsboro, mas a aeronave não desceu. Continuou. Quando pousaram, um brilho acobreado beijou as águas do Cabo além deles. Ele só havia visitado a casa da mãe em Massachusetts uma vez.

— A diretora encontrará você na biblioteca em breve.

Yagrin verificou seu telefone. Ainda não havia sinal de que Red tivesse se livrado dos outros e chegado em casa. Os nervos reviraram seu estômago enquanto ele corria para dentro.

— *Fratris, fortunam* — disse alguém.

— *A fortuna* — ele replicou. Felix.

Eles se cumprimentaram e depois apertaram os punhos contra o peito.

— Pensei que você estaria aqui. Eu vi seu pai há pouco.

— Meu *pai*? — Seu coração titubeou. Enfrentar a diretora era uma coisa, mas seu pai sempre sabia quando ele estava mentindo. — E o que você está fazendo aqui? — Felix sabia alguma coisa sobre esse interrogatório que Yagrin estava prestes a suportar? — Pensei que o diretor Dragun tinha levado você para o oeste em uma grande missão sobre os Duncans.

— A mãe pediu um favor. — Felix olhou por cima do ombro e levantou a aba do casaco, onde os papéis amassados estavam enfiados no bolso da calça. — Coordenadas de rastreamento — ele sussurrou antes de desdobrá-las. Suas sobrancelhas saltaram.

Monitorando...

— Ela está procurando a Esfera?

— Sim. Tenho uma lista dos lugares anteriores onde esteve. Estou começando por eles.

A mãe está procurando a Esfera... por quê?

— Mais alguma coisa que você possa compartilhar? — Yagrin pressionou.

— Nada a relatar ainda. Ela pretende observá-la para ver o que está causando a mudança. Ninguém quer que essa coisa quebre. — Felix era um pouco selvagem, o que fazia dele um Dragun muito eficaz. Mas ele era ingênuo quando se tratava da mãe. Se ela tinha feito com que ele procurasse a Esfera em particular, não era apenas porque estava curiosa. O aviso de Rikken sobre uma diretora tentando encontrar a Esfera ficou gravado em sua memória no momento em que Charlie enfiou a cabeça no corredor, e Yagrin ficou todo gelado. — Eu deveria ir.

Ele e Felix se cumprimentaram novamente.

— Diga ao seu pai que mandei um oi.

Yagrin entrou na antessala da biblioteca e seu coração parou. Lá, em uma poltrona de couro, estava seu pai, folheando uma revista de caça. Ele pigarreou e seu pai o observou de cima a baixo, impassível, antes de voltar à leitura.

De repente, Yagrin estava em seu jantar de aniversário de 17 anos novamente. Naquele ano seu pai conseguiu comparecer. Ele até trouxe um presente. Mas quando descobriu que Yagrin havia ganhado três noites no frio como punição pelas notas baixas em Hartsboro, ele o cercou ali mesmo em público, em frente de todos e de ninguém. Disse que se ele estragasse tudo de novo, a família acabaria com ele completamente. Naquele momento, Yagrin decidiu que seu pai estava morto para ele.

Yagrin verificou o telefone. Ainda nada de Red. Seu sangue ferveu. *Se eles a machucassem...* As portas da biblioteca da diretora Perl se abriram. Yagrin se levantou, assim como seu pai. Porém, apenas a assistente dela apareceu. A mulher se inclinou no ouvido do pai de Yagrin, sussurrando, e a expressão dele ficou ainda mais fechada.

— Diga a ele — disse o pai rispidamente, jogando a revista de lado antes de sair.

A assistente pigarreou.

— A diretora Perl teve que tratar de uma urgência. Ela ainda precisa discutir um assunto importante com você e vai convocá-lo novamente muito em breve. Nesse ínterim, ela me pediu que lhe desse esta mensagem. — Ela entregou-lhe um envelope antes de entrar na biblioteca.

A respiração de Yagrin deveria voltar ao normal sabendo que ele não teria que enfrentar Beaulah Perl e o pai hoje, mas seu coração titubeou quando ele leu a mensagem.

O dever é a honra dos que têm boa vontade.

Ela sabia. Devia saber. Ele enfiou o recado no bolso do blazer, seus batimentos parecendo trovoadas. *Ar, precisava de ar.* Ele sinalizou para uma das empregadas.

— Traga-me um piloto para preparar o helicóptero.

— Senhor, você está convidado a ficar...

— Faça o que eu disse, *agora*.

Ela saiu correndo e a culpa o retorceu como um saca-rolha. Não deveria ter gritado com ela daquele jeito. Ele correu para o gramado e procurou uma luz de aeronave. A frustração emaranhou-se nele como um ninho de arame farpado. Ele estava feliz por não ter que ver a mãe hoje. O que quer que ela soubesse, ele não estava preparado para enfrentar. Ele precisava tomar uma decisão, pelo menos uma vez na vida. Defender algo ou não. Porque da próxima vez que ela o convocasse, ele teria que responder perante ela e seu pai.

A ponta do sol desapareceu abaixo do horizonte e lembrou-lhe cabelos ruivos dourados. Ele poderia terminar seu trabalho, prender a garota sardenta antes que ela debutasse, obedecer, como um bom Dragun. *Ou...* uma ideia lhe ocorreu.

As luzes se ligaram à medida que ele se aproximava delas, checando o telefone, tocando no nome de Red e apertando o botão ENCERRAR quando ouviu sua mensagem de voz.

Se ele conseguisse encontrar a localização da Esfera antes de Felix, poderia trocá-la com a diretora quando se encontrassem novamente. Poderia confessar a ela o que ele realmente queria: *sair* da Ordem. E ela teria que conceder isso a ele. Ele entrou no helicóptero e colocou o cinto de segurança. Rastrear a Esfera foi a única coisa em que Yagrin superou todos no treinamento de Dragun. Até mesmo sua própria família.

Ele pesou suas escolhas, verificando seu telefone novamente. Disparou uma mensagem sem resposta e mordeu o lábio. Ele não poderia continuar assim por muito mais tempo. Eles sabiam sobre Red agora. Seria apenas uma questão de tempo até que soubessem o que ela significava para ele. E encontrar uma razão para sua morte.

A voz do piloto zumbiu em seu ouvido:

— Então, para onde?

— Para a Taverna. — Ele precisava se encontrar com um Comerciante. Yagrin tinha tomado uma decisão.

QUARENTA E UM

Acordo com a mão de vovó nas minhas costas.
— O que você está fazendo aqui? — Eu me sento. — Eu... quer dizer, bom dia, vovó.
— Você chegou bem tarde ontem à noite. Depois do toque de recolher.
Engulo em seco.
— Geralmente a punição para isso são três chicotadas.
Estremeço.
— Não se preocupe, essa prática foi eliminada, pelo menos no nosso Conselho. Mas saiba que o toque de recolher existe por um motivo e não aceitarei que minha herdeira seja um mau exemplo. As pessoas a veem como o padrão. Você deve estar... — Ela gesticula para que eu termine a frase.
— Em um nível superior ao restante.
Ela se senta ao meu lado na minha cama, com uma postura pesada.
— Há mais uma coisa, e eu queria que você ouvisse isso de mim primeiro.
Seus ombros caem com um peso que me perturba. Esfrego os olhos.
— Nore Ambrose desapareceu.
Meu sangue para de circular. Minha boca se abre, um suspiro preso na garganta.
— Preciso saber, Quell, quando ela saiu apressada do chá, você notou alguma coisa fora do comum? — O olhar penetrante de vovó perfura minha insegurança.
— Ela rasgou as luvas e teve que jogá-las fora. Mas isso foi tudo que eu notei.
— E as cartas que você trocou? Ela mencionou algo que você achou estranho? — O mau humor de vovó aumenta e procuro algum indício

do motivo dessas perguntas, mas tudo que encontro em seus olhos é uma insistência inflexível.

— Ela queria se encontrar novamente. Não me pareceu estranho. — Olho para outro lugar que não seja a expressão impassível da vovó.

— Seria uma pena se Nore estivesse com problemas, contasse a alguém e essa pessoa não dissesse nada. Pode parecer que alguém queria que ela se machucasse.

— Juro que não sei de nada.

Seu queixo estremece.

— Então ela não confiou em você? Ou contou a alguém de quem ela tinha medo?

— Não, nada disso.

— Muito bem. — Vovó se levanta e, para evitar coisas que não quero explicar, empurro a lata de lixo com a carta de Nore para debaixo da cama quando ela vira de costas. — O Conselho adiou todos os eventos, inclusive o seu Baile, até que Nore seja encontrada. Tenho certeza de que você entende.

— Sim, lógico.

— Estarei indo e vindo, viajando um pouco para participar da investigação. Se precisar de alguma coisa, terá que ver a sra. Cuthers.

— Tudo bem. Obrigada. Espero que ela esteja bem.

Vovó olha para longe e depois para mim.

— Certo, sim. Eu também espero. Ah, e isso chegou para você agora há pouco.

Ela me entrega um envelope e eu o abro.

— É da minha mãe — digo antes de perceber que pode haver coisas na carta que mamãe não queira que vovó saiba.

— Obrigada novamente. — Seguro a carta contra o peito e as narinas de vovó se dilatam quando ela sai.

Lembre-se, fique firme. Vejo você em breve.

Seguro a carta com alívio antes de guardá-la em uma gaveta, pois a notícia de que Nore está desaparecida mexe com minha consciência. Quando tenho certeza de que vovó está mais longe, saio correndo pela porta. Tenho que encontrar Jordan. Os corredores estão lotados, mas estou indiferente à movimentação deles. Não há sinal de Jordan no refeitório ou na segurança. Eu chego mesmo a ir até a Ala dos Cavalheiros e bato na porta dele. Nada.

O pânico toma conta de mim e minha *toushana* acorda para me cumprimentar. Fico tensa, desejando que ela recue, mas ainda consigo ver o rosto de Nore ficando sem cor. Corro para o hall de entrada, passo pela porta do armário de vassouras e desço o corredor em direção à floresta, tentando sufocar a bile que sobe em minha garganta. Empurro as portas e lá fora a neblina matinal abraça as árvores.

Meu peito está apertado, meus ossos, mais frios enquanto o Pó em mim luta, mas falha contra meu pânico crescente. *Jordan, preciso encontrá-lo. Preciso de respostas. Mas primeiro...* Na privacidade do Bosque Secreto, caio de joelhos e afundo as mãos na terra deixando o frio queimar através de mim. A decomposição se espalha ao meu redor como uma poça de sangue, e meu pulso desacelera. Solto um suspiro e fico ali até meus joelhos doerem, até que minha *toushana* finalmente se acomoda como uma pena levada pelo vento. Meu diadema preto pica minha memória. Espero não me arrepender disso.

Inalo o aroma amadeirado matinal de cipreste e terra, lembrando a mim mesma que ainda estou viva. Ainda estou aqui. Levanto-me e começo a limpeza, tirando o pó da vergonha das pernas da calça.

— Quell?

Eu me viro e lá está Jordan. Meu coração para.

— O que você está fazendo aqui?

— Eu... estava te procurando.

— Aqui? — pergunta ele, desconfiado.

Um pouco de verdade é a única maneira de sair dessa.

— Eu o segui aqui naquela noite depois da Taverna. Eu... vi o que vocês com sua... você sabe o quê. — Meu olhar atinge o chão com medo de que ele veja o quanto estou me contendo.

Ele suspira.

— Odeio que você tenha visto isso. Odeio que você saiba que esse lugar é isso.

— O que você quer dizer?

— Olhe ao redor.

Suas palavras penetram em mim como em uma peneira, e pela primeira vez eu realmente observo a floresta à luz da manhã. Até onde posso ver, está cheia de árvores quebradas. Mas a maioria está mais do que quebrada, está dobrada ao meio, com pedaços deteriorados. O chão está manchado, não apenas onde estou, mas mais ou menos por toda parte.

Não sou a primeira a vir aqui usar toushana. *Nem ele.*

Eu me abraço.

Ele se aproxima de mim, interpretando mal meu desconforto. Mas é um bálsamo ao qual me agarro, um escudo que usarei.

— Ouvi sobre Nore pela vovó, mas ela não quis dizer muita coisa. — Meu peito aperta, aguardando sua resposta. — Ela tem...

— Você não vai repetir isso pra ninguém.

Faço que sim com a cabeça.

— Ouvimos rumores sobre ela, porém não tínhamos ordens oficiais para persegui-la, então não perseguimos. Mas, Quell, isto parece um trabalho interno. Vou me voluntariar pra ajudar na investigação. Não é minha Casa, então não tenho motivos pra isso, mas...

— Você quer.

— Sim.

— Então você está indo embora de novo.

— É a coisa certa a fazer. Isso cheira a traição.

Quanto mais Jordan estiver com eles, maiores serão as chances de ele se encontrar com o Dragun que está atrás de mim. *Não gosto disso.* Quero mantê-lo em minha presença, tapar seus ouvidos com os dedos. Quero proteger seus olhos de um mundo que nos separaria. Egoísta, quero segurar o que temos com as duas mãos. E me recuso a me sentir errada por isso.

— Fique, *por favor*.

— Não vou demorar muito. Ela provavelmente está... você sabe.

Morta. Engulo em seco e assinto.

— E, se for assim, pretendo descobrir quem a matou e por quê. Isso tem que parar.

Fico tensa em seus braços, e ele me envolve com mais força.

— Por favor, permaneça na propriedade enquanto eu estiver fora e... — Ele se afasta de mim. — Preciso te mostrar isso. Mas você não pode contar a ninguém. — Ele pressiona a mão firmemente contra si mesmo. Então seu punho desaparece em seu peito. Eu suspiro quando ele puxa a mão de volta. Seu *kor* pisca na ponta do dedo. Com a mão livre, ele junta um punhado de ar. A névoa se forma em seus lábios e, em segundos, sombras aparecem dentro de sua palma. Ele une a *toushana* à chama vermelha, e ela brilha em prata.

— Posso mudar meu *kor* de apenas uma fonte de energia para uma fonte magnética. Chama-se rastreamento.

— Eu nunca ouvi falar...

— E nem poderia. É um mistério, escrito nos meandros da tradição Dragun.

— O que isso faz?

Ele segura o fogo prateado no meu peito.

— A magia é mais forte no coração, é por isso que, quando você amarra, você pressiona sua adaga nele. Se você me deixar colocar um pedaço do meu *kor* dentro de você, nossos corações serão como polos de um ímã, nos amarrando, de modo que sempre que você estiver passando por uma angústia extrema, eu possa sentir isso e ir até você imediatamente.

— Você acha que estou em perigo?

— Não, mas basta um idiota excessivamente ambicioso — retruca ele. — Por favor.

— Dói?

— Não deveria. Simplesmente não pode ser removido. É pra sempre.

Posso pensar em mil motivos para dizer não, mas consigo pensar em vários outros para dizer sim.

— Tá bom.

Ele segura a chama prateada no meu peito e a pressão aumenta no meio das minhas costelas. Ele bate na base do fogo prateado e uma única chama salta de sua mão para meu peito. Ele coloca a palma da mão sobre o local e seu *kor* penetra em mim, seu brilho sob minha pele. Ele recoloca o resto da chama de volta para si mesmo. Me sinto um pouco tonta por um bom tempo. Então me contorço enquanto ela se instala profundamente com um estremecimento, o brilho metálico diminuindo. Toco o local onde a magia dele penetrou. Não há como voltar atrás agora. Tenho que me manter sob controle, calma. E passar pelo Baile.

— Prometa-me que não sairá do terreno da propriedade até eu voltar.

— Prometo.

Ele se vira para ir embora e meu coração bate mais rápido.
Ele para.
— Vai ficar tudo bem.
— Você pode sentir isso?
Ele sorri e vai embora.

QUARENTA E DOIS

A caminhada de volta para o meu quarto é envolta em pavor. Não consigo parar de pensar em Nore. Beaulah conseguiu alcançá-la? Foi por isso que ela não apareceu na outra noite? Eu deveria ter contado a Jordan? Mas, em primeiro lugar, como eu explicaria estar tão obcecada por Nore? Meu pulso acelera. Mas eu solto um suspiro. Calma, *preciso* me manter calma para evitar que Jordan não venha até mim na hora errada. Esse deve ser todo o meu foco. Caio na cama e me enterro nas cobertas, desejando acordar amanhã e descobrir que tudo isso foi um sonho terrível.

No primeiro dia inteiro sem novidades, consigo chegar ao Latim e trabalhar na minha especialidade de Cultivadora. Mas sentir a magia nos outros é muito mais difícil do que parece. Não ajuda o fato de eu estar muito distraída sentindo o olhar atravessado de Shelby para mim durante toda a aula. Ainda não sei por que ela estava no programa para debutar, mas não o fez, ou por que ela estava sendo tão má.

A sessão termina e, apesar do convite de alguns Secundus para sair, passo o resto do dia no meu quarto, esperando alguma notícia de Jordan. Algo do que está acontecendo fora dos portões do Château Soleil. A cama vazia de Abby me provoca. *Eu devia escrever para ela.*

No dia seguinte, sem notícias da vovó ou de Jordan, faço uma sessão de prática de etiqueta antes de voltar para a solidão. São as pessoas que fazem este lugar parecer um lar. E agora, todos aqueles mais próximos de mim aqui se foram. Meus pensamentos giram como espirais no turbilhão do silêncio, o pânico tentando ferozmente me dominar.

Depois que o quinto dia passa sem nenhuma notícia de Jordan e com apenas um vislumbre da vovó antes de ela partir novamente, só de pensar em sair da cama faz parecer que as paredes estão se fechando. Então eu não saio nesse dia. Nem no seguinte. O sol nasce e se põe por dias. A única coisa que me mantém sã é ficar sentada no meu quarto trabalhando na minha magia, sem perguntas ou olhares, sem pessoas para quem tenho que fingir.

Eu me tranquei como em uma gaiola.

Porque não consigo imaginar um mundo fora dela onde eu esteja segura.

⚜

Uma semana ou mais se passa antes de Dexler vir bater na minha porta.

— Quell, querida, Abby, sua antiga colega de quarto, me ligou querendo falar com você.

Saio da cama.

— Ela ligou para mim porque deve saber que você está em minhas sessões. Ela ligou para o telefone do meu escritório. Você gostaria de atender?

— Sim! Gostaria. — Fico na cola dela até que o telefone esteja na minha mão.

— É *difícil* falar com você. — Quando escuto a voz de Abby ela me aquece como um sol espreitando por entre as nuvens.

— É tão bom ouvir você. Estou morrendo de vontade de ouvir algumas novidades. Tudo está tão sombrio.

— Entendo o que quer dizer. Quando ouvi da Nore Ambrose, estava com um paciente e acabei quebrando o osso dele no meio.

— Ai, nossa!

— Está ficando tão estranho aqui. As coisas que ando ouvindo. A Esfera deixou todo mundo nervoso. Todo mundo está desesperado pra fazer alguma coisa, qualquer coisa, pra consertar isso.

— Já ouvi algo parecido. — Olho para Dexler, prestando muita atenção, e mordo a língua.

— Mas você está bem?

— Saudades de casa, mas sim. Não acredito que terei que ficar aqui um ano inteiro.

— Você disse que adoraria.

— Eu adoro... Só sinto falta de Mynick e de você, das palestras de Deda, e até da minha mãe, se você puder acreditar. Ninguém teve tempo de fazer uma visita.

Uma confusão irrompe no corredor e Dexler espia pela porta.

— Jordan foi procurar Nore — sussurro. — Ele acha que foi um trabalho interno.

— Isso é tão assustador. É como se todo mundo estivesse acusando todo mundo hoje em dia... — Ela não termina. O barulho no corredor aumenta, trovejando como uma debandada.

— O que está acontecendo? — pergunto a Dexler com o rosto contraído quando ela volta para dentro.

— A busca terminou — diz ela. — A diretora está de volta e convocou uma reunião.

— Abby, eu tenho que ir. — Desligo e sigo as pessoas em direção ao saguão. Vovó está atrás de um púlpito, e a sala está lotada com meus colegas e alguns pais preocupados.

Estou nervosa demais para me sentar, então fico atrás. *Por favor, que sejam boas notícias.*

— Nore Ambrose foi encontrada, *viva* — anuncia vovó.

O público suspira de alívio.

— Como vocês podem imaginar, ela passou por muita coisa. Portanto, estará em licença sabática no futuro próximo.

— Diretora, posso fazer uma pergunta sobre a Esfera? — um Electus pergunta.

— Não há perguntas sobre a Esfera neste momento. Eu tenho mais uma atualização. Foi uma semana longa, mas estou feliz em dizer que nossa próxima apresentação da Temporada está de volta. O Baile seguirá conforme planejado. Não vamos alterar a data ou a hora. Então, aqueles que vão debutar, por favor, certifiquem-se de que tudo está em ordem. Estou realmente aliviada por, após tal tragédia, poder trazer notícias tão revigorantes. — Vovó sai do púlpito, ignorando uma enxurrada de perguntas. Observo enquanto ela sussurra algo para a sra. Cuthers. A obediente secretária acena com a cabeça e sai.

— Vovó. — Corro para pegá-la.

— Quell.

— É bom ver que você está de volta.

— Sim, você ouviu o que falei?

— Que Nore está bem, sim! Isso é maravilhoso.

— Que o seu Baile voltou. Você tem seis dias.

— Ah, sim! — Procuro em sua expressão mais do que ela deixa transparecer, alguma dica de como foram os últimos dias. Mas ela não parece muito aliviada.

— Bem, não perca tempo — retruca ela.

Eu faço uma reverência e ela vai embora. Ela não diz uma palavra a mais ninguém na multidão. Vou direto para a sra. Cuthers. Já que o cronograma que antecedeu a estreia está de volta, preciso ter certeza de que tudo está no lugar. A porta da sra. Cuthers está aberta quando chego e ela me faz sinal para entrar.

— Eu só queria verificar se chegou alguma coisa pra mim.

Ela verifica seu registro de entregas.

— Estou mostrando três dúzias de suportes para bolo. — Ela passa o dedo pela página. — Sapatos... luvas... sem vestido. Vou verificar com o Vestiser.

— E quanto às confirmações?

— Você recebeu... — Ela vira mais algumas páginas e eu espio, por cima do ombro dela, nome após nome de cada pessoa que recebeu um convite e suas respostas. — Duzentos e setenta e quatro.

— Posso ver?

— Claro. — Ela me entrega o tablet e passo o dedo procurando um nome... o único que eu reconheceria: o da minha mãe. Mas não está lá.

— Sra. Cuthers, não vejo Rhea Marionne nesta lista. Eu te dei um convite para enviar para ela.

— Ah, foi isso mesmo. — Ela olha mais de perto. — Isso é tão estranho. A diretora queria enviá-los ela mesma. E essa é a lista final que recebi dela.

Meu sangue ferve de raiva.

— Preciso pegar essa lista emprestada. — Saio e subo as escadas para encontrar vovó. Ela pode estar escondendo coisas, e vai ter que explicar.

QUARENTA E TRÊS

Não há ninguém esperando para me cumprimentar na porta de vovó. Giro a maçaneta, mas ela não cede. Está trancada. Tento girá-la novamente, mas sua resistência só aumenta minha irritação. Ela não enviou o convite da mamãe. De propósito. Balanço a maçaneta, frustrada, meus dedos formigando de frio, e torço com mais força. A porta se abre.

— Vovó, oi? — Dou um passo para dentro. A lareira está acesa e há um jornal aberto sobre a cadeira. — É a Quell.

Ninguém, responde. Ela deve estar aqui ou voltará em breve, então me sento e espero. Dobro e desdobro o jornal e folheio os livros em sua mesinha de centro, minha curiosidade tomando conta de mim. Um arranjo de flores pretas adorna sua escrivaninha. Pressiono meu nariz contra elas, lembrando a mim mesma que não têm cheiro, e um cartão desliza para fora do arranjo.

Sinto muito, não consigo.

Não está assinado. Largo o cartão e me afasto das coisas pessoais da vovó. O relógio faz tique-taque, e nem sinal dela. Espio o corredor, mas está vazio. Tento o quarto dela com um toque suave.

— Vovó? É a Quell. Vim conversar com você.

Mas minha resposta é silêncio. Abro a porta e espio o quarto de vovó. Está exatamente como antes, a antessala de veludo emoldurada pela vista do terreno através de uma janela em arco. Sua cama está perfeitamente arrumada, como se pertencesse a um palácio-museu. Entro e meu coração bate forte em meus ouvidos. Eu não deveria bisbilhotar o quarto dela quando ela não está aqui.

Passo por sua penteadeira e meus dedos tocam seu pincel dourado e seu espelho de mão. Olho por cima do ombro e os pego, me imaginando nesta sala como uma garota que cresceu aqui. Qual deveria ter sido minha casa, se eu não tivesse *toushana*. Abro uma gaveta de sua cômoda. É forrada de veludo, repleta de joias brilhantes e uma pequena chave de ouro. Seguro um colar no peito, um brinco na orelha, torcendo-me diante do espelho. O reflexo me acalma. Não porque estou surpresa com o que vejo, mas porque não estou. A elevação do meu queixo, a posição dos meus ombros — ligeiramente para trás —, o tecido exuberante sobre minha pele. Parece que pertenço a este lugar.

Será que a mamãe já se sentiu assim? Minha atenção vai para a estante de álbuns que vovó me mostrou. Ela tem tantos. Toda a antessala está forrada com eles, assim como o quarto. Devolvo as joias e os cosméticos da vovó e passo o dedo em uma fileira de lombadas em uma de suas prateleiras altas antes de pegar um livro com capa de couro. Nele estão fotos, como antes. Folheio rapidamente, tentando encontrar alguma indicação das datas. Mas as únicas fotos são da vovó quando ela era bem mais nova. Preciso de algo mais recente. Coloco o álbum de volta e pego outro, folheando as páginas. *Ainda muito tempo atrás.*

Coloco-o sobre a mesa e pego mais alguns, a ansiedade correndo em mim. Depois de limpar meia fileira de uma prateleira, finalmente vejo uma foto da mamãe com um majestoso diadema de ouro salpicado de pedras verdes. Meus olhos enchem de lágrimas. Ela usa um vestido longo de cetim com uma fita nas cores da Casa, ornamentado com um símbolo de flor. Seus braços estão enlaçados em um rapaz mascarado. Eu olho, absorvendo tudo dela. Eu alivio as lágrimas do meu rosto, olhando para uma vida inteira mantida em segredo. Aperto os olhos para ver qual símbolo o rapaz usa, mas a imagem é antiga e confusa demais para ser identificada. Estudo seu rosto, mas não se parece em nada com o meu. Mamãe nunca mencionou quem era meu pai. Desde que me entendo por gente, éramos só ela e eu, depois que saímos daqui. Viro a página e a próxima, mas essa é a única foto dela.

Corro de volta para a estante em busca de mais, mas não encontro nada além de textos históricos. Vou até outra parede com prateleiras de vidro do chão ao teto, cheias de lombadas de couro com minúsculas letras douradas.

Estes estão trancados a sete chaves. Puxo a trava, mas o vidro trancado não cede, e me lembro da chave de ouro entre as joias da vovó.

Aposto que foi aqui que ela narrou toda a infância da mamãe. Ela a ama, apesar de mantê-la à distância.

A chave vai direto para a porta trancada de prateleiras e meus ossos gelam em alerta. Tiro uma pilha de três ou quatro do que deve ser uma dúzia de álbuns idênticos com capa de couro.

Separo as páginas, os dentes pressionados contra os lábios de ansiedade. Mas não há foto. Apenas um nome, rabiscos de anotações que não entendo e o que parece ser uma mancha de tinta vermelha. O *Livro dos Nomes* que assinei para entrar estava cheio de páginas em branco e uma pequena lista de grupos. Estes estão cheios. Verifico a lombada novamente em busca de um nome. Não há página de título. Eu viro e reviro, mas é mais do mesmo, páginas com pontos vermelhos. Levo um ao nariz e a dor em meus ossos aumenta com seu cheiro de ferrugem.

Sangue.

Viro mais algumas páginas, mas são cada vez mais registros. Muitos nomes. Folheio outro livro, na esperança de entender melhor por que ela teria registros e amostras de sangue. Mas é apenas mais do mesmo. E outro. E outro. O sangue sobe à minha cabeça, me deixando tonta, até que vejo um livro igual ao que tenho em mãos na mesa de cabeceira da vovó.

Meu coração bate mais rápido. A vontade de sair desta sala me morde os calcanhares, porém meus pés se movem em direção ao livro. Abro e passo nomes e mais nomes até chegar a uma página com as entradas mais recentes.

Brooke Hamilton, Casa Perl — 2406
Alison Blakewell, Casa Perl — 2406

As garotas da Casa de Jordan. Os números ao lado de seus nomes parecem ser datas.

Vovó tem um registro de pessoas mortas...

Tento, mas não consigo controlar minhas mãos trêmulas. Dou outra olhada na página, esperando não ver o que espero. Mas lá está em tinta preta.

Nore Ambrose, Casa Perl — 1007*
*aflita

Dez de julho. Ao lado do nome de Nore há uma mancha vermelha escura, e não tenho dúvidas. *Este é o sangue de Nore.* Vovó disse que Nore estava em licença sabática. Mas ela não está. Se o nome dela está aqui junto com o das outras garotas mortas, ela está morta.

Nore está morta.

É por isso que a carta dela voltou. Olho para as fileiras e mais fileiras de livros como este e a verdade me corta profundamente. *Tantos registros. Nomes e mais nomes de debutantes mortos. Deve haver anos, gerações de registros aqui.* Examino mais três, quatro, dez registros para ter certeza de que não estou enlouquecendo. Mas está tudo bem aqui. Centenas com datas e manchas vermelhas. Pisco e vejo uma floresta de árvores mortas. Pisco novamente e me lembro de Jordan me contando sobre as *centenas* de pessoas desaparecidas. Tampo minha boca como para me afastar do peso do que tudo isso significa.

Solto o livro e me afasto. As palavras que se formam em minha boca desaparecem quando as peças da fachada da vovó se encaixam. A maneira como ela não pareceu realmente aliviada quando anunciou o retorno de Nore. A forma como ela insistiu em saber se Nore havia mencionado alguém de quem ela tinha medo. Ela estava tentando ver se eu estava atrás dela. A maneira como ela queria ser "prática" na investigação. Um disfarce perfeito para garantir que ninguém a descobrisse. Vovó matou Nore.

Lágrimas se formam em meus olhos ao me lembrar do aviso que vovó me deu sobre sua crueldade quando ela pensou que eu não estava pronta para o Segundo Ritual. A maneira como ela me ameaçou sem pestanejar.

Eu folheio a página novamente como se houvesse uma resposta que pudesse realmente resolver isso. Apenas alguns têm um asterisco, indicando que têm *toushana.* Jordan disse que os Draguns atribuíram as centenas de desaparecidos a membros que tomaram as regras com as próprias mãos.

Mas essa não é um membro *qualquer*, é uma diretora.

As paredes parecem se fechar ao meu redor enquanto procuro alguma outra maneira de fazer sentido. Alguma razão para a vovó ter paredes e mais paredes, anos e anos de nomes de debutantes mortos catalogados a sete chaves em seu quarto particular. *Não tem razão.*

Corro.

Saio do quarto, passo pela porta, desço o corredor, meus pés acelerando minha pulsação. Descendo as escadas, tenho que chegar até mamãe. O mundo escurece ao meu redor e Jordan aparece.

— *Quell.*

Luto pelas palavras.

— Você está bem?

Ele estende a mão para mim. As pessoas estão olhando. Audição. Agarro-o pelo pulso e o conduzo pelas portas, pelo pátio. Quando o ar atinge meu rosto, começo a correr em direção ao jardim de inverno.

— Quell. — Ele corre atrás de mim, mas não consigo parar. Não posso. Se eu parar, posso desabar. Chego à porta de vidro e, para meu alívio, ela está destrancada.

Eu me jogo lá dentro, caio de joelhos e grito.

QUARENTA E QUATRO

— Quell, o que aconteceu?

Eu balanço para a frente e para trás, tentando apagar as últimas horas. Eu me abraço, as lágrimas correndo com mais força. Não posso mais ficar aqui. Eu ignorei qualquer bom senso para fazer isso funcionar. Mesmo que ela não descubra meu segredo, mesmo que eu termine, não posso ser a herdeira de um monstro.

— Quell, por favor, você está muito estressada.

Não olho para ele. Não consigo me mover. Ele senta no chão e coloca a jaqueta em meus ombros.

— O que aconteceu?

As palavras que se formam em minha boca não fazem sentido.

— Tantas mortes.

Ele me sacode e eu caio em mim. Encontro seus olhos e jogo meus braços em volta de seus ombros largos, me perguntando se eles são fortes o suficiente para suportar o peso que Jordan está me pedindo para colocar sobre ele. O mundo balança. Ele me puxa com mais força em sua direção.

— Seja lá o que for, eu vou resolver.

— Não dá.

Ele se afasta um pouco, passando as mãos no meu rosto.

— Tente.

— Jordan, minha avó... — Engasgo com palavras que querem sair. Isso quer ser dito para que eu não tenha que carregar esse fardo horrível sozinha. — Acho que ela é responsável por todos os membros desaparecidos.

Ele estreita os olhos, sem acreditar.

— Encontrei registros de mortes em uma estante trancada no quarto dela. — Minha voz falha. Eu não posso acreditar no que estou ouvindo. As próximas palavras saem misturadas com soluços, mas abri a porteira agora e não consigo fechar. — Não. As duas garotas da sua Casa. E centenas de outros. Não acho que tenha algo a ver com *toushana*.

Procuro choque ou raiva ou algo assim na expressão de Jordan, mas não encontro nada disso.

— Ela acabou de anunciar que Nore... — Jordan se levanta, os lábios juntos em dúvida.

Continuo:

— Temos que sair daqui. Deixa comigo. Vamos a qualquer lugar, podemos encontrar minha mãe e dormir na floresta.

Paro e ele me abraça com mais força.

— Tem que haver uma explicação. Sei que a diretora Marionne é uma mulher com uma moral muito sólida.

Eu me envolvo em suas palavras, embora elas cheirem a um otimismo tolo. Eu sei o que vi. Ele acaricia meu cabelo e tento desacelerar meus batimentos, mas a dor em meus ossos aumenta, ameaçadora. Eu me afasto dele, só por precaução.

— Se isso for verdade — continua ele —, ela pode ser responsabilizada.

— Não, Jordan, ninguém vai julgar *Darragh Marionne*.

— Não podemos partir. — Ele esfrega a palma da mão no rosto. — Por Sfenti, rezo para que você esteja errada sobre isso.

— Não estou errada!

A boca dele se curva com ceticismo.

— Se você estiver certa, a Ordem precisa de nós agora mais do que nunca. Você consegue entender isso, não é?

— Não vim aqui pra entrar em guerra com minha avó.

— Há uma maneira de as coisas serem feitas. Honramos a Ordem, Quell, a todo custo. Me escuta. Você confia em mim?

— *Me escuta!* — Estendo a mão para ele, mas sinto uma dor em meus ossos, e meu braço fica frio quando ele o agarra. O medo me estremece quando Jordan segura meu braço enquanto minha *toushana* queima através de mim com um frio gélido. Tento me afastar, mas ele segura meu braço com mais força, seu olhar se dilata.

— *Me solta!* — Eu me afasto, esperando ser rápida o suficiente. Esperando que ele estivesse distraído o suficiente para não perceber a mudança anormal na temperatura do meu corpo. Mas sua expressão está paralisada com algo que nunca vi nele.

Devastação.

Meu coração para.

Ele sabe.

— Quell? — sussurra ele.

Olho de relance para a porta. *Fugir nunca funcionaria.*

— Por favor — digo, a vulnerabilidade destruindo todos os impulsos da razão. Eu relaxo completamente, minha *toushana* assume o controle, afogando minha vontade de lutar. Um nó sobe na minha garganta e meu coração dispara quando tropeço para trás para me distanciar mais dele. Mas não há para onde ir.

Seus olhos brilham com conhecimento. *Ele sente meu pânico.* Não há como negar, mesmo que quisesse. Uma lágrima escorre pela minha bochecha.

— Por favor, fale alguma coisa. Basta dizer alguma coisa, Jordan. — Minha voz está tão debilitada e fraca quanto eu.

Ele balança a cabeça e passa a mão pelo cabelo, andando de um lado para o outro.

— Você... mentiu? — Ele procura as palavras, mas se atrapalha, seus olhos ficam vidrados. — Eu... — Ele balança a cabeça. Então suas narinas se dilatam. — Pensei que você fosse diferente. Eu pensei... — Mas ele engasga com as próximas palavras e vira as costas para mim.

— Jordan. — Arrisco alcançá-lo, agarrando-o com minha mão fria. Mas quando ele se vira, sua expressão de dor se transformou em um olhar furioso. Seu peito arfa, mas suas sobrancelhas se juntam, incapazes de esconder sua dor, seus olhos são um mar cheio de lágrimas. Ele olha para minha mão em seu braço. Eu me solto, dando um passo para trás.

Ele dá um passo em minha direção.

E posso sentir a distância entre nós diminuindo como um aperto na minha garganta. Seus músculos endurecem, a raiva mutilando a dor em sua expressão. E o frio em meus ossos toma conta de mim, não por causa da minha *toushana*, mas do medo horripilante que sinto.

Ele dá um passo em minha direção novamente e o medo arrepia minha espinha. A máscara de Jordan sangra através de sua pele e seu maxilar se contrai. Procuro algum vislumbre do garoto que segurou minha mão. Que me deu balas verdes e viu mais em mim do que, na época, eu via em mim mesma.

Mas aquele rapaz se foi.

Apenas um Dragun está diante de mim agora.

— *Jordan, por favor.*

Ele encontra meus olhos pela primeira vez desde nosso toque, mas em seu olhar há apenas um fantasma da pessoa que eu conhecia, escondido sob um véu. Morrendo de um modo excruciante.

Ele vai me matar.

O espaço entre suas respirações encurta.

— *Eu só fiz isso para me proteger. Tudo isso foi para...*

Seus lábios tremem enquanto ele invoca sua magia. A cor preta dança na ponta dos dedos.

— *Jordan, eu te amo. E você me ama!* — Minha voz chora e baixo meu olhar. — Eu sei que essas são palavras fortes e pesadas, e são confusas e, de certa forma, parecem erradas. Mas isso não muda o que você sente. Você me ama, Jordan Wexton, eu *duvido* que você negue isso. — Eu luto contra as palavras entre lágrimas. — Por favor, não faça isso — eu respiro.

Jordan desvia o olhar mais uma vez.

Antes que sua mão se feche em volta da minha garganta.

E o mundo desaparece.

PARTE CINCO

QUARENTA E CINCO

Pisco, me perguntando se esta é a vida após a morte, névoa negra ao meu redor. Mas então... respiro, percebendo que meus pulmões se enchem. Não estou morta. Jordan me envolve em uma nuvem negra, é difícil perceber o mundo através de sua névoa. Sua mão está em volta do meu pescoço, não apertando, mas me segurando ali, e por mais que isso funcione, não consigo me mover.

Não há amor no toque dele. Não mais. Mas porque sou teimosa, e estou magoada e perdida, muito perdida, o nome dele permanece em meus lábios. Quero que ele me olhe mais uma vez com o nascer do sol nos olhos. Para me prometer que depois desta noite escura haverá uma manhã. Todo o meu corpo fica rígido quando o ar clareia e as portas duplas da vovó aparecem.

Seu controle sobre mim torna impossível fazer mais do que pensar. Tento vislumbrar suas feições para entender o que ele está fazendo. Ele não me levou para Beaulah.

— O que é isso? — Vovó olha além de nós, no corredor em ambas as direções. Mas não há mais ninguém aqui. Nenhuma testemunha da minha morte iminente.

— Aqui, agora — diz ela.

Nós nos movemos, embora eu não sinta isso.

— Libere sua magia, Jordan, agora!

Ele o faz e a vida invade meus membros.

— Qual é o significado disso? — Toda a antessala da vovó está diferente do que há pouco. O fogo está apagado. O jornal que deixei espalhado desapareceu. O buquê que estava em sua escrivaninha também sumiu. *O quarto.*

— Jordan, os registros estão todos aqui. — Corro até a porta do quarto dela e paro. O chão, que antes era uma montanha de livros, está limpo.

As prateleiras estão bem arrumadas com enfeites, plantas e bugigangas. Não há um único livro com capa de couro à vista.

— Quell Janae Marionne, há algo em que eu possa ajudá-la? — Vovó paira na porta e sua compostura muda com a descoberta, uma única sobrancelha levantada. *Agora ela sabe que fui eu.* O olhar de Jordan passa entre nós com uma ponta de dúvida.

— Estava tudo aqui. Só... — *Livros. As prateleiras.* Puxo as portas da estante, mas elas estão trancadas.

— Peço desculpas por entrar assim de repente, diretora — diz ele. — Mas eu vim com uma informação grave a respeito de Quell e preciso contar imediatamente.

Ele me encara por mais um instante, mas quando desvia o olhar, meu coração se parte.

— Uma palavra em particular, por favor. Sua neta está aflita — diz ele além da porta, e meu coração bate forte, imaginando o rosto de vovó. — Ela tem *toushana*. Eu mesmo senti isso há pouco.

Eles se afastam e não consigo ouvir, suas vozes estão baixas demais, e vasculho as coisas da vovó em busca de algum vislumbre da verdade. Vovó, com Jordan como sombra, reaparece e meus dedos se enfiam nos bolsos, apertando meu chaveiro. Gostaria de poder dizer à mamãe que estou pensando nela mais uma vez. Não há como escapar. A morte é meu destino e sempre foi, suponho. Um destino que eu, ingenuamente, esperava poder ludibriar. Vovó agarra meu pulso com tanta força que eu grito. Ela passa a unha no meu dedo e parece que há fogo preso na ponta dela.

— Ai! — Tento me afastar, mas ela me segura com mãos de ferro, e uma gota de sangue surge na ponta do meu dedo, respondendo à sua magia. Ela passa o dedo sobre ele, e é como esfregar uma lixa em uma ferida recente.

— Isso não é possível — murmura ela para si mesma. — Peguei uma amostra quando você chegou.

Eu me contorço, a dor percorre da minha espinha até a cabeça. Ela me firma com uma sacudida agressiva e eu fecho os olhos para controlar a dor. O sangue sob meu dedo brilha em vermelho brilhante por um momento antes de brilhar em preto. Ela respira silenciosamente.

— Como deixei isso passar? — murmura ela, então seus lábios se abrem em compreensão. — O teste mostra o que foi usado pela última vez.

Meu coração bate forte nos ouvidos e não consigo encontrar uma única palavra para dizer. Olho para a porta, mas não há saída daqui que não termine na minha morte. Por vários momentos, o único som é a batida forte do meu coração. Olho para o chão, tentando pensar em algo para dizer ou fazer. Minha *toushana* relaxa, mas nem tento acalmá-la. Não consigo reunir forças.

— Jordan, vou cuidar disso. Por favor, saia.

— Diretora, eu disse que poderia fazer... o que é exigido de mim. — Ele limpa a garganta. Procuro nele o vislumbre de algum plano oculto, mas só encontro um dever resoluto. Balanço a cabeça, meu coração buscando qualquer coisa que não esteja lá. *Ele não!*

Ele sim.

Ele faria.

— Eu nunca duvidaria do seu senso de dever, sr. Wexton. Você me serviu bem. Por favor, saia.

Espero que ele olhe para mim, para ver o que me resta, fragmentos de mim jogados no vazio, mas ele não faz isso. E de alguma forma isso dói mais.

— Estarei do lado de fora caso você precise de mim. — Ele hesita por um momento, seu olhar baixando antes de se virar e levar consigo o último suspiro de meus pulmões. O mundo gira enquanto vovó me indica sua poltrona de veludo ao lado da lareira em seu quarto. Ela enche a lareira com chamas e faz sinal para que eu me sente. Eu recuo.

— Mais perto do fogo, Quell. Relaxe.

Hesito. Meu coração continua a bater forte, mas não posso ignorar a atração do fogo que poderia afugentar esse veneno. Aproximo-me, ainda hesitante, e um suspiro sai da minha boca. O calor é um alívio inegável. Minha *toushana* se acalma, iniciando sua retirada. A vovó também fica perto dele, aquecendo as mãos.

— Está melhor? — Ela me oferece chá. Eu ignoro. — Estou surpresa por não ter visto os sinais. Às vezes somos tão bons em ver apenas o que queremos. Você está de volta, Quell. Não consigo expressar em palavras o que isso significa para o nosso Conselho. Para mim também, mas para a nossa Casa. E agora vamos aprender isso. — Ela toma um gole de chá novamente antes de pegar uma presilha de cabelo na gaveta. É um pequeno prendedor de borboleta com pérolas no lugar dos olhos, faltando uma. — Estou triste. Mas, felizmente para você, a dor é algo que meus ombros aprenderam a carregar.

— O quê? — consigo dizer.

— Eu tinha dez anos quando minha mãe entrou de repente no quarto da minha irmãzinha no meio da noite e me pegou tentando ajudá-la a aquecer as mãos perto do fogo. Naquela época, eu não sabia o nome disso. Simplesmente sabia que minha irmã estava com dor e frio. — Embora esteja a poucos metros de distância, vovó se encontra em outro lugar completamente diferente. — Eu não estava com dor naquela época, mas Moriette, sim. — Ela acaricia o clipe. — Vou poupar você dos detalhes, mas vi o que acontece com quem tem *toushana*. Então imagine minha surpresa quando na noite do meu próprio Baile, depois de usar minha magia, meus membros viraram gelo.

Eu me sento. Não posso tê-la ouvido corretamente.

— Eu sabia que era *toushana*, mesmo que não devesse ser possível, uma vez que eu já estava conectada. Mas *toushana* é um mistério sempre elusivo. Ainda há um limite para o que entendemos sobre isso. Pelo que entendo agora, minha situação é extremamente rara.

Eu me sento mais ereta, prestando atenção em cada palavra dela.

— Naquela noite, menti para minha mãe, disse que era enxaqueca e me enterrei no chão do banheiro. Demorou um pouco, mas descobri como administrar isso.

— Você tem... *toushana*... — As palavras quebram algo em mim.

— Fique mais perto do fogo, querida. Vai te ajudar, de verdade.

Chego mais perto do calor, tentando descobrir o que essa verdade significa para mim.

— Tem sido o trabalho da minha vida manter isso em segredo e criar uma fortaleza em torno de mim e da minha Casa. Você tem sorte que a sua apareceu antes do Terceiro Ritual. Devemos ter algumas opções.

Engulo em seco, olhando boquiaberta para a mulher que pensei conhecer.

— Meu dever é para com a Casa Marionne. *Não* com a Ordem. Esse foi o erro da minha mãe. — Ela solta um longo suspiro e encontra meus olhos, os dela cheios de orgulho e desafio. — Então acrescento um pouco de magia no Terceiro Ritual para todos que debutam na minha Casa. Sempre que alguém enfiar a adaga em seu coração aqui, isso irá prendê-lo não apenas à sua magia, mas a esta Casa, em servidão.

Meu coração acelera.

— Plume ter vindo da Casa Ambrose tem seus benefícios. Capturou uma de suas descobertas mais bem guardadas: uma maneira de ocultar o palco da cerimônia com magia de rastreamento reverso.

— Magia de rastreamento... — Seguro meu peito, lembrando-me da chama prateada.

— Como?

— Ao ser colocado em alguém, um rastreador liga uma pessoa a outra, permitindo que se localizem onde quer que estejam quando sentem emoções extremas. A Casa Ambrose ampliou os limites dessa magia de alguma forma para rastrear muitos de uma vez e inverter a direção. Graças ao Terceiro Ritual, posso convocar qualquer um dos meus graduados e eles virão até mim num instante. Eles estão amarrados a esta Casa. Dessa forma, posso usá-los, sua magia, como achar melhor e contra quem achar melhor. — Ela arruma a gola do vestido.

Eu me afasto dela.

— A Esfera está sob grande pressão, Quell. E com as tensões entre as Casas, as acusações só pioram. As diretoras já se uniram antes para cometer atrocidades. Eu não duvidaria que fariam isso de novo. Se as relações na Casa entrarem em conflito, Marionne terá um exército no seu encalço.

Arrepios sobem pelos meus braços.

— Nada disso explica todos os nomes de pessoas que morreram. Em seus livros. — Aponto um dedo trêmulo. — Você tentou esconder a sujeira, mas eu vi *tudo*.

— Entenda, tudo começou como um acidente. Eu sou Cultivadora, querida. Quando assumi este cargo, os iniciados se inscreveriam aqui e eu trabalharia com eles. Mas minha *toushana* às vezes era passada para eles por engano. Eu não poderia deixar isso crescer neles. — Ela se mexe no assento. — Tive que limpar um pouco as coisas.

Ela está tão perto de mim que posso sentir seu cheiro. Ela é mel e lavanda, jasmim, mas seu coração é feito de podridão.

— Mas contratei Dexler e agora ela faz o cultivo prático. Eu não. Eu fiz isso para consertar tudo, você não vê? Para não trabalhar mais diretamente com os iniciados.

Balanço a cabeça sem acreditar no que escuto.

— Eu esperava que sua mãe preenchesse esse papel, mas, infelizmente... ela se foi.

— Porque ela não queria que a Ordem me matasse!

— Sua mãe nunca entendeu que estou do lado dela.

— E eu me pergunto o motivo. As garotas Perl e Nore nem estavam na sua Casa!

Vovó cruza as pernas e posso sentir sua crescente irritação.

— Nore tinha *toushana*, Quell, e acho que você sabe disso.

Eu desvio o olhar.

— Então há mais de um mentiroso sentado aqui.

— Não somos a mesma coisa. — Não sei o que ela está fazendo, mas nada que ela possa dizer faz isso se tornar aceitável. Eu recuso. — Você não precisava machucá-la.

— *Eu não feri* Nore.

— Ela está no seu diário de mortes. Eu vi o nome dela.

— Você está certa, ela está morta. Menti sobre o período sabático porque me pediram. Esse é o fim do assunto. — Ela suspira, exasperada. — Não desejo nenhum mal a você, menina, e entendo que tenha dúvidas, mas minha paciência está se esgotando. Eu não sou sua inimiga. O que mais você quer saber?

— Então é isso que a Ordem faz? Mata quem fica no caminho? — Eu me sinto nauseada. — Por que manter registros?

— Porque... — Agora é a vovó quem quebra nosso olhar. — Comecei a notar mudanças na Esfera enquanto limpava as coisas.

Eu me encolho com a sua escolha de palavras: "limpar", como se ela tivesse feito um favor, arrumado a bagunça de alguém. Ela *assassinou* as pessoas.

— A estante estar visível foi um descuido. Recebi hoje uma entrega que tive que acompanhar imediatamente e esqueci de disfarçá-la. — Os lábios da vovó estremecem. — E quanto às garotas Perl, elas estavam bisbilhotando abrigos por algum motivo, desconfio que por ordem de Beaulah, e chegaram um pouco perto demais da verdade a respeito do rastreamento do Terceiro Ritual que tenho aqui. Se isso fosse divulgado, dissolveria a nossa Casa imediatamente. Todas as outras Casas se voltariam contra mim. Até a nossa. Eu *tinha* que fazer algo. E já havia rumores de que elas tinham *toushana*.

— Você construiu uma fortaleza ao seu redor para proteger sua *toushana*, mas condena os outros pela *toushana* deles. Você é uma hipócrita *e* mentirosa. Um monstro. Não admira que mamãe tenha ido embora.

— Já ouvi o suficiente. Conecte-se com a sua magia adequada no Baile. Você fará tudo conforme planejado. Isso vai enterrar sua *toushana* e poderemos deixar essa bobagem para trás!

Esse tem sido meu plano o tempo todo. Mas como posso ficar aqui agora, sabendo de tudo isso?

— Não, não vou fazer isso.

— Você vai, sim.

— Eu não vou!

Ela me agarra pelo colarinho, mas consigo me afastar. Pego um abridor de cartas da mesa. É a coisa mais nítida que vejo. O ar ondula preto na ponta de seu dedo. O abridor de cartas apodrece em minhas mãos. Procuro outra coisa. Um livro. Um vaso. Eu chuto uma poltrona em seu caminho enquanto ela me persegue, mas, com o toque de sua mão, isso também se transforma em pó preto.

— Não fiz *nada* além de dar mais do que você *jamais* teve! — Ela me alcança e me agarra pelo pescoço como Jordan fez. Sua magia me paralisa da cabeça aos pés. — Jordan teria matado você se eu tivesse ordenado. Não duvide disso. Eu *salvei* sua vida hoje e *você ousa me julgar*? Como se eu estivesse em qualquer outro lado, e não do *seu*. *Nosso* lado. — Ela abre uma porta e me empurra para dentro de uma saleta. Eu bato no chão com força, a dor sobe pela minha espinha.

— Você fará o que eu disser ou a entregarei ao diretor Dragun e deixarei o rebanho dele selar o seu destino. Sua escolha. — A porta bate.

Eu me enrolo como uma bola e caio no chão da minha prisão.

Isso deve ser pior que a morte.

QUARENTA E SEIS

O tempo é uma ilusão em um mundo sem janelas. A escuridão se tornou meu cobertor. Chorei tanto que senti a dor da tristeza nos ossos. A certa altura, a vontade de chorar se perdeu, soterrada pela vontade de não sentir nada. Para não ser nada.

As refeições chegaram, mas recusei todas. Não vou aceitar mais nada das mãos dela.

A raiva ferve em mim quanto mais eu a alimento, o que é exaustivo e desgastante. Acalmo tudo isso dormindo, mas a minha mente está desperta agora no escuro, sem descanso à vista. Levanto-me das cobertas que arremessei, viro e acendo uma luminária. A saleta onde vovó me trancou costumava ser algum tipo de quarto. É pequeno, com algumas marcas de móveis que ficavam aqui impressas no carpete como pegadas de fantasmas. O motivo pelo qual ela tem um quarto fora do quarto dela, eu não entendo.

Passo os dedos pelas bordas esculpidas de uma cômoda imponente, lamentando as escolhas que ela colocou diante de mim. Chamo minha *toushana*, só para sentir algo poderoso. O rosto de Jordan atravessa minha mente, e minha *toushana* geme para ser apagada. Faz muito tempo que não vou para a floresta. O que eu não daria para ir até lá agora, mesmo que não fosse em segredo.

Eu odeio vovó por fazer isso comigo. Por saber pessoalmente como é e ainda me forçar a isso. E Jordan. Vejo seu rosto e sinto uma dor mais profunda de alguma forma. Não tenho palavras para o que sinto por ele. A ferida está muito aberta. A dor é muito recente.

Abro uma das gavetas dos móveis finos da vovó e bato-a para fechar. O barulho da madeira contra si mesma é satisfatório. Minha *toushana* se manifesta, implorando para ser livre, e eu deixo que ela saia. Passo os dedos pelo armário antigo da vovó, deixando um rastro de madeira enegrecida. Depois que o topo de madeira está queimado como se tivesse sido consumido por chamas, solto minha *toushana* nas pernas do móvel. Ele cede sob o peso de si mesmo e cai no chão. Não tenho ideia do que isso significa para ela. Há quanto tempo está aqui. Como é especial. Mas saboreio a madeira quebrada aos meus pés.

Procuro outra coisa. Presa atrás dessas grades de raiva, o apetite da minha *toushana* aumenta. A moldura da lareira é ricamente esculpida. Eu a puxo para baixo, decompondo-a até ficar quebrada e irreconhecível. A cadeira e a mesa são um trabalho rápido. O tapete, uma estante, uma cadeira de balanço, uma estátua de porcelana. Eu até tento as paredes. Eu queimaria todo este lugar até virar um monte de cinzas neste momento se eu estivesse fora desta sala. Um grito sai da minha garganta e agarro a parede que deveria ser uma porta.

— Deixe-me sair! — Bato e torno a bater, mas sem resposta. Meu peito palpita. As cinzas de meu trabalho destrutivo fervilham no ar, e meu coração se deleita com isso como neve recém-caída. Minha *toushana* vibra dentro de mim com satisfação, e uma sensação estranha me invade quando percebo algo.

— Você nunca me deixa na mão — digo para a minha *toushana*, e ela responde com uma onda de frio.

Minha primeira lembrança de conhecê-la é quando eu tinha oito anos. Eu estava prestes a atravessar a rua quando um carro passou em alta velocidade. Minha *toushana* se desenrolou em meus ossos com tanta força que tive que parar por causa da dor. O carro passou correndo, por pouco não me acertou. Fiquei em tamanho pânico que me escondi atrás de outro veículo estacionado, tentando recuperar o fôlego. Eu estava tão nervosa, sentada ali tentando me acalmar, que destruí metade daquele sedã. Embora tenhamos nos despedido daquela cidade, daquela escola, naquele momento minha *toushana* me manteve segura.

Ela nunca me atacou. Ela estava calma quando emergi. Foi útil quando roubei a bugiganga para Octos fazer meu diadema parecer aceitável. Ela estava cautelosa com minha adaga enquanto eu trabalhava para afiá-la, porque ela podia sentir que eu pretendia usá-la de forma destrutiva. Mas minha *toushana* nunca me machucou ou mentiu. Ela é a única coisa que tem sido verdadeira para mim.

Ela é fúria e determinação, às vezes insaciável e intensamente poderosa.

Ela também é destruição.

Algumas coisas, porém, merecem ser destruídas.

Eu a escondo porque preciso. Mas agora que a entendo, ela não está fora de controle. De certa forma, ela é a única coisa sobre a qual tenho controle em toda a minha vida. Eu me tremo com o frio dela, e é cativante.

Ela fica ainda mais fria e eu cedo ao seu chamado, e isso me preenche de uma maneira que só ela consegue. Eu olho para minhas mãos com prazer por sentir algo. Poder fazer alguma coisa. E isso me atinge. Acho que sei o que preciso fazer.

Não serei relegada aos caprichos da vovó. Não ficarei acorrentada à versão dela — ou de qualquer outra pessoa — do meu destino. Seguir em frente com o Baile para iniciar com minha magia adequada me amarraria à vovó, a esta Casa em servidão para sempre, passando de uma jaula para outra. Destruir minha *toushana* significa destruir uma parte de mim. Uma parte de mim que é *poderosa*. Talvez eu esteja entendendo tudo errado. Talvez eu devesse estar buscando coragem.

Talvez o único jeito de ser livre...

É parar de lutar contra quem eu realmente sou.

A verdade me faz firmar na parede. Eu me preparo contra isso e tento juntar as peças do que acho que estou dizendo. O que acho que decidi. Bato na parede.

— Já tomei minha decisão, vovó, por favor.

Vou prosseguir com o Terceiro Ritual.

E seguir os desejos da vovó.

Mas, nesse palco, vou me iniciar com a minha *toushana*.

Com ela, estou livre.

QUARENTA E SETE

A porta do meu quarto se abre hesitante e vejo o rosto de vovó.
— Estou pronta para conversar, por favor.

Vovó está de blazer e saia, com um broche de flor ao lado do pescoço e luvas nas mãos. Ela entra, a luz fluindo atrás dela. E de repente percebo que não sei ao certo há quanto tempo estou presa aqui. Ela observa a sala e sua expressão muda.

— Você estava de saída?

— Sim, para uma reunião. — Ela aperta os lábios diante da bagunça que fiz com suas coisas preciosas. — Eu não queria deixar você esperando caso recuperasse o juízo com o Baile amanhã.

Amanhã! Não perdi minha chance.

— Recuperei o juízo.

— Estou ouvindo. — Ela me encara, rígida e impossível de ler, expressão clássica dela. Olho para ela por um momento e percebo que poderia estar me olhando no espelho. Mas porque não cresci aqui, encurralada por este mundo, não estou em dívida com ele. Ainda não.

Posso dizer pela maneira como suas mãos se juntam e pela forma como seus ombros se contraem, que ela está nervosa. Cautelosa. Tudo o que eu disser tem que convencê-la completamente. Ela não pode suspeitar que estou mentindo ou não sei o que poderá fazer. Eu conheço seu segredo sujo agora, e ela provou que não hesita em se livrar daqueles que podem causar problemas a ela. Cruzo as mãos atrás das costas, cravando as unhas na pele como se nelas estivessem enterradas raízes de coragem.

— Você estava certa. — Coloco uma aparência triste na cara e mexo as mãos. Eu até ando um pouco para garantir. — O choque de tudo me surpreendeu. Não consigo imaginar um lugar seguro para estar. Um lar. Com você, aqui, no Château Soleil.

As palavras grudam na minha garganta.

Minha família é minha mãe. Meu lar é minha toushana. *Meu lar é onde eu escolher estar.*

Minha magia proibida brilha em mim e seu frio me acalma.

— Vou completar o Terceiro Ritual e conectar minha magia, apagando minha *toushana* para sempre.

Vovó me rodeia e meu coração bate mais rápido.

— Perdoe-me, por favor, ainda quero me formar se você me aceitar.

Seus dedos brincam na pilha de madeira que costumava ser uma cômoda.

— O rei Luís XVI deu isso para minha tataravó. Um presente no Baile dela da coleção dele.

Eu sabia que era especial; era chique demais para não ser. Mas me recuso a me sentir culpada.

— Ele era um grande entusiasta das artes naquela época e era fascinado pela magia. Algo que ele nunca conseguiu conformar à sua vontade. Então fez amizade com nossa família. As pessoas gostam de estar perto do nosso mundo. Mas é preciso muito para estar *dentro* dele.

Vovó me encara, desprezo e dúvida queimam sua expressão.

— Não sei se ele teria estômago para se conectar. Muito fraco. A monarquia deles caiu enquanto estava nas mãos dele, sabe? — Ela passa os dedos pela pilha de escombros e as cinzas se agitam, como se fossem perturbadas por uma rajada de vento. Ela puxa a pilha com os dedos, e os pedaços quebrados da cômoda se juntam novamente, trocando o acabamento enegrecido pelo antigo folheado dourado.

Eu suspiro.

— Eu mantenho isso aqui como um lembrete. — Uma maçaneta que rolou pela sala se encaixa na cômoda e fica perfeita como se nunca tivesse sido destruída. — Os reis podem ser corajosos, podem fazer coisas maravilhosas. Coisas bonitas. E ainda assim a sua monarquia pode cair. Seu legado segue em frente sem eles. — Ela se vê no espelho, que também se refez. — Daqui a cem anos, a Casa Marionne será *mais* do que armários elegantes e salões de baile dourados.

Ela dá um passo em minha direção.

Eu não recuo.

— Administrar a Ordem não é diferente de administrar um reino. Você faz o que deve para um bem maior. E neste caso, esse bem maior é a nossa família. Nossa linhagem. O futuro desta Casa. Você entende isso?

— Entendo.

Ela não se comove e se afasta de mim.

— É por isso que vincular-se à Casa com a amarração é tão importante — digo, na esperança de diminuir sua dúvida.

Minhas palavras fazem vovó se virar pra mim.

— Isso garante que minha lealdade seja inabalável, que estou comprometida em servir esta Casa, aconteça o que acontecer.

Ela cruza os braços.

— Se estou nisso, estou até o fim.

— Então prove isso. Entregue seu chaveiro para mim. Rhea nunca aceitaria que você se inserisse neste mundo. Você tem que deixar esse sonho com ela e ir embora. Se você está nisso, como você diz... — Ela estende a mão. Por isso eu não esperava.

Se eu fizer isso, não terei como me comunicar com mamãe. Mas isso selaria a confiança da vovó de que estou falando sério.

— E então?

— Sim, lógico, vovó. — Tiro o chaveiro do bolso. Deve haver alguma outra maneira de encontrar mamãe quando eu sair deste lugar horrível. Coloco-o na mão dela, e ele é transformado em pó em um instante.

Um pedaço de mim se quebra. Espero que não tenha sido a decisão errada.

— Muito bem. — Seu queixo se levanta. — Aquela cômoda foi fortificada com magia de proteção. Sua *toushana* não é treinada, mas é forte em você. Isso pode lhe dar muito trabalho naquele palco. Seu coração deve ter certeza ou se transformará em metal. Você *precisa* ser resiliente e resistir *muito*. Enquanto mantém o equilíbrio. Ninguém deve saber contra o que você está lutando.

— Entendi — digo a ela. — Eu consigo fazer isso.

— Espero que você veja o quanto eu te amo, Quell.

— E estou muito grata. — Deslizo meu pé, um atrás do outro, um joelho dentro do outro, e faço uma reverência perfeita.

Vovó abre a porta.

— Você deveria descansar um pouco. O Baile é amanhã. Espero você no meu quarto às seis da manhã. Não me obrigue a ir procurá-la.

— Sim, senhora.

Ela coloca um anel na gaveta da escrivaninha. Em seguida, passa as mãos sobre meu rosto, sob meus olhos e sobre meu cabelo, e a náusea sobe pela minha garganta ao seu toque.

— Agora vá em frente.

Passo por um espelho e vislumbro seu trabalho de Transmorfar, seu dom para esconder a verdade. Olhando para mim, você nunca saberia que passei dias trancada chorando muito.

É tarde da noite e a maioria está na cama enquanto corro pelo corredor até meu quarto. Ofereço um "boa-noite" forçado a um punhado de espectadores. Alguns perguntam onde estive, e apenas sorrio. Dentro do meu quarto eu tranco a porta. No minuto em que eu sair daqui, não sei quanto tempo terei até que a vovó leve minha *toushana* para o diretor Dragun. Tenho que encontrar mamãe rápido.

E vou precisar de ajuda.

Só há uma pessoa em quem eu confiaria para me ajudar com algo tão perigoso. Mas não sei como enviar uma mensagem para ele sem saber seu nome completo. Abro a porta, mas encontro um dos Draguns da vovó de sentinela do lado de fora. Fugir para a Taverna não vai funcionar.

Em quem mais posso confiar? Abby? Pego um bloco para escrever para ela, mas hesito quando a caneta atinge o papel. Nunca pedi nada a ela mais do que conselhos aqui ou ali. Eu roo as unhas, esperando estar tomando a decisão certa.

Abs,
Tenho muito para te contar. Não é mais seguro aqui. Por enquanto, faça exatamente o que eu digo. Vá para a Taverna e encontre um Comerciante chamado Octos. Diga a ele que preciso da ajuda dele. Ele irá com você. Não vá ao Baile. Encontre-me depois na floresta, na trilha que sempre fazemos até a Taverna. Vou explicar tudo.
Quell

Pego outro papel e escrevo para mamãe, dizendo que houve uma mudança de planos e pedindo que ela me encontre no mesmo lugar que Abby.

Sinto um frio na barriga enquanto fecho os envelopes e escrevo seus nomes na frente. Enfio as cartas na camisa e reabro a porta. O Dragun não diz nada, então eu não digo nada para ele. Eu o reconheço como aquele que ocasionalmente está do lado de fora da porta da vovó. Passo por ele e ele me persegue, como uma sombra.

— Só estou indo até a sra. Cuthers para ter certeza de que estamos prontos para amanhã.

Ele gesticula para que eu continue, mas quando dou outro passo, ele fica nos meus calcanhares. A porta da sra. Cuthers está destrancada quando chegamos. O Dragun para na porta observando enquanto vasculho o interior, fingindo olhar as pilhas de caixas que ela tem. A mesa está quase toda arrumada, e eu finjo vasculhar as poucas coisas que ela tem lá, tomando cuidado para posicionar meu corpo de modo a bloquear a visão dele da bandeja de madeira na mesa. Meu coração bate forte enquanto tiro os envelopes da camisa e os coloco na caixa de saída. Eles desaparecem imediatamente.

QUARENTA E OITO

Vovó mandou sua equipe buscar meu vestido, meus sapatos, acessórios, e outras coisas na noite passada. Na manhã seguinte, acordo antes do despertador, dolorosamente consciente de que esta noite deixarei este lugar. O conforto desta cama, a segurança destas paredes, as risadas contidas neste quarto. *Acabou.* Uma parte de mim dói, desejando poder viver mais um momento neste pesadelo e ainda fingir que é um devaneio. É um pensamento ingênuo, mas inegável.

Pego minha adaga, alguns intensificadores que ainda tenho, alguns livros e meu cartão-postal da praia. Quando minha bolsa está cheia, saio e fecho a porta do quarto. Meu punho aperta a maçaneta. *Deixei inúmeros lugares. Mas isso parece diferente.* Porque acreditei que aqui seria diferente.

A clareza desgruda meus dedos do metal e me forço a recuar. Para ver isso como realmente é. Fui seduzida pelo brilho do Château Soleil, pelo fascínio de poder pertencer a um lugar tão magnífico. Estar aqui me diria quem é a garota no espelho, mas, na verdade, o que precisava mudar era *como* eu a via. Ainda estou descobrindo quem ela é.

Porém, quem quer que essa garota seja, ela está livre.

A casa está quieta como se fosse a hora de dormir. Ao passar, vislumbro o corredor que leva à Ala dos Cavalheiros e minha raiva se confunde com tristeza. Não quero vê-lo até que seja absolutamente necessário. Não tenho certeza de como suportarei olhar para ele ou como será a sensação. *Esqueça-o. Esqueça tudo.*

Subo as escadas e bato na porta da vovó.

— Bem na hora — diz ela, com o cabelo ainda preso em bobes. — Bem, você não parece animada. Hoje é o seu grande dia.

Procuro sorrir, mas meu estômago se enche de irritação por ter que fingir tudo de novo. Ela e seus fantoches vão me bajular e terei que aguentar. Terei que fazer o papel da herdeira obediente. Mais uma vez. Eu engulo e queima como bile. Mas este *é* o começo do fim. Meus lábios se contraem com um pouco mais de facilidade.

— Muito melhor. — Ela abre bem a porta e eu entro.

⚜

Meu vestido está pendurado na janela da antessala da vovó, iluminado pelo brilho da manhã. Passo os dedos pelo tecido, cada detalhe trabalhado delicadamente, e imagino como seria vestir isso e não saber. Sair por aí envolta na beleza e no perfume do mundo da vovó, alheia à podridão escondida entre suas camadas. Quão glorioso isso seria. Mamãe chegou tão longe? Eu vou perguntar a ela. Vou perguntar muitas coisas a ela quando nos reencontrarmos.

Examino o resto de tudo que foi estabelecido para mim. Sapatos brilhantes e uma bolsa em tom de rosa acetinado com fecho de flor feita especificamente para a cerimônia desta noite. É tudo tão lindo. Talvez eu finja, esta noite, que toda essa ostentação, toda a pompa e circunstância, é um brinde à minha libertação. Vovó me observa atentamente de sua mesa de café da manhã, e por um momento temo que ela tenha ouvido meus pensamentos traiçoeiros.

Uma caixa de madeira gravada com o nome Rollins Shine está colocada ao lado de uma flor de lapela feita com dália preta e peônia rosa. Abro-o e minha lâmina brilha para mim, mais brilhante do que jamais vi.

— Tudo em ordem? — pergunta vovó.

— Acredito que sim.

— Plume está gerenciando a configuração lá embaixo. Espiei aos centros de mesa. Eles são lindos.

— Obrigada.

Sou convocada para um banho por belas Transmorfas que me bajulam com elixires para decorar minhas unhas, suavizar minha pele e dar-lhe brilho. Quando o banho termina, a Transmorfa ainda faz outra coisa que me deixa cheirosa como um jardim de rosas. Depois de me vestir, me cubro com um roupão e encontro vovó na antessala, onde uma refeição me aguarda.

— Você comeu? — Ela me entrega um prato e eu dou algumas mordidas, distraída demais com o que está por vir. Uma campainha toca e a porta se abre. É a sra. Cuthers com um envelope, com o nome de Abby em letras inclinadas no verso.

— Isto veio para você, Quell.

Espero que minha *toushana* me estrangule de pânico, mas ela apenas vibra abaixo da minha pele em uma calma silenciosa. Ela sabe que não estou tentando me livrar dela e está completamente em paz.

— A srta. Feldsher não vai ver você esta noite? — Vovó analisa a carta, puxando sua costura, e meu coração dispara. Mas a magia funciona como deveria e não abre. Ela me entrega, nervosa. — Bem, vá em frente. O que ela quer?

Se eu abrir a carta, a vovó vai lê-la. Minha *toushana* cantarola de acordo. Se eu mentir, ela pode ver através de mim. Minha magia das trevas queima mais fria. *Não, também não acho que seja uma boa ideia.* A melhor coisa que posso fazer é tentar uma distração séria. O frio em minhas veias vibra, contente, como se estivesse de acordo.

— Não tenho certeza — digo para vovó, jogando a carta de Abby de lado. — Sra. Cuthers, antes de ir, você *precisa* ver o meu vestido! — Pulo da mesa com mais zelo do que sinto e puxo-a até a janela para contemplar a magnificência que Vestiser Laurent criou para mim.

— Ai, Quell, é excelente. — Ela pega o cabide com o vestido e o segura para mim, e eu giro.

— E os sapatos! — Eu a arrasto de item em item, adorando, até que vovó começa uma conversa com sua própria Transmorfa de aparência para o dia. A animação aumenta e quando a vovó não está prestando a mínima atenção, coloco o bilhete na bolsa e deixo tudo num canto.

Vovó verifica o relógio.

— Já é hora de começar a maquiagem e o cabelo. As fotos começarão duas horas antes da cerimônia.

Subo na cadeira e reconheço a Transmorfa de aparência como a mesma que me ajudou no dia do festival.

— Sam, não é?

— Sim, senhorita. — Ela fica corada e começa a trabalhar com a magia dela no meu rosto, me lembrando dez mil vezes de olhar para ela em vez de olhar para o canto onde escondi minha bolsa. Quando ela termina, passa para o meu cabelo. Opto por um penteado simples, pois usarei brincos gigantes da coleção da Casa. Enquanto Sam arruma meu cabelo com sua magia em diferentes estilos até encontrar um que goste, vejo vovó saindo para o corredor para uma conversa particular com o fornecedor. Eu pulo da cadeira.

— Senhorita, eu não estou...
— Só um segundo! — Corro até minha bolsa, pego o bilhete e o abro.

Ai, nossa! Espero que esteja bem. Farei o que você diz. E há algo que preciso te dizer. Ouvi dizer que Nore Ambrose pode estar morta! Vejo você à noite.
Abby

A porta do quarto da vovó se abre e aciono minha *toushana* para transformar o bilhete em cinzas. Escondo a bagunça na bolsa e volto para minha cadeira.

— Estamos quase terminando, né? — diz vovó, verificando o relógio novamente.
— Sim, senhora. — Sam me entrega um espelho.

Vovó tira da minha mão.

— Não há tempo. Todos fora, por favor! — Ela puxa meu vestido do cabide enquanto a sala se esvazia. — É justo que eu veja você primeiro com seu vestido. — Ela pisca.

Engulo o nó na garganta enquanto deslizo o vestido pela cabeça.

Os lábios da vovó se retorcem. Ela bate neles.

— Algo está errado?

Viro-me para dar uma olhada no espelho, mas ela me puxa para a frente.

— Não, não, acho que não.

Olho para o mar de chiffon cintilante balançando ao meu redor.

— Eu acho que é impressionante, vovó...
— Tragam Vestiser Laurent aqui, *agora* — ela diz para alguém do lado de fora.

— Eu realmente não quero causar nenhum problema, tá tudo bem.
— Bobagem, Laurent foi avisado para aguardar mudanças de última hora.

Mudanças de última hora? O problema que *pensei* que estava acontecendo me perturba, mas mordo a língua quando Vestiser Laurent entra.

— Minhas desculpas, diretora, algo não está do seu agrado? — pergunta ele, cheio de preocupação.

— Isto não vai funcionar.

— Eu não entendo. Costurei este vestido à mão com meu barbante de quatro fios, o melhor para condução mágica. O tecido é forrado com agentes Cultivadores, então qualquer magia que ela usar enquanto o veste dura mais. Há resistência do Retentor trabalhada nas mangas internas, mascarada por aqueles brilhos, para garantir que sua magia não possa ser facilmente removida. Eu coloquei todos os recursos nesse vestido.

— Para que servem sinos e assobios se são feios? É muito monótono. Muito *esperado*. — Vovó me vira e eu tenho um vislumbre de mim mesma. Eu pareço bem. Mais do que bem. Muito bonita. Mas mantenho minha boca fechada. Este é o programa dela, e ela precisa acreditar que sou totalmente compatível.

Vestiser Laurent sorri para mim timidamente, e eu tento o meu melhor para sorrir de volta de uma forma que diz: *Tá tudo bem, não precisa se envergonhar.*

— Eu preciso que você conserte isso ao meu gosto. Ou temo que você não será compensado.

— Posso fazer como você deseja. — Ele tira o casaco e afofa a ponta do meu vestido. — Agora, me diga o que você está pensando.

Vovó busca as palavras como se pudesse encontrá-las no ar.

— Quell é *herdeira* de uma grande Casa. Ninguém vai se lembrar deste vestido. Quell deveria ser algo que os outros sentiriam *falta* quando ela se fosse, como uma bela obra de arte. Eu não vou sentir *falta* disso!

As mãos de Vestiser Laurent trabalham furiosamente no tecido, suor escorrendo em sua testa. Observo atordoada enquanto sua magia transforma o tecido fino e respirável em outro mais grosso, com flores que brilham quando o vestido muda de posição.

— Talvez... — Ele bate no lábio. — Mais iluminação lunar poderia nos dar um brilho melhor do que as contas de strass. — Ele usa sua magia como se estivesse cutucando cada detalhe com pequenos alfinetes, e um por um eles brilham mais.

Vovó abre um meio sorriso.

— Você conhece — diz ela, seu tom decididamente mais leve — Vardena Toussaint?

— Não foi a primeira debutante da nossa Casa? Filha de Bradley Toussaint, Superior, Dois de Doze, membro fundador da Ordem.

— Ela *estabeleceu* o padrão depois disso; era a esse padrão que debutantes aspiravam em sua época. — Ela puxa meu queixo. — *Você* vai estabelecer o padrão. Ouviu isso, *Laurent*? Você não está fazendo um vestido. Você está *definindo* uma era.

Laurent termina e a vovó puxa o zíper.

— Bem, o que você acha? — pergunta ele.

Vovó fica em silêncio, fazendo sinal para que eu me vire e dê uma olhada. Eu me vejo em um espelho de corpo inteiro e suspiro, procurando palavras, mas elas não aparecem.

— Quell?

— Era lindo antes, realmente lindo. Mas isso... esse... Eu... eu...

Ela é de tirar o fôlego.

Eu.

Eu sou de tirar o fôlego.

— Sem palavras. *Exatamente* a resposta que queríamos. — Ela se vira para agradecer a Laurent, e eu dou outra olhada no espelho. O tecido corado claro brilha com energia, e a cada torção que faço, o tecido reluz mais forte do que um céu noturno estrelado. O decote redondo dança na ponta do meu ombro, e contas de cristal caem em cascata pelos meus braços como se estivessem em um pedaço invisível de tule. Se eu estava vestida para um belo baile antes, sou elegante o suficiente para ser coroada rainha de alguma coisa agora.

Laurent sai e eu fico boquiaberta no espelho até que a vovó me puxa para me ajudar com os sapatos. Não posso deixar o que quer que seja me seduzir. Eu tenho um plano e não importa quão sonhadora minha aparência seja, não serei enganada por ela.

— E a amarração? — pergunto, concentrando-me no assunto em questão. — Como isso funciona exatamente?

— Apenas certifique-se de que, ao conectar sua magia, você esteja no centro do palco para que isso aconteça — diz vovó, puxando os laços do meu vestido para prendê-lo bem. — A magia está velada no palco.

Eu concordo. *Então conectar fora do palco. Entendi.*

Ela agarra meus ombros, me forçando a olhar para ela.

— Hoje é o primeiro dia do resto da sua vida, Quell. Uma vida muito diferente da que você teve. Estou muito orgulhosa de você. Você está pronta, querida?

— Mais do que você imagina.

— Bem, então, vamos? — Vovó abre a porta e lá está Jordan de smoking, segurando meu corsage.

QUARENTA E NOVE

— Diretora, Quell. — Ele se curva e eu não consigo me mover. Ele usa um smoking — com um blazer mais ornamentado com bordados vermelhos na borda das mangas, mais bonito do que aquele que ele usou no Tidwell. Alfinetes dourados cobrem sua lapela, uma gravata borboleta branca aperta seu pescoço e sua fita da Casa está pendurada em seu peito. O calor lambe minha nuca e meu interior se contorce, queimando minha raiva. *Eu o odeio.*

Estou surpresa que ele seguiu com tudo isso. Estou surpresa, ele não tem nada a ver comigo. Seu corpo alto eclipsa a porta e me sinto pequena novamente. Fraca. Lembrei-me de como me refugiei naquela sombra dele. Como eu ansiava por isso.

— Você está de tirar o fôlego.

Quero mandá-lo calar a boca, mas essa falha na minha compostura não aparece. Tenho que ser resoluta e focada. Me recuso a sentir qualquer coisa por ele depois do que fez. Jordan pega meu pulso e fixa nele as flores que trouxe. Eu quero me encolher com seu toque.

— Agora, acredito que é a sua vez. — Ele pega na mesa a minha flor de lapela e a entrega para mim. Sempre dois passos à minha frente. Ele olha para mim, e percebo que havia me esquecido como era isso. Olhar para o sol no horizonte e não piscar. Mordo meu lábio e prendo a flor em seu peito, fazendo um trabalho rápido. Tenho quase certeza de que está torto, mas não me importo.

— Estamos prontos para as fotos? — pergunto. *Vamos continuar com essa palhaçada.*

Vovó sorri, adorando meu cabelo, meu vestido. Ela estende a mão para ajustar a flor de lapela de Jordan, mas ele se afasta levemente. *Ele não está tão engajado no plano da vovó como eu pensei.* Mesmo que pudesse falar com ele, abrir as comportas com Jordan é muito arriscado. Não consigo cavar na areia movediça das emoções que enterrei, ou corro o risco de me afogar com ele. A melhor coisa que posso fazer é mantê-lo no escuro como a vovó e acabar com esse ritual.

— Podemos ir? — Jordan oferece o braço e aceito, para evitar que ela faça perguntas. Percorremos a propriedade em silêncio e descemos as escadas. O fotógrafo está instalado no hall de entrada e uma música baixa toca em algum lugar. Nós posamos e sorrimos, e toda vez que Jordan olha para mim, faço questão de evitar olhar em sua direção. Demora uma hora ou mais, e, quando terminamos, meu peito fica apertado. Minha *toushana* arde mais fria, me encorajando. Eu solto um suspiro. *Eu consigo fazer isso.*

Vovó se despede de nós e desaparece no salão de baile, que está repleto de convidados se encaminhando apressados para seus lugares. Uma fila de vestidos de baile e máscaras em smokings serpenteia até a porta.

— Parabéns — diz alguém. Seu acompanhante faz uma reverência para mim, e como Jordan está no meu braço e não quero que ele suspeite do meu verdadeiro plano, sigo em frente.

— Vocês dois estão lindos — digo a eles. — Boa sorte com a Primeira Dança.

Ela cora, e o casal à sua frente percebe que a herdeira da diretora está na fila deles. Eles parabenizam a Jordan e a mim.

— Para vocês também — responde Jordan, antes que eu tenha a chance de falar.

— Posso responder por mim mesma, obrigada.

— Você está enrolada em um nó. Eu posso sentir isso — diz ele. *A magia de rastreamento.* Ah, como isso complica as coisas. Confiança é meu escudo. Isto só funciona se eu o mantiver no escuro.

— Não consegui entrar em contato com você nos últimos dias.

Eu mexo nas contas do meu vestido.

— Eu esperava estar errado. Ou havia uma explicação. Ou... — Ele se aproxima, não com o corpo, mas com o calor da preocupação em suas palavras. *Perto demais.* Ele balança a cabeça e parece frustrado. Eu me movo enquanto os nomes do primeiro casal são anunciados e nossa fila curta avança. Eles vão direto para a Primeira Dança e meu estômago se revira de pavor. Não estou ansiosa por isso. O silêncio paira entre nós e me atrai com uma vontade de preenchê-lo. Encontro seus olhos e vejo o garoto que eu conhecia. O garoto que eu amo. Amava. Não posso acolher a sua simpatia, ser seduzida pelas suas esperanças. Uma fissura se abriu entre nós, maior do que uma vida inteira. Mas é melhor assim.

Depois que os nomes dos próximos dois casais forem chamados, há mais um diante de nós. Eu conscientemente digo aos meus ombros para relaxarem. Isso está quase acabando.

Jordan se cansa de esperar por uma resposta.

— Mas parece que eu tinha razão — diz ele. — Eu deveria saber que algo estava errado quando a diretora Perl me perguntou sobre você.

Tento morder a língua, mas não consigo.

— O que a diretora Perl diria se soubesse que sua lealdade mudou para Darragh Marionne?

— Apresentando! — O locutor faz um gesto para que avancemos. — Quell Janae Marionne, sexta de sua linhagem, candidata a Cultivadora e herdeira da Casa Marionne. — Todo o salão se levanta, nos recebendo com aplausos. — Acompanhada por Jordan Richard Wexton, 13.º de sua linhagem, candidato a Dragun, tutelado da Casa Marionne, Casa de Perl e, desde ontem, substituto do próprio diretor Dragun. — Eu olho para ele, sem palavras.

O Grande Salão está decorado com tecidos finos, guardanapos lindamente dobrados, cadeiras envoltas em cetim e arranjos de flores exuberantes em todas as direções, com luzes brilhantes em camadas no alto. Há mais de tudo do que na cerimônia de Abby: cadeiras, bolos, mesas, pessoas. Os garçons abrem caminho no meio da multidão, distribuindo champanhe. Garrafas de vinho com o nome da Casa inscrito ficam entre todos os talheres. Uma banda ao vivo toca ao lado de um palco, enfeitado com flores de dália e rosas frescas do jardim da vovó.

Vejo minha adaga no palco ao lado de outras quatro. Solto um grande suspiro enquanto a música nos chama, e nossos pés respondem ao seu chamado sem esforço. Jordan me puxa para ele, nossas mãos se encaixam. Ele dança e meu corpo ecoa seus movimentos, cedendo aos pedidos de suas mãos enquanto ele me gira de volta para ele, me abraça e depois recoloca a mão no meu quadril. A melodia muda para a parte mais lenta e eu pressiono meu corpo com força contra ele; nossos tórax, nossos corações, batendo no mesmo ritmo. Sua bochecha acaricia a minha.

— Não quero brigar com você, Quell — sussurra ele. Anseio que a cadência lenta da música aumente para que eu possa colocar alguma distância entre nós. — Eu entendo o que terminar o Terceiro Ritual deve significar para você. — Suas palavras reviram meu estômago. — E, sim, esse plano da diretora está errado. Mas entendo por que você está fazendo isso.

Nossos olhares se cruzam.

— Esta é uma casa, estou em segurança. Diga-me que estou errada.

A melodia muda para um ritmo mais rápido e nossos corpos se separam, para meu grande alívio. Eu assumo a liderança, empurrando meus quadris, movendo-me com o próximo movimento antes que ele tenha a chance. A confusão interrompe seus passos, e ele leva um minuto para se ajustar ao meu fluxo. Ele se alinha comigo e estamos sincronizados novamente, mas seguimos para a *minha* dança. *Minha* canção. Suas sobrancelhas se franzem em confusão enquanto eu o giro. Os rostos da multidão também ficam curiosos. Eu o puxo de volta.

— Quell, o que você está fazendo?

— Cale a boca e apenas dance comigo.

Seus lábios se abrem em compreensão e ele perde o próximo passo, nosso aperto de mãos se quebra e ele gira para longe de mim. O salão de baile está parado. Seus olhos se estreitam e minha respiração acelera. *Ele sabe.* Eu sorrio, fazendo uma reverência quando a música chega a um final estranho. Jordan se curva onde está. E saímos da pista de dança.

Nos bastidores, ele vai no meu encalço.

— Quell.

Ando mais rápido em direção ao lavabo antes de ter que sair de novo para me conectar.

— Quell! — Ele se coloca na minha frente. — Você acha que é a única que consegue ver o que as pessoas são? *O que* você está planejando? — Uma guerra violenta ferve em seus olhos se estreitam. Ele não quer acreditar que eu faria algo tão terrível quanto amarrar minha *toushana*. E se eu estiver, ele não sabe o que fazer.

— Diga que estou errado. Diga... você vai fazer o que a diretora espera e deixar isso para trás.

Não digo nada, mas meu coração bate forte no peito, denunciando-me.

Ele respira fundo e cambaleia, e o garoto por trás da máscara finalmente olha para mim. Viro-me para voltar à cerimônia antes que meu nome seja chamado para fazer minha conexão.

— Quell, *por favor*. — O desespero estala em suas palavras e, por algum motivo tolo, paro e me viro para olhar para ele. — Se você fizer isso, isso cairá sobre mim. Eu teria que... encontrar você e... — Uma única lágrima escorre pelo seu rosto. Diminuo a distância entre nós e abandono qualquer dúvida que eu tenho sobre o que significo para ele. — Quell, eu... te amo. — As palavras saem de seus lábios como um pedaço de concreto rachado. Frágil, duro, pesado. *E verdadeiro*.

Adoro ouvi-lo admitir isso. Eu estendo a mão para ele.

— Eu preciso de você. — Seu polegar roça meu queixo e seu peito se agita com um tamborilar, como se a admissão por si só pudesse quebrá-lo em pedaços.

— Para seus lugares, todos. Se os nossos debutantes se dirigirem aos seus lugares, iniciaremos a cerimônia e terminaremos com a nossa dança de grupo, seguida de recepção e apresentação de convidados pela extraordinária Áuditra da turma de 15, a adorável Lomena. — A multidão aplaude, me chama, mas fico paralisada, cara a cara com um garoto que me ama. E que acabou de encontrar coragem para dizer isso.

Seu dedo passa pelo meu rosto e eu me viro para sua palma, saboreando sua gentileza.

— Aposto que eu poderia encontrar uma maneira de alterar as regras, aposto. Poderíamos ficar juntos, Quell. Podemos ter tudo o que não podíamos antes.

Eu poderia ter tudo. Com um golpe de lâmina, eu poderia acabar com meu passado, apagar minha história. Esquecer quem eu sou e me tornar quem eles querem que eu seja.

Mas isso não é liberdade.

Outra lágrima se forma no rosto de Jordan, e por um momento penso em tentar convencê-lo a vir comigo. Mas o coração dele não quer se libertar desta prisão, ele me quer presa nela com ele.

Olho para o corredor, para o público enfeitado com joias, expressões cheias de admiração. Todos eles merecem saber a verdade. Me conectar com minha *toushana* não é o bastante. Preciso contar a eles a respeito da amarração.

Se este mundo for de vidro, dançarei com um martelo na mão.

Os dedos de Jordan tentam entrelaçar os meus, mas os afasto e pressiono meus lábios nos dele, saboreando seu amor, imaginando que poderia encaixá-lo na minha mão, levá-lo comigo no bolso. Seus braços se apertam em volta de mim, e eu gostaria de poder manter esse sentimento para sempre. Eu interrompo o beijo.

— Não posso viver em uma jaula, Jordan. — Eu o deixo lá.

Sua compostura se quebra. E é a parede que o mantém de pé.

— Onde você vai? O que vai fazer? — A voz dele vacila.

— Ousarei reivindicar o céu. — Corro em direção ao palco quando meu nome é chamado.

Vovó está lá quando saio do corredor, e outra debutante está no palco com as mãos agarradas ao punho da adaga contra o peito. Vovó espera enquanto eles expiram e o cabo desaparece. O peito deles brilha por um momento. *Um sintoma da amarração.* Aplausos seguem e vovó está gesticulando para que eu me junte a ela no palco.

— E agora uma debutante muito especial, a nossa última, mas não menos importante, a minha neta, a herdeira e futura líder desta grande Casa, Raquell Janae Marionne. — Aplausos abafam meus passos quando me junto a ela no palco.

Fico ao lado da vovó enquanto ela me entrega minha adaga e procuro alguma indicação da corda invisível ao redor do palco, algum sinal de magia ou ondulação que não deveria estar ali.

— Se vocês consultarem o programa, verão todas as realizações distintivas de Raquell, incluindo os intensificadores que ela infundiu em sua magia. Ela também recebeu as notas mais altas no Segundo Ritual que esta Casa já viu. — Um sorriso largo se abre. — Raquell estará estagiando aqui como minha substituta em Cultivo. — Ela se vira para mim. — Por favor, levante sua mão direita e coloque a outra em sua adaga, depois recite seu juramento.

— Por sangue e julgamento, juro manter e proteger a verdade da Ordem. Honrar e servir e nunca dividir. Se eu abandonar o caminho das regras, as lâminas dos meus irmãos devem me tornar verdadeira. Pois o serviço é para toda a vida, e um juramento quebrado só é corrigido pela morte.

— Quando estiver pronta, você pode usar sua magia para completar o Terceiro Ritual. — Ela me entrega a adaga. Olho para a multidão, para as gerações de membros, pais, avós. Histórias e linhagens. Estou destruindo tudo por causa da traição de uma mulher. Eu tento desfazer o nó na minha garganta.

Algumas coisas merecem ser destruídas.

Vamos fazer isso, sussurro para a minha *toushana*. Chamo minha magia, aquela em que confio. *Há magia envolvendo o palco. Mostra pra mim.* Seguro o lado do meu corpo, incito minha *toushana* a acordar, e ela sai do lugar de onde dorme. Espirais pretos dos meus dedos. Os sussurros fervilham enquanto a escuridão se enrola no ar como uma nuvem de fumaça, se espalhando até envolver o palco, preenchendo uma barreira invisível que a vovó criou ao seu redor.

— Sua diretora tem um rastreador afixado nesta cerimônia — começo, e a verdade sai correndo de mim como água descendo por um ralo. — Para que a sua conexão seja não apenas com a sua magia, mas uma ligação a esta Casa!

Vovó estende a mão para mim, mas eu saio do caminho, segurando com força minha adaga.

— *Agora*. — Eu aperto meu corpo, dobro meus cotovelos e incito minha *toushana* completamente através de mim. O frio penetra em meus ossos, fluindo para todas as extremidades, para meus braços e depois minhas mãos. A escuridão ao meu redor fica mais espessa. A barreira geme contra a tensão da minha magia. *Destrua.* Eu mordo e expiro, afundando na calmaria do frio, mantendo relaxados todos os músculos do meu corpo para evitar de alguma forma lutar contra a expulsão da minha *toushana*.

A barreira criada ao redor do palco se estilhaça em uma nuvem de fumaça.

Fico sem fôlego quando pulo do palco e abro caminho entre a multidão de pessoas clamando umas pelas outras. Vasos quebram. As mesas tombam. Gritos e berros soam como uma sirene. Mas eu desligo tudo. *Não terminei.* Com a ponta da adaga no peito, invoco minha *toushana* novamente. Ela corre através de mim em minhas mãos, gelada, pronta e esperando. Eu a incito a usar a lâmina, e ela pulsa com luz.

Agora empurre.

Minhas mãos tremem.

Através da neblina, vejo Jordan, paralisado pelo choque. Ele segura meu olhar. Não suporto desviar o olhar dele, deixar de lado esse último vislumbre do que éramos, do que eu esperava que pudéssemos ser. Eu o mantenho em minha mira e enfio o cabo da adaga em mim, selando nosso destino. Ela perfura minha pele sem nem mesmo beliscar. Seu punho bate no meu peito com um estremecimento.

Expire. Tento, timidamente, esperando que doa quando minha *toushana* rolar através de mim. Mas quando a respiração sai dos meus pulmões, não há dor. Não há sentimento algum. A névoa se forma em meus lábios na minha próxima respiração, enquanto um calafrio entorpecente, tão frio quanto a morte, cai sobre mim como o cobertor mais confortável. O punho da adaga se dissolve no nada em minhas mãos.

O mundo escurece nas bordas e eu tropeço para o lado, caindo em uma mesa. Engulo em seco, piscando, me examinando, inspecionando o lugar onde a adaga desapareceu. Passo o dedo pela cicatriz irregular que já está curada. À medida que o frio se instala em meu sangue, as cores da cerimônia amadurecem. As vozes na sala aumentam e de alguma forma se desembaraçam. Posso ouvir cada conversa e todas elas ao mesmo tempo. E os cheiros, tantos. Nunca me senti mais viva.

Fico boquiaberta com minhas mãos vazias, mas estou distraída com meu vestido. Seu tecido rosa-claro ficou preto, seus enfeites cintilam como estrelas. O tule em meus braços mudou para couro, e alcanço o diadema em minha cabeça, sentindo algumas joias novas enquanto corro para me ver em um prato polido.

Meu diadema preto está na minha cabeça.

Olho para o local onde Jordan estava. Mas ele se foi.

Saia daí.

Pego um xale de uma cadeira, jogo-o sobre a cabeça, abro caminho através do caos e empurro as portas do salão de baile. Estou a dois passos do armário de vassouras quando a mão de alguém cheia de anéis alcança meu pescoço.

CINQUENTA

Recuo e agarro o pulso em meu pescoço. Minha visão começa a escurecer. Pisco para ver o rosto de quem tenta me prender. *Diretora Perl*. Ela estremece, e me aperta com menos firmeza.

— Eu sei o que você acabou de fazer — diz ela, olhando para o xale que cobre minha cabeça e apertando sua mão machucada. Eu me afasto dela, mantendo a mão levantada em alerta, e percebo que as pontas dos meus dedos estão machucadas. Tudo o que fiz com ela, também fiz comigo. *Mas faço de novo se for preciso.*

— Você está enganada a meu respeito — sussurra ela, olhando em ambas as direções antes de me entregar um bilhete. — *Alea iacta est.*

A sorte foi lançada.

— Se um dia você precisar de um refúgio — diz ela. — Meu endereço.

Olho para o papel antes de sair correndo pela porta do armário de vassouras, na esperança de encontrar Abby, mamãe e Octos esperando por mim.

A floresta está fria sob o luar. O choque de tudo o que aconteceu me atinge e tenho que me apoiar em uma árvore próxima. A trilha para a Taverna atravessa a floresta à frente. Abby não está à vista. Percebo que meu desastre encurtou um pouco a cerimônia. Meus dedos formigam, e tenho uma sede mais forte do que jamais senti antes. Eu tenho tempo.

Corro em direção ao Bosque Secreto. Chego ofegante. Quantos vieram aqui aterrorizados e desesperados para esconder um segredo que nunca quiseram? Quantos morreram porque não conseguiram?

Um farfalhar nas folhas me prende no lugar.

— Você disse que se eu te convidasse para uma reunião com Marionne — fala um cara — você estaria naquele palco esta noite estreando como *herdeira* dela.

Eu rastejo mais abaixo, tomando cuidado para ficar nas sombras e ver quem está lá.

— E eu tentei. *Você* que mandou eu me livrar da garota que a diretora Perl estava atrás.

Olho ao redor da árvore atrás da qual estou me escondendo e vejo Shelby. E Felix.

— Você poderia ter se esforçado mais para fazer amizade com ela em vez de deixar seus sentimentos atrapalharem.

Ela o empurra e eu cravo minhas unhas na árvore que me cobre.

— Meus sentimentos?! — A voz dela falha e Felix a puxa para ele.

— Está tudo bem — afirma ele. — Se acalme. — Ele espia ao redor e eu me aperto com mais força no meu esconderijo.

— Sinto que você está atrapalhando meu julgamento.

Ele acaricia o rosto dela, que está pressionado contra seu peito.

— Não fale assim. Você me ama.

— Amo, mas isso se trata da minha Casa. Como Duncan substituiria Marionne. E eu estava perto, tão perto, como uma filha dela, até *ela* voltar. — Ela cutuca o peito dele. — Darragh Marionne estava me preparando!

Eu arregalo os olhos.

— *Shh*. — Felix faz um cafuné em Shelby, mas ela se afasta dele. Sua mandíbula se aperta.

— Tô falando sério, Felix. O que devo fazer agora? Não posso ir a outro lugar. Eu quero o que foi prometido.

— Querida. — Ele passa os dedos pelo cabelo dela. — Acalme-se, fique calma, vai ficar tudo bem. — Ele a puxa para um abraço e ela expira, descansando contra ele. — Você terá tudo o que prometi, isso e muito mais. Só preciso de tempo para pensar.

Shelby cruza os braços. Ele levanta o queixo dela, passando o polegar pelos seus lábios. Ela vira o rosto, mas ele o puxa de volta para o centro e ela cede, seus rostos unidos em um beijo rápido.

— Você deve confiar em mim — diz ele, enxugando as lágrimas da moça.

— Estou tentando.

Ele segura o rosto dela entre as mãos com carinho, então sua expressão endurece.

Shelby desmorona em suas mãos em uma nuvem de poeira.

Felix chuta folhas sobre sua pilha de cinzas antes de desaparecer no local. Eu tropeço e corro, tentando apagar da minha memória o que acabei de ver. Assim que a trilha para a Taverna e o Château ficam visíveis novamente, eu diminuo a velocidade, ofegante, quando avisto Abby.

— Quell? — Ela olha além de mim com curiosidade.

— Você veio! — Eu lhe dou um forte abraço e uma represa dentro de mim se rompe. Talvez eu não esteja sozinha nisso. Talvez eu não tenha abandonado tudo o que era importante para mim. Mas quando ela souber a verdade, toda a verdade, provavelmente também vai me odiar.

— Claro que eu vim. Você tá pálida como um fantasma. Tá tudo bem? — Seu nariz torce, olhando meu vestido. — Você debutou de preto?

— Vou explicar tudo — digo, e então percebo que alguém está atrás dela. *Mynick.*

— Espero que esteja tudo bem por eu tê-lo trazido.

Enfio minhas mãos trêmulas nos bolsos do vestido.

— Você conseguiu encontrar Octos? — pergunto, esfregando os braços, imaginando que posso afastar o horror que acabei de testemunhar.

— Ela conseguiu — diz uma voz atrás de mim.

Eu me viro e suspiro ao vê-lo. Eu poderia abraçá-lo.

— Muito obrigado por ter vindo.

Ele assente, mantendo distância. Quase todo mundo está aqui. Procuro mamãe por entre as árvores, mas não a vejo. Abby coloca a mão no quadril, esperando ansiosamente por uma explicação para tudo isso. Eu a puxo de lado.

— Abby, não sei sobre Mynick. — Aperto a mão no xale. — Ele não...

— Ele veio aqui comigo. Ele quebrou as regras do toque de recolher. Ele está nisso conosco. O que quer que estejamos fazendo. Você pode confiar nele.

— Você não sabe o que estou prestes a lhe dizer.

— Ser for um problema que eu esteja aqui, posso ir embora. — Mynick cruza os braços tatuados e percebo que ele tem muito mais marcas do que antes. Octos o observa de canto de olho, mas não sei dizer se é com desprezo ou admiração.

— Não, tá tudo bem — diz Abby a ele. — Tá tudo bem, certo? — Ela me pressiona.

Posso mencionar a amarração — essa fofoca vai se espalhar em breve —, mas não tenho ideia de como ele reagirá ao saber da minha *toushana*. Se Abby insiste em que ele esteja aqui, não posso contar tudo a ela.

— Certo, tá bom. — Explico o que encontrei nas estantes da vovó, as garotas Perl, Nore Ambrose, como vovó amarrou o Terceiro Ritual, o que aconteceu no Baile. Mas não a respeito da minha *toushana*. Quando termino, Abby se agarra a Mynick em estado de choque.

— Então estou... amarrada? — O medo brota em seus olhos.

— Tá sim.

A expressão de Octos brilha.

Mynick dá um passo adiante.

Abby o cutuca.

— Falei pra ela que poderia confiar em você.

— Pode. Eu estava pensando. Seria bom contar à diretora Ambrose.

— Minha avó me contou que mentiu sobre Nore estar em licença sabática porque lhe pediram. Alguma ideia de quem pediria isso a ela? — Minha pulsação acelera ainda sem sinal da mamãe.

Olho de relance para Octos, que ainda não disse nada, e percebo que o brilho em seus olhos é ambição. Oportunidade.

— Então o que vamos fazer? — pergunta Abby, arrumando a blusa.

Estico o pescoço para ver se alguém está vindo, mas há apenas escuridão.

— Primeiro, preciso encontrar minha mãe. Octos, esperava que você pudesse me ajudar com isso. — Meu olhar cai em suas mangas, que estão arregaçadas hoje.

— Ela vai esperar isso — diz ele.

— Quem?

— Darragh Marionne. Ela pode influenciar qualquer um daqueles que estão amarrados à sua Casa, quer eles queiram ou não. Incluindo aqueles que se tornaram Draguns. Aposto que ela convencerá o diretor Dragun e fará com que seus Draguns graduados te cacem depois do que fez. — Sua postura fica tensa, e ele olha para meu diadema ainda velado.

— Revelando o segredo da amarração, quero dizer — ele esclarece para uma Abby perplexa. — Imagino que eles esperem que você tente encontrar sua mãe.

— Ele está certo. É o que eu faria. — Mynick puxa a jaqueta, revelando uma garra costurada em sua garganta, como a que Jordan usa.

— Você foi convidado para ser um Dragun da sua Casa! — Abby dá um tapinha no braço dele. — Quando ia me contar?

— Eu não ia contar. Até que eu tivesse certeza. Ainda não terminei.

Os olhos de Abby se enchem de lágrimas.

— Como você pôde?

Eles discutem e Octos se aproxima de mim, sussurrando baixinho.

— Você precisa gastar seu tempo se concentrando em obter controle. — Ele levanta meus dedos machucados. — Antes que você se perca completamente. Eu posso te ensinar.

Confio na minha *toushana*, mas não sei como manejá-la com controle. Preciso fazer isso para proteger a mim e a mamãe. *Ele está certo.*

— Abby, você e Mynick podem procurar minha mãe?

Ela olha de soslaio para ele.

— Eu vou, mas ele não pode.

— Abby, por favor — diz ele. — Desculpe. Vou recusar, ok? Eu... eu vou ser reprovado no exame ou sei lá.

— Então você vai fazer isso? — pergunto.

— Sim — diz Mynick enfaticamente. — Se isso fizer minha Ab falar comigo de novo.

— E você? — pergunta ela. — O que você vai fazer?

— Octos vai me ajudar a fortalecer minha magia.

Abby franze o cenho.

— Já que ela não poderá mais aprimorar suas habilidades aqui — diz ele, velando meu segredo.

— Mas o que ele poderia saber sobre magia? Ele nem terminou.

— Tire a camisa, Octos — digo. — Deixe que eles te vejam.

Ele geme, mas puxa as mangas e tira a camisa. Os olhos de Mynick se arregalam. Não há um centímetro de pele que não esteja coberto de marcas. Os lábios de Mynick se contraem com algo que ele quer dizer, mas apenas o silêncio cresce entre nós.

— Então temos um plano? — pergunto.

Todos concordam com a cabeça e eu abraço Abby com força mais uma vez, agradecendo antes de saírem. Em algum momento, preciso confessar tudo a ela completamente. Isso é o que um amigo faria. Mas não conheço Mynick bem o suficiente e não posso suportar perder sua ajuda se a assustar.

— Obrigada — digo a Octos quando Abby e Mynick estão fora de vista. — Estou realmente em dívida com você.

— Fiquei feliz em saber que você pensou em mim novamente. Eu quis dizer o que disse, no entanto. Precisamos que você se familiarize mais com sua *toushana*. Você não sabe o que está enfrentando.

— E você sabe?

— Eu sei o suficiente para ser perigoso.

Ele tira um pedaço de papel do bolso.

— Este é um dos últimos lugares seguros existentes. Encontro você lá.

— Você não vem comigo?

— Eu tenho que cuidar de uma coisa primeiro. Disfarce-se. Viajar de qualquer outra forma neste momento não é seguro.

Eu não esperava ir sozinha imediatamente. Para algum lugar onde não conheço ninguém.

— Como faço para me disfarçar?

— Apoie-se na sua *toushana* e incentive-a a fazer você desaparecer. Foque sua mente no lugar para onde você quer ir. Sua magia é mais forte agora que você está conectada. Ela deve fazer o resto.

Concordo com a cabeça, repetindo as instruções mentalmente.

— Alguma pergunta?

— Não, acho que entendi.

— *Festina lente.*

— Vou tomar cuidado.

— Ótimo. Te vejo em breve. — Octos desaparece em uma capa preta. Pego minha magia e ela se mexe, fria e segura. Seguro o endereço na mão e dou uma última olhada sombria para o Château Soleil ao longe.

Respiro fundo ao ver como mudou.

O que antes era uma extensa obra-prima arquitetônica palaciana está decrépito e antigo. As luzes não brilham em suas muralhas. Em vez disso, estão caídas e desabam sobre si mesmas. Pisco e é como se um véu tivesse sido retirado dos meus olhos. Mas a compreensão sangra como uma ferida aberta.

Isto é o que Château Soleil sempre foi.

Eu só consigo ver agora.

Graças à minha *toushana*.

Fecho os olhos e a chamo, minha única amiga de confiança, e ela responde com uma frieza reconfortante. *Leve-me.* Murmuro o destino e o mundo desaparece numa nuvem de escuridão bem-vinda.

CINQUENTA E UM

YAGRIN
Um mês depois

A Esfera brilhou nos olhos de Yagrin, e ele largou a bolsa antes de tomar um gole. A subida ao Monte Eurajny foi longa e árdua. O pico da montanha estava fortificado em um campo de força mágico que não permitiria que Yagrin se disfarçasse e aparecesse perto dele. E agora, no topo, havia um quilômetro ou mais de terreno baldio profanado, cheio de ossos e restos mortais, até onde ele conseguia ver. Barris quebrados de elixir *kor* onde ele supôs que outros tentaram — mas falharam — usar uma quantidade concentrada de energia líquida para romper as defesas da Esfera.

O sol batia nele enquanto ele colocava seu cantil com água ao lado do corpo e a bolsa no ombro. Ele finalmente tinha encontrado. Mas agora tinha que fazer o trabalho. Um trabalho que lhe revirou as entranhas de prazer em vez de pavor, pela primeira vez na vida. Uma delícia que ele havia mergulhado em raiva e tristeza nas últimas semanas. Uma delícia saturada com o sangue de Red.

Eles a mataram.

Ele mexeu na borda da foto, que estava no seu bolso, do túmulo e da lápide dela. Preso nas costas havia um tufo de seu cabelo ensanguentado. Eles enviaram para assustá-lo. Ainda assim, ele não conseguiu jogá-lo fora. Quem a matou, exatamente, ele não tinha certeza. Qualquer um de seus irmãos Dragun poderia ter voltado e o denunciado. Ou talvez tenha sido aquele homem de coração duro que o gerou. Ou a diretora. Ele não iria ignorar nenhum deles. Mas eles estavam todos mortos para ele agora. Tão mortos quanto Red.

Uma dor profunda se afundou nele como uma pedra muito pesada, muito firme para ser movida. Sua tristeza era um novo tipo de âncora. Não havia liberdade nesta vida sem Red. Havia apenas vingança. Yagrin buscou raiva, mas era um poço seco de emoção. A única coisa que ele conseguiu encontrar foi uma determinação obstinada. Ele quebraria a Esfera hoje. De uma só vez, ele acabaria com o uso da magia durante pelo menos meio século e colocaria uma faca na garganta de Beaulah. De todos, ela era quem ele mais odiava.

Ele laçou sua magia para a Esfera brilhante, que pairava à sua frente como uma lua baixa. A matéria negra agitava-se violentamente dentro dela. Desde que começou sua busca, ele a havia encontrado duas vezes, mas a perdera.

Ele quase desistira até receber a ligação do telefone de emergência que havia deixado com Red. Alguém o encontrara. Ela estava desaparecida. Já haviam se passado quatro dias. Yagrin sabia. Naquele momento, ele sabia. Yagrin enviou um caminhão cheio de flores para a fazenda de sua família. Ele não suportaria ir lá pessoalmente. Mas isso não trouxe Red de volta. Nada poderia trazê-la. Ela foi apenas mais uma vítima do narcisismo sociopata da Ordem.

A Esfera balançou quando sua magia se apegou a ele, e o chão tremeu, desequilibrando-o.

Yagrin precisava estar um pouco mais perto para liberar sua fúria na superfície. Ele colocou-se em direção à Esfera, tomando cuidado para manter sua magia, que a segurava no lugar. Se ele desistisse, ela desapareceria, mudando de lugar para se proteger.

Ele sorriu ao ver a pequena rachadura já no vidro, embora não pudesse levar o crédito por isso. Isso foi obra de outra pessoa. A rachadura fazia um arco curvado para baixo, e ele imaginou que era uma carranca na fachada da Esfera. Como se estivesse chateada por ser destruída.

— Você não quer isso — murmurou ele. — Olha como você está infeliz presa aí.

Ele a estava libertando. E fazendo com que aqueles que ele mais odiava se arrependessem do dia em que tiraram sua vida dele.

Ele contornou um aterro de restos de esqueletos antes de chegar perto o suficiente da Esfera para fazer qualquer coisa. Quantos morreram em uma missão semelhante? Ele não tinha certeza, mas ele não morreria.

Quando chegou perto da Esfera, o brilho dela refletiu em sua pele fuliginosa. Também era bem maior do que ele imaginava, o sol eclipsava atrás dela. Era um espetáculo para ser visto. O epítome do poder. A representação do equilíbrio da magia. Ou desequilíbrio, como sugeria seu interior escuro e agitado. Mas a mácula da sua aparência não lhe roubava a majestade.

Como ela ficaria quando rachasse toda? Quando ela começou a sangrar e o relógio da magia deles secou? Ela brilharia com poder então? Um dia, alguém apreciaria seu brilhantismo e lhe agradeceria.

— Não faça isso. — Yagrin não precisou se virar para reconhecer a voz do irmão. Ele tinha trazido o pai deles também? Seus joelhos davam a impressão de que vacilariam por um segundo, e a raiva queimou dentro dele por se permitir sentir isso. Mas, quando se virou, seu pai não estava lá.

— Irmão — implorou Jordan. — Por favor, não faça isso.

Ele devia saber que ele viria. *Rastreamento*. Ele deixou seu irmão fazer isso como uma brincadeira quando eles eram crianças. Mas por esse motivo seu irmão sempre sabia quando ele estava se sentindo angustiado.

Ele descansou as mãos por um momento, dando a Jordan a chance de alcançá-lo. Jordan, mais do que ninguém, precisava ver a Esfera rachar e sangrar. A arrogância habitual de seu irmão mais novo era cheia de dignidade e coragem, mas hoje uma fadiga profunda pesava sobre seus ombros. Como se ele estivesse exausto de todas as maneiras possíveis. Yagrin quase não o reconheceu.

— Como você a encontrou tão rápido? — perguntou Jordan, apoiando-se ao lado de Yagrin, mantendo as mãos soltas, como se algo pudesse acontecer. Ele não duvidava que seu irmão seria capaz de machucá-lo para proteger a Esfera. Jordan estava determinado a seguir os passos destrutivos do pai, que tinha o dever para com a Ordem como seu altar de culto. Yagrin estava cheio daquilo. A vingança seria tão boa quanto a liberdade.

— Uma troca fortuita me trouxe uma adaga e um intensificador de localização — disse Yagrin. — Troquei a adaga pelo último dos ingredientes que precisava para um elixir de invocação reversa.

— Por favor, saia daqui e vá embora. Não quero impedir você, mas farei isso se for preciso.

— Você não trouxe o pai. Por quê?

Jordan fitou o chão.

— Você sabe o porquê.

— Você é exatamente como ele. O fato de não tê-lo trazido não torna a situação melhor.

Jordan segurou-o pela camisa. Yagrin poderia revidar. Ele conhecia as fraquezas de seu irmão. Seu flanco esquerdo estava sempre aberto. Ele reagia sem pensar quando ficava chateado, o que tornava seus movimentos precipitados, deixando-o vulnerável. Yagrin era o irmão mais velho, mas passou a vida observando Jordan, sempre à sua sombra prodigiosa, e o conhecia melhor do que ninguém. Melhor do que ele próprio conhecia.

Yagrin poderia bater em seu rosto até sangrar, lhe dar uma boa surra de irmão, algo de que Jordan provavelmente precisava. Mas isso ainda seria insignificante em comparação com a dor que Jordan sentia ali, naquele momento, pela garota. Transparecia pela sua postura. A dor pairava em seu olhar taciturno, que ele tentava ocultar com raiva. E *semanas* tinham se passado. Jordan continuar paralisado por aquela dor era mais satisfatório do que qualquer coisa que Yagrin pudesse fazer com ele.

E não porque ele não amasse seu irmão.

Porque ele *amava*.

— Eu esperava que aquela garota mudasse seu coração frio — disse Yagrin.

— Não fale dela.

— Mas você parece determinado a deixar o pai orgulhoso.

Jordan o soltou com um empurrão.

— Eu vim aqui para impedir que você cometa um erro.

— Você não vai me impedir com suas palavras.

A postura de Jordan endureceu, mas Yagrin conseguia ver através dele. A fúria que ardia em Jordan não passava de uma brasa. Ele estava mais ferido do que com raiva. Mais confuso do que determinado. Ele ainda estava muito arrasado por aquela garota para fazer qualquer coisa com Yagrin. Ele não teria coragem de detê-lo. Isso era uma coisa boa, supôs Yagrin. Significava que seu irmão tinha algo semelhante a um coração. Ainda não estava tudo apodrecido.

Ele arregaçou as mangas para prosseguir com seu plano, imaginando o rosto de Beaulah. A devastação que sentiria quando ela soubesse o que aconteceu com a Esfera. Como ela temeria por sua vida todos os dias até que ela terminasse. Um sorriso sombrio curvou seus lábios. Yagrin desejou poder estar lá para testemunhar isso. Mas ele tinha outros lugares para estar. Outras funções o chamavam.

— Yags — implorou Jordan, com o apelido de infância. Mas aquela ferida delicada já havia cicatrizado há muito tempo. *Não ia funcionar.* Ele ia esvaziar a Esfera.

A magia de Yagrin agitou-se dentro dele como uma tempestade iminente. Ele ergueu as mãos e soltou-a no orbe oscilante acima deles. Os joelhos de seu irmão bateram no chão duro e soluços arranharam os ouvidos de Yagrin, mas ele não conseguia desviar o olhar da magia das trevas que atacava a superfície vítrea da Esfera.

Ela se quebrou como um ovo, e a respiração ficou presa nos pulmões de Yagrin. Apertado no peito. Ele segurou, esperando que o primeiro pedaço caísse no chão e suas entranhas sangrassem. Mas ela brilhou mais forte. Ele se encolheu de frustração e atraiu a magia destrutiva para si novamente, desta vez com mais força. Ele soltou. A Esfera rachou mais, formando uma tapeçaria de teias de aranha em sua superfície, mas ainda manteve sua forma. A irritação queimou através dele e a fadiga pesou sobre seus ombros. Ele puxou os restos de *toushana*, tudo o que pôde reunir, o que restava de sua força, e soltou mais uma vez. Mas aguentou, ainda assim. Quebrada, fraturada, sem possibilidade de reparo, mas nem um único fio de matéria caiu dela.

— Sangre, caramba! — Ele bateu com o punho no chão e encontrou um brilho de esperança nos olhos verdes de seu irmão. — Bem, é um começo.

Os lábios de Jordan se separaram como se ele estivesse procurando algo para dizer, mas só saiu choro. Yagrin considerou abraçá-lo, mas seu irmão era como o pai deles: seria necessário mais do que um consolo momentâneo para mudar seu coração.

— Eu ficaria aqui conversando, mas tenho alguém para treinar. — Yagrin usou sua magia de Anatômero e uma onda percorreu seu corpo enquanto ele deslizou para sua outra pele, aquela com a qual se sentia confortável ultimamente. Desde que ele encontrou uma herdeira impressionável em uma Taverna. O rosto do qual a garota não tinha medo: Octos.

Depois de conhecê-la de perto e ela fugir, ele não estava convencido de que ela merecia morrer. Então, quando eles se cruzaram nas escadas da Taverna, ele tinha mudado para uma de suas personas para conhecê-la. Formar sua própria opinião. Quando ele lhe ofereceu a poção para tentar sua ambição e ela recusou, foi então que ele soube que ela era diferente. Quando viu seu irmão vir em seu auxílio, ele se perguntou o que o motivava.

Yagrin decidiu então que pensaria muito antes de levar a garota para Beaulah, como ela havia solicitado. Mas foi quando a garota surgiu e decidiu confiar nele, quando ela disse que sentia muito por ele não ter tido permissão para terminar o treinamento — *ele, um ninguém* —, que fez sua escolha. Ela sobreviveria e ele a ajudaria a escapar impune. Quando ela escreveu procurando pela mãe, que estava sendo mantida em cativeiro por seus irmãos Draguns, ele respondeu forjando sua caligrafia, para convencê-la a permanecer sob a proteção de sua avó. E quando ele finalmente dominou o rosto da mãe dela, ele fez outra visita a Quell para esclarecer o assunto.

Ela não era apenas diferente, mas seria poderosa.

Mais tarde, quando ele percebeu que seu irmão estava se apaixonando por Quell, ele sabia que ela precisava sobreviver e ser protegida mais do que nunca, não apenas para o bem de sua vida, mas também da de Jordan. Ele estava pensando em uma maneira de fazer exatamente isso, pensando em uma carta, quando a amiga dela, Abilene, o encontrou. A conexão dela com a *toushana* foi um deleite inesperado.

Yagrin poderia ser creditado por muitas coisas flagrantes e angustiantes em sua vida, mas não por desamor ao seu irmão. A garota era boa para Jordan. Ela era boa para todos eles. Ele olhou para a Esfera, seu trabalho inacabado. Ela seria capaz de fazer muito mais do que ele jamais poderia. Ele arregaçou as mangas sobre os braços marcados de Octos.

— Até nos encontrarmos novamente, irmão. — Yagrin partiu ao som do choro de Jordan.

Apêndice

As Casas e suas histórias

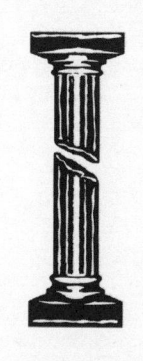

MEMENTO SUMPTUS

CASA PERL

Desde 1822
Na propriedade Hartsboro
Território: Leste e Nordeste

A propriedade Hartsboro, em Connecticut, era originalmente a sede operacional do órgão governante da Ordem: o Gabinete Superior. Em 1822, logo após os Anos de Seleção, para apoiar o desenvolvimento do crescente número de membros da Ordem, o Gabinete estabeleceu um sistema formal de estudo de magia usando um modelo de internato. Os membros continuariam a tradição de debutantes, que estava em prática desde o início da Revolução Industrial, mas seriam organizados em Casas e territórios. As Casas seriam supervisionadas por uma diretora.

O Gabinete Superior mudou sua sede e encomendou sua primeira Casa: Perl, nomeando Beatrice Perl como diretora inaugural. Na época, Beatrice servia no Gabinete. Antes de concordar em assinar, ela insistiu que a sede da Casa fosse transmitida na linhagem familiar pela matriarca. O Gabinete concordou, e assim permanece. O símbolo da Casa Perl é uma coluna rachada.

SUPRA ALIOS

CASA MARIONNE

Desde 1874
No Château Soleil
Território: Sul

A Casa Marionne foi a segunda Casa da Ordem, a qual crescia, com cada vez mais pessoas mostrando propensão para a magia. As origens das filosofias que moldaram a Casa Marionne estão enraizadas na Era da Indulgência. Após a queda da Yaäuper Rea Universitas, seguiram-se os Anos Silenciosos. A educação mágica formal foi interrompida bruscamente quando foi forçada a mudar para a clandestinidade. Diz-se que gerações de pessoas mágicas perderam sua magia por causa do escasso acesso ao treinamento, estudo e desenvolvimento, até que um humilde mas estudioso membro da Ordem, Loken Delosu, foi procurado pelo rei George I da Inglaterra. Ele estava cortejando o afeto de Loken, pois ouviu rumores de que sua família se interessava pela magia do sol. George estava em uma guerra de longa data com os franceses e queria qualquer vantagem que pudesse obter. Na mesma época, o rei Luís XIV, o "Rei Sol", ouviu falar do interesse de George em

Loken e enviou seus próprios homens para influenciá-lo. Luís, sendo um homem rico, deu presentes e hospitalidade aos pés de Loken e sua família, seus amigos e a qualquer pessoa que ele conhecesse em troca de uma coisa: sua companhia.

O rei Luís XIV era incrivelmente ambicioso e acabou pressionando Loken diretamente para saber mais sobre magia, mas Loken recusou. Ele manteve o antigo princípio de que a magia deveria ser mantida longe do governo. Luís o decapitou. A Ordem estava dividida sobre como se sentir em relação aos anos de cortejo francês e inglês. Mas os anos de envolvimento com a cultura francesa deixaram a sua marca evidente na arquitetura, cultura, tradições e arte da Casa Marionne. O Gabinete Superior colocou Claudette Marionne como diretora inaugural. O símbolo da Casa Marionne é uma flor-de-lis.

COGITARE DE PRETIO

CASA DUNCAN

*1875-1938
Na Propriedade Wigonshire
Território: Oeste e Meio-Oeste**

    A Casa Duncan foi estabelecida logo após a Casa Marionne, a pedido dos membros do Gabinete Superior que, segundo rumores, eram a favor das influências dysiianas da Casa Perl. A sede da Casa pretendia ser uma réplica em cultura e arquitetura de Perl, mas localizada no Colorado. A diretora inaugural da propriedade foi Maisie Duncan. Em 1938, uma explosão no Meio-Oeste matou milhares de Sem Marca. O noticiário informou que o acidente foi resultado de uma explosão industrial. No entanto, a Casa Duncan, cuja nova diretora experimentava o uso de *toushana* para extrair ouro, estava por trás da tragédia. A magia das trevas que ela usava ilegalmente ficou fora de controle, e 2.300 barris de elixir *kor* vazaram em um carregamento

---

* O território do Meio-Oeste, anteriormente sob a Casa Duncan, primeiro foi transferido para a Casa Ambrose. Nos anos posteriores, o Meio-Oeste foi dividido, seu lado norte sob o território de Ambrose e seu lado sul sob Oralia. (N. A.)

de petróleo que estava sendo transportado para o Oeste. O resultado foi catastrófico. O Gabinete Superior fechou a Casa imediatamente e exigiu que cada um dentro de seus territórios se candidatasse novamente. A maioria foi negada por motivos de desconfiança. Maisie Duncan foi decapitada em público, um ato raro, mas simbolicamente cruel na época. O símbolo da Casa Duncan era uma escama e um sol escurecido.

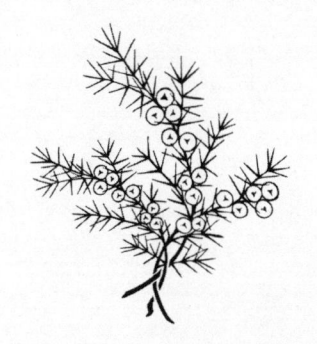

Intellectus secat acutissimum

CASA AMBROSE

Desde 1877
Na propriedade Dlaminaugh
Território: Noroeste e parte do Meio-Oeste

 Casa Ambrose, aninhada nos picos mais altos do centro de Idaho, foi estabelecida como a quarta Casa da Ordem. Sua diretora inaugural foi Caera Ambrose, uma conhecida integrante da Ordem que construiu sua reputação liderando esforços para ampliar os limites da magia compreendida. Suas opiniões foram vistas como estranhas, mas ela recebeu os votos necessários do Gabinete Superior. Os ancestrais de Caera eram imigrantes na América com uma história tensa e hostil com os europeus. Assim, a Propriedade Dlaminaugh foi erguida como uma réplica neogótica da Yaäuper Rea Universitas e encomendada para ser a primeira Casa da Ordem definida como distintamente separada da influência europeia. Caera desejava inaugurar uma geração de debutantes que seriam conhecidos por seu intelecto supremo, e não por demonstrações ostensivas de riqueza. O símbolo da Casa Ambrose consiste em três folhas de teixo entrelaçadas.

UTI VEL AMITTERE

CASA ORALIA

Desde 1942
No Begonia Terrace
Território: Oeste e parte do Meio-Oeste

A Casa Oralia foi a quinta e última Casa estabelecida, localizada no norte da Califórnia. Donya Oralia foi sua diretora inaugural. A sua avó tinha sido candidata ao Gabinete, mas acabou por ser preterida devido às suas opiniões progressistas sobre os direitos das mulheres na época. Em 1942, a Casa Oralia foi comissionada por uma pequena maioria de votos, enquanto o mundo estava envolvido na Segunda Guerra Mundial. Eles são conhecidos por usar a magia como meio de expressão artística e diversão, acreditando que a magia serve ao usuário e não o contrário. O símbolo da Casa Oralia consiste em duas manchas de tinta.

AGRADECIMENTOS

A Casa Marionne é uma história que sonhei muito antes de ser capaz de escrever uma única palavra sobre ela. E isso nunca teria se concretizado sem o amor e o apoio de muitas pessoas.

Sou muito grata a Deus por me dar esse presente com palavras. Obrigada ao meu marido, que está constantemente torcendo e me apoiando enquanto eu vagueio maravilhada neste sonho de vida de autor. Agradecimentos superespeciais aos meus três pequeninos, que são espíritos livres e selvagens, cada um à sua maneira. Mariah, você me inspira a me dedicar à minha arte do jeito que você faz. Daniel, você me inspira a ser pateta, barulhenta e sensível, sem remorso. E Sarah Grace, você me inspira a fazer tudo com alegria.

Ao meu avô, que fica tão impressionado cada vez que preparo outro desses como se fosse a primeira vez. Seu amor incondicional, vovó, e sua determinação em preencher a lacuna me mostraram o poder de dar a uma criança a oportunidade de explorar livremente quem ela quer ser. Sinto falta da vovó, mas sei que ela está orgulhosa.

À Emily, que me arrastou pela criação deste livro com as próprias mãos. Não há palavras ou lágrimas suficientes para transmitir o quanto a existência de *Marionne* se deve em grande parte a você. Você é a segunda metade do meu cérebro de escrita. Eu não poderia ter cruzado a linha de chegada sem nossas polos malucas, minhas sessões de choros, meias felpudas, porres, ressacaaaas, sua ajuda para navegar no caos geral que sempre é minha vida, ha, ha. Seus lembretes para ser gentil comigo mesma e cuidar de mim primeiro me mantiveram flutuando quando eu estava me afogando. Obrigado por sempre estar ao meu lado como #TeamJess primeiro. Mal posso esperar até que seja a sua vez de fazer isso e o mundo possa experimentar o seu brilhantismo na escrita!

A Jodi Reamer, minha agente extraordinária, que não só mudou minha vida, mas luta para que eu tenha a liberdade sobre a qual escrevo. Você é um tesouro. E sim, um dia colocaremos você em um cavalo no Texas. Para Rūta, que é extremamente brilhante e o mais incrível advogado e editor. No verdadeiro estilo Câncer-Sagitário, vou me tornar superemo e espero fazer você se sentir muito estranho, ha, ha. Obrigado por tudo que você faz, incansavelmente, com tanto entusiasmo e alegria. Não consigo imaginar cruzar essa jornada com esses personagens neste mundo épico com mais ninguém. Estou literalmente com os olhos marejados digitando isso! Você deu nova vida à minha esperança de poder contar uma infinidade de histórias.

A Jen Loja, Jen Klonske e Casey McIntyre, que acreditaram apaixonadamente em minha *Marionne* desde o início, obrigada por verem o que este livro poderia ser! Espero que ele tenha deixado vocês orgulhosos. Para Simone, minha companheira amante de Câncer, leitora de romances, que usa meias felpudas e é uma cacheada amante de livros — obrigada por desmaiar com a cena da dança, ha, ha! Você é um presente para trabalhar. A publicação tem muita sorte de ter você.

Ao restante das equipes editorial, de publicidade, de arte, digital, vendas e marketing — Kaitlin, Jaleesa, Shanta, Felicity, Shannon, James, Theresa, Alex, Emily R., Carmela, Christina, Bri, Olivia, Laurel, Michelle C. e aqueles que não tive a oportunidade de conhecer pessoalmente — sou muito grata por cada momento que vocês passaram trazendo este livro ao mundo. Agradecimentos especiais a Virginia por este mapa lindo! Nós realmente fizemos mágica juntas, e isso não seria possível sem você adicionar seu toque único de brilho! <3 <3 <3

A Sabaa, que continua a me manter de pé, obrigada por entrelaçar seu braço no meu e estar presente nas maneiras que mais importam e significam. Para Ayana, minha irmã, a quem amo intensamente, obrigada pelos intermináveis telefonemas, amor e apoio. A Stephanie Garber, cujo doce coração é tão raro, obrigada por ser tão encorajadora nos altos e baixos, sempre tendo pensamentos tão inteligentes e tanta sabedoria no setor. Tenho muita sorte de chamá-la de amiga. Para Nic, minha irmã gêmea, que sempre quer me ver vencer: você deu o exemplo de resistência a que aspiro. Te amo, garota.

A Nicola e Karen, que sempre encontram tempo para me lembrar que minhas histórias são importantes, obrigada! Para minhas Jessicas — Olson, Froberg e Lewis — onde eu estaria sem vocês?! Certamente ainda não no mercado editorial, isso é certo.

Para a minha família! Diarra, que sempre me segura; Jennifer, cuja ideia de coroas de princesa deu origem ao conceito de diadema; Andonnia, por estar presente sempre e sem avisar; Stephanie Jones, por ser minha parceira na vida; Sandra B., pela sua genialidade em marketing e amor constante. À prima Roslyn, Rocqell, tia Regina, tia Jackie, Kotomi, Trent, mamãe, Paige e Naomi, vocês me mantêm de pé. Laura W., Amy D., Alyssa, tio Chuck, Micah, Sydney e a doce Sara Kate, que está tão entusiasmada com este livro desde o seu início, obrigada por serem uma influência tão positiva na difícil jornada para conseguir fazer esta história.

Aos meus outros amigos autores que tiveram a gentileza de expressar seu entusiasmo, oferecer uma palavra de incentivo, estando dispostos a ler, comentar, curtir ou compartilhar uma postagem nas redes sociais. Rachel, Alexandra, Schwab, Dhonielle, Marie, Tiffany, Leigh, Victoria, Shelby, Adalyn, Brigid, Kerri, sou muito grata por tudo isso, por menor que pareça. Não é! E para a Marissa, que está comigo desde o início, eu te adoro! A todos e a todas cujo nome eu possa ter esquecido, sou infinitamente grata. Vocês são parte do sucesso desta história.

E por último, mas certamente não menos importante, o maior agradecimento vai para vocês, meus leitores incríveis, que sempre voltam fielmente às minhas histórias. Vocês são o maior presente. Obrigada pelo seu apoio! Estou ansiosa para partir seu coração (e talvez recompensá-lo) muitas mais vezes.

Abraços!

-Jess

Direção editorial
Daniele Cajueiro

Editora responsável
Mariana Rolier

Produção editorial
Adriana Torres
Júlia Ribeiro
Mariana Oliveira

Revisão de tradução
Marina Góes
Rayana Faria

Revisão
Alice Bicalho
Perla Serafim

Diagramação
Larissa Fernandez
Leticia Fernandez

Este livro foi impresso em 2024, pela BMF, para a Livros da Alice.
O papel do miolo é pólen 70gm² e o da capa é cartão 250g/m².